올챙이 시절을 잊은 개구리들

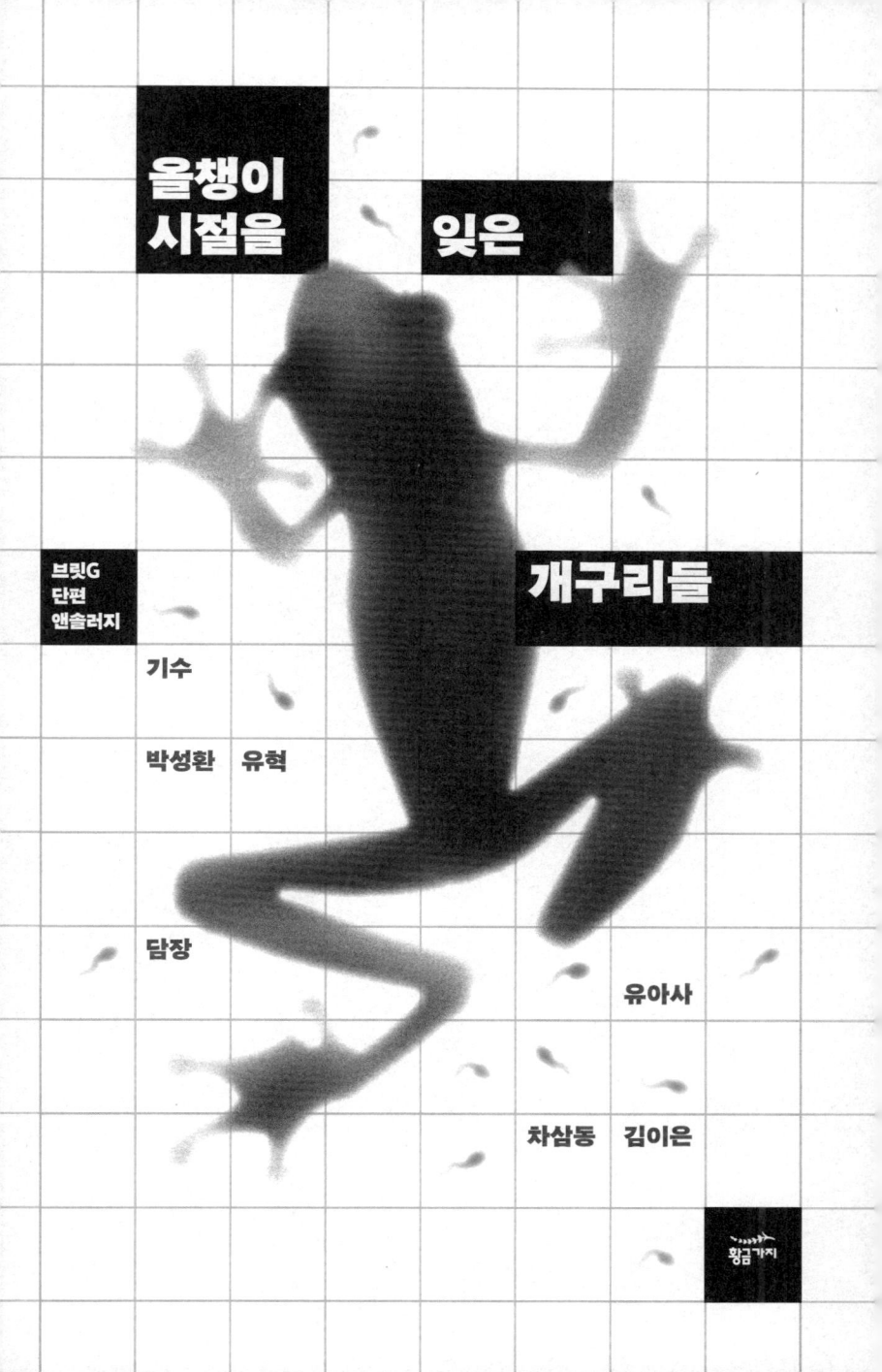

올챙이
시절을   잊은

개구리들

브릿G
단편
앤솔러지

기수

박성환   유혁

담장

유아사

차삼동   김이은

황금가지

차례

올챙이가 없는 세상

기수

언제 태어나 어디에서 무엇을 공부했는지 말하는
것으로 첫 문장을 시작하기 싫다.
SF의 F를 Fiction픽션이 아닌 Funk펑크라고
생각하며, 패션과 파티가 좋다.

매주 목요일 오후 4시부터 금요일 오전 6시까지.

자동 분리수거 시스템이 공용화된 지 십수 년이 지난 것을 고려하면, 채민이 사는 해바라기 아파트는 일주일에 한 번씩 분리수거를 해야 하는 노후 시설이었다. 수도권의 주거지역 절반 이상이 큐브로 대체되었음에도 다소 시대에 뒤떨어진 아파트에 사는 이유는 단순했다. 월세가 싸니까.

놀이터가 있는 대단지 아파트를 허물고 동마다 경로당이 있는 큐브가 늘어날 때 건설회사 HC는 회장의 유언으로 서울의 해바라기 아파트, 대전의 장미 아파트, 대구의 은방울 아파트, 세종의 개나리 아파트 그리고 울산의 제비 아파트를 굳건히 지켜냈다. 경로당이라고는 단지마다 하나뿐이고 쓰잘머리 없이 먼지만 쌓여가는 놀이터가 있는 아파트의 가치는 나날이 하락했다. 결국 정부 주도하에 HC 건설의 아파트는 20, 30대 청년을 대상으로 한 저렴한 임대 주택이 됐다.

불 꺼진 엘리베이터 안, 채민은 손목시계를 확인했다. 지금 시각은 새벽 5시 54분. 분리수거 시스템 마감 6분 전이다. 열림 버튼을 꾹 누르자 천장 위의 조명이 켜지고, 몇 분간 1층에 멈춰있던 엘리베이터의 문이 열렸다.

3년 전, 한국 최대 리서치 회사 중 하나인 Mendelian R&DA 에 다니다 재택이 가능한 직종으로 전직한 이후 사택에서 나와 부동산을 헤매던 채민에게는 안성맞춤인 곳이었다. 큰 방 하나, 작은 방 하나, 부엌과 거실이 구분되어 있고 '베란다'의 개념이 남아있는 아파트. 리서치 회사에 다닐 때는 개폐가 불가능한 자동 공기 청정 기능이 있는 통유리 창문의 원룸 큐브에 살았다. 장점은 오로지 사택이라는 것. 오전 7시 출근에 때때로는 오후 11시까지 야근했기에 정상적인 가사 생활을 전혀 수행할 수가 없었다. 직원들 사이에서 공공연히 입소문을 타는 청소 전문 업체에 연락해 일주일에 한 번, 토요일마다 깨끗해진 집에서 잠들고 깨어나 다시 점점 집을 어지르며 4시간도 못 자는 일상. 월급은 짜지 않고 짭짤했으나 삶의 질은 윤택하다고 할 수 없었다.

채민은 리서치 통계분석과에서 일했다. 설문조사의 65%는 인공지능이, 나머지 35%는 사람이 주도하는 시대에서 오로지 인간으로만 이루어진 통계분석과는 Mendelian R&DA의 핵심

부서라고도 할 수 있었다. 조사 결과를 바탕으로 현상의 흐름을 이해하고, 미래를 예측하는 그 수준이 경쟁사를 압도했다. 그만큼 압도적인 것이 하나 있다면 바로 퇴사율이다. 타 부서에 비해 1년 내 퇴사율 40%, 3년 내 퇴사율 73%라는 기록을 가지고 있었다. 채민은 그곳에서 무려 6년이나 일했다.

6년 동안 독하다는 소리를 들으며 일명 '호랑이 팀장'이 되어 일했더니, 그 대가가 우울증으로 돌아왔다. 하루아침에 생긴 병은 아니었다. 일상에 상은 없고 일뿐인 사람이라 '완벽'이라는 단어를 밥 먹듯이 강조하며 팀원들을 괴롭히는 동안 우울증 초기에서 말기로 증세가 악화됐다. 사내에서 지원하는 정신건강 클리닉에서의 첫 상담 이후 채민은 항우울 칩 이식을 거부하며 복용 약에 의존했다. 그러다 보니 아주 사소한 실수에도 화가 났고, 팀원들과의 관계도 원만하지 못했다.

추석 연휴를 앞두고 분석 할당량을 채우고자 빈속에 약을 털어가며 이틀간 밤을 지새웠던 날. 하필이면 엘리베이터가 고장 나 채민은 비상계단에서 급히 내려오던 중 굴러떨어져 의식을 잃었다. 3시간 동안 누구도 채민을 발견하지 못했다. 오른쪽 팔과 다리에 통깁스를 한 채 연휴를 지낸 채민은 연휴가 끝나자마자 맞이한 수요일 오전 9시 10분에 해고 통보를 받았다. 사유는 '팀장으로 팀 분위기를 해친다'라는 것이었다. 인사과에서 보낸 해고 통보 로봇이 띄워준 전자문서에는 총 9건의 사내 괴롭힘 신고 사항이 있었다.

그때 채민은 계단에서 굴러떨어진 이후 잠시 정신이 들었을 때 느꼈던 인기척이 꿈이 아니었음을 깨달았다. 그 누구도 계단에서 떨어져 기절한 그녀를 보고도 병원에 연락하지 않은 것이다.

해고된 이후 이사 온 해바라기 아파트에서 채민을 아는 사람은 그 누구도 없었다. 실로 오랜만에 찾아온 평화가 깨진 건, 일주일 전 발생한 '그 사건' 때문이다. 그로부터 6일 내내.

옆집 남자는 채민을 스토킹했다.

5시 59분.

5분 만에 분리수거를 끝내고 아파트 1층 현관으로 돌아온 채민은 모자를 푹 눌러쓰고 주변을 살폈다. 인기척이 없는 것을 확인한 채민은 재빠르게 엘리베이터 버튼을 누른 채 계단 사이로 몸을 숨겼다.

12…… 11…… 10……

'2층에 왔을 때 뛰쳐나가자.' 채민은 엘리베이터가 빠르게 내려오는 것을 확인하며 생각했다.

8……5……3…….

엘리베이터 위 숫자가 2에 도달했을 때, 채민은 계단 사이로 숨겼던 몸을 일으켜 열린 문틈을 향해 뛰어나갔다. 채민의 발목에 부딪힌 엘리베이터 문이 닫히던 걸 멈추고 다시 열리자,

모골이 송연해짐을 느낀 채민이 닫힘 버튼을 연신 눌렀으나, 이놈의 아파트는 전부 헌것투성이인데 엘리베이터만 새것이라 노약자 배려 차원으로 문 닫힘 시간이 구식 엘리베이터보다 2배가 느렸다. 약 40초 남짓한 시간 동안 천천히 닫히는 문틈 사이로 누군가가 한쪽 팔을 뻗고 달려오는 것이 보였다. 따로 조명이 없는 현관 출입문을 지나 엘리베이터 코앞까지 다다르자, 자동 센서 조명이 켜졌다.

"저기, 잠시만요!"

어둠 속에서 달려오던 이는 채민과 마찬가지로 모자를 푹 눌러쓴, 남성이었다. 키가 190은 족히 되어 보이는 남성은 모자 아래의 부리부리한 눈을 숨길 생각도 없는지, 채민을 노려보는 듯했고, 채민은 남성의 눈을 똑바로 보며 그의 말이 들리지 않는 척, 닫힘 버튼을 연타했다. 결국 엘리베이터 버튼 쪽으로 팔을 뻗으려는 남자를 두 걸음 앞두고 엘리베이터 문이 닫혔다. 성이 난 듯 남자가 꾹 닫혀버린 문에 주먹질을 하는 것을 보며 채민은 화풀이하듯 주저앉아 쓰고 있던 모자를 벗어 던졌다.

***

삑삑삑 삑삑 삑—

아직도 지문인식 도어록이 설치되지 않아 비밀번호 여섯 자리를 누르고 들어간 집 안에서는 음악이 작게 흘러나오고 있었다. 익숙한 멜로디를 듣자, 한파에 얼어붙은 몸 위로 샤워기의 따뜻한 물이 덮칠 때처럼 녹진해졌다. 그럼에도 채민이 신발을 아무렇게나 벗어 던지지도 못하고 화장실의 문을 닫고도 조심스레 세면대 수도꼭지를 잡아 올리는 이유는 간단했다. 해바라기 아파트 601동 1304호에 살고 있는 더 이상 혼자가 아니었다.

클래식도 아니고, 가요도 아닌 멜로디가 흘러나오는 방문을 살며시 열었다. 채령은 이런 노래를 '동요' 혹은 '자장가'라고 불렀으나 채민은 여전히 그 둘의 차이점을 알 수 없었다. 1분 40초 남짓한 요즘 노래들과 다르게 무려 평균 3분에서 길면 5분이나 반복되는 가사와 멜로디에 채민은 쉽게 지루함을 느꼈다. 겉옷을 옷걸이에 걸고 잠옷으로 갈아입자, 그제야 침대 위에서 코를 골골대는 작은 존재가 눈에 들어왔다.

송하준.

3년 전, 채령이 그 누구도 모르게 입양한 양자이자, 현재 투병 중인 채령 대신 채민의 집에서 임시 보호 중인 여섯 살짜리 남자아이. 그리고, 옆집 남자가 채민을 스토킹하게 만든 원흉. 따지고 보면 하준은 아무 잘못이 없었다. 이 세상에서 하준에게 잘못이 있다면 그것은 그가 여섯 살 난 아이라는 것이다.

여섯 살이면 어린 나이다. 하준에게 유일한 잘못이 있다면 바로 어리다는 것이다.

이제 세상 사람들은 동물원에서 탈출한 사자를 보듯 어린아이를 봤다. 길거리에서 아이가 보이면 당연하다는 듯 휴대전화를 들어 촬영했고, 정의감이 넘치는 누군가는 경찰에게 신고했다. 아이 자체에 주목한다면 흔치 않은 광경이었으나, 만약 아이를 마주치게 된다면 누구나 할 법한 행동들이다. 변명이나 해석의 여지는 없었다. 그도 그럴 것이 채령이 살고 있는 서울엔 12세 미만 아동들이 모두 '바이오 베드'라 불리는 인큐베이터에 잠자는 숲속의 공주처럼 누워있었으니까.

***

채령은 출생 후속 관리본부의 수석 생명 관리사다. 직급은 수석 생명 관리사이나, 대외적으로는 양육자로 불린다. 올해로 30주년을 맞는 출생 후속 관리본부는 이름 그대로 태아의 출생 이후의 일을 관리하는 국가기관이다. 출생률이 마이너스 5퍼센트로 치달으면서 산부인과와 산후조리원이 하나둘씩 문을 닫아갈 때 구세주처럼 등장한 이 기관은 정부가 수백조 원의 예산을 들여 실시한 '유년 냉동 프로젝트' 사업이 진행되는 곳으로서, 이제는 사라진 여러 기관과 부서들을 대체하는 '가성비 좋은' 기관이다.

본격적으로 고령화 사회에 진입하면서, 대부분의 사람들이 떠올리는 미래의 모습엔 어린아이가 낄 틈이 없었다.

놀라운 결과는 아니다.

출생률이 마이너스 1.7퍼센트를 돌파했을 때, Mendelian R&DA에서 소도시의 청소년 보호자 300명을 대상으로 실시했던 설문조사에 따르면, 이들 중 58퍼센트가 읍, 리, 동, 면 단위의 마을 지자체에서 공동 학습을 선택, 25퍼센트가 홈스쿨링, 나머지 10퍼센트가 방문교사를 고용, 7퍼센트는 학습 거부에 해당했다. 당시는 이미 교복을 입고 중, 고등학교를 입학하는 문화가 종식된 지 오래라 주거 지역에서 상호 작용하는 또래보다는 온라인 친구의 수가 더 많고 그로 인해 10대와 20대의 은둔형 외톨이 혹은 캥거루족의 수가 날이 갈수록 증가하는 추세였다.

이러한 현상을 분석하기 위해 추가로 시행한 설문조사 결과를 보면, 결혼 적령기로 일컬어지는 만 31세에서 45세 국민의 28퍼센트만이 '법적 혼인을 고려하고 있다'고 답했다. 43퍼센트는 '사실혼 관계 유지'를, 18퍼센트가 '결혼 거부'를 완강히 외치는 결거세대였으며, 나머지 11퍼센트는 타의적 독신이라 주장했다.

그리고 앞서 실시한 설문조사와 더불어 비슷한 시기에 시행됐던 설문조사들에는 '노키즈존 국영화에 찬성하십니까?'라는 공통 문항이 하나 있었다. 그 결과 설문조사에 응했던 이들의 81퍼센트가 '그렇다', 13퍼센트가 '잘 모르겠다', 6퍼센트가 '반대한다'라고 답했다. 이는 당시 노키즈존의 출입 금지 평균 연령 만 11세에 해당하는 어린이가 아닌 청소년 보호자와 결혼 적령기 청년 등을 바탕으로 설문을 시행한 것을 고려하면 가히 기만적이라고 할 수 있다.

바야흐로 '자기밖에 모르는 세대'의 출현, 아니. '자기밖에 모르는 시대'의 시작이었다.

점점 더 많은 사람이 아이를 어떻게 대해야 할지 모르는 상태로 시간만 흘려보냈다. 힘들게 낳은 아이에게 집착하여 괴물이 되어버리는 부모와 낙태 시기를 놓쳐 낳긴 낳았으나 아이를 사랑하지 않아 우울증에 걸린 부모에게 정신과는 황금기를 맞이했고, 소아과는 점차 줄어들더니 이내 사라졌다. 복지사 출신의 개발자가 세운 신생 기업에서 보급용 가정 로봇 돌보미 1.0을 파격적으로 출시하면서 노후를 자식에게 기대는 것도 이젠 다 옛말이었다. 아이를 낳기만 하면 귀빈 취급을 해주던 시절도 있었으나, 그때는 아이를 비싼 광물처럼 생각했기에 그랬던 것이고. 낳는 것보다 낳지 않는 것이 더 경제적이고, 우는 어린아이에게 사탕 하나 쥐여주기도 아깝다는 빈약한 시대정신이 만연했다. 요식업계뿐만 아니라 문화산업, 건축업 등에도 아동 혐오가 번져 출생률을 높여도 아동이 유년기를 제대로 보낼 수 없는 환경이 조성되었고, 결국 노키즈존 국영화와 관련된 법안이 통과된 해를 기점으로 출생률은 수직으로 하락했다. 그렇게 출생률 마이너스 5퍼센트를 앞두고 있던 한국 사회 인식을 완전히 뒤바꾸는 사건이 생긴다.

일명 '소연이 사건'.

냉동 수면을 연구해 오던 김오연 박사가 자택 출산 후 딸을 자신이 발명한 바이오 프로징 베드에 넣고 링거를 통해 유기물질을 주입해 6년간 키운 것을 관찰 형식의 논문으로 발표해 학계에 불을 질렀다. 누군가는 그녀가 육아가 아닌 사육을 한 것이라며 손가락질했고, 또 누군가는 인큐베이터와 다를 것이 없다며 김 박사의 발명품인 바이오 프로징 베드를 옹호했다. 당시는 대부분의 소아과와 산부인과가 문을 닫고 여성의학과라는 이름으로 명칭을 통일시켜 새로 개원하는 때였기에 인큐베이터라는 개념을 모르는 이들이 많아 온라인상에서의 여론은 김 박사를 비난하는 물길이 더 거셌다. 그런 여론을 한 번에 뒤집어엎어 버린 것은 김 박사의 참회도, 그녀의 연구를 뒤바꿀 또 다른 혁신도 아닌 정부였다. 그렇게 탄생한 것이 유년 냉동 프로젝트다.

정부는 김오연 박사를 고용하여 유년기를 얼려 버리고자 했다.

요약하자면 이렇다. 더 이상 희망이 아니라 혐오스러운 존재가 되었던 아이들을 출산하자마자 인큐베이터 같은 '바이오 베드'에 넣어 약 11세, 유년기가 끝날 때까지 베드 속에서 성장시킨다. 유년기 자체를 삭제하되, 그 이후의 아이부터 부모가 '편히' 양육할 수 있도록 11년의 출생 후속 관리를 하는 것이다. 그렇게 유년 냉동 프로젝트 사업과 출생 후속 관리본부는 아주 재빠르고 자연스럽게 나타나 이 나라에서 유년기를 소멸시켰다. 생명 윤리를 따지던 이들은 정작 세상에서 불편하게 여기던 존재가 눈앞에서 사라지자 입을 다물었다. 인권 단체에서는 '아이들을 빙하기에서 가둬 키울 거냐며' 비아냥댔으나, 그들이 마땅히 할 수 있는 것은 없었다. 불만을 터뜨리는 이들은 극소수에 불과했다. 노키즈존이 국영화되었으나 올챙이가 사라진 연못에서 개구리들은 너무나도 평화로웠기 때문이다. 그렇게 모두 올챙이 시절을 잊어버린 청개구리처럼 살아가고 있었다.

채령이 하준을 만난 건, 근무 4년 차에 이제 막 접어들 때였다.

홀로 당직을 서던 날, 33번 베드에서 물이 샌다는 연락을 받고 달려간 새벽. 상아빛 조명이 은은하게 켜진 수면실엔 바이오 베드 밑부분에 갈라진 틈으로 보존액의 5분의 1 이상이 흘러내려 바닥을 적시고 있었다. 아이의 피부와 호흡 기관이 공기 중에 노출된 상태라 채민은 부득이하게 아이를 아기 베드에서 꺼내 긴급 병실로 데려갔다.

그때 채령은 살아 있는 아이를 처음 품에 안아보았다. 보존액 때문에 온몸이 끈적끈적해서 갓 태어난 상태와 다를 바 없는 세 살짜리 아기. 그건 마치 어린 날 동물 다큐멘터리에서 보았던 망아지처럼 느껴졌다.

33번 아기를 전신 스캔하여 별다른 이상이 없음을 확인하고 잠시 산소호흡기를 달아두자, 자신도 비로소 숨이 쉬어짐을 느꼈다. 내 애도 아닌데, 참…… 채령은 본부 데이터베이스에 접속해 33번 아기 친모의 연락처를 검색했다.

***

"……여기까지 오시느라 고생 많으셨습니다."

단 몇 초 만에 검색된 연락처의 주인과 만나기까지는 꼬박 이틀이 걸렸다. 새벽 다섯 시에 찾아온 33번 태아의 생모. 그녀의 정체는 다름 아닌 유명 연예인 J였다.

"버려주세요."

"네?"

"아니면 키워주세요."

여기서 하는 일이라는 게, 그런 거 아닌가요? 산부인과, 소아과, 유치원 같은 곳 말이에요. 맹랑한 J의 목소리는 커피 믹스 냄새가 은은하게 풍기는 접대실을 울렸다. 매니저처럼 보이는 중년 여성은 옆에 앉아 줄곧 휴대전화 자판을 눌러댔다. J의 앞에서 공기 중에 노출된 아이가 앞으로 가질 수 있는 알레르기와 후유증을 진지하게 설명하고 있던 채령은 한순간에 자신이 바보가 되는 기분을 느꼈다. 버리라고? 아니면 알아서 키우라고? 채령은 자신의 직장을 수십 년 전에 사라진 베이비박스처럼 여기는 이 어린 여자애의 태도에 화가 났다.

"아니, 저희는 12세 이후로 맡아드릴 수가……"

"그럼 12세까지 알아서 키워주세요."

"그 후엔 어떻게 하실 거죠?"

"제가 조금 전에 한 말 때문에 신경 쓰이시는구나. 애 죽일까봐 그러시는 거죠?"

끽해봐야 스물둘, 스물셋이었다. 길게 연장받은 손톱으로 테이블을 두드리던 J는 채령을 표독스럽게 노려보았다.

"저는 운이 드럽게 안 좋았어요."

세상에, 기술이 이렇게나 뛰어난데 왜 낙태를 안 했냐고요? 저 스물둘이에요. 초등학교도 제대로 못 다니고 데뷔했어요. 게다가 뭐, 정부는 여자들 애 낳을 때만 산부인과 가는 줄로만 아니까 산부인과를 여성의학과로 탈바꿈한다는 명목으로 임신과 출산 관련한 상담과 진료는 전부 여기, 출생 후속 관리본부로 가서 받으라네요? 저 같은 연예인들은 그럼 어쩌라는 거예요? 산부인과 갈 때는 대충 둘러댈 수라도 있지, 출생 후속 관리본부 근처에서 사진이라도 찍히면 자살감이에요.

"……."

"박사님? 과학자님? 뭐라고 불러야 하죠? 아무튼 그쪽 말대로라면 난 9년 뒤에 애 엄마가 돼요."

그럼, 현재는 엄마가 아니라는 것일까. 정확한 호칭은 수석 생명 관리사 혹은 양육자였으나, 꽤 오랜만에 양육자가 아닌 호칭으로 불린 채령은 비로소 제 이름을 되찾은 듯한 감각에 이성이 마비될 것 같았다. J는 계속하여 채령을 몰아붙였다.

"나는 선택하지 않았어요."

'엄마도 널 선택해서 낳은 게 아니야!'

채령은 J의 얼굴 위로 까맣게 잊고 있던 여자의 얼굴이 떠올랐다. 기술이 그토록 발전된 시대에서, 자신을 선택하지 않았다는 엄마.

그렇게 채령은 33번 아기를 데려왔다. 아이의 이름은 준하. 원래 정해진 운명과 반대로 살기를 바라는 마음으로 '하준'이라 불렀다.

***

작업실로 사용하는 방에서 업무를 보고 나니 어느덧 점심시간이 다 되었다. 방문을 열자마자 아침보다 확연히 커진 텔레비전 소리가 채민을 반겼다. 소리를 키운 범인은 보나마나 뻔했다. 순간 열이 확 뻗친 채민은 소파에서 리모컨을 소중히 쥔 채 뭐가 그렇게 재밌는지 깔깔대며 웃고 있는 하준과 눈이 마주쳤다. 저 콩알만 한 게!

"리모컨 줘."

"……싫어."

"너, 이모가 티비 소리 몇까지만 키우랬어?"

"이잉, 안 보여. 비켜어— "

채민은 하준의 앞에 서 텔레비전 화면을 가리고 엄한 표정을 지었다. 비키라며 왼쪽, 오른쪽, 번갈아 몸을 기우뚱거려도 아직 어린애에 불과한 하준은 자신을 가로막은 채민에게서 벗어날 수 없다는 걸 깨닫고 입이 댓 발로 튀어나왔다.

"송하준! 대답해. 티비 소리 몇까지가 최대랬지?"

"……4."

"지금 몇이야? 리모컨 줘봐."

하준의 고사리 같은 손에서 성인 엄지손가락만 한 리모컨을 빼앗은 채민이 텔레비전 음향 조절 버튼을 누르자, 8이라는 숫자가 떴다. 하준도 제 발이 저리는지, 얌체 같은 얼굴로 딴청을 피웠다.

"송하준. 잘못했어, 안 했어."

"……안 했어."

"안 하긴 뭘 안 해? 복도에서 티비 소리 들리면 망태 할아버지가 이눔! 하고 잡아간다 그랬어, 안 그랬어?"

"안 그랬어!"

쉿! 쩌렁쩌렁하게 소리 지르는 하준에 채민은 안절부절못하며 손바닥으로 하준의 입을 막았다. 오늘따라 투정이 심해 결국 강수를 뒀다.

"안 되겠다, 오늘 하준이 너무 말 안 들어서 엄마한테 전화해야겠다."

"싫어! 하지 마! 이모, 하지 마!"

"어쭈,"

채민은 휴대전화를 들어 단축번호 1번을 누르는 '척' 했고, 엄마를 세상 그 누구보다 사랑하는 만큼 무서워하는 하준은 이젠 아예 하지 말라며 채민의 다리에 착 달라붙어 눈물을 송골송골 쏟아냈다. 방음도 안 되는 싸구려 통조림 아파트에서 텔레비전 소리의 몇십, 몇백 배 위험한 것이 있다면 그건 바로 어린아이의 울음소리일 것이다. 현재 산간 지역을 제외하고 출생 후속 관리본부에서 아이를 낳는 것이 의무화되어 있기에, 채민이 사는 대도시 같은 곳에서는 아이를 자연분만하여 가정에서 기르는 것이 불법이다. 혹여 누군가…… 아니, 옆집 남자가 하준의 울음소리를 듣고 경찰에 신고하면 이젠 정말 끝이다. 하준은 곧바로 출생 후속 관리본부로 옮겨져 바이오 베드에서 잠들게 될 것이고, 채민은 육아 기간에 따라 최소 징역 6개월에서 최대 12년을 선고받을 것이다. 그렇게 되면 채령의 암 투병을 곁에서 지켜봐 줄 수도 없다.

벌렁벌렁, 반쯤 닫혔다 열리는 하준의 작은 입에서 기차 화통 삶아 먹은 듯한 울음이 터지기 일보 직전, 작업실에서 전화벨이 울렸다. 휴대전화와 리모컨을 재빠르게 주머니에 넣은 채 생명줄을 붙잡듯, 전화가 있는 쪽으로 뛰어가며 하준을 바라보자, 얼씨구. 어느새 눈물이 쏙 들어간 얼굴로 태연하게 소파 위에 앉아 다시금 텔레비전을 바라보고 있다. 작업실 안에서 울리는 전화의 발신인은 평소 삼촌, 삼촌 부르며 친하게 지내던 피디였다.

"네, 전화 받았습니다."

— 송채민. 너 말야, 요새 무슨 일 있어?

"네? 아뇨, 피디님."

전화를 받자마자 짐짓 심각한 목소리로 묻는 말에 삼촌 소리가 절로 들어가고 몸이 꼿꼿하게 펴졌다.

— 46화 방영되고 난리났어.

"······안 좋은 뜻이죠?"

— 안 좋다마다. 민원 처리하느라 날밤깠다.

"왜요?"

— 왜요? 왜요오? 너, 설마 몰랐냐? 아니, 작업하면서도 눈치

못 챘어?

"뭐가요?"

— 그게, ……애가 너무 시끄럽대.

"……네?"

— 다음 화부터는 좀 조용하게 해달라고 그러더라. 아니 근데 송채민, 저번에도 그렇고, 요즘 뭐, 힘들어? 아니면 애들한테 악감정 있어? 요새 또 디자인 프로그램들 많이들 업데이트 중이라 버그가 생길 수 있다는 것 정도는 알지만, 벌써 몇 주째냐. 지금 CS가 뭐라고, 안 그래도 인력난인데 너까지 이러면 되겠니? 나도 설마 해서 봤더니만 애들이 너무 꽥꽥대긴 하더라. 세상에 그런 애가 어딨니?

애들한테 악감정이 있냐고? 세상에 그런 애가 어디 있냐고? 대체 그 말이야말로 무슨 의미일까. 있는 그대로 묘사한 것이 악감정이 있는 것으로 느껴진 걸까. 그건 아마, 이제는 진짜 아이가 어떤지 알고 있기 때문이라고 말하고 싶은 것을 눌러 담았다.

"아뇨, 그냥…… 이것저것 신경 쓸 게 늘어나서요."

— 아휴, 그래. 채령 씨 얘기는 들었어. 아무튼, 내가 이번 주까지는 커버해 줄 수 있는데, 다음 작업부터는 무조건 어떻게?

"밝게, 화사하게, 천사처럼."

— 오케이. 끊는다.

"네, 삼촌."

가족 중 암 환자가 있다는 것은 모든 대화가 암으로 시작하지는 않아도 암으로 끝난다는 것을 의미한다. 간병인 15만 시대, 이미 간병 로봇까지 2만 대나 운영 중임에도 불구하고 삼촌을 비롯한 채민 주위의 모두가 채민의 사소한 단점들을 채령의 암 투병을 이유로 포용했다. 성격적 결함은 물론 일적인 면에서도 이렇게 쉽게 동정받는다.

와하하하!

다시 거실로 나오자, 불쾌할 정도로 정돈된 웃음소리가 흘러나오는 텔레비전을 보고 있는 하준이 보였다. 소파에 물구나무 자세로 기대앉아있는 하준의 시선은 화면 속 어린이들에게 고정되어 있었다. 하준이 보고 있는 프로그램은 공교롭게도 채민이 제작에 참여한 시트콤이었다.

"쟤네들은 왜 집 밖에서 놀아도 뭐라고 안 해?"

"……가짜니까."

"가짜?"

"그래. 너는 진짜고, 쟤네들은 가짜야."

내가 만든 가짜 아이를 보고 있는 진짜 아이. 조금 전까지 눈물이 그렁그렁한 채 못된 말을 뱉던 아이가 화면 속 시트콤 46화 내내 한 번도 울거나 미운 짓을 하지 않았던 아이를 바라보고 있다. 채민은 목구멍에서 민달팽이가 기어오르는 듯한 감각을 느꼈다.

전 직장을 그만두고 해바라기 아파트로 이사 오면서 약 1년 2개월간의 직업 교육을 받았다. 올해로 약 2년 차 버추얼 키즈 크리에이터로 일하고 있는 채민은 하준을 만나고 '아이는 그런 게 아니다'라는 생각을 떨칠 수 없었다.

10년 전부터 조금씩 주목받았던 직업인 버추얼 키즈 크리에이터는, 12세 미만 아이들이 점차 줄어들면서 사라진 아역배우를 대체하기 위해 생긴 직업이다. 주로 웹드라마와 시트콤, 사극 등의 분야에서 활동하며, 실제 아역 배우들로 촬영했던 콘텐츠를 참고 자료 삼아 실감 나는 아이를 프로그래밍한다.

밝게, 화사하게, 천사처럼. 채민이 속한 버추얼 키즈 크리에이터 회사인 Vid Studio의 신조다. 몇 개월 전만 해도 채민은 회사에서 제공받은 드라마 속 등장하는 아이들을 기반으로 '진짜 같은 아이'를 만들고 있다고 믿었다.

하준과 만났을 때도 3년 전 '그' 사고 때문에 이 아이가 어딘가 잘못된 채로 자란 건 아닐까, 하는 안일한 생각을 했다. 왜냐하면 하준은 시끄럽고, 미디어 속 아이들에 비해 참을성이 현저히 없었으며, 자주 뛰어다니고, 제대로 문장을 구사할 줄 모르며, 전혀 말을 듣지 않았다. 채민은 하준이 잠잘 때를 빼고는 밝고, 화사하고, 천사 같은 점은 하나도 찾아낼 수 없었다.

그것이 아이의 본질이라는 것을 깨닫는 데에는 꼬박 3주가 걸렸다. 열 밤을 세 번째 보냈을 때, 엄마가 보고 싶다며 엉엉 우는 하준을 보고는 언니의 아이니, 백번 양보한다는 마음으로 살고자 했다. 그 결심도 하루가 안 갔지만.

바로 다음 날 벌어진 일 때문에 채민은 여태까지 옆집 남자에게 스토킹을 당하고 있다. 그날도 오늘처럼 부슬비가 내렸고, 하준이 우리 집에 온 지 한 달이 좀 넘어가던 때였다. 도대체 언니는 암 환자 주제에 열 밤만 자고 나면 돌아온다고 말했던 걸까? 열 밤이 스무 밤이 되어가고, 서른 밤이 되어가니 하준은 낯설었던 해바라기 아파트에 적응해 버렸다. 채민은 채령이 하준을 32인치 캐리어에 넣고 데려오던 날이 떠올랐다. 지퍼를 열고 나온 하준은 그야말로 새로운 세상에 눈을 뜬 탐험가처럼 초롱초롱한 눈빛으로 온 집안을 둘러보았다. 채령이 병원으로 떠나기까지 약 이틀 동안 광분한 상태로 지내던 하준의 눈 속 불빛도 점차 꺼져갔다. 즉, 집 안에서의 탐험은 끝났고, 하준은 집 밖으로 나가고 싶어 했다.

"나가서 놀래."

"네가 놀 데가 어디 있다고."

"저기 있잖아."

비 오는 날은 암묵적으로 창문 블라인드를 치지 않는 날이다. 평소라면 창문 밖 사람들이 하준을 발견할까 봐 꼭 블라인드를 쳐 두지만, 비가 오는 날에는 우천염에 감염되지 않게 모두가 한마음 한뜻으로 우산과 우비로 중무장하기 때문에 생긴 예외였다. 블라인드가 걷힌 베란다 창문 너머 아파트 단지 안 놀이터를 손가락으로 가리키며 하준은 '저곳에 내가 있어야 한다'라는 얼굴로 채민을 바라보았다. 놀이터. 진작에 경로당으로 좀 바꿔놓으면 좀 좋나? 대체 이 아파트를 지은 사람은 무슨 생각으로 아직까지 놀이터를 그대로 유지한 걸까. 채민은 결국 채령이 보내준 하준의 '외출복' 상자를 열었다. 도대체 어디서 났을지 모른 아이용 외출복이 가득한 상자를 보고 있자니 마약 밀수범이라도 된 기분이었다. 다행히 그중에서 하준의 몸에 맞을 만한 우비를 찾아내 입히곤 해가 질 때까지 기다렸다.

"우리 가서 미끄럼틀 한 번만 타고 오는 거야."

"다섯 번!"

"안 돼."

"세 번!"

"……두 번."

"싫어, 세 버언."

"송하준. 쓥, 이도 말 안 듣지?"

"두 번……."

그네를 탈 엄두는 내지도 못했다. 미끄럼틀만 딱 두 번 타고 오기로 새끼손가락을 꼭꼭 걸어 약속하고 나간 것이 화근이었다. 함께 우비를 입은 채 놀이터로 나간 채민은 두 번째로 미끄럼틀을 타려는 하준의 등을 막 밀어주려던 순간, 미끄럼틀 터널 너머로 무언가 반짝, 하는 것을 목격했다. 내려가고 싶어 안달 난 하준의 작은 몸통을 양손으로 꽉 붙들고 불빛이 반짝거린 쪽을 주시하다 별안간 소름이 돋았다. 그것은 담뱃불이었다. 종종 인사를 나누던 옆집 남자의 입가에서 피어오르던 연기는 우산 밖에서 비에 맞아 흐트러졌다. 그날 밤 이후 옆집 남자는 분리수거를 할 때를 제외하고는 집 밖으로 몇 번 나가지 않는 채민을 고집스레 따라다녔다.

* * *

"나 진짜 걔 때문에 미치겠어."

결국 채민은 늦은 오후까지 텔레비전을 보던 하준이 잠시 잠든 틈을 타 채령에게 전화했다.

— 퇴원하면……

"퇴원하면 뭐. 어쩔 건데. 나는 언니가 쟤 뒷바라지하면서 살다가 경찰서 잡혀갈까 봐 그게 더 걱정이야."

— 아직 애잖아. 그리고 뒷바라지라니. 육아는 원래 그런 거야.

"그게 뭐? 그럼, 애들은 원래 다 저래?"

그래. 수화기 너머로 잠시 말이 없던 채령이 단단히 분노 어린 말투로 답했다. 나, 다음 주에 수술해. 원래는 약물 치료만 하려다가 평생 약물에 의존할 수는 없겠다 싶어서, 친한 의사 쌤한테 맡겼어.

"맡겼다니, 무슨 소리야?"

— 잘 되면 이번에 새로 발표할 수술법인데,

"자, 잠시만. 새로 발표할 거라면, 아직 시행되지 않았다는 소리잖아. 언니…… 미쳤어? 야, 송채령 너 미쳤니, 진짜? 어디 인공 자궁 같은 곳에서 자고 있던 애를 입양한 것도 모자라서 자기 몸뚱어리도 왜 실험대로 내모는 거야, 대체 왜! 지금 언니 보호자는 나야, 내 동의 없이 이래도 돼?"

— 채민아, 지금 너는 하준이 보호자야.

핏줄 사이사이로 얼음물이 스며드는 감각이다. 눈시울이 뜨겁고 코끝이 매콤해질 정도로 언니를 사랑하는 것만큼 원망하는 것 이상의 감정을 느끼고 있음을 채민은 알았다. 이건, 애증도, 걱정도, 원망도 아닌 순수한 분노다.

"난 정말 언니가 이해가 안 가. 그 누구보다 앞장서서 바이오 베드니, 유년기 냉동이니 뭐니, 양육자랍시고 온갖 가식은 다 떨더니. 이제 와서 애를 입양해 뭘 어쩌겠다는 건데? 혹시 죄책감이 든 거야? 아니, 엄마 아빠 안락사 비용은 나만 갚고 있나? 우리 어릴 때를 봐서도 다시는 애 안 낳겠다던 사람 어디 갔어?"

급기야 채민은 부모님을 입에 올렸다. 우릴 선택해서 낳은 것이 아니라며 한평생 육아의 고통을 토로하다 안락사를 선택한 송민기, 김나영 씨. 멋대로 낳아놓고 원하는 대로 죽은 그 이기적인 한 쌍의 잉꼬부부와 채령은 다를 거라 생각했다.

— …… 수술은 다음 주 토요일 오후 두 시야. 병원은 똑같고.

***

잠시 한눈판 사이 하준이 일을 쳤다. 비가 쏟아지는 것을 가만히 바라보더니 작업실에서 잠시 채민이 쪽잠을 자는 틈을 타 놀이터에 다녀온 것이다. 도대체 엘리베이터는 어떻게 혼자 타고, 현관문 비밀번호는 또 어떻게 알았는지. 느껴지는 인기척에 채민이 눈을 떴을 땐, 하준이 이미 놀이터에서 30분 정도 한바탕 놀고 물이 뚝뚝 떨어지는 채로 돌아온 뒤였다. 자기가 뭘 잘못했는지 모른다는 얼굴로 눈을 말똥말똥 뜨면서 태연하게 거실 소파에 앉아 텔레비전을 보려던 하준을 낚아채 씻기며 거의 반 정도 우는 목소리로 채령에게 전화를 걸어 우천염 예방접종에 관해 물었다. 다행히 출생 후속 관리본부에서 8년 전부터 1급 백신을 맞고 있다는 이야기를 듣자, 무릎이 젖는 것도 모르고 욕실에 주저앉았다. 그렇다고 해서 빗줄기가 약한 아이의 몸을 괴롭힘 없이 떠난 것은 아니었다. 하준은 지독한 감기에 걸렸다. 성인 감기약을 반의반으로 쪼개 먹여봐도 영 차도가 없어 뜬눈으로 밤을 지새웠다. 문제는 하준이 앓아누운 다음 날이 채령의 수술 날이었다. 하준과 채령 사이에서 채민은 채령을 선택했다.

'딱 30분만 보고 나오자.'

수술이 몇 시간이 걸릴지 모르니 차라리 수술 전에 대화만 나누고 집으로 빨리 돌아오면 아무 문제 없을 거라 자기 암시를 걸었다.

"이모, 3시간만 나갔다 올게."

"으응."

"그동안 누가 문 두드리고 초인종 눌러도 열어주면 안 돼. 알았지? 하준아, 응? 누가 문 열어달라고 해도 문 열어주면 안 돼? 응?"

"백설 공주처럼?"

"그래, 백설 공주처럼."

읽어본 적 없는 동화 속 인물의 이름이 나와도 고개를 끄덕일 정도로 정신이 없었다. 채민은 아침부터 끙끙대는 하준을 씻긴 뒤 해열 패치를 이마에 붙여놓고 어른용 감기약을 반의반절이 아닌 반만 뚝 잘라 먹였다. 거칠던 숨소리가 새근대지는 걸 확인한 뒤 서둘러 집을 나왔다.

수술을 끝낸 채령이 과일을 먹지 못할 걸 알면서도 빈손으로 가기에는 예의가 아니라는 생각에 백화점에 들러 과일 바구니를 샀다. 애플망고 하나, 샤인머스캣 한 송이, 바나나 두 송이, 사과 한 알에 거진 8만 원을 줬다. 비슷한 가격대의 과일 바구니 사이에서 고르고 고르다 보니 버스를 타면 지각할 게 분명해 택시 정류장에 앉아 있자니, 명품관 외벽 하나를 차지한 커다란 화보가 눈에 띄었다. J였다. 6년 전에 아이를 낳았다고는 믿지 못할 만큼 중학생처럼 마른 몸매에 내년 S/S 신상을 걸치고 있었다. 외벽에 꽉 차게 걸린 화보를 바라보고 있자니, 거대한 삼신할매가 자신을 내려다보는 기분이 들어 채민은 울컥, 감정이 올라왔다.

당신은, 왜 그랬어요? 왜, 피임을 확실히 하지 않은 거죠? 왜, 낳기로 결정한 거예요? 왜, 자신을 임신시킨 사람보다 우리 언니에게 더 많은 원망을 쏟아냈던 거죠? 당신은 경제력이 있잖아요. 엄마가 되기 싫다니. 이미 아이를 낳은 순간 당신은 그 아이의 엄마였어요. 정말 엄마가 되기 싫었다면, 아이를 유기할 생각 말고, 우리 언니 같은 결함 투성이에 착해빠진 사람에게 떠넘길 생각 말고 분명 우리보다 좋은 사람에게, 돈이 더 많은 사람에게 아이를 입양시킬 수도 있었는데, 왜 그렇게 책임감 없이, 겁쟁이처럼 군 거죠? 대체, 왜.

자신도 할 수 없는 일을 우리에게 떠넘긴 거야.

"아가씨! 택시 불렀죠? 아이, 왜 울고 있어요? 얼른 타요!"

어느새 채민은 J의 화보를 노려보며 울고 있었다.

***

"왜 왔어?"

"뭐?"

병실 문을 열자마자 푸대접을 받은 채민은 대번에 인상을 찌푸렸다. 과일바구니를 채령의 침대 옆 협탁에 올려둔 채민은 시계를 한번 확인하고선 간병인용 의자에 앉아 채령을 바라보았다.

"꼭 그런 식으로 얘기해야 돼?"

"하준이 아프다며. 애를 집에 혼자 두고 오면 안 되지."

그 말을 듣는 순간, 채민은 가슴 속에서 폭발이 일었다.

"괜히 왔다, 갈게."

"그래. 빨리 가. 빨리 가서 하준이 돌봐. 내 걱정은 하지 말고."

"안 해."

수술을 앞둔 환자에게 모진 말을 내뱉고 싶지 않아 입술을 짓씹으며 병실 문을 열어젖혔다. 언제나 그랬다. 채민은 채령에게 물렀다. 양심은 네모나다고 하던가. 그것이 마음속에서 구르고 굴러 둥글게 변하면 더 이상 양심에 찔리지 않는 사람이 되어 버린다던데. 그런 면에서 채민이 몇 년간 팀원들을 괴롭혀 미움을 산 못된 동그라미라면, 채령은 상냥한 네모였다. 자신 같은 사람은 도저히 당해낼 수 없다고, 채민이 채령의 상냥함에 패배감을 느낄 때마다 떠올리는 생각이었다.

"채민아,"

"……또 뭐."

"택배는, 받았어?"

"택배는 무슨 택배?"

"나중에 받으면 꼭 열어봐."

"알겠으니까, 수술이나 잘해."

"잘할 거야."

"항상 그런 말로 넘어가려고 하지 말고, 좀."

"너는 부족한 면도 좋게 받아들일 줄 알아야 해."

채민은 대답 않고 병실 문을 닫았다. 집에서부터 수술을 앞둔 채령의 병실로 가는 길은 한 편의 무성영화처럼 느껴졌으나 집으로 돌아오는 길은 시간을 종이접기 한 것처럼 눈 깜짝할 새였다.

삑삑삑 삑삑 삑—

덜컥. 문을 열자마자 보이는 낯선 슬리퍼. 찰나였으나 문이 열림과 동시에 뚝 끊겨버린 익숙한 남자의 목소리를 느낀 채민은 귀털까지 곤두서며 얼어붙기 일보 직전이었다. 아파트에서 공짜로 지문인식 도어록을 설치해 준다는 것에 여태 바꾸지 않은 걸 후회하며 채민은 신발장을 살짝 열어 가장 위 칸에 보관해 두었던 자루 망치를 꺼내 단단히 쥐었다. 순간 손목에 찬 스마트워치로 경찰에 신고할지 생각했었으나, 하준이 이 집에 있는 이상 신고는 자폭 행위다.

"이모? 이모 왔어?"

방문 너머로 들리는 하준의 꺄르르거리는 웃음소리와 함께 4개의 발바닥이 장판에 부딪히는 소리가 점점 커졌다. 채민은 망설임 없이 망치를 들고 거실로 달려 나갔다.

"으아아아아!"

"흐어어억! 잠, 잠시만요!"

"이 스토커 자식아!"

"무슨 오해가 있으신 것 같은데!"

"오해는 무슨 오해!"

"이모! 이거 봐, 삼촌이 해줬어."

여전히 망치를 든 상태로 시선을 내리자, 하준이 깁스한 팔을 들어 보였다. 가느다란 팔에는 병아리색의 통깁스가 단단히 고정돼 있었다. 그 위에는 그새 붙인 건지, 며칠 전 하준에게 주었던 스티커가 뭉텅이로 붙어있었다.

"너 팔이 왜 이래!"

"……이잉."

여전히 망치를 내려놓지 않은 채로 무릎을 꿇고선 하준의 여린 어깨를 꽉 쥐는 채민에 하준은 벗어나려는 듯 몸을 이리 저리 비틀었다.

"너 진짜 이모 말 안 듣고 뭐 했어! 이모 미치는 꼴 보고 싶어?"

"으, 으아아앙— "

결국 애를 울렸다. 와중에도 채민은 뒤돌아 현관문이 잘 닫혔는지 확인했다. 그 찰나에 옆집 남자는 채민의 손에서 망치를 뺏어 들려 했으나, 채민이 한 수 빨랐다. 채민은 엉엉 우는 하준을 꼭 끌어안은 채 망치를 남자에게로 겨눴다.

"……신발장에 올라갔다가 다쳤답니다."

신발장. 그새 또 올라간 것인가. 채민의 집에 온 이후로 하준은 신발장에 올라가 거울을 보거나 현관문 외시경으로 복도를 관찰하는 것을 좋아했다. 택배원이라도 마주치면 마치 무인도에서 구조선을 발견한 사람처럼 활짝 웃었다. 그러나 하준이 신발장에 올라가 다친 것만큼 중요한 문제가 아직 남아있었다.

"송하준, 방에 들어가."

"왜에. 나 티비 보고 싶은데.

"이모가! 하…… 이모가 삼, 촌이랑만 둘이서 할 얘기 있어서 그래. 방에 들어가. 이따가 티비 많이 보게 해줄게."

"정말?"

"정말로. 약속. 방문 꼭 닫고 있어."

하준은 아무것도 쥐고 있지 않은 채민의 빈손을 붙잡고 새끼손가락에 자신의 고사리 같은 손가락을 감은 뒤 방 안으로 뛰어 들어갔다. 하준이 방문을 닫은 뒤에도 채민의 시선은 한참 동안 남자에게 머물렀다. 모자를 벗은 모습은 처음이었다. 범죄자 같은 분위기는 풍기지 않았으나, 거구의 남자는 충분히 위협적이었다.

"지난번에 비 오던 날, 놀이터에서 저랑 눈 마주치셨죠? 담배 피우고 계시던데."

채민의 말에 남자는 느릿하게 고개를 끄덕였다. 채민은 남자를 계속 겨냥하고 있던 망치를 천천히 내렸다. 시선은 여전히 고정한 채였다.

"그쪽은 여기 어떻게 들어온 거죠? 깁스는 또 뭐고, 지난 일주일 동안 자꾸 저 따라다니시고. 대체 뭐예요? 여자 혼자 애 키운다고 신고하시려고요? 신고 포상금 때문이신 거면, 그냥 제가 드릴게요."

숨도 안 쉬고 쏘아대는 채민을 바라보던 남자는 별안간 허리를 숙였다. 그것이 인사의 의미인지, 사죄의 의미인지 차마 다 헤아리기도 전에 바지 주머니에서 꺼낸 지갑 속에 명함을 뽑아 건넸다. 요즘에도 종이 명함을 쓰는 사람이 있구나. 명함 속 남자의 정체는 의외였다.

[건강사랑정형외과 원장 권 철]

— 야간 진료 및 가정 방문 전화로 문의—

"인사가 늦었습니다. 601동 1303호에 살고 있는 권철이라고
합니다. 울음소리가 들려서 와 보니…… 하준이가 도어록 번호
를 말해주더군요. 신발장에 떨어지면서 손목이 골절된 것 같
아 급하게 집에 있는 기계들로 응급처치했죠. 기술이 좋아져서
다행이에요. 예전 같았으면 무조건 병원에 가야 했을 텐데, 요
새는 어르신 손님들이 많아서 골절 정도는 집에서 치료할 수
있도록 기계가 잘 나왔거든요. 그리고, 그때 놀이터에서는……
사실, 그러니까…… 같은 편이라고 말씀드리고 싶었어요."

"같은 편이요?"

"네. 지금은 돌아가셨지만, 저희 할머니께선 가장 마지막까
지 운영했던 소아과 원장님이셨어요."

철은 명함 속 병원의 이름을 가리키며 말했다.

"건강사랑정형외과도 원래는 아이건강사랑소아과였죠. 저는
출생 후속 관리본부의 모든 행위에 반대합니다. 뭐, 이런 말도
임신하지 않는 몸으로 하니 매번 위선자 소리를 듣긴 하지만,
신고하지 않을 거라고 직접 만나서 말씀드리고 싶었어요."

철의 말은 거짓이 아닌 듯, 식탁 위에는 그가 가져온 것으로
보이는 각종 휴대용 의료 기기와 붕대가 채 정리되지 못한 상

태로 널브러져 있었다.

"현관문 앞에 쪽지 같은 걸 남기셔도 됐을 텐데."

"그런 건 제 성격에 안 맞아서요."

"엘리베이터는 왜 주먹으로 치신 거예요?"

"주먹이요? ……아, 아! 주먹으로 친 게 아니라 발이 미끄러져 여기가 부딪힌 소리를 들으신 것 같네요."

철은 아직 멍이 다 가라앉지 않은 자신의 광대뼈를 가리켰다. 이렇게 가까이서 보니 실로 미남이었다. 지난 일주일간 자신을 괴롭혔던 일에 대한 오해가 풀리자, 조금 전 철에게 망치를 겨눴던 일부터 그간 그와 마주칠 때마다 도망쳐 온 일까지 모두 민망함으로 변해 썰물처럼 밀려 들어와 채민의 머리를 적셨다. 그러나 천성이 못된 동그라미 같은 사람이라 그런지, 지난 시간 동안 철과의 오해로 인해 얻은 스트레스를 생각하면 죽어도 미안하다는 말은 하고 싶지 않았다. 예전 같았다면, 혼자 살았다면, 싹수없다는 소리를 듣는다 해도 절대 입 밖으로 사과하지 않았을 것이다. 하지만, 채민은 지금 지킬 것이 있었다.

"저, 그, 죄, 죄송합니다. 저는 그런 줄도 모르고……"

"제가 덩치도 크고, 인상도 험악해서 종종 엘리베이터에서 마주치면 먼저 타고 있던 분이 내리시기도 해요. 하하."

"제가 어떻게든 사례를,"

"아, 아닙니다."

괜찮다며 손사래를 치는 철을 식탁에 앉힌 채민은 뭐라도 사례하고 싶다며 냉장고를 열었다. 손님이 온 적이 있어야지, 도저히 앞에 내올 음식이 보이지 않아 하준의 몫으로 남겨뒀던 멸균 팩에 담긴 포도 주스 두 팩을 쟁반 위에 올려 식탁으로 돌아오니 철은 거실 한쪽에 먼지 쌓인 책꽂이를 보고 있었다. 전자책 점유율이 80퍼센트에 육박하는 시대에서 흔히 보기 힘든 종이 만화책, 동화책 따위가 세 칸으로 나뉜 1단 책꽂이에 마구잡이로 꽂혀 있었다. 이 또한 채령이 하준을 데리고 왔을 때 함께 가져온 것이었다.

"평소에 자주 읽으세요?"

철은 삐죽빼죽하게 꽂힌 책들 사이에서 한 권을 뽑아 들며 말했다. 어쩐지 기대감이 묻어난 목소리에 채민은 대답할 생각도 하지 못한 채 철의 등을 바라보았다. 책에 코를 묻고 냄새를 맡다가 페이지를 한번 죽— 펼쳐 훑어본 철은 이내 다른 책 한 권을 더 뽑아 들었다. 만족스러운 미소를 지은 철이 뒤돌아 식탁에 기대앉아 저를 바라보는 채민에게 자신이 뽑아 든 책 두 권을 내밀었다.

『비바람이 부는 언덕 위에서』

『베개가 깨어있는 시간』

공교롭게도 두 권 모두 채령이 이 집에 하준을 데리고 왔던 첫날 밤과 둘째 날 밤에 읽어주었던 동화책이다. 도대체 어디서 구했냐고 물었더니 한참을 얼버무리다가 부모님의 유품 상자에서 꺼내왔다는 말로 채민을 기겁하게 만들었던 책.

"이 두 권, 빌려주실 수 있나요?"

"요새는 전자책도 잘 나오는데요."

"책을 읽다 손이 베이는 경험도 저는 중요하다고 생각하거든요."

"파상풍 걸려도 전 몰라요."

"저는 의사니까 괜찮아요."

결국 팽팽한 대립 끝에 채민은 철에게 책을 빌려주었다. 신이 난 얼굴로 연신 고맙다고 말하던 철은 현관문 앞에서 슬리퍼에 발을 꿰던 것을 멈추고선 앉은 자세 그대로 채민을 올려다보았다. 아래에서 내려다보니 은근히 순한 인상이었다.

"하준이한테 인사하고 가도 될까요?"

"아, 뭐…… 네."

방으로 향하던 철이 잠시 걸음을 멈추고 뒤돌아 말했다.

"진짜 신고 안 할 거예요."

누가 뭐랬나. 철이 방문을 열자마자 하준이 튀어나와 그에게 안겼다. 그새 친해진 건지, 무릎을 꿇고 하준의 귀에 철이 무언가를 속삭이자, 하준의 표정이 눈에 띄게 밝아졌다.

"내일 반납하러 올게요."

그 말을 끝으로 철과의 강렬한 만남도 끝이 나는 줄 알았으나, 현관문을 닫은 지 채 5초도 안 되어 초인종이 다시 울렸다.

"택배 왔어요."

철은 문틈으로 상자를 건네고는 동화책 두 권을 들어 보이며 근사하게 웃었다. 점점 닫히는 현관문이 애석할 정도의 얼굴이었다. 채민은 건네받은 택배 상자를 살폈다. 발신인 송채령. 아마 그날의 통화 이후 보내온 것 같았다.

"……꼭 열어보라는 게 이거였나."

손바닥만 한 상자 안에는 USB 다섯 개뿐이었다. USB 위에는 파란색 매직으로 1부터 5까지 숫자가 쓰여 있었을 뿐, 특별할 건 없어 보였다. 채민은 분리수거를 위해 커터칼로 상자에 감싸져 있는 테이프를 뜯으며 하준을 찾았다.

"하준, 티비 볼 거야?"

"아니이."

돌아오는 대답이 의외였다.

"아까 삼촌이랑 한 귓속말 때문이야?"

혹시나 싶어 물었더니 역시나 그 때문인 것 같았는데 입을 꾹 다물고 도리도리 고개를 저었다. 텔레비전을 보고 싶은 기색이 역력한데 억지로 참으며 자신의 이부자리에서 잠을 청한 하준의 숨소리가 규칙적인 것을 확인한 채민은 작업실로 들어갔다. 다섯 개 중 숫자 '2'가 적힌 USB를 컴퓨터 본체에 꽂았다. 금세 연결된 USB 속에는 오로지 '채민'이라 적힌 폴더뿐이었다. 채민은 망설임 없이 더블 클릭했다.

[걸음마.mp4]
[돌잔치.mp4]
[언니는 누구 편.mp4]
[첫 아이스크림 시식.mp4]
[울보.mp4]
.
.
.

폴더엔 연관성을 유추할 수 있는 제목의 영상들이 족히 서른 개는 넘게 들어있었다. 그제야 채민은 부모님이 어릴 적부터 홈 비디오를 촬영하는 걸 즐기는 어른이었음을 상기했다. '언니는 누구 편.mp4'라는 제목의 영상을 재생하자, 중학생 정도 되어 보이는 채령과 그보다 훨씬 꼬마였던 채민이 나타났다. 장난감을 가지고 또래 친구와 실랑이하다 아예 친구를 밀쳐버린 채민을 다그치는 채령의 모습으로 영상은 끝이 났다. 채민은 홀린 듯이 다음 영상을 클릭했다. 손으로 밥을 먹는 나, 크리스마스 때 백화점의 대리석 바닥에 드러누워 우는 나, 언니의 머리카락을 잡아당기는 나…… 하준이 처음 집에 왔을 때 소음 방지 카펫과 모서리 보호대 따위로 촌스럽게 변했다고 생각한 집 안 풍경도 채민이 어렸을 적 살았던 고향 집과 많이 닮아있었다. 채민은 울음이 터졌다. 아이러니하게도 사람들은 두려워하는 것을 혐오하고, 선망하는 것을 두려워한다. 채민은 자신의 올챙이 시절을 마주하기가 두려웠던 것이다. 그렇기에 버추얼 키즈 크리에이터로 전직하며 스튜디오에서 제공한 콘텐츠 속 아이들의 모습을 진짜라고 믿으며 자신의 과거가 아예 존재하지 않았던 것처럼, 마치 엄마 뱃속에서 어른인 채로 태어난 것처럼 하준과 자신 사이에 벽을 만들었던 거다. 그러나 영상 속 어린 채민은 틀림없이 자신이 그토록 혐오하던 '진짜' 아동의 모습이었다. 올챙이 시절을 잊어버린 개구리처럼 지난 몇 년간 살아온 자신에게 역겨움을 느꼈다.

그렇지만…… 채민은 본능적으로 자신이 이 순간만을 기다려 왔다는 것을 알았다.

이런 역겨움을 누군가 느끼게 해주도록 바랐던 것이다. 다섯 개의 USB에 든 영상을 몽땅 재생해 보느라 하룻밤을 꼬박 새우고 책상에 엎드려 자는 채민을 깨운 건 배가 고프다는 하준의 칭얼거림이었다. 채민은 아침상을 차리다 문득 자신을 빤히 쳐다보는 하준과 눈이 마주치자, 단전에서부터 끓어오르는 어떠한 충동을 느꼈다. 어젯밤 눈이 충혈될 정도로 재생과 멈춤을 반복한 영상 속에서 채민에게 가장 인상적이었던 것은 자신의 곁에서 방긋방긋 웃으며 자신이 뭘 하든 어르고 달래주는 어른들의 모습이었다. 나는 한 마을과 여러 어른의 사랑을 받고도 이렇게나 인생이 불행한데, 하준은 행복할까?

"이모랑 사는 거 행복해?"

뱉어놓고 내가 무슨 말을 하는 거지. 채민이 말을 막 주워 담으려던 찰나였다. 채민을 빤히 바라보던 하준은 눈이 휘어져라 웃었다.

"좋아."

채민은 아무 말도 할 수 없었다. 좋다니. 그런 말 하지 마. 열 밤 지나면 돌려보내려고 했단 말이야. 나는 너만 보면 끊임없이 잔소리하고, 나도 잘 못 먹는 채소를 먹이고, 오지 않는 엄마를 들먹이며 너를 혼내잖아. 근데 왜 좋아? 놀이터도 못 가고, 집에서 티비 소리 하나 마음대로 못 하고, 크게 울지도 못하는데 뭐가 좋아?

"이모, 왜 울어. 울지 마……."

거 봐. 이렇게 누가 울면 너는 울지 말라면서 나를 위해 울어주는데, 나는 네가 울 때 한 번도 따라 울지 않았잖아. 채민은 종아리에 닿는 온기를 느끼며 서서 한참을 울었다.

띵동—

초인종 소리에 퍼뜩 정신을 차린 채민은 하준을 끌어안고 현관문으로 다가갔다. 혹시 몰라 하준의 입에는 검지를 가져다 댄 채였다. 혹시, 철이 신고한 걸까? ……그럴 사람으로 보이지는 않았지만.

"누구세요?"

어느새 말라버린 눈물로 짠기 가득한 얼굴의 두 사람은 점점 현관문 앞으로 다가갔다. 문득 철의 명함을 어디에다 두었는지 상기하던 채민은 자신이 어제 병원에서 나온 이후로 채령에 대해 생각하지 않고 있었음을 깨달았다. 채령의 수술은 잘 끝났을까? 현관문 너머에 경찰이 서 있다면 수술을 마친 채령을 보지도 못하고, 철에게 전화를 걸어 잘잘못을 따져보지도 못하고 지금 제 티셔츠를 부여잡고 죽죽 늘이는 이 코흘리개와의 생활도 끝이다. 채민은 조심스레 걸쇠를 걸어 잠그는 동안 품 안의 하준이 외시경 너머를 보고 있는 걸 눈치채지 못했다.

"이모."

하준이 채민의 티셔츠를 죽죽 잡아당기며 자신을 봐줄 것을 암묵적으로 티 냈다. 하준이 잡아당기는 대로 흔들린 손길에 철커덩, 하고 현관 너머에서도 들릴 법한 걸쇠 부딪치는 소리가 들리자, 신경이 예민해진 채민이 하준을 바라보았다. 하준은 별안간 채민의 품 안에서 통통 튀어 오르며 환호성을 질렀다.

"이모오! 한 밤 동안 티비 안 보니까 철이 삼촌이 친구 데려

왔어! 진짜 친구!"

친구라니. 이게 대체 무슨 소리일까. 하준이 이끄는 대로 한 줄기 빛이 옅게 흘러나오는 외시경으로 다가가며 채민은 어떻게 하준을 만나고 한 번도 생각나지 않았던 건지, 스스로 놀라울 정도인 어떤 날이 떠올랐다.

그건 아주 어렸을 적의 기억이다. 거의 유년기의 시작점과도 같은 기억. 외꺼풀인 채민은 안검하수로 눈에 속눈썹이 자주 들어갔다. 생각해 보니, 어릴 적 채민은 항상 눈이 발갛게 부어 있었다. 보다 못한 부모님은 안과에 채민을 데려갔고. 그때의 기억은 어째서인지 꿈결보다 선명했다.

턱을 올리고, 이마를 바짝 대고, 한쪽 눈은 감고, 다른 한쪽 눈으로 빛이 뿜어져 나오는 구멍을 바라보면 언덕 위의 작은 집이 보일 거라던 의사 선생님. 수천 개의 바늘 앞에서 눈을 뜨는 듯한 기분으로 작은 구멍 속을 바라보았던 어느 날. 정말로 언덕 위 작은 집의 지붕 위로 떠오르던 태양을 기억한다. 눈 앞머리에서 자꾸 애를 썩이던 속눈썹을 뽑아낸 채민이 기특하다며 머리를 쓰다듬으며 사탕을 쥐여주던 의사 선생님. 집으로 가는 길에 신이 난 채민을 목말 태워준 아버지와 피곤한 얼굴로 채민의 사진을 찍던 어머니. 안녕, 안녕, 눈이 마주치는 사람들에게 모두 인사하던 채민에 웃으며 반겨주던 어른들. 그런 시대도 있었다. 채민은 그때와 비슷한 감각을 느끼며 외시경 너머를 바라보았다.

'사실, 그러니까…… 같은 편이라고 말씀드리고 싶었어요.'

그런 의미였나. 외시경 너머로, 철의 품 안에 안겨 어제 그가 빌려간 동화책 두 권을 꼭 쥔 작은 ……소녀가 있었다. 하준의 또래. 끽해봐야 여덟 살도 되지 않은 것 같았다. 채민은 시력검사를 했던 날, 언덕 위 태양과 눈이 마주쳤던 것처럼, 외시경의 얇은 렌즈 하나를 두고 소녀와 눈이 마주쳤다. 소녀도 이를 알아챈 것인지 렌즈 쪽으로 동화책을 들어 올리며 말했다.

"이모, 다 읽었어요!"

채민은 희망을 보았다.

파라소찰

담장

인간에서 먼 존재가 인간의 속성을 예찬하는
이야기를 좋아한다. 구름의 무질서에서 강아지를
찾아내고 무생물에게까지 인격을 부여하며 힘껏
사랑하는 지구인을 외계인의 입장에서 바라보곤
한다. 여성서사와 SF를 주력으로 쓴다.

파라소찰은 사선으로 몸을 비틀며 꿀렁였다.

미끈한 뱃가죽은 방금 막 갉아먹은 수정으로 불룩하게 튀어나와 있었다. 파라소찰은 땅 밑의 광물을 주식으로 삶을 연명했다. 그들이 바닥이 아닌 천장을 지탱하는 수정을 먹어 치울 때마다 지반이 살짝씩 뒤틀리며 움푹 꺼졌다.

파라소찰들은 멈추지 않았다. 그들이 한 번 내쉬는 숨은 아주 느리고 길지만, 그래서 그들이 체감하는 시간 또한 무한에 가깝지만, 그 징그러울 만치 끈질긴 기다림은 오히려 커다란 허기를 불러오곤 했다. 신체적 움직임을 최소화하고 소화를 할 때만 바닥에 배를 비비 꼬아 비비는 그 생물은 자신들이 빛 하나 들지 않는 어둑하고 습한 공기 속에서 평생을 살아갈 줄 알았다.

***

　지반으로부터 300m 아래, 수정동굴로 가는 카트에 탑승한 에스터는 헬멧과 보호복, 산소마스크를 다시 한번 확인했다. 여분의 손전등 배터리와 초코바를 주머니에 끼워 넣고 동료들이 비는 건투를 받은 그는 2시간 뒤에야 다시 마주할 지상의 풍경을 눈에 담았다.

　'카트로 왕복 한 시간이면 실질적으로 동굴 내부에서 활동하는 시간은 단 한 시간…… 갔다가 돌아오는 길까지 생각하면 기껏해야 정거장으로부터 걸어서 20분 거리 정도밖에 못 가겠구먼.'

　프로답게 무의식적으로 탐험 가능성을 어림잡아 셈하며 에스터는 레버를 당기고 끝없는 지하 광산으로 롤러코스터를 타듯 빠르게 내려가기 시작했다. 아래로 내려갈수록 공기는 점점 더 덥고 습해졌다. 지상에서는 차갑고 서늘하게 맨살에 달라붙었던 신소재 보호복이 점점 더 열기로 부풀고 후줄근해지는 기분이 들었다. 얼굴에 땀방울이 송골송골 맺히고 산소마스크 안은 호흡을 조절하며 발생한 입김으로 가득해졌다.

　고된 일이 되리란 건 너무나도 자명한 사실이다. 최근 들어 땅과 관련된 기이한 일들이 두더지처럼 불쑥 튀어나와 사람들을 위협하고 있다. 그러나 '그 사건'은 사람들에게서 유의미한 변화를 이끌지 못했다. 첫 소식은 사람들을 충격에 빠뜨렸지만, 몇 년 동안 비슷한 일이 반복되자 사람들은 그것을 일상으로 받아들였다. 심각성을 느끼는 건, 단 일주일. 그 이후에는 모든 관심이 산발적으로 흩어졌다. 땅굴이든 궁금증이든, 무언가를 깊게 파고 내려가는 건 에스터의 본성이므로, 그는 동료들의 만류에도 고집스레 탐험을 계획하고 실행하는 지경에 다다랐다.

우리는 현재 지구의 핵을 향해 달리고 있다. 후끈거리는 공기에 습도가 90%에 육박하여 동굴 속에서 2시간 이상 있게 된다면 질식할 수도 있다. 따라서 다이브와 마찬가지로 제시간에 정해진 계획대로 움직여야 한다. 광부들은 그런 직업이다. 바다가 아닌, 땅 밑으로 잠수하는 존재들. 그리고 에스터 또한 육지의 숙련된 잠수부다.

30분 만에 지하 300m까지 도달한 에스터는 안전벨트를 풀고 카트에서 내렸다. 헤드랜턴을 켠 그는 주머니에서 지도를 꺼내 주변을 살폈다. 동굴 바닥에는 미지근한 물들이 얕게 깔려 있어 걸을 때마다 찰박찰박 소리가 났다. 첫 번째 갈림길에서 그는 왼쪽 통로로 향했다. 에스터는 중간중간 동굴 바닥에 침을 뱉었다. 중력이 어디로 작용하고 있는지를 확인하기 위함이었다. 동굴을 탐험할 때는 실제로 올라가고 있더라도 밑으로 내려가고 있다고 착각하는 경우가 많다. 비틀비틀 꺾인 통로를 기어가다 보면 그러한 착각은 더 심해진다. 수평으로 기고 있는 건지, 아니면 수직으로 땅에 처박혀 지구 내핵 쪽으로 기어가고 있는 건지 알 길이 없기 때문이다. 그리고 비로소 자신이 땅 위가 아닌 밑을 파고들고 있음을 깨닫는 순간이 오면 이미 중력에 몸이 묶여 벗어날 길이 없다. 지금 에스터가 움직이고 있는 동굴은 길이만 11m가 넘는 거대한 수정들의 향연이다. 투명하고 매끈한 거대한 기둥들이 제각기 다른 각도로 통로를 가로막고 있어 에스터는 그 사이로 몸을 빼내는 동시에 중력까지 가늠하려 애를 먹었다.

'매번 마스크 벗고 침 뱉을 수도 없고. 번거로워 죽겠네.'

결국 에스터는 잠시 멈춰 선 채, 가방에 있던 추를 실에 매달고 손목에 묶었다.

'한결 편하군.'

아직까진 추가 발밑을 향해 떨어져 달랑이고 있었다. 에스터는 한숨을 푹 내쉬곤 계속해서 걸음을 옮겼다. 거대한 수정 기둥으로 이리저리 막혀 있는 구간을 통과하고 나니, 어느새 에스터의 눈앞에 탁 트인 넓은 광장을 연상시키는 장소가 나타났다. 에스터는 천장에서 드리우고 있던 그림자들이 자신의 등장과 동시에 어디론가 후다닥 사라지는 것을 알아차렸다. 뒤늦게 고개를 들어 올렸지만 이미 그들은 전부 달아났고, 헤드랜턴에 반사되어 반짝이는 천장만이 에스터를 맞이할 뿐이었다.

에스터는 주변을 찬찬히 살피며 걸었다. 그는 끈적한 점액질이 천장으로부터 자신의 머리 위로 툭 떨어지는 것을 느꼈다. 헬 멧을 타고 흐르는 액체를 장갑 낀 손으로 만졌다. 파랗게 반 짝이는 형광 물질이었다. 동시에 에스터는 자신을 둘러싼 동 굴에서 새파란 형광 물질이 끈적하게 차오르는 것을 알아차 렸다.

사사삭, 사사삭. 작은 것들이 바쁘게 배를 문지르며 움직이 는 소리가 들렸다. 스르륵, 스윽. 거대하고 느릿한 것이 뱀처럼 동굴을 휘감고 타는 소리가 들렸다. 동굴 자체가 살아 있는 것 처럼 으스스한 소리를 냈다. 텅 빈 공간에 울려 퍼지는 고래의 울음소리에 에스터는 마른침을 꿀꺽 삼켰다.

여기에 생명체가 살고 있다는 소리는 안 했잖아.

이렇게 거대한 존재는 더욱이.

***

지진이 났었다. 대륙판의 가장자리에 있는 곳도 아닌데, 그 것도 정중앙에서 일부 지역만 우르르 무너져 내렸다. 싱크홀처 럼 와르르 깊게 무너진 것은 아니었다. 그저 우드득, 하고 지반 이 갈라지더니 피아니스트가 건반을 두들기듯 땅이 들쑥날쑥 꺼지고 솟아올랐다. 무언가 땅 밑에서 길게 포효한 것처럼, 그리고 그 소리가 사방에 울려 마침내 하부를 꺼뜨린 것처럼. 기울어진 건물은 무너져 내렸다. 개중에는 피사의 사탑처럼 오묘한 각도를 이루며 서 있게 된 것들도 있었지만 건물에 살던 사람들은 불안감을 호소하며 서둘러 집을 버리고 떠났다. 그렇게 중력이 이리저리 뒤틀린 것만 같은 도시는 아무도 살지 않는 폐허가 된 채 사람들의 기억 속에서 잊혔다.

에스터는 야심만만한 동굴 탐험가였다. 비록 아마추어이긴 했지만, 그는 꽤 오랜 세월 세계 곳곳의 동굴을 넘나들었다. 처음에는 술을 마시면 밤마다 자신을 때리는 남편이 끔찍해서 무작정 짐을 챙겨 밖으로 나왔다. 이혼을 요구하면 더 맞았기에 그가 선택할 수 있는 건 도망치는 것뿐이었다. 결혼은 여자의 무덤이라고, 주부가 됨으로써 단절된 경력 때문에 기껏 구한 일자리조차 변변치 않았지만, 그는 나름대로 만족하며 살았다. 그리고 어느 날 야간 주유소 업무를 보고 있던 그는 핸드폰을 만지작거리다가 문득 동굴 탐사 영상이 눈에 들어와 홀린 듯이 클릭하게 되었다. 동굴 속은 고요하고, 동시에 장엄했다. 걸을 때마다 장화에 튀기는 물방울 소리가 좋았다. 거대한 종유석들이 위아래로 튀어나와 하늘과 땅이 뒤집힌 것만 같았다. 그는 동굴에 막연히 매료되었다. 그래서 없는 살림을 전부 털어 동굴 탐사 자격증을 따고 탐사자들이 모이는 동호회에 가입하여 차근차근 동굴 탐험을 배워나갔다.

그리고 그가 수정동굴에 서 있는 지금은 그때로부터 무려 20년이 지난 시점이다. 50대의 에스터는 아직도 낭만 있었고, 용기가 넘쳤고 새로운 삶을 꿈꿨다. 흔히들 열정이란 젊은 사람들만이 가진다고 하지만 그것은 젊은 사람들의 오만함이었다. 그들은 에스터 같은 사람을 젊게 사는 사람이라 했지만 애초에 '열정'이란 '젊음'이라는 전제 자체부터 대단한 착각이기에 그는 그런 호칭을 별로 좋아하지 않았다. 에스터도, 에스터를 비롯한 모든 중장년과 노인들도 저마다의 열정을 가지고 있고 그건 때로는 젊은이들의 무모한 열정보다 더 아름답고 강렬했다.

호기심 반, 사명감 반으로 부풀어 오른 에스터는 바닥으로부터 차오르는 액체를 작은 유리병에 담은 뒤 다시 왔던 길로 되돌아가기 위해 뛰었다. 마음 같아선 당장이라도 저 파랗게 빛나는 액체의 정체를 알아내기 위해 조금 더 이곳을 조사하고 싶었지만, 액체가 차오르는 속도가 꽤 빨라서 자칫했다간 다음 모험이고 뭐고 익사할 수도 있겠다는 생각이 들었다. 그는 통로를 향해 몸을 구겨 넣었다. 거대한 수정들이 만드는 좁다란 틈 사이에서 그는 림보를 하듯 몸을 꺾으며 빠른 속도로 전진했다. 그러던 도중 에스터는 문득 앞머리가 더 이상 눈을 찌르지 않는다는 사실을 발견했다.

그는 찬찬히 숨을 몰아쉬며 자신의 손목을 보았다.

손목에 매달린 추가 머리 위를 향하고 있었다.

오싹해진 에스터는 양손으로 양쪽 통로 벽을 붙잡고 몸을 반대로 끌어올렸다. 그러나 꽤 깊게 빠진 건지, 중력의 영향 때문에 몸이 끼어 움직이질 않았다. 머리가 아래를 향하는 바람에 전신의 피가 정수리로 쏠렸다. 이 상태로 이틀이 지나면 심장마비로 죽을지도 모른다. 아니, 애초에 이렇게 덥고 습한 곳이라면 한 시간만 더 지나도 숨이 가빠 죽을 것이다. 에스터의 경우 정체 모를 형광 물질에 익사하여 죽을 가능성이 더 높았다. 그는 그 상태로 30분을 버티다가 이내 핑 도는 시야와 함께 잠시 의식을 잃고 말았다. 흐려지는 의식 속에서 그는 무언가 차갑고 축축한 뱀 같은 것이 자신의 허리를 부드럽게 감싸는 걸 느꼈다.

***

【퉤!】

파라소찰은 수정 사이에 처박혀 있는 에스터를 입에 한 번 넣고 혀로 우물거리다가 도저히 먹을 맛이 아니라는 걸 깨달은 듯 땅바닥에 퉤 하고 뱉었다. 파라소찰이 이빨이나 강력한 산성 침이 없어서 다행이었다. 에스터는 끈적하고 반짝이는 점액질로 뒤덮인 채 기절해 있었다. 파라소찰이 인간과 같은 커다란 생물을 본 것은 처음이었다. 인간에 비하면 몸집이 훨씬 큰 파라소찰이었지만, 그것은 평생을 미생물 혹은 자신과 하나의 의식을 공유하는 또 다른 파라소찰들만을 보고 살았다.

파라소찰은 파라소찰들이기도 하다.

우선 그들은 각각의 크고 작은 개체였다. 가장 거대한 파라소찰이 최초로 탄생한 파라소찰이다. 그 주위를 맴돌며 함께 수정동굴 내부에서 살아가는 작은 개체들은 크기가 인간만 한 것부터 올챙이만 한 것까지, 다양한 형상을 띠고 있었다. 동시에 이들은 하나의 의식으로 연결된 존재들이다. 산호는 군집 하나가 모든 영양분을 공유한다. 파라소찰들은 육지의 산호 같은 자들이었다. 그래서 곳곳에서 동시다발적으로 신호를 입력받으면서도 그걸 하나의 기억으로 재구성하는 과정을 실시간으로 거친다.

그렇기에 파라소찰은 그 자체만으로도 동굴의 역사였다. 10만 년을 넘게 산 동굴의 구렁이. 구렁이라고 할 수 없는 오묘한 생김새. 뱀이라기엔 용에 가깝고 용이라기엔 이무기에 조금 더 가까워 보이는 그 존재는 에스터를 다시 입에 넣고 굴려보려다가 마음을 바꾸었다. 일단 에스터는 너무 말랑했다. 그들은 수정을 비롯한 각종 광물처럼 경도 높은 물질들을, 그것도 오밀조밀 모인 결정체들을 먹었다. 에스터처럼 바깥은 딱딱한 물질로 덮여 있고, 안쪽은 흐물흐물한 유기체는 소화할 순 있으나 먹으면 배탈이 날 것만 같았다.

【그럼 저걸 어찌하면 좋지?】

그들은 낮게 웅웅거렸다. 독특한 성대 구조 때문에 그들이
내는 소리는 동굴에 바람이 불면 나는 소리와 비슷했다.

【깨어날 때까지 기다려 보자. 우리에게 새로운 정보를 줄 수
있어.】

＊＊＊

에스터는 고래 소리를 들으며 바다에서 깨어난 것만 같은
기분을 느꼈다. 그러나 그는 여전히 동굴이었고 온몸이 끈적
하게 말라붙어 점액질의 미라가 된 기분이었다. 그는 추를 매
단 손목의 반대 손목을 보았다. 헤드랜턴이 부서졌지만, 주변
의 환한 빛 덕분에 눈금을 읽는 데 지장이 없었다. 손목시계
는 이미 그가 동굴에 들어온 후로 세 시간이 지났다는 것을
알리고 있었다. 에스터는 예상 시간을 훨씬 초과해 버린 이 상
황에 놀라 벌떡 일어났다. 그리고 그 순간, 미끈하고 반짝이는
원통형 물체가 자신의 몸을 감아 천천히 끌어당기는 것을 느
꼈다.

"헉."

에스터가 짧은 숨을 몰아 뱉었다. 그는 긴장하지 않으려 노

력하며 시야를 조금 내리깔았다. 형형색색의 비늘로 덮여 있는 몸통이 각도에 따라 홀로그램처럼 번뜩였다. 천장에서부터 이어져 있는 이 정체불명 생명체의 비늘은 에스터와 같은 인간이 만지기에 너무 뾰족하거나, 위험하지 않았다. 에스터는 조심스레 표피에 손을 가져다 댔다. 비늘은 생각보다 얇고 유연했다. 그는 문득 이 존재가 장난감으로 만들어진 용 같단 생각을 했다.

파라소찰은 에스터를 감싼 채, 똬리를 틀고 있던 몸을 서서히 풀며 바닥에 미끄러져 내려갔다. 비로소 에스터는 파라소찰의 머리를 볼 수 있었다. 그건 생물보다는 암석에 더 가까운 형상이었다. 얼룩덜룩한 암석에는 기이한 색채의 마블링이 일렁였다. 인위적으로 만들어낸 듯한 부자연스러운 아름다움에 에스터는 한동안 그것에게서 눈을 떼지 못했다.

에스터의 주위로 작은 파라소찰들이 모여들기 시작했다. 작은 도마뱀 같은 그것들은 미끈한 몸을 에스터에 비비며 어깨로 올라왔다. 아직 어린 개체라 그런지 비늘이 돋지 않은 조금 더 매끈한 형상이었다. 에스터는 이 당혹스러운 광경에 정신을 못 차리다가 문득 자신이, 숨을 쉬는 데 아무런 불편함조차 없다는 것을 알아차렸다. 그는 서둘러 자신의 얼굴을 더듬었다. 입과 코에 손이 닿았다. 산소마스크를 끼고 있지 않았다. 대신 그의 입과 코가 형광 점액질로 덮여 있었다. 에스터는 파라소찰의 입에서 떨어져 나오는 액체를 보며 생각했다.

'저게 동굴처럼 덥고 습한 곳에서도 숨을 쉴 수 있게 해주는 건가?'

확실히 점액질을 뒤집어쓰니 몸이 더 서늘해지는 기분이다. 그 감각이 좋아서 에스터는 홀린 듯이 그것에게 손을 뻗었다. 파라소찰은 그 작은 생명체의 손짓을 지그시 바라보다가 이내 얼굴을 내밀었다. 에스터가 얼굴을 매만지자 파라소찰은 더욱 그의 손에 엉겨 붙었다. 에스터는 그게 마치 거대한 강아지 같다는 생각을 떨쳐 낼 수 없었다. 자신을 볼 때마다 배를 까고 빨리 만져 달라 재촉하는 동네 화방 강아지 같았다. 파라소찰은 거대한 혓바닥으로 에스터를 부드럽게 핥았다.

***

파라소찰은 정체불명의 작은 생명체가 자신의 얼굴을 긁어주는 것을 보고 생각했다.

【작은 생명체답게 재롱을 부리는구나!】

그는 자신의 체온보다 조금 더 높은 체온을 가진 포유류의 표피를 느꼈다. 어린 파라소찰 개체들처럼 작고 건조한 이 생명체에게 파라소찰은 침을 발라주었다. 일종의 그루밍 같은 것이었다. 서열이 높은 자가 낮은 자에게 해주는 돌봄의 표시였다.

그때 에스터의 어깨에 올라온 작은 파라소찰이 외쳤다.

【이 생물에게 정보를 더 얻어 봐요!】

파라소찰은 곰곰이 생각했다. 언어가 통하지 않는데, 그렇다면 어떤 식으로 대화를 시도해야 할까? 그는 고심 끝에 꼬리로 에스터를 말아 안고는 미끈한 몸을 꿀렁거리며 더욱 깊숙한 수정동굴 안으로 들어갔다. 그에게 붙들려 있는 생명체는 조금 놀란 기색을 보였지만, 파라소찰이 자신을 해치지 않을 거라는 것을 인지했는지 별다른 저항을 하지 않고 그저 상황을 지켜보았다.

'워메…… 어디로 가는겨?'

파라소찰의 움직임은 아주 느긋했지만, 그의 몸에서 흘러나오는 점액질이 동굴 바닥을 미끄럽게 만들었기에 녀석은 한 번 꿀렁일 때마다 꽤 많은 거리를 이동할 수 있었다. 아래로 내려갈수록 에스터는 주변의 풍경이 시시각각 변한다는 사실을 알아차렸다. 새하얀 수정들로 이루어진 천장은 곧 다채로운 마블링으로 이루어진 하나의 화폭처럼 바뀌었다. 플라즈마로 물질을 증착시킨 것처럼 무지개 빛깔의 홀로그램이 동굴 전체에 부착되어 일렁였는데, 그 모습이 마치 자신의 몸을 휘감고 있는 구렁이의 비늘 같았다.

에스터는 곧 동굴의 벽과 파라소찰의 몸이 비슷한 물질로 이루어진 이유를 깨달을 수 있었다. 이윽고 펼쳐지는 거대한 암석의 향연이 그들의 기원에 대해 설명하고 있었기 때문이다. 이제는 부식과 풍화를 거쳐 거의 가루가 된 페트병 조각들과 플라스틱들이 엉겨 붙어 하나의 거대한 바위를 이루고 있었다. 비록 코팅이 많이 벗겨져 본래의 색을 잃었지만, 과거에는 청록색을 띠었을 거라 추측되는 조각난 플라스틱 컵의 잔해와 뜯어진 페트병 껍질, 폐플라스틱에 의해 자그마한 키링으로 만들어졌다가 다시 한번 버려진 아기자기한 물품들……. 동굴 천장에서 푸른 형광 물질이 뚝뚝 떨어질 때마다 그 생명력 넘치는 무덤은 요람으로 변하여 어린 파라소찰 개체들을 형성했다.

***

50만 년 전 고대 문헌 중 일부 해독문 — 고고학자 정사미 교수, 언어학자 사후랑 교수 공저

폐기되는 플라스틱의 양은 이미 지구에서 수용 가능한 범위를 초과했다. 인류에게 남은 시간은 고작해야 백 년밖에 없을 것이다. 영원할 것이라 믿었던 인류 문명은 이대로 꺼져버리는 걸까? 쓰레기를 태울 때마다 독성물질과 검은 연기가 대기로 퍼져나갔다. 플라스틱은 잘 썩지도 않아 문제가 많았다. 찬란했던 도시들은 이제 쓰레기들의 소굴이 되었

다. 인간보다 쓰레기가 가득 담긴 검은 봉투가 더 많은 세상이다. 아니, 그것마저 내용물을 수용하지 못하고 터져버려서 사방에 폐기물들이 흩날렸다. 가끔 불이 날 때마다 폭발하는 유독 물질을 인간들은 퀴퀴한 공기와 함께 들이마시고는 픽픽 쓰러졌다.

식물은 땅에 묻혀서 석탄이 되었고 공룡들은 땅에 묻혀서 석유가 되었는데, 인류의 문명이 땅에 묻히면 무엇이 될까? (이 문장이 유독 날카롭게 적혀 있었다.)

수십만 년이 지나게 된다면 그때 지구의 우점종들은 무엇을 발견할 수 있을까? 우리가 남긴 이 문명이, 문명이라고 말하기도 버거운 업보가 그들의 눈에는 어떻게 보일까. 우리를 압사시켜 화석으로 만드는 것은 더 이상 지층이 아니라 쓰레기들의 겹겹이 쌓인 층들일 것이다. 인간들은 쓰레기들에 파묻혀 화석이 될 테다. 인류는 그 자체로 인류세가 될 것이다. 절망적인 사실이다. 석유가 되고, 끈적한 점액질이 되어 풍화된 동굴 속을 흐를 것이다……

***

에스터가 사는 지구에선 플라스틱이란 암석은 자연에서 아주 흔히 볼 수 있는 것이었다. 굳이 땅 밑까지 파고 내려가지 않아도 어디서나 발견할 수 있는, 흔하디흔한 존재. 게다가 플라스틱은 색도 다양하며 가볍고 부식 또한 잘 일어나지 않는다는 장점이 있어 인류 문명에 가장 큰 도움을 준 물질이다.

광부들은 플라스틱을 채굴하기 위해 지상부터 지하까지 모든 곳을 개미처럼 굴을 파며 오갔다. 에스터 또한 동굴 탐사를 할 때 몇 번 정도는 광부들과 함께했기 때문에 이러한 지식을 어느 정도 갖고 있었다. 플라스틱은 인류에게 있어 하나의 혁명이었다. 그러나 플라스틱의 기원은 한동안 미스터리에 가까웠으며 이에 관해 학계에서도 여러 가설이 오갔다. 그중 대표적인 논쟁거리는 플라스틱의 분자구조였는데, 이는 누군가가 인위적으로 이를 만든 것만 같은 복잡한 분자구조를 이루고 있었다.

반감기 추산 결과 50만 년도 넘은 지층에서 발견된 플라스틱이 존재했음을 알 수 있었다. 이것은 진흙에 파묻혀 공기로부터 차단되어 있었기에 보존 상태가 매우 양호했다. 더욱이 그곳에서 발견된 처음 보는 미생물이 뿜어내는 물질은 플라스틱의 표면을 얇게 코팅해 분해를 막았다. 미생물이 분해를 돕는 게 아니라 오히려 분해를 막는다니!

생물학과 지질학, 역사학, 그리고 인류학까지. 이 사실은 학계를 발칵 뒤집어 놓았다. 그럼 그렇게 오래전에도 이러한 고분자 광물을 합성할 만한 기술을 보유했던 지성체가 있었단 말인가? 고고학자들은 플라스틱의 기원에 대해 파고들기 시작했다. 그리고 그들은 구 인류가 기록의 완전한 보존을 위해 플라스틱에 새겨둔 어떠한 문자들을 발견할 수 있었다. 세계의 저명한 학자들은 머리를 모아 이를 해독하기 시작했다.

결국 정사미 고고학자와 사후랑 언어학자는 플라스틱 기록판의 문자를 일부 해독하는 데 성공했다. 이후 구 인류에 관한 연구는 활발하게 진행되었다. 생물학에는 문외한인 에스터 또한 귀가 닳도록 구 인류, 구 인류 거리는 소리를 들어 그들에 대해선 남에게 설명할 수 있을 정도였다.

우리와 반대로 살갗은 물컹한 유기물이고, 그나마 뼈대를 이루는 무기물조차 20%도 되지 않았다. 그리도 살갗이 물렁거리면 외부의 충격에서 도대체 어떻게 살아남은 걸까? 그들이 플라스틱이라는 광물을 만들었던 것은 자신들의 물렁함을 채우기 위함이었을까? 그렇다면 왜 그들은 이런 아름답고 정교한 물질을 만들어내고도 멸종했는가? 그것으로도 채워지지 않는 결핍 같은 것들이 존재했을까?

***

【내가 태어난 곳은 이곳이란다.】

에스터는 못 알아들었겠지만 파라소찰은 그렇게 말했다. 신체의 60%를 차지하는 단단한 무기물 안쪽엔 물컹한 유기물들이 듬성듬성 얽혀 신호를 전달하는 에스터는 파라소찰의 입장에선 너무나 작고 연약한 생명체였다. 겉은 단단하지만, 속은 물컹한 썩은 사과 같은 생명체.

생물이 어떻게 이렇게나 말랑할 수 있을까! 그래서 파라소찰은 에스터를 위해 미끈한 형광 물질을 뱉어 틈틈이 에스터의 몸에 덮어주었다. 파라소찰은 에스터가 마음에 들었다. 한평생 동굴 속에서 살며 자신과 다른 지성체를 본 적이 없는 파라소찰에게 인류란 독특하고 재미있는 존재였다. 자신이 생각을 읽거나 공유할 수 없는 생명체. 완벽한 타인. 늘 지식을 갈구하는 그(혹은 그들)가 새로운 세상의 가능성을 발견했을 때 느꼈을 환희란 가히 상상할 수 없을 정도로 커다랬다.

【나와 함께 이곳에서 살자.】

파라소찰은 낮게 웅웅대며 머리에 붙은 산호석처럼 생긴 뿔을 찬찬히 흔들었다. 에스터는 그 뼈대를 쓸어내렸다. 에스터 또한 파라소찰을 본 순간부터 심장이 쿵쿵 뛰는 걸 그만둘 수 없었다. 그에게 미지란 언제나 황홀과 경이 자체였다. 그는 천성부터 타고난 탐험가 기질을 가진 자였고 호기심이란 언제나 삶의 원동력으로 등치될 수 있는 개념이었다.

【내 곁에 머무르렴.】

동굴의 지면을 통해 파라소찰의 진동이 온몸으로 전달되자 에스터는 홀린 듯 자신도 알아듣지 못할 말을 내뱉었다.

"너에 대해 더 알고 싶어."

에스터는 그것이 사랑스럽다고 느꼈다. 이해할 수 없는 감정이었다. 에스터는 그와 함께 동굴에서 평생을 살고 싶었다. 먹고 마시는 것은 안중에도 없었다. 최면에 걸린 것처럼 그것에게 끝없이 매료되었다. 동굴 밖은 환하고 시끄럽고 역겹지만 동굴 속은 장엄하고 엄숙하고 사랑스럽다.

파라소찰은 에스터의 말이 끝나자 그의 주위로 똬리를 틀고 입을 벌렸다. 녹진하고 반짝이는 푸른 액체가 에스터를 집어삼켰다. 한순간 숨을 참았지만 곧 그럴 필요가 없다는 걸 깨달은 에스터는 물속을 유영하듯 몸에 힘을 빼고 사선으로 누웠다. 실험실 배양액에 둥둥 떠다니는 듯한 형태로 꿈을 꾸었다. 파라소찰이 꾸었던 길고 긴, 10만 년의 세월을…….

그렇게 폐플라스틱들의 무덤에서 태어난 괴물과 용감한 탐험가의 형용할 수 없는 관계가 시작 포를 울렸다.

***

인류의 예견대로였다. 쓰레기로 뒤덮인 행성은 인간을 위한 하나의 거대한 관이 되어주었다. 그들을 아늑한 땅속에 쓰레기 더미들과 함께 파묻고 이불을 층층이 쌓아 잠들게 했다. 그렇게 압축된 지층은 다양한 형태로 뒤틀리고 변화하며 여러 지형을 만들었다. 파라소찰의 기원이 되는 지층은 연안에 위치했지만 높아지는 해수면과 더불어 물에 잠기게 되었다. 지층에 나 있는 미세한 크랙들 사이로 해수가 밀려들었는데 그러다 지층 내부의 뻥 뚫린 부분에 지하수가 고였다. 부글부글 끓는 마그마는 밑바닥부터 천천히 지하수를 가열했다. 그리고 몇만 년 후 근처에서 화산이라도 터졌는지 황 성분들이 지하수로 대거 유입되었다. 이들은 물에 용해되어 결정을 형성했다.

10만 년, 20만 년, 30만 년…… 결정들은 무럭무럭 성장해 건물 높이의 수정 기둥으로 자랐고 이는 거대한 수정동굴의 향연을 만들었다. 가끔 수정들은 지층을 뚫으면서까지 성장하기도 했다. 그러던 어느 날, 아무도 예상하지 못한 일이 발생했다.

수정동굴 위 지층에 쌓여 있던 반쯤 용융된 폐플라스틱 덩어리들이 무게를 버티지 못하고 수정동굴의 가장 깊숙한 곳으로 풀썩 내려앉은 것이다. 우수수 떨어지는 소리가 동굴을 뒤흔들었다. 동굴 바닥에 잔잔하게 고여 있는 물들이 일제히 커다란 파문을 일으키며 솟구쳐 올랐다. 그와 동시에 천장에 난 끈적한 점액질들이 뚝뚝 떨어졌다. 완전히 녹아버린 페트병과 비닐, 인간의 화석, 분해된 유기물들이 뒤섞여 파랗게 질린 마블링을 형성하고 있었다. 온갖 반짝이와 펄들로 아름답게 빛나는 걸쭉한 용액이 플라스틱들의 사이를 훑으며 스며들었다.

이들은 플라스틱 폐기물 사이에서 단단한 분자구조를 형성하여 뼈대를 만들었다. 물과 함께 유입된 기이한 미생물은 플라스틱의 부식을 막으면서도, 동시에 결합을 촉진했다. 마치 신의 뜻대로 생명이 아닌 걸 생명으로 만들기 위해 그것은 지층 아래의 시간을 가속하는 듯했다. 결국 서로를 담쟁이넝쿨처럼 얽고 붙들어 맨 그들은 계속되는 진화를 거듭하다 결을 따라 조각나거나 흠집이 생겼다. 그리고 그것이 하나의 길고 묵직한 원통형의 신체를 이루자, 자신을 짓누르고 있던 또 다른 동료 플라스틱들 사이에서 몸을 비집고 기어 나왔다.

최초의 파라소찰이었다.

***

파라소찰은 에스터를 자신이 뱉은 침 덩어리에 잠기게 하고는 그 안에서 자신의 꿈을 꾸고 있는 자를 지켜보았다. 파라소찰은 에스터에게서 알 수 없는 그리움과 반가움을 느꼈다. 그와 처음 마주했을 때 겪었던 환희는 단순히 자신이 아닌 완전한 타자라는 개체를 만났기 때문이라고 생각했지만 그게 아니었다. 그런 단순한 이유에서 비롯한 감정이 아니었다. 어쩌면 파라소찰의 탄생과 동시에 그에게 내재된, 어떤 열망일지도 몰랐다. 파라소찰은 긴 세월 동안 아주 느리고 천천히 골몰해왔다.

【나를 감싸 쥐는 이 허기는 어디서부터 비롯되는 걸까?】

파라소찰은 늘 허기에 지쳐 있었다. 주변에 널린 것은 수정과 바위, 흙 따위였기 때문에 그는 바닥을 끊임없이 파먹었다. 자신의 기다란 몸이 코끼리를 삼킨 보아뱀처럼 부풀어 오를 때까지 삼키고 또 삼켰다. 그러나 더부룩함과 포만감은 달랐다. 그는 수정을 제대로 소화할 수 없었다. 게워내지도 충족되지도 못할 욕망이라면 어째서 존재하는 걸까? 생존에 유리하기는커녕 발목만 잡는데. 그러나 파라소찰은 이제야 그 이유를 알았다.

자신이 느끼고 있던 욕망은 식욕이 아니었다. 그보다 더 숭고한, 바로 누군가에게 닿고 싶다는 열망이었다. 그제야 분간이 갔다. 파라소찰은 깨달았다. 이건 태생부터 새겨진 어떠한 숙명이라고, 동굴의 기원으로 거슬러 올라간다면 분명 자신이 태어나도록 한 자가 있을 거라고, 그리고 그것을 지금에서야 마주했다면서. 자신의 비늘을 만들고 느리게 뛰는 심장을 만들고 끊임없이 지식을 갈구하게 한 존재.

그건 인간이었다. 인간이라는 단어를 모르는 그것도 본능적으로 알 수 있었다. 그래서 파라소찰은 에스터를 마음에 품을 수밖에 없었다. 비록 과거의 인류가 아닌 현대의 인류지만, 설령 그들이 같은 종이 아닌 그저 닮은, 비슷하게 생기기만 한 전혀 다른 생명체일지라도. 에스터를 만나자 그를 괴롭히던 식욕이 전부 사라졌다. 그 대신 그건 호기심과 그리움으로 변모했다. 길고 긴 단절 끝에 마침내 만난 자신의 뿌리에 대한…….

**

에스터는 10만 년 전 동굴에서 파라소찰이 태어나는 모습을 지켜보았다. 꿈처럼 몽롱한 기분이었다. 스크래치가 난 부위들은 용의 비늘처럼 일어섰다. 플라스틱의 요람에서 나오는 도중 머리 부분에 엉겨 붙은 깨진 플라스틱들이 줄지어 나오며 뿔을 만들었다.

그것은 자주색과 푸른색, 붉은색과 노란빛을 띠며 바닥에서부터 천장까지 몸을 칭칭 휘감으며 올라갔다. 동굴 벽과 파라소찰의 아직은 물렁한 비늘이 마찰하며 두어 개 정도가 바닥에 고인 물에 퐁, 떨어져 가라앉았다. 에스터는 얕은 물에 잠겨 있는 비늘을 하나 건져 올렸다. 자세히 살피니 일회용 비닐봉지 쪼가리였다. 그리고 그 얇고 질긴 덩어리에 무언가 뼈 같은 것이 화석처럼 고스란히 박혀 있었다. 에스터는 눈을 가느스름하게 떴다. 손가락으로 그것을 부드럽게 쓸어내렸을 때, 에스터의 눈앞에 환상이 펼쳐졌다.

```
          \ | /
 ~) --—◎—-- (~
 ~⌒) / | \ ( ⌒
   ⌒ ⌒)(⌒ ⌒
   ⌒⌒ )( ⌒⌒
 ─ ─ ─ ─ ─ ─ ─ ─ ─ ─ ─ ─ ─ ─
  ─   ─   ─   ─   ─   ─   ─
 ─   ─   ─   ─   ─   ─   ─
  ─   ─   ─   ─   ─   ─   ─
 ─   ─   ─   ─   ─   ─   ─
  ─   ─   ─   ─   ─   ─    ...
```

오래된 바닷속

문어도 살고 오징어도 살고 ¥

해파리도 살고

물고기도 살고

€ 가리비도 살고 ∅

문어도 사는

이 찬란한 바닷속에서

.
.
.

```
 -⌒⌒-
-‖■‖-
```

이제 막 성체가 된 바다거북 루카는 연안에서 태어났을 때를 기억하며 짙푸른 해양을 누비고 있었다.

｡ ⌒ ºº*｡ ⌒ º* *º 그때 루카는 저 수면 위에 수많은 해파리가 둥둥 떠다니고 있는 것을 발견했다. **⌒₀ºº*｡ ｡ ⌒ º

루카는 호기심이 많은 개체였다. 성체가 되었지만, 여전히 바다는 루카에게 넓디넓었고 알고 싶은 것들은 무수히 많았다. 루카는 용기 내어 해파리들에게 다가갔다.

{해파리가 정말 많네! 이렇게 많은 해파리는 처음이야!}

독에 쏘이지 않게 조심하며 루카는 친근하게 말을 걸었다. 그러나 여느 때와는 달리 늘 돌아오던 인사말이 그날은 돌아오지 않았다. 루카는 혹시라도 해파리 친구들이 어디가 아픈 건지 걱정되어 조금 더 가까이 다가갔다.

{어디 아픈 거야?}

ㅇ))~~·º+◇ㅇ))~+º~~ㅇ))~·º+◇ㅇ))~~·º+◇ㅇ))~+º ~~ㅇ)) 그때 세찬 바람이 불어왔다. 수면에 가까운 곳이라 바람과 함께 해수가 빠르게 움직였다. ~·º+ ◇ㅇ))~~·º+◇ㅇ))~+º~~ㅇ))~·º+◇ㅇ))~~·º+◇ㅇ))~+º ~~ㅇ))~·º+◇ㅇ))~~·º+◇ㅇ))~+º⊂≈~~ㅇ))

ᄃ≈〜·ᵒ·✦ᄃ≈ᄃ≈·ᵒ·✦ᄀ))〜·ᵒᄃ≈ 루카는 그 거센 물살
을 이겨내며 연거푸 해파리들의 상태를 살폈지만, 그 순간 시
야가 새하얗게 가려지는 것을 느꼈다. ᄃ≈ᄃ≈·ᵒ·✦ᄀ))〜·ᵒ
ᄃ≈ᄃ≈·ᵒ·✦ᄀ))〜·ᵒ·ᵒ·✦ᄀ))〜·ᵒ

　루카는 해파리들에게 먹혔다.
　해파리의 안에서 허우적댔다.
　하지만 빠져나가려 하면 할수록 해파리들의 다리가 루카의
목과 다리를 휘감았다.

　　　　ᄃ≈−⌒∩⌒−ᄃ≈
　　　　ᄃ≈−‖■‖−ᄃ≈

　점점 더 조여오는 숨통을 체감하며 루카는 졸음에 휩싸
였다.

.

.

.

에스터는 헉, 하고 숨을 몰아쉬었다. 그러나 여전히 그는 파라소찰의 꿈속이었다. 파라소찰은 이제 끊임없이 몸속에 무언가를 욱여넣고 있었다. 동굴 천장부터 바닥까지 그는 삼킬 수 있는 것은 전부 삼켰다. 다만 그가 삼키지 않은 것은 자신이 나온 플라스틱 더미뿐이다. 파라소찰은 그것을 전혀 소화할 수 없었다. 수십만 년을 땅에 파묻혀 있어도 썩지 않는 그 질긴 것들로부터 기인한 생명이니 당연지사 못 먹을 수밖에.

파라소찰은 푸른 눈물을 질질 흘렸다. 눈물이 아니라 침 같기도 했다. 파라소찰은 그것들을 전부 게워내지 않으면 안 되는 듯이 동굴 전체를 오가며 그 물질들을 토해냈다. 그러나 좀처럼 분비물이 멎질 않았다. 그때 에스터는 발에 무언가 채는 느낌을 받았다. 허리를 숙여보니 그곳에는 그물이 있었다. 언제부터 에스터의 다리를 옭아매고 있었는지 모를 튼튼한 그물. 그건 파라소찰의 배를 이루고 있었다. 파라소찰이 몸을 뒤틀자 에스터의 몸이 거꾸로 뒤집혔다. 발에 걸린 어망이 그를 천장으로 끌어올리고 있었다. 지천을 뒤흔드는 거대한 고래 울음과 함께 새파란 점액질의 파도가 환상처럼 밀려왔다.

```
            ○ ░ ⌒⌒   ░  ░ ░░░   ⌒⌒
  ░ ⌒⌒   ░ ░ ⌒⌒ ⌒⌒ ░ ░░░░  ░░░░░░░░░ ⌒⌒
  _▲\___▲_▲___▲\_▲\_
```
 ♀♀ ♀♀ 더 많은 자원이 필요해.

나무를 베자! ※*★⚠*★★※*★⚠★*※

┳┳┳┳┳┳┳┳┳┳━━━탕탕탕! ♀♀ ♀♀ 으악!

더 많은 공장을 짓자.

인류는 세상에서 가장 우월한 종이에요.

☹😃☹😃☹😃☹😃☹😃☹😃☹😃☹😃

과학적으로도 입증되었죠!

……。☆。*。☆。

……★。\ | /。★

……..인류의 문명을 위하여!

……★。/ | \。★

……。☆。*。☆

축산업을 더 확대해볼까?

♀♀ ♀♀♀♀ ♀♀♀♀ ♀♀♀♀ ♀♀

상어 지느러미가 그렇게 맛있다는데……

♀ 너무 잔인해요! ♀♀ 예민하긴!

♀ 어?…… 그런데 우리 행성이……

어느 순간부터 쓰레기 더미가 되지 않았나요?

```
▬▬▬ ▬▬ ▬▬ ▬▬ ▬██▬ ▬▬ ▬▬ ▬▬▬
      ═──○═──○
```

식물은 땅에 묻혀서 석탄이 되었고 공룡들은 땅에 묻혀서 석유가 되었는데, 인류의 문명이 땅에 묻히면 무엇이 될까?

플라스틱은 지구 곳곳에서 발견될 수 있는 가장 흔한 광물이죠. 그 기원은 우리도 몰라요. 하지만 중요한 건 플라스틱이 우리의 문명을 바꿔주었다는 거죠.

어? 이게 뭐지?

```
       ○  !
     _/||_
     _/ _
```

말도 안 돼! 50만 년 전 유물이잖아!

지구에 우리 이전의 인류가 존재했다니!

그런데…… 왜 멸종했을까?

**

에스터는 발작하듯 환상에서 깨어났다. 그리고 자신의 몸이 파라소찰의 똬리로 만들어진 물통 같은 공간에서 둥둥 떠다니고 있는 걸 발견했다. 파라소찰은 깨어난 에스터를 부드럽게 핥았다. 꿈이 아니라 현실로 돌아온 것이었다. 동시에 두려움과 공포가 엄습했다. 가엽게도 파라소찰은 에스터를 사랑하고 있었다. 에스터는 그의 눈만 봐도 그 사실을 알 수 있었다. 그리고 그건 파라소찰에게 내재된 본능이었을 것이다.

그것은 인간으로부터 만들어진 존재니까. 그것이 과오에 의한 것이든 아니든 간에. 동시에 에스터는 자신이 파라소찰에게 느꼈던 감정에 대해 명확하게 정의 내릴 수 있었다. 사랑이 아니었다. 처음 보는 이상한 생물에게 느끼는 애틋함과 더 알고 싶다는 호기심은 파라소찰이 인간에게 느끼는 것과 마찬가지였다. 수십만 년 전의 업보, 피할 수 없는, 함께 가라앉아야만 하는 것들이었으므로.

에스터는 결정해야만 했다. 이곳에서 그들이 쌓아 올린 업과 함께 살지, 아니면 동굴 밖으로 뛰어나가서 세상을 변화시켜야 한다고 소리칠지. 마음 같아서는 동굴 안에 안주하고 싶었다. 파라소찰이 내뱉는 점액질은 에스터가 숨을 쉴 수 있게 해주면서 굳이 먹고 마시지 않아도 필요한 영양분을 보충할 수 있게 해주었다. 어린 파라소찰들도 그런 식으로 삶을 연명해왔다. 체온을 조절하는 것도 문제가 없었다. 파라소찰의 차가운 몸이 그를 끌어안을 때면 후텁지근한 동굴 속도 새하얀 눈에 쌓인 듯했으니. 지루할 때면 파라소찰의 몸을 만지며 놀면 되었다. 알록달록 아름다운 것들이 그에게 붙박여 있었다.

'그러나 동굴 밖은 어떻지?'

에스터는 정답을 매우 잘 알고 있었다. 밖은 끔찍하고 역겹다. 에스터를 응원해 주는 동료들도 있지만, 자신을 때렸던 남편도 존재한다. 그리고 그런 이들은 수도 없이 많았다. 펑펑 쏘아 올려지는 매연과 온실가스가 지구를 데웠다. 사람들은 그 열기에 사로잡혀 점차 광기로 물들고, 날이 향하는 대상은 언제나 말 못 하는 동물들이나 어떨 때는 그들 스스로였다. 인간 중에서도 약한 자들만을 귀신처럼 골라내 잡아먹었다. 에스터는 인류가 멸종했으면 좋겠다고 생각해 왔다. 지구를 파먹고 사는 존재들이었으므로, 에스터 또한 인간이었지만 하루빨리 인류가 사라졌으면 좋겠다고 빌었다.

그때 에스터는 자신이 가장 처음에 맞닥뜨렸던, 파라소찰의 기원에 관해 떠올렸다. 파란 액체는 도대체 무엇일까? 그러나 이제는 아주 쉽게 그것에 관해 알 수 있었다. 파라소찰의 꿈을 엿본 에스터는 더 이상 외면할 수 없었기 때문이다. 자신을 뒤덮은 물질들이 분자 단위로 진동하며 내지르는 고함을, 온몸을 적시는 그 걸쭉한 액체가 인간으로 만들어진 석유라는 사실을. 그는 모조리 들었다. 그리고 멸망의 모든 과정을 전부 체험했다. 에스터는 울부짖는 액체에게 속으로 대답했다.

'전부 네 말이 맞다. 멸종은 한순간에 일어나는 게 아니야. 아주 느리고, 끔찍하리만치 가장 약한 자들에서부터 시작되지. 운석이 충돌한 것처럼 단번에 행성이 불타오르는 게 아니라 천천히 수몰되는 거야. 반지하에 사는 사람들부터, 약자들

부터 천천히 익사할 거여.'

에스터는 그걸 끝으로 파라소찰에게서 몸을 떼어냈다. 파라소찰은 갑작스러운 에스터의 움직임에 화들짝 놀라 몸을 움츠렸다. 에스터가 큰소리로 외쳤다. 그의 목소리가 동굴 벽에 퉁겨 나와 커다랗게 울렸다.

"미안하다! 나는 너를 미워하는 게 아니야. 너는 우리의 잘못으로부터 만들어진 존재니까. 끌어안을 수 있다면 너를 있는 힘껏 끌어안아야겠지. 다만 그 전에 고쳐야 할 게 있다. 속부터 너무 곪아버려서 전부 뜯어내고 처음부터 다시 만들어야 하거든. 그건 중요한 일이야! 고쳐서, 구해야 한다. 그리고 돌아올게. 너를 만나러. 다시 너를 보러 갈게."

에스터는 그렇게 말하곤 입구를 향해 달렸다. 파라소찰은 그 말의 뜻을 알아들을 수는 없었지만 에스터가 느끼는 감정을 일부 이해했으므로 지상으로 향하는 올바른 길로 그를 인도했다. 가는 길은 너무나도 험하고 험했다. 내려오는 것보다 올라오는 길이 더욱 험했다. 그러나 멈출 수 없었다. 이미 두 눈으로 똑똑히 본 진실을 마주한 이상 못 본 척할 수 없었다. 자신이 무너지는 지반을 외면하지 않고 원인을 밝히기 위해 홀로 이곳에 온 것처럼.

에스터는 지상으로 가는 카트에 다다랐다. 파라소찰은 에스터에게 머리를 기웃거리며 낮게 울었다. 다정한 말투였다. 작별

인사인 듯했다. 동시에 다음에 다시 만날 날을 기약하는 것이라는 사실 또한 에스터는 알았다. 레버를 당기자 카트가 서서히 위로 올라가기 시작했다. 앞으로 30분 후 에스터는 지상에 도착할 것이다. 에스터는 위를 잠깐 보다가 다시 파라소찰이 있던 곳을 바라보았다. 파라소찰은 이미 저 밑으로 내려간 후였다. 대신 방금 막 떨어진 끈적한 형광 물질이 바닥을 따라 흐르고 있었다.

언젠가 우리가 지구를 복원하는 데 성공한다면, 그때 다시 너를 만나러 올게. 나는 너를 만났으므로 변할 수 있었고 그건 결국 우리를 바꾸고 세상을 바꿀 테니까. 인간이 업을 청산하는 데 얼마나 오랜 시간이 걸릴지는 모르겠지만.

이윽고 새하얀 빛이 에스터의 몸을 감쌌다. 동료들의 웅성거림과 함께 환한 햇빛이 눈을 파고들었다. 에스터는 오랜 시간 어둑한 지하에 있다 밝은 빛을 본 터라 눈을 살짝 찌푸렸다.

지상이었다. 우리가 앞으로도 바꿔나가야 할.

블랙홀 이야기

김이은

브릿G에서 작가명 '구운란'으로
활동하며 과학적 상상을 확장시키는
이야기를 쓰고 있다.

중독은 나도 모르는 새에 감염된 기생충 같다. 자유의지라 믿지만 나를 조종하는 건 그 중독이다. 파멸에 이르지 않는 중독이면 좋으련만 그 끝은 항상 파멸이다. 만족을 모르기 때문이다.

동료들에 대한 의무감에 나는 이 이야기를 글로 남기겠다고 결심했다. 이 세상에 마지막으로 남아 그들의 흔적을 전달해야 한다는 사명감. 어차피 모두가 사라진대도 나 아닌 그들은 이 세계 어딘가에서 기억되었으면 좋겠다는 바람이었다.

***

— 편안한 동면이었습니까?

우리는 동료들에게 인사를 건넨다. 훈련 때부터 도약 지점까지 오는 긴 시간을 함께 보낸 동료들은 이제 가족이나 다름없다. 서로가 서로에게 힘이 되어 주는 존재다. 어떤 난관도 함께 헤쳐 나간다. 우리는 블랙홀을 직접 보기 위해 파견된 5인의 탐사대다. 그리고 블랙홀 근처에 도달해서 막 동면에서 깨어났다.

시공간 워프 기술이 마침내 상용화되어 블랙홀을 보러 탐사선을 보냈다. 방향과 거리를 안다면 어디든 갈 수 있게 되었다. 물론 제약은 있다. 매우 정확해야 하는 거리와 방향, 그리고 어마어마한 에너지의 사용이다.

블랙홀 자체는 당연하게도, 보이지 않는다. 블랙홀 주변의 특이 현상들을 볼 수 있을 뿐이다. 그럼에도 그 특이 현상 자체가 블랙홀이다. 도달 가능한 거리에서 멀리서나마 그것을 관찰하고 기록하는 게 우리가 할 일이다.

시공간 워프는 아무 데서나 가능한 기술은 아니었다. 꽤나 먼 우주, 지구에서 태양 빛이 아스라이 멀어 보일 때 행성의 뒤에서만 가능했다. 그리고 흑체도료 기술과 우주선 냉각, 그것이 핵심이었다. 흑체도료가 사용된 우주선이 빛이 거의 없는 우주에서 그 어느 빛도 반사하지 못하고 우주선 외부가 충분히 냉각되어 빛과 질량과 온도가 열적 평형을 이루는 순간이 있다. 그때 우주선은 바깥의 무엇과도 상호작용하지 않는 하나의 작은 계가 되어 양자도약이 가능해진다. 고양이가 살아 있거나 죽어 있는 상황이 중첩되어 있다는 것은, 고양이가 그 어떤 것과도 상호작용하지 않고 있다는 뜻이다. 그리고 그게 곧 우리 우주선이 된다. 도착하고 싶은 곳을 설정하여 우주선의 질량에 따라 변환되는 파장을 계산하고 파장에 따른 시간이 지나면 그 위치에 우주선이 존재할 확률이 높아진다. 문제는 우주선의 크기 대비 질량이 클수록 멀리 갈 수 있는 확률이 높아진다는 것이었다. 효율적인 비행을 위해서는 우주선의 질량을 줄여야 하지만 멀리 가기 위해서는 질량이 커야 한다. 그 사이에서 이상적 질량의 접점을 찾는 일이 관건이었다.

계산된 짧은 시간이 지나고 나면 우주선의 흑체도료가 옅어지고 균열이 생긴다. 그리고 우주선이 빛을 반사하기 시작한다. 그러면 우주선은 거기에 존재하는 물질이 된다. 계산이 무척 복잡하고 정교해야 하지만 방정식이 만들어진 이상 이해하기 힘들 뿐 기계가 수행하기에 큰 어려움이 없다. 물론 확률에 따른 위험부담이 있기는 하다. 하지만 그 정도는 어느 교통수단에도 있는 위험이니까 감수한다.

이 흑체도료 기술에 대해 더 설명하고 싶지만 지금 블랙홀을 눈앞에 두고 있어서 그럴 여유가 없다. 이론적으로 알고 있었고 사진으로 보았지만 실제로 블랙홀을 보는 것은 이루 다 말로 할 수 없는 감동이다.

— 최대 도달 가능 거리보다 10만 킬로미터 먼 곳에서 멈추도록 하겠습니다.

조종석에서 화면을 보던 제이가 말했다. 제이는 우주선의 선장 격이다. 우리의 리더다. 제이를 처음 항공우주센터에서 만났을 때 그는 이미 우리의 리더였다. 우리는 그를 대장이라고 불렀다. 언제나 확신에 차 있는 듯 보이면서도 무뚝뚝하지 않았다. 나는 그가 왜 이 프로젝트에 참여하게 되었는지 궁금해서 그를 관찰하다시피 했다. 알 수 없는 개인적 호기심과 관심이 있었다. 블랙홀 탐사는 지구로의 정상 복귀가 매우 불투명하다. 시간 지연 효과 때문이다. 블랙홀 근처에서는 시간이 느리게 흐른다. 지금 우리가 있는 곳에서의 1초는 지구의 1시간 정도와 맞먹는다. 모든 일이 계획대로 흘러간다고 해도 이번 탐사에 30년이 걸린다. 인간의 수명이 길어지긴 했지만 100년 중 30년을 사용한다는 결정을 내리기는 쉽지 않다. 거기에 조금이라도 예상치 못한 일이 벌어져 이곳에서 시간을 지체하기라도 한다면, 지구 귀환 시 지구에 남아 있는 사람 중 아는 사람이 하나도 없게 될 수도 있다. 우리는 모두 그것을 알고 있었다.

— 좋습니다. 확인했습니다.

천체물리학자 세진은 이미 넋이 나가 있다. 우주선 창문으로 보이는 블랙홀에 정말 영혼이라도 빼앗긴 모습이었다.

— 각자 건강 상태를 보고하십시오.

생화학자이자 의사인 유리가 말했다. 신체 모니터 외에 구두 보고는 의사소통을 유도하고 직관적이고 입체적인 상태를 판단하는 데에 유용하다. 작은 딜레이나 어투의 차이를 느끼는 것이다.

― 대원 3, 선우, 이상 없습니다.

나는 유리에게 간단히 보고했다. 이상 없습니다. 아직까지는.

바이털 사인도 모두 정상이고 머리도 점점 맑아지고 있다. 나는 창밖의 블랙홀을 바라보았다. 드디어 왔구나. 그리고 내 눈으로 직접 보고 있다. 모든 것을 삼키고 있는 블랙홀을.

***

― 당장 입원해야 합니다.

의사의 말을 들었을 때 뭔가 착오가 생겼다고 생각했다. 분명 다른 사람의 차트를 보고 있을 것이다. 나는 그렇게 심각하지 않다.

― 이대로면 죽습니다. 1년 안에 사망할 수 있습니다.

그런 말을 누군들 못할까. 이 세상 사람 모두 1년 안에 사망할 가능성이 있다. 예외는 없다.

나는 격리병동에서 집중 치료를 받다 보면 이 사람들이 자신들의 착오를 눈치채고 과잉 진료를 인정한 후 나를 곱게 집으로 보내줄 줄 알았다. 가타부타 따지기도 귀찮고 어디 한번 하고 싶은 대로 해 보라는 심정이었다. 하지만 격리실에서 지낸

지 3일째가 되자 진정 내 몸이 원하는 게 뭔지 알게 되었다. 내 목을 타고 들어와서 내 안에 작은 파도를 만들고 놀이공원의 폭죽을 터뜨려 줄 그것. 허전하고 공허했다. 나는 기계인가. 한참을 고민해야 할 정도였다. 그것이 없이는 나는 못 사는구나.

하지만 격리병동은 만만한 곳이 아니었다. 나 같은 사람은 그들의 손바닥 안이었다. 나는 약물 치료를 받으면서 금주 10일을 달성했다. 금주 30일을 달성한 뒤에는 안정된 뇌파 테스트를 통과하고 술을 마시겠다는 생각이 아예 들지 않는다고 인터뷰한 후에야 병동을 빠져나올 수 있었다.

머릿속에 술을 마시겠다는 생각이 들지 않아야 한다. 다양한 관심사, 건강한 인간관계……. 그래. 뭐든 해야 한다. 뭐든……. 그러다가 우주항공국에서 블랙홀 탐사대를 꾸린다는 소식을 듣게 되었다. 나이, 요건 등에 따른 각 분야의 인재를 모집한다고 공지되었다. 나에게는 공학 분야 박사 학위가 있다. 나이가 조금 많긴 하지만 지원 가능한 범위 안이다. 수면냉동? 오히려 좋다. 나는 중독에서 벗어나지 못할까 봐 전전긍긍하는 것보다 차라리 꽁꽁 언 채로 잠들고 싶다. 그러다 눈을 뜨면 블랙홀이 보일 것이다. 블랙홀을 앞에 두고 술을 마시고 싶진 않겠지. 무엇보다 우주선에는 술까지 실을 공간도 없다. 우주선은 작으니까. 내게는 완벽한 환경이다.

인생의 반을 잠든 채 보내야 하고 절정의 순간은 아주 짧으며 무사히 제시간에 돌아올 가능성이 적다는 이유 등으로 이번 블랙홀 탐사대는 이런저런 자격 미비자들도 대거 포함한다는 이야기를 들었다. 그리고 그것은 당연히 나에게도 절호의 기회였다. 건강 회복과 체력 증진을 위해 1년간 유예 기간을 가진 후에 나는 첫 번째 블랙홀 탐사대에 포함될 수 있었다.

***

— 목적지 도달 후 시간 경과 확인합니다. 현재까지 15분 경과했습니다. 지구 시간 60시간 경과입니다.

고지능 로봇인 메노의 자동 알림 메시지가 울려 퍼졌다.

우리가 그저 여기 도착했음을 자각하는 동안 지구에서 이틀하고 반이 지났다. 지구는 어땠을까. 해가 뜨고 졌겠지. 누군가는 계약서에 사인을 하고 누군가는 아팠을 것이다. 누군가는 학교에서 지루한 시간을 보냈을 것이고 누군가는 설레는 데이트에 시간 가는 줄 몰랐을 것이다.

— 이틀하고도 반이면 많은 일이 일어났겠구먼.

누군가가 혼잣말하듯이 말했다. 다들 피식 웃거나 미소 지었지만 대꾸하는 사람은 없었다. 중요치 않은 일상적인 대화를 나누기에는 이곳에서의 시간은 너무 비싸다. 극도로 시간을 아껴야 한다는 것은 지구에서 훈련받을 때부터 인이 박였다. 우리는 여기에 24시간 머문다. 시간과 방사능, 압력 등을 고려한 한계치다. 그동안 지구에서는 이미 10년 가까이 지나 있다. 그리고 또 워프를 끝낸 후 수면 상태로 십수 년을 날아가야 지구에 다다를 수 있다.

화면에는 블랙홀 주위를 공전하던 항성들을 찾아서 공전궤도가 표시되고 있었다.

— 생각보다 더 많은 항성들이 공전하고 있습니다.

천체물리학자 세진이 보고했다.

예상했던 바다. 지구에서 관측되는 항성 외에 더 작고 약한 빛을 내는 별들이 블랙홀 근처에 많을 거라고 이미 예측되었다. 그래서 이 근처에서 주위 별들의 궤도를 알아내고 충돌이나 포획 위험을 피하는 일이 최우선 과제였다.

— 위험 궤도는?

— 현재까지 발견된 바 없습니다.

— 좋습니다. 이 상태를 유지합니다. 기록 장치 체크.

대장의 말에 따라 전 대원은 선내의 기록 장치들을 점검했다. 어쩌면 우리보다 이 기록 장치들이 더 중요한지도 모른다. 블랙홀에 대한 정보. 기록 장치들이 담고 있는 블랙홀의 정보가 우리 우주의 비밀을 풀어 줄지도 모른다.

— 목적지 도달 후 시간 경과 확인합니다. 현재까지 30분 경과했습니다. 지구 시간 120시간 경과입니다.

또다시 알람 메시지가 울렸고 우리는 모두 긴장할 수밖에 없었다.

— 대원 여러분, 한 해의 차를 한 잔씩 마시겠습니까?

메노가 점잖은 말투로 우스꽝스러운 제안을 했다. 차를 천천히 마신다면 지구 시간으로 1년간이나 마실 수 있다는 농담이었다. 메노의 농담이 작위적이긴 해도 분위기 환기하는 데에는 최고였다. 사람의 심리를 고차원으로 분석하여 만들어 낸 상황별 농담은 탐험대의 심리적 격차를 현저하게 줄였다. 적절한 농담을 던지는 멤버가 팀에 존재하면 팀워크에 유의미한 차이를 만들어 낸다. 메노는 일당백의 역할이다. 메노가 있기에 탐사대에 필요한 인원수도 한없이 늘어나지 않을 수 있었다.

— 어이쿠, 차 마시다가 늙어 버리는 건가…….

유리가 메노가 가져온 액체 팩을 보면서 말했다. 진짜 찻잎을 우려낸 뜨거운 차를 도자기 잔에 따라 마시는 상상이 잠깐 스쳐 지나갔다. 소소하게 그리운 것들도 있긴 하구나. 메노의 농담 안에 뼈가 있다. 우리의 현실을 다시 한번 깨닫는다.

대원들은 온갖 측정 장치와 기록 장치가 정상 작동하고 있는 것을 확인하고 또 확인했다. 그러면서도 시선은 자기도 모르게 매우 검고 깊은 구멍처럼 보이는 그것으로 돌아갔다. 주변의 플레어 때문에 더욱 검게 보이는 그것. 너무나 기묘하지만 너무나 상식적인 천체.

***

다섯 번째 탐사 대원 우진은 격리병동에 있을 때 만났다. 우진은 사회심리학을 전공하고 전문 심리상담사가 되기 위해 인턴 과정 중이었다. 우진과 상담을 한 건 아니었지만 우진은 나의 상담 내용을 모니터링한다고 동의를 구했다. 아무래도 좋았다. 나는 흔쾌히 승낙했고 우진은 무척이나 나에게 고마워했다. 블랙홀 탐사대 모집에 관해 알려 준 사람도 우진이었다. 내게 탐사대에 지원할 만한 자격이 있다며 자신도 지원할 예정이라고 했다. 나는 오랫동안 잠드는 일이 마음에 들었는데 그가 왜 지원하고 싶어 하는지는 이해가 되지 않았다. 어렵게 학위를 따고 힘든 인턴 과정을 거친 후에 왜 몇십 년간 잠들어야 하는지, 지구에 남아 있는 사람들과 어쩌면 다시는 못 볼지도 모르는 여정에 왜 동참하고 싶어 하는지 이해를 할 수 없었다.

— 내가 당신이라면 평범한 인생을 살겠어요. 매일매일 자고 눈 뜨고 일어나 밥을 먹고. 매일 뜨고 지는 해를 보며 내일이 있음에 안도하는 세상. 그런 평범하고도 지루한 일상을 살고 거기에 감사하는 그런 삶이요.

훈련소에서 후보생으로 우진을 다시 만났을 때, 반가운 만큼 안타까움이 컸다. 남들이 뭐라 해도 나는 내 자신이 하나도 아깝지 않다고 생각했다. 내 선택이 최선이라고 생각했다. 내가 갈 수 있는 최선의 길이 아닌가. 하지만 이상하게도 우진을 보면 '우진은 도대체 왜.' 하는 생각이 먼저 들었다. 이상하게 마음 한편이 아팠다. 나보다 한참 어린 우진을 보며 저 나이 때의 나는 어땠는지 자꾸 떠올렸다. 그런 나에게 우진은 남들이 보기엔 나도 마찬가지라고 말했다. 나 또한 왜 병동에 있어야 하는지, 왜 블랙홀 탐사대에 관심을 갖는지, 남들이 보기에 이해할 수 없는 건 마찬가지라고 했다. 궁금해하고 어떻게 된 일인지 캐묻는 것 자체가 어떤 사람을 더 궁지로 몰아넣는 경우가 있다. 그래서 안타까운 마음을 감추고 더 이상 아무것도 묻지 않았다. 각자의 삶과 각자의 상황에서 최선의 선택이었을 테니까.

***

— 공전하는 항성들 외에 공전하는 가스와 고체가 곳곳에 보입니다. 7시 방향, 45도.

세진이 다시 보고했다. 블랙홀이 12시 방향, 0도로 설정되고 그곳을 기준으로 다른 모든 방향이 설정된다.

블랙홀의 중력에 영향을 받는 주변의 잔해들이 계속 이동하고 있었다. 우리가 방문한 블랙홀이 안정화된 편이어도 워낙에 영향력이 강하다 보니 주변에서 계속 새로운 움직임이 생기고 있었다. 블랙홀 주위를 도는 항성들이나 블랙홀의 제트 방향은 우리 우주선에 영향을 가장 적게 미치는 방향으로 이미 자리 잡혀 있어서 블랙홀이 자전하더라도 24시간 정도의 짧은 시간 사이에는 신경 쓸 만한 위험 요소가 없다. 문제는 작은 가스나 운석이었다. 작아서 예측할 수가 없어서 위험부담이 있다. 물론 우리 우주선에도 간단한 회피 기능이 있어서 미리 탐지할 수만 있으면 조금씩 비껴가게 할 수는 있다. 문제는 속도가 너무 빠르거나 탐지가 되지 않는 것들이다. 나는 장비들을 다시 점검했다. 가장 중요한 것은 흑체도료막재생체와 긴급추진체다. 두 장비가 무사해야만 우리의 안전이 담보된다.

— 흑체도료막재생체 이상 없습니다. 냉각기 이상 없습니다. 고압 추진체 이상 없습니다. 그 외 장비들 모두 이상 없습니다.

나는 장비들 상태를 보고했다.

— 좋아.

탐사대장 제이는 만족스럽다는 듯이 눈썹을 올리고 입꼬리를 끌어당겼다. 자신이 이끄는 우주선이 아무 문제 없이 임무를 수행하고 있다는 것만큼 만족스러운 일이 있을까. 제이는 모험을 즐기는 스타일이 아니었다. 어려운 문제를 풀어내서 안정과 성취감을 느끼는 스타일이었다. 주위를 두루 살피는 능력에 포용적이고 유연한 성격은 누가 봐도 호감이 갈 수밖에 없었다.

제이에게도 자신만의 사정이 있겠지 하고 생각하려 했지만 주위에서 제이에게 갖는 관심들 덕분에 내게도 많은 말이 들려왔다. 직접 얘기하진 않았지만 '모두들 그 정도는 알고 있지?' 하는 듯한 태도였다. 뉴스에도 나온 사건이라고 했다. 제이가 아들에 대한 그리움 때문에 탐사대에 자원했는지는 모른다. 죄책감이라는 이야기도 있었다. 하지만 제이에게는 남은 딸도 있고 아내도 있다. 그들을 버렸다는 이야기를 들을 수도 있는 상황에 쉬운 결정은 아니었을 터다. 적어도 내가 본 제이는, 누구보다 책임감이 강했다. 어느 쪽이든 대단한 사람이라는 생각이 들었다.

— 이쪽으로 접근하는 고체 덩어리들이 있습니다. 속도가 꽤 빠릅니다.

세진이 다시 보고했다.

— 충돌 위험성은?

— 38퍼센트입니다. 2분 뒤 근접 거리에 도달합니다.

38퍼센트면 꽤 높은 확률이다. 확률이 15퍼센트를 넘어가면 예의 주시해야 한다.

— 긴급추진체 준비.

충돌 위험에 대비하자고 제이가 말했다. 나는 서둘러 긴급추진체가 잘 준비되었는지 확인했다. 사실상 메노가 하는 일이고 자동이지만 인간도 이중으로 확인해야 한다.

— 54퍼센트입니다.

— 3시 방향 90도로 긴급추진체 작동.

긴급추진체가 작동되었다. 충돌 확률이 50퍼센트를 넘자 우주선은 덩어리들이 날아오는 각도에서 90도 방향으로 긴급 추진했다.

— 고체 잔해 근접 10초 전. 9초, 8초, 7초, 6초, 5초, 4초, 3초, 2초, 1초. 지나갔습니다.

위치가 바뀐 우주선을 기준으로 다시 주변을 스캔하고 위험 상황을 감지하는 장치를 작동했다. 새로운 위치가 제대로 입력되어 블랙홀 기록에 변이 사항이 잘 적용되었는지 확인한 후 세진은 다시 보고했다.

— 새로운 위치 설정 완료. 항성들과 잔해 위치 확인 결과 현재 이상 없습니다. 긴급추진체 이상 없습니다.

그때였다. 내 눈이 메노가 번쩍이는 것을 감지함과 거의 동시에 덜커덩하는 충격과 함께 계기판이 출렁거렸다. 불빛들이 깜빡이고 있었다. 우리가 반응하기도 전에 메노의 비상 회피기동이 작동했지만 충돌을 피하지는 못한 모양이었다.

— 충돌이 감지되었습니다. 확인해 보겠습니다.

메노가 말했다. 깜빡임은 금방 잦아들었다. 모든 계기가 정상화되었다.

— 잔해가 외부를 스치고 지나갔습니다. 별다른 이상은 보

이지 않습니다. 나중에 한번 확인해 볼 필요가 있으나 현재 이상은 발견되지 않습니다. 선내 모든 계기가 정상입니다. 목적지 도달 후 시간 경과 확인합니다. 현재까지 1시간 경과했습니다. 지구 시간 150일 경과입니다.

— 위험을 피하는 데 꼬박 며칠을 쓴 거야.

누군가가 얘기했다. 하루살이 같다. 이곳 블랙홀 근처에서 지구의 시간으로 사는 우리는 지구에서 보던 하루살이를 생각나게 했다. 하루 안에 삶의 모든 걸 경험하고 떠난다. 하루가 삶의 전부인 하루살이도 다른 어떤 곳으로 돌아가야 했던 것일까. 어딘가 좀 더 자신에게 맞는 시간이 흐르는 곳으로.

***

예정됐던 24시간이 지났다.

정확히는 24시간 15초가 지나고 있다. 우리는 이제 이곳을 떠난다. 시간대별 데이터 수집과 확인이 끝났다. 이곳을 벗어나기 위해 고압추진으로 운행을 시작해서 30억 킬로미터까지 날아가 빛이 최대한 없는 구역으로 들어갈 것이다. 그리고 그곳에서 다시 흑체도료 기술을 사용한다. 우리가 없는 물질인 파동이 되고 나면 순식간에 태양계 근처까지 다다른다. 그곳에서 우리는 다시 우주선이 된다. 지구로 돌아가기 위해 다시 추진을 시작해야 한다. 그때쯤 우리는 깨어난다. 모두 자동으로 이루어질 것이다. 깨어났을 때 지구를 향해 순항하고 있기를. 애초에 순항이 아니라면 깨어나지 않을 수도 있다. 해결할 수 있는 문제라면 우리는 깨어나지만 해결 불가능한 문제로 인해 순항하지 않는다면 우리는 깨어나지 않는다. 우리는 이것을 인도주의적 기술 장치라고 부른다. 우리 탐사 대원들은 겁은 없지만 최소한의 인도주의적 장치를 믿었기에 이 탐사에 뛰어들었다.

— 태양계에서 만납시다.

우리는 마지막 인사를 나누었다. 만약 문제가 생긴다면 우리는 깨어나지 않을 테니까. 지금 상황에서 태양계에서 만나자는 말은 최고의 덕담인 셈이었다.

— 편안한 동면이 되기를 바랍니다.

대원들과 포옹을 나누면서 울컥했다. 이 넓은 우주에 우리는 생명체이고 같은 종이다. 서로의 마음을 이해할 수 있다. 그리고 나의 중독과 대장의 아픔과 유리의 상실, 세진의 공허도 여기서는 완벽하게 잊히고 위로받는다.

우진과 눈빛 인사를 나누었다. 지구에서 다시 우진을 만날 수 있을까. 그에 대한 다른 정보들을 내가 알게 될 날이 올까.

***

나는 동면에서 세 번째로 깨어났다. 대장과 유리가 급하게 깨어난 탓에 온 동면두통을 잠재우기 위해 진통제를 투여받고 있었다.

— 어떻게 된 거죠?

나의 질문에 대장은 고개를 저었다. 말할 수 있는 상황이 아닌 듯했다. 우리는 진통제를 투여받은 후 나머지 대원들이 깨어나기를 기다렸다.

모니터링 결과 흑체도료막 문제였다. 흑체도료막 재생이 진행되다가 중단된 상태였다. 도료막 분사구 세 군데가 고장 나 있었다. 완전히 고장 난 것은 아니었다. 분사구가 기묘한 각도로 비틀어져 분사되지 않는 구간이 생기게 되었고 그 오류를 감지하지 못한 분사구가 계속 분사를 시도하면서 흑체도료가 낭비되었다. 흑체도료가 분사되었다는 것은 우리가 꽤나 멀리 날아왔음을 뜻한다. 도약 지점까지 거의 다 왔다.

— 도료 자체가 얼마 남지 않았다는 게 더 문제입니다.

대장은 깜빡이는 모니터 화면을 확대해 보여 주며 말했다. 어느새 모든 대원이 깨서 모여 있었다.

균열이었다. 우주선 외부의 저장고 부분이었다. 우주선의 비행에는 전혀 영향을 주지 않지만 하필 가장 중요한 흑체도료가 있던 곳이었다.

균열은 우리가 동면에 든 이후 생긴 듯했다. 인공지능이 우리를 깨우지 말아야 하는 문제에 대해 잘못된 판단을 내렸다. 최소한의 인도주의적 기능이라고 믿었는데. 해결책이 없는데 우리를 왜 깨운 것일까.

— 제가 생각하는 가장 좋은 대응이었습니다.

메노가 말했다.

— 수리할 수 있다고 생각하나?

— 장치들은 수리가 가능하나 도료를 확보하는 일은 대안이 없습니다.

— 우리도 그렇게 생각해. 그럼 우리를 왜 깨운 거지?

— 그것이 가장 좋은 대응이라고 판단했습니다.

대화가 계속 제자리에 머물렀다. 메노의 판단 오류 혹은 로직 자체의 오류라고 해도 지금 그걸 알아볼 방법조차 없었다.

— 블랙홀 근처에서 파편에 맞았을 때인 것 같네요.

— 그런 것 같습니다. 정확하게 주요 부위만 타격했군요.

정말 그랬다. 하필 파편이 흑체도료 저장고와 분사기를 아주 정교한 강도와 각도로 때리고 지나갔다.

— 이대로는 도약을 할 수가 없습니다.

— 물론입니다. 흑체가 되지 않고서 600광년 거리를 무슨 수로 갈지요.

대원들의 눈빛이 어느 때보다 깊어 보였다. 새삼 팀을 구성한 누군가가 대단하다는 생각이 들었다. 이런 일이 생겼어도 크게 비통해하거나 패닉 상태에 빠지는 사람이 없다. 오히려 이런 일이 놀랍지도 않다는 듯한 태도와 눈빛이었다.

— 지구는…… 25년이 지났겠군요.

누군가의 그 말에 바로 우리의 기억 속 지구인들의 얼굴에 25년 세월의 흔적이 그려졌다. 많은 일이 있었을 것이다. 많은 죽음과 탄생이 있었을 것이다. 우리가 아는 사람 대부분은 이제 살날보다 산 날이 더 많아졌을 것이다.

유리가 무겁게 입을 열었다.

— 동면 캡슐은 안락사 기능을 제공합니다. 다들 아시겠지만.

— 당연히 알고 있습니다.

세진은 자신이 그 말을 하고 싶었다는 듯이 대답했다. 나는 다급히 말했다.

— 여기까지 왔는데, 안락사 말고 좀 더 독특한 일을 해 보고 싶습니다. 인류가 아직 해 보지 못한 일들이요.

— 그게 어떤 건가요?

우진이 호기심 어린 눈으로 나를 바라보았다.

— 흑체도료는 부족하지만 고압추진체는 아직 멀쩡하고 연료도 많이 남아 있습니다.

— 그래서요?

나는 되는 대로 말해 버렸다. 무슨 말을 하고 있는지도 모르겠지만. 지구에서 600광년 떨어진 곳에서 안락사하는 일보다 더 하고 싶은 일이면 되는 것 아닌가.

— 블랙홀로 되돌아가는 것입니다.

— 왔던 곳으로 다시 간다고요?

— 그렇습니다.

나는 대원들의 눈을 하나하나 바라보았다.

받아들이지 못하는 사람이 있으리라 생각했는데 오히려 그 반대였다. 내가 말을 꺼내기도 전에 나의 의도를 모두가 알고 있는 느낌이었다.

— 모든 가능성을 고려해 볼 때, 우리가 지구로 귀환할 확률은 제로에 가깝습니다. 우리를 깨운 인공지능도 다른 대안은 없다고 하는군요. 하지만 깬 후에 안락사를 선택하는 일은 역시 좋지 않은 것 같습니다. 좋은 선택이었다면 우리를 깨우지 않았겠지요.

대장이 말했다. 우리는 다시 동면 절차를 시작했다. 잠든 사이의 목적지는 우리가 떠나왔던 블랙홀 M309 앞이다.

— 다시 깨는 것은 선택 사항으로 합시다.

대장이 제안했다. 하지만 깨어나길 원하지 않는 사람은 없었다. 모두가 같은 생각을 하고 있다. 죽는 것은 두렵지 않지만 죽음을 선택하고 싶지는 않다.

메노도 우리의 결정을 검토해 주었다.

— 다시 동면하여 블랙홀로 돌아가는 것은 나쁘지 않은 선택입니다. 우리가 모르는 천체의 작용이 있을 가능성이 있습니다.

메노도 모른다. 데이터가 없다. 하지만 죽음은 당연한 것이었으므로 기대를 걸어 볼 방법은 데이터가 없는 쪽으로 가는 것이었다.

— 메노, 깨어나지 않길 바라는 사람은 없어. 목적지에 도착하면 우리 모두 다시 깨워 줘.

— 입력되었습니다. 블랙홀 M309 앞 1억 킬로미터. 전 대원을 수면에서 깨우겠습니다.

***

깨어나서 본 광경은 엊그제 본 장면처럼 익숙했다.

우리는 그 앞에서 240시간을 보냈다. 지구에서 100년이 흘렀지만 우리를 구조하러 오지는 않았다. 우리가 돌아가지 못한 일이 영향을 미쳤겠지. 그 많은 에너지를 아무것도 전하지 못하는 불확실성에 쓰지 못한 것이다. 그렇다고 더 획기적인 워프 기술이 개발되지도 못했을 것이다. 팀을 꾸리지 못했을 가능성도 있다. 누가 이 위험에 뛰어들 수 있을까.

10일이 지나자 우리 몸에서 이상 반응이 나타났다. 가장 먼저 구토와 출혈이 시작된 사람은 세진이었지만 곧 우리 다섯 명 모두 같은 증상에 시달렸다.

— 48시간 후면 정신을 잃을 수 있습니다.

유리가 눈을 감은 세진을 바라보며 말했다.

— 가속을 시작해야 합니다.

우진이 말했다.

— 블랙홀을 향해서요.

나는 말을 받았다. 대장이 결정하기 쉽도록 해 주어야 한다. 유리도 고개를 끄덕였다.

— 최대로 가속해서 가까이 가고 싶습니다.

죽음을 향한 이 행위는 중독과 같았다. 위험을 알면서도 끝까지 가야만 하는 것. 멈출 수가 없다.

— 다들 동의합니까.

대장이 말했다. 세진이 힘겹게 고개를 들어 끄덕이며 말했다.

— 가능하면 특이점까지.

누군가가 웃었다. 어차피 죽겠지만 특이점에 간다는 사실이 묘한 흥분을 일으켰다. 특이점까지 가지 못하더라도 이왕이면 특이점을 향해 날아가는 최초의 인간이 되는 편이 좋으리라. 세진에게는 더더욱 그랬다. 언젠가 죽는다면 우주에서 죽고 싶다는 게 그의 천문학자로서의 바람이었다. 도대체 어디가 잘못되었는지 모르겠지만 어떤 기묘한 천체에 대해서 상상해도 결국엔 자신이 그곳에 가서 숨이 끊어지는 순간으로 결론이 나곤 했다. 더 문제는 그 상상이 나쁘지 않았다는 것이다.

— 갑시다. 지체할 시간이 없습니다.

유리가 말했다. 유리도 크게 다르지 않았다. 좀처럼 흥분하지 않는 냉철한 판단력과 태도로 살았지만 언제나 자신은 반쪽뿐이라는 느낌이 들었다. 자신을 온전히 이해하지 못하고 사는 삶은 고통일 뿐이었다. 어린 시절의 어떤 트라우마가 원인이라고 의사로서 진단했지만 항상 그것을 부정하고 싶었다. 자신이 트라우마 따위에 좌우되는 나약한 인간이라는 사실이 싫었다. 하지만 그건 조절할 수 없었다. 머릿속의 유리와 신체 반응을 만드는 유리는 다른 존재였다. 유리의 신체는 언제나 '빈 공간'만을 의식하며 채워지지 않았다고 아우성을 쳤다.

우진이 카메라 앞에 모두 모이자고 말했다. 아쉬움도 두려움도 철저히 감추고는 있지만, 우진을 볼 때면 가슴이 아프다. 모두 각자의 아픔에 의해 이곳이 더 낫다고 판단해서 왔다면, 우진은 도대체 왜 여기에 있는지 모르겠다. 그가 여기에 있는 건 마치 사고 같다는 생각조차 들 지경이었다. 사고가 일어났고, 회복하지 못한 우진이 여기에 우리와 함께 있다. 그를 지구로 돌려보내 주고 싶지만 방법이 없다.

우리는 출발 전에 했던 인터뷰처럼 여기까지 오게 된 소회와 각자 하고 싶은 말을 마쳤다. 우리는 다시 한번 서로를 껴안았다. 이제 가야 할 시간이다. 두려움도 외로움도 없다. 우리를 빨아들이는 곳으로 들어갈 뿐이다.

— 메노는 대원들의 결정을 지지합니다. 새로운 제안은 없습니다.

— 메노, 마지막까지 계속 기록해.

가속이 시작되었다. 우주선은 남은 에너지를 모두 써서 마치 빛의 속도를 따라잡기라도 할 듯이 가속하였다. 중력은 어느덧 견딜 수 없는 지경에 다다랐다. 몸과 정신이 모두 산산조각이 나는 느낌이 들었다. 내 몸과의 싸움에 대원들의 상태를 돌아볼 겨를도 없었다. 무언가가 나를 계속 잡아당겼고 내 몸에서 나를 잡아 빼내고 있었다. 수억 개의 세포들에 붙어 있던 나의 영혼을 무자비한 힘으로 당겨서 끄집어냈다.

그렇게 가속에 가속을 더해서 어느 순간에…….

* * *

나를 바라보는 많은 얼굴 사이에서 깨어났다.

블랙홀은 다양한 환상을 만들어 내는구나. 마치 실제 같은…… 너무나 실제 같은. 하지만 너무나 평온한 환상이다. 나는 엄청나게 흥분해 있었는데……. 그런 내가 만들어 냈을 것 같지 않은 지루한 환상이다.

곧 목소리가 들려왔다.

— 대원 선우 깨어났습니다. 대원 세진 깨어났습니다. 대원 유리 깨어났습니다. 전 대원 깨어남에 따라 시뮬레이션 결과 발표합니다. 블랙홀 M309 탐사대 프로젝트 파이오니아27 시뮬레이션 실패입니다.

나는 어리둥절한 채 주위를 둘러보았다. 대장 제이와 세진이 옆에 누워 있었다. 우리는 수트를 입은 채 액체 속에 잠겨 있었고 우리의 머리는 헤드기어에 꽂힌 수많은 선에 연결되어 있었다. 나는 동료들의 얼굴을 보기 위해 필사적으로 몸을 일으켰다. 내가 깨어날 때 봤던 얼굴들이 달려와서 나를 일으켜 주었다. 대장의 얼굴에는 표정이 없었다. 아직 깨어나지 않은 듯했다. 세진의 얼굴도 보았다. 세진은 울 것 같은 얼굴이었다. 나는 그가 나와 마찬가지로 이 상황이 당황스러운지 알고 싶었다. 나와 눈이 마주치기를 애타게 바랐다. 그러나 그러기도 전에 누군가 나를 번쩍 들어 침대 위에 올렸고 나는 다른 곳으로 옮겨졌다.

— 힘든 시뮬레이션이었을 겁니다. 완벽하게 진짜처럼 느껴지도록 되어 있었어요.

진정제를 들고 온 의사가 내게 말했다.

— 푹 자고 나면 괜찮아질 겁니다.

극도의 흥분과 고통이 지나간 뒤 한참 동안을 혼돈 속에서 지낼 수밖에 없었다. 무엇이 현실이고 무엇이 가상인지 골라내는 일이 어려웠다. 시간이 흐르면서 나는 현재의 모든 감각을 느낄 수 있는 이곳이 현실일 수밖에 없다는 결론에 이르렀다. 그렇다면 지난 일들이, 블랙홀에 갔던 일들이 가상이다. 그러면서 의사가 해 준 어린 시절의 꿈 이론을 받아들일 수밖에 없었다. 의사는 어렸을 때 꿈을 꾸고 진짜처럼 생각했던 적이 없었냐고 물었다. 사탕을 선물 받는 꿈을 꿨고 깨어나서 사탕을 찾아봤는데 없었다. 어른들은 내게 그건 꿈이었다고 이야기해 주었다. 그리고 당연히 그것은 진짜 꿈이었다. 내가 어른이 되어서 좀 똑똑해지고 내 주장이 더 강해졌다고 해도 현실과 시뮬레이션을 항상 구분할 수는 없다. 특히 이런 강력한 우주탐사 시뮬레이션 같은 것은.

나는 다른 대원들은 어떠냐고 물어보았다.

— 다들 비슷한 반응을 보였는데 받아들이고 있습니다. 모두 잘 적응하고 있어요.

— 세진은, 세진이 가장 아팠었는데요.

— 괜찮습니다. 그것도 시뮬레이션이었을 뿐이니까요. 아주 건강합니다.

— 대장은, 엄청난 중압감을 느껴서 힘들어했어요.

— 네. 귀환에 실패해서 힘들긴 했지만 대원들이 모두 무사해서 다행이라고 했습니다.

— 유리는 물론 괜찮겠지요? 아무래도.

— 네. 유리 대원도 잘 회복하고 있습니다.

— 우진은요?

내가 우진에 관해 물었을 때, 담당 의사의 표정이 묘하게 변했다. 옆에 있던 간호사도 내 시선을 피하며 차트를 뒤적였다.

— 약을 하나 더 추가하는 게 좋겠습니다. 빨리 회복해야 하니까요.

— 잠깐만요. 우진에게 무슨 일이 생겼나요? 아까 모두 무사하다고 했는데요.

의사는 아무 말도 없이 태블릿을 조작했다. 졸음이 쏟아졌다. 하지만 질문을 참을 수는 없었다. 마치 다른 사람의 말을 듣듯이 내 중얼거림을 들으며 곧 깊은 잠에 빠졌다.

— 우진에 대해 알고 싶은 게 많았는데, 어떻게 된 거죠? 제발…….

그 후로 나는 우진에 대해 언급할 때마다 내가 회복했다는 것을 증명하는 데에 실패한다는 사실을 알았다. 중독 격리실에 있을 때 알게 된 스킬을 쓰기로 마음먹었다. 우진에 대한 언급을 피하고 우진이 마치 없는 사람인 듯한 태도를 보이면 의사로부터 긍정적인 피드백을 받을 수 있었다. 마지막 날, 나는 심지어 "우진? 그게 누구죠? 기억나지 않습니다."라고까지 말했다. 그러자 의료진은 내가 탐사 시뮬레이션 후유증에서 완전히 회복했다고 말했고 퇴원 서류에 사인을 해 줬다.

밖에 나온 후 나는 당연하게도 나머지 대원들에게 연락을 취하려 했다. 당연히 우진에 관한 이야기가 가장 궁금했다. 너무나 현실 같았던 블랙홀에 대한 기억이 시뮬레이션일 뿐이었다고 한다면, 그래. 그 정도는 받아들일 수 있다. 그 정도 기술은 가능할 테니까. 하지만 우진은 대체 뭐란 말인가. 어떻게 있던 사람이 없다고 치부될 수 있단 말인가.

그날 밤, 연락처에 있는 대원 모두에게 연락해 보았지만 가장 빨리 퇴원한 사람이 나라는 사실만 알게 되었다. 아무도 연락이 되지 않았고 건너건너 들은 소식은 아직 그 누구도 집에 가지 않았다는 이야기였다. 나는 불현듯 어떤 생각이 하나 떠올라 인터넷에 들어갔다. 내 이름을 인터넷에 치면 수많은 동명이인과 나의 쓸모도 없는 학위논문 따위가 나오곤 한다. 하지만 모를 일이다. 최우진, 그 이름을 인터넷에 쳐 본다면 어떤 정보를 얻게 될지.

— 최…… 우…… 진.

역시 나이와 성별이 우진과 다른 사람이 너무 많이 나왔다. 다른 어떤 검색어를 조합해야 했다. 그에 대해 아는 게 뭐였더라…….

— 나래…… 재활, 요양…… 병원.

짧은 기간이었지만 내가 우진을 만났던 재활 병원의 이름을 적어 넣었다. 그것 말고는 연관 지을 다른 단어가 떠오르지 않았다.

의외로 효과가 있었다. 병원 홈페이지에는 관리자가 병원의 신뢰도를 위해 인턴을 했던 사람들의 이름을 꼼꼼하게 기록해 두고 있었다. 내가 그곳에 있던 시기의 인턴들. 아는 이름도 있고 모르는 이름도 있었다. 그러나 우진의 이름은 없었다. 혹시 오타가 있을지 몰라 비슷한 이름이라도 찾아보려 했으나 최 씨 성을 가진 사람은 우진 외에는 없었다. 마치 내가 퇴원 전에 우진을 모른다고 했던 것처럼 인터넷에도 우진의 흔적은 없었다.

일주일 뒤 대원들이 모두 퇴원했다는 소식을 들었다. 내가 먼저 퇴원했다는 소식을 듣고 그 이유를 넌지시 건너 들어서 참고했다는 대원도 있었다. 나처럼 눈치가 빠르지 않거나 고지식한 과학자의 성격을 가진 대원들이라면 당연히 그랬으리라는 생각이 들었다. 시간이 걸리긴 했지만 모두 무사히 퇴원했고 연락이 닿은 우리는 대장의 집 근처에서 모이기로 했다.

***

— 잘 지냈어요? 시뮬레이션이었다니요.

— 정말 지나친 몰입이었죠. 미친 짓이라고요.

— 그 정도일 줄은……. 아무도 상상 못 했을 겁니다. 이건 비

윤리적이기도 해요.

— 인도주의적 장치를 써야 하는 시점에서 깨웠어야 해요.

맞다. 누군가의 이야기처럼 우리에게 인도주의적 장치가 작동했어야 하는 시점에서 시뮬레이션을 멈췄어야 했다. 희한하게도 회항의 가능성이 없는 상황에서 인도주의적 장치가 작동하지 않았고 우리는 극한 상황으로 내몰렸다. 그 상황이 우리의 선택을 알아보기 위한 테스트였다고 해도 너무 위험했고 신체적으로도 극도로 스트레스를 받는 상황이라 충분히 윤리적 문제를 제기할 가능성이 있어 보였다.

— 그나저나 우진은 어떻게 된 거죠?

순식간에 정적이 일었다. 나는 대원들의 표정에서 대략적인 답을 읽어 내려고 애썼다. 도대체 어떻게 된 일인가. 모두들 같은 일을 겪은 것인가.

— 그게…… 내 나름대로 가설을 세워 봤어요. 시뮬레이션이니까. 탐사대가 아닌 사람 중에 상황에 개입할 인물이 필요해서 그들이 끼워 넣은 가상의 인물 아닐까 하고요.

— 저도 여러 가지로 생각해 봤습니다. 혹시 우진이 깨어나지 못하고 죽어서 쉬쉬하는지도 모른다고요. 그런데 봤습니까? 애초에 우리가 받았던 문서나 기록 등 어디에도 우진의 이름이 없었어요. 심지어 깨어날 때 수면 캡슐도 없었습니다. 가상이 아니고서는 말이 안 됩니다.

유리와 세진이 말했다. 그들이 그렇게 생각하는 것도 무리는 아니었다. 나도 그걸 생각해 봤으니까. 하지만 나에게는 도저히 그렇게 생각할 수 없는 이유가 있었다.

— 다른 분들은 우진을 가상의 인물로 생각할 수 있지만, 저는 도저히 그럴 수가 없어요. 왜냐하면, 저는 우진을 예전부터 알았었거든요.

나는 대원들에게 재활 병원에서 우진을 만난 이야기를 해 주었다. 심지어 이 탐사대를 추천한 사람도 우진이었다. 사적인 감정을 배제하기 위해 개인사를 너무 많이 말하지 않는다는 팀 내 규정이 있기도 했지만, 나의 아픈 과거를 말하고 싶지 않기도 했다. 그러나 이제는 그런 것은 중요하지 않았다.

대원들은 놀라운 얼굴로 내 이야기를 들었다.

— 참 심각하군요. 아는 사람이었다니. 가상의 인물이 아니라고요?

— 그리고 문제는 또 있어요. 그들이 왜 우진에 대해 우리에게 설명하지 않는가 하는 것입니다.

— 아. 처음부터 그게 가장 이상했지요. 잘 설명하면 되는데. 우진을 얘기할 때마다 그들의 표정은 마치 내가 헛것을 이야기하고 있다는 듯한 표정이었어요.

— 맞습니다. 저도 그렇게 느꼈습니다.

— 문제는 또 있어요.

나는 심호흡하고 말을 꺼냈다. 대원들이 모두 같은 것을 느꼈기에 말할 용기가 생기긴 했지만, 긴장되어 손이 떨릴 지경이었다. 여전히 가장 이해가 안 되는 부분이 있었다.

— 우진의 흔적을, 인터넷에서도 찾을 수가 없었습니다.

대원들이 그게 무슨 소리냐는 듯이 나를 쳐다보았다.

— 재활 병원의 인턴 명단에서 우진의 이름을 찾을 수가 없어요. 인턴을 했던 사람들의 이름이 전부 올라와 있는데, 우진만 없단 말입니다. 그리고 더 기가 막힌 건…….

나는 마른 침을 다시 꿀꺽 삼켰다.

— 그가 다녔던 학교에도, 어디에도 그의 기록이 없었습니다.

우진이 가상 인물이라는 가설은 나의 기억 때문에 깨졌다. 나는 조용할 때면 혼자서 우진에 대한 기억을 더듬었다. 병원에서 마주칠 때마다 조용히 미소짓던 그 모습. 공손하지만 매끄럽게 내게 참관을 요청하던 모습. 탐사대에 관해 이야기하며 조심스럽게 다가오던 그의 태도. 하필 그때 내가 심각한 중독 치료 중이었고 머릿속이 맑지 않았다. 하지만 절대로 꿈일 리가 없다. 실제가 아니라면 그렇게 긴 시간 동안 굳이 그런 기억을 만들어 낼 이유가 있었을까. 나의 기억을 그렇게까지 못 믿을 정도로, 나는 망가져 있던 것일까.

계획은 이랬다. 시뮬레이션이 끝나고 한 달 뒤 훈련소에서 애프터 세미나가 있다. 그때 우리는 훈련소로 다시 들어갈 수 있다. 그곳에는 우리의 훈련 과정과 시뮬레이션 과정을 담은 영상들이 있을 것이다. 우리는 어떻게든 그 영상을 봐야 한다. 우진의 모습을 확인하기만 하면 된다. 그들이 숨기는 이유는 나중에 파악해도 된다. 우진이 가상 인물인지 나의 기억이 잘못되었는지는 영상을 본 후에 다시 생각해도 된다.

***

위원회에서 순순히 보여 준 영상을 확인한 직후, 우리는 다시 모여서 의논을 시작했다. 패닉 상태에 빠져서.

— 우진이라는 가상 인물을 우리 탐사에 포함시킨 겁니까?

대장이 직설적으로 질문했다. 가장 큰 충격을 받은 나는 아무 말도 할 수가 없었다.

— 또 우진이라는 사람에 관한 이야기로군요.

위원회의 한 사람이 말했다. 마주 둘러앉은 다른 일곱 명의 얼굴도 매우 당혹스럽다는 듯한 표정이었다.

— 우리 대원 모두 탐사를 함께한 우진에 대해 정확히 기억하고 있습니다. 우진이 실제 인물이 아니라면, 가상의 인물을 포함시켰다고 우리에게 설명해 줘야 하는 것 아닙니까?

— 이건 설명해야 할 일이지 숨기기만 할 일이 아닙니다.

유리도 격앙된 목소리로 말했다.

— 음…… 우리 위원회에서 잠깐 회의한 후에 대화를 계속하겠습니다. 조금 시간을 주시기 바랍니다.

위원회 사람들이 세미나장을 나갔다. 우리에게는 침묵만이 남았다. 영상을 봤을 때, 우리는 무언가 단단히 잘못되었다는 사실을 바로 알았다. 놀람이라고 하기에는 더 큰 감정이 우리를 덮쳤다. 두려웠다. 나는 또렷이 기억한다. 어느 정도 '아는 사람'이었기에 나는 우진을 신경 쓰고 있었다. 가속과 감속 훈련에서 그는 내 뒷자리에 있었다. 동면 캡슐 시뮬레이션에서는 내 옆의 옆자리였다. 나는 그것을 기억하고 있었다. 그런데 영상에서는, 우진이 없었다. 가속과 감속 훈련에서 내 뒷자리에는 세진이 앉아 있었다. 동면 캡슐도 다섯 개가 아니라 네 개였다.

시뮬레이션 속의 우진이 가상 인물이라면, 우진이 훈련할 때의 모습을 우리가 대체 어떻게 기억하고 있다는 말인가. 우리가 단체로 미치기라도 했단 말인가.

다시 돌아온 위원회 사람들의 얼굴은 자못 심각했다. 하지만 나는 이 얼굴들이 익숙했다. 이건 상대를 이해해 주는 척하고 맞춰 주는 척하며 자신들의 기준을 강요할 때 짓는 표정이다. 어쩌면 이렇게 모두들 같은 얼굴을 하고 있는지.

— 진실을 말하자면, 우리는 우진이라는 가상 인물을 포함시키지 않았습니다.

위원회 사무관이 입을 열었다. 유리가 소리를 치며 벌떡 일어났다.

— 그럼 우리가 미쳤다는 말입니까! 어떻게 모두가 같은 환각을 보며 미칠 수가 있다는 말입니까? 상식적이지 않습니다!

— 자자, 탐사 대원들이 미쳤다는 이야기가 아닙니다. 우리도 여러 방면으로 원인을 찾고 있어요. 사실 시뮬레이션이 끝난 직후 대원 모두가 우진의 이야기를 하는 것을 듣고 우리도 바로 문제점을 인식했습니다. 원인을 밝히기보다는 우선 해결책으로 빨리 현실로 돌아올 수 있도록 신경안정제와 각성제를 번갈아 처방하며 상태를 지켜봤습니다. 어느 정도 안정이 된 후에는 모두들 우진을 모른다고 하셨더군요. 기록이 남아 있습니다. 우진이 누구냐고 했던 기록도 있고요.

그건 나였다. 그렇게 해야 나갈 수 있었으니까.

— 지금 상황으로는, 가상현실에 노이즈가 들어갔다고 보는 게 가장 적절하겠군요.

— 노이즈라고요?

— 네. 어딘가에, 누군가의 머릿속에 있던 인물이 끼어든 거죠. 좀 더 조사해 봐야겠지만, 대원 중 누군가의 머릿속에 아주 강렬하게 살아 있는 사람으로 추측하고 있습니다. 기록에 아무것도 남아 있지 않기에 앞으로 심층 면담을 통해 이 부분을 조사하고 보완해 나갈 예정입니다.

가장 유력한 사람은 나였다. 우진을 예전부터 알고 있었으니까.

— 너무 강렬한 가상현실 시뮬레이션을 겪다 보니 이전의 기억도 왜곡되었을 가능성이 있습니다. 실제 겪지 않은 일을 겪었다고 생각하는 것처럼 만나지 않은 사람과 함께 있었다고 생각하는 것이지요. 이것은 우리도 연구를 계속해야 할 일입니다. 지금 이렇게 모든 분이 같은 현상을 겪고 있으니까요. 좀 특별한 일이라고 우리도 생각하고 있습니다. 아무래도…….

사무관은 말을 끊고 시간을 들였다. 말하기 곤란하다는 티를 내고 있었다.

— 여러분들 모두 치료를 받은 적이 있지 않습니까? 정신적으로, 힘든 일들을 겪기도 했고요.

유리가 테이블을 거칠게 쳤다.

— 의학적으로 전혀 안 맞는 이야기로군요!

— 우리를 믿지 못하면서 왜 선발한 거죠? 이렇게 되면 탐사대 선발 과정에 문제가 있다고 생각할 수밖에 없겠습니다.

차분하면서도 냉정하게 대장이 반박하자 위원회는 조금 움츠러드는 모습이었다.

— 그래서 아직 단정 짓지 않고 조사해 보겠다고 하는 겁니다. 탐사 준비 과정과 시뮬레이션 전 과정에 걸쳐 어떻게 된 일인지 조사해 보겠습니다. 다시 말하지만 우리는 숨기는 게 없

습니다. 우리도 매우 미스터리하게 이 일을 지켜보고 있습니다.

미스터리. 지금까지 나온 말 중에 그 말이 현 상황과 가장 잘 어울렸다. 미스터리한 일. 내 머릿속에서 나와서 모든 대원의 머릿속에 마치 진짜 존재하는 사람처럼 함께했다가 세상에서 사라져 버린 일. 세상에서 감쪽같이 사라져 버렸다. 마치 존재하지 않았던 것처럼⋯⋯. 존재 자체가 사라지다니⋯⋯.

여기까지 생각이 미치자 내게 어떤 미친 생각 하나가 떠올랐다.

나는 블랙홀로 가속하기 직전 우주선에서 앉아 있던 자리를 생각해 보았다. 나와 대장이 가장 뒤에 앉아 있었고 유리가 가운데에 앉아 있었다. 그리고 세진과 우진이 가장 앞쪽이었다. 그리고 우주선은, 우진 쪽으로 곡선을 그리며 가속하게 되어 있었다⋯⋯.

아니, 아니 이건 너무 이상한 이야기다. 가뜩이나 나의 정신 상태에 회의를 품고 있을 저들에게 더 이상한 빌미를 줄 뿐 아닌가. 아직 해서는 안 되는 이야기다. 나는 본능적으로 입을 꾹 다물었다. 나뿐만이 아닐 것이다. 세상에 해서는 안 될 말을 구분할 줄 아는 사람이 많으니까 이 세상이 안정적으로 유지되는 것이다.

— 면담 일정 잡아서 연락 드리겠습니다.

위원회는 이 난장판 상황을 어떻게든 빨리 수습해야겠다는 생각뿐인 듯했다. 나는 일단 대장과 유리, 세진에게 지금 상황을 받아들이자는 눈빛을 보냈다. 딱히 그들에게 계속 따져 봤자 달라질 건 없어 보였다.

— 이건 진짜 미친 생각이야. 하지만 이 미친 생각이 지금은 오히려 더 말이 돼.

나는 혼잣말로 중얼거렸다. 세미나장은 과열되어 있어서 나의 중얼거림에 신경 쓰는 사람은 없었다. 일단 세미나를 끝내고, 팀원들과 따로 만나서 이야기를 해 봐야겠다. 위원회 사람들이 이 이야기를 들어줄 리는 없다. 나와 같은 경험을 한 동료들만이 이해할 수 있다.

나는 동료들과 다시 만나서 이야기하자며 약속을 잡고 집에서 생각을 정리했다. 우진이 내 머릿속에서 나와서 가상현실 시뮬레이션을 통해 대원들의 머릿속에 들어가고 이전 기억들까지 변경시켰다는 것은 아무래도 터무니없었다.

나는 생각을 블랙홀에 다시 집중시켰다. 세진의 도움이 필요했다. 내가 도움을 요청하자 세진은 기꺼이 이야기를 들어 주었다.

— 세진, 블랙홀이 어떤지 충분히 교육을 받았잖아. 너의 전문적인 지식에는 미치지 못하지만, 그래도 일반 상식 수준으로는 모두가 알고 있지.

나는 큰 숨을 몰아쉰 후에 다시 말했다.

— 블랙홀에 들어가면 어떻게 되지?

— 그야 물론 엄청나게 압축되어 죽지요.

— 그래. 물론 죽겠지. 그건 알고 있어.

— 그 전에 강한 조석력에 의해 이미 죽었을 거예요. 그리고 그 전에 이미 블랙홀의 강력한 중력과 압력, 온갖 방사능에 의해 더더욱 빨리 죽었을 거고요. 어떻게든 죽는 거죠, 뭐. 알면서 그건 왜 물으세요?

— 아니 몸이 어떻게 되는지 말고. 블랙홀에 들어간 나는 어디로 가는지 말이야.

— 아, 형이상학적인 것 말인가요? 구천을 떠돌겠죠.

— 블랙홀은 점이잖아. 점에서 어떻게 나와서 구천을 떠도느냐고……

— 영혼은 뭐든 가능한 게 아니었어요? 뭐 벽도 뚫고 보였다 안 보였다 하고…….

그랬다. 뭐든 가능한 존재가 있다고 상정하면 모든 일이 설명된다.

— 넋이 있고 없고는 아무도 모르겠죠. 블랙홀이라 해서 넋이 없으면 오히려 이상한 거죠. 영혼이 물리법칙에 영향을 받는 존재였다니…….

나는 생각을 정리하느라 아무 대꾸를 하지 못했다.

— 설마 지금, 우진이 블랙홀에 있던 영혼이라는 얘기는 아

니죠? 거기서 떠들던 영혼을 만났다거나. 아니 시뮬레이션이었지. 그럼 이 훈련소에서 죽은 사람의 귀신이라는 건가요?

블랙홀에 들어가면 어떻게 되는지 아무도 모른다. 왜냐면 우리가 첫 번째 탐사대였으니까. 그리고 애초에 우리도 블랙홀에 들어간 사람이 죽은 후에 어떻게 되는지 알아볼 계획도 없었다. 우리는 어떻게 죽게 되는지 이론상 알고 있었을 뿐 사후에는 관심이 없었다. 어차피 죽으면 끝이라고 여겼다.

— 설마 진짜 그런 얘기는 아니죠? 지금 혹시 술 마셨어요?

세진을 안심시켜야 한다. 하지만 언젠가는 나의 가설을 말해야 한다. 그가 받아들일 준비가 되어 있어야 한다.

— 세진, 그건 아니야. 영혼을 믿는 것보다 더 기가 막힌 일이야.

— 아, 도대체 뭔데요? 얼마나 얼토당토않은 이야기를 하려고 합니까?

— 블랙홀에 들어가면 어디로 가는가 하는 문제야.

— 가긴 어딜 갑니까. 그냥 무한히 압축되는 거예요.

— 하지만 블랙홀이 삼킨 물질들에 대한 정보는 어딘가에 있을 거라는 이야기가 있지.

— 아, 그 말씀이군요. 정보 삭제에 관한 것. 네, 블랙홀은 물질뿐 아니라 정보까지 삼켜 버려서…… 이상하다고 알려져 있죠. 우주에서 물질 정보가 사라지는지 보관되는지는 아직 밝

혀지지 않았어요. 같은 블랙홀에 여러 번 가서 그걸 밝혀내는 실험을 할 예정이기도 했잖아요. 하지만 일단 지금 블랙홀에 들어가면 정보까지 사라지는 게 맞아요. 언젠가는 토해 낸다는 가설도 있고요.

— 그래. 정보가 삭제되면 블랙홀에 들어간 물질에 대해 아무것도 남지 않게 되지. 그런데 그 물질이 생명체라면 어떨까? 기억을 가지고 있고 주위와 커뮤니케이션 하던 생명체라면……

— 무슨 이야기를 하는 겁니까? 정보란 건 기억을 말하는 게 아니지 않습니까.

— 하지만 물질에 대한 정보보다 상위의 정보가 기억이지. 물질의 모든 정보가 모여서 기억이 되는 거야.

— 그렇게 굳이 따지자면 생명체의 정보가 삭제된다면……

— 그 생명체에 대한 기억도 사라져야 하지. 누군가가 그 정보를 고스란히 가지고 있다면 정보는 완전히 삭제된 게 아니고 블랙홀은 정보를 남기고 물질만을 삼켜 버린 게 된다……

— 정보 삭제 이론에 안 맞는군요.

— 우진은 앞쪽 우측에 앉아 있었어.

— 마지막 가속은 좌측 엔진 과열로 좌측으로 휘고 있었고요.

— 우측이 먼저 블랙홀에 닿게 되지. 우리는 찰나라고 느꼈겠지만 밖에서 보기엔 엄청나게 긴 시간이었을 거야. 그리고 우

리가 사건의 지평선을 넘고 우진이 특이점에 닿는 순간, 우진의 정보가 사라지게 된 거야. 우주 전체에서. 시간도 공간도 넘어서 과거까지 지워졌어야 하니까.

— 그래서 메노가 우리를 깨웠던 걸까요? 과거로 돌아갈 수 있어서? 메노가 과연 이것까지 예상했을까요?

세진은 내 이론의 모순을 찾기 위해 혼잣말인지 모를 말들을 중얼거렸다.

— 아니 그렇다면, 이상하네요. 시뮬레이션인데 그렇게 무시무시하게 블랙홀이 설계되어 있었다고요? 굳이? 과거까지 바꿀 만큼이요?

세진이 혼자 깨닫기를 바랐지만, 거기엔 커다란 장벽이 있었다. 여기로 넘어오기 위해서는 작은 도움이 필요하다. 그래서 결국 나는 세진에게 이 말을 할 수밖에 없었다.

— 세진, 아직도 이해가 안 되겠어? 그건 진짜 블랙홀이야. 우리는 진짜 블랙홀에 갔다 왔다고.

***

대장과 유리는 나와 세진이 하는 말을 심각하게 듣고 있었다. 그들의 눈빛을 보고 나는 세진에게 미리 말하기를 잘했다고 생각했다. 나 혼자 이런 이야기를 떠들었으면 지금보다 훨씬 혹독한 눈빛을 마주했을 것이다. 대장이 입을 열었다.

— 너무 많은 의문점이 있지만, 가장 큰 의문점은 우리가 왜 여기 있냐는 겁니다. 우진이 제일 먼저 블랙홀에 닿았다고 해도, 그 후에 우리는 차례로 같은 처지가 되는 게 아닌가요?

나는 세진을 바라보았다. 아무래도 내가 말하는 것보다는 세진이 말하는 게 더 신뢰를 줄 터다. 세진은 나를 흘끗 바라보았다. 나는 고개를 끄덕였다.

— 그 부분이 가장 중요합니다만 우진이 블랙홀의 특이점에 닿는 순간, 우진에 대한 정보가 우주에서 사라지기 위해서는 많은 게 바뀌어야 합니다. 우진이 없다면 이 탐사대도 인원 부족으로 꾸려지지 못했을 테고 우리도 그곳에 있지 못했겠지요. 그래서 우진의 존재가 없어지면서 우리도 진짜 탐사가 아닌 시뮬레이션 속에 있던 것으로 수정된 겁니다.

유리가 머리를 감싸 쥐며 말했다.

— 아니 진짜 머리가 어떻게 되는 기분입니다. 이 상황 자체가 꿈인 것 같은데 깨지를 않네요.

— 저도 마찬가지입니다.

— 잠시만요. 우진의 정보가 사라졌는데, 우리가 기억하고 있고 계속 말하고 다니는 건 너무 이상한 일 아닙니까?

— 제가 지금 그 말을 하려고 했습니다. 핵심을 짚으셨네요.

나는 더 이상 세진에게 미루지 않았다.

— 우리는 아직 우진의 정보를 가지고 있습니다. 왜일까요? 우리는 수정될 수가 없기 때문입니다. 왜 수정될 수가 없을까요? 그건 시간 때문입니다. 우진의 정보를 지우기 위해 이곳 지구에서의 시간으로 30년 되감기가 필요했다고 치면, 블랙홀 시간으로는 고작 몇 초도 안 됩니다. 그 짧은 시간을 되감아 봤자 우리의 기억은 리셋되는 것이 없습니다. 기억은 리셋되지 않은 채로 우리 기억이 동기화되는 순간에 상태가 리셋되어 깨어난 것이고요.

— 아니 그럼 이건 타임머신인가요? 과거로만 가는?

— 그런 것 같습니다. 블랙홀 근처에서 나와 관련된 뭔가가 사라질 때, 그 정보가 존재했던 만큼만 리셋되는 거죠. 내 기억은 사라지지 않고요.

— 우진이 없었다면, 우리는 그때 거기에 없었을 거라서 거기에 가지 않는 현실로 바뀌었다는 것이군요…….

— 그러면 지금, 블랙홀이 정보 삭제에 실패한 패러독스가 실제로 일어난 겁니까?

— 궁극적으로는, 그렇지 않을 거예요.

나는 대답했다. 우리 모두 넓은 의미에서 과학자다. 자연의 법칙이 깨진 사실을 쉽게 받아들이지 못할 것이다.

— 블랙홀로 들어간 물질 정보는 삭제되어야 해요. 시간과 공간을 뒤틀어서라도. 물질 정보보다 인간의 기억이라는 정보

자체가 특이하다 보니 이런 희한한 일이 일어난 것 같습니다.

— 그럼 기억이, 정보가 삭제되지 않은 지금 이 순간은 뭐란 말입니까?

— 과정인 겁니다.

— 과정이라고요?

— 블랙홀은 우리를 삼키는 중입니다. 지금도요. 블랙홀의 찰나가 지구에서는 긴긴 시간입니다. 곧 다음 사람이 특이점에 닿을 거예요.

— 그럼 그 사람이 삭제된 현실을 사는 겁니까?

— 갑자기 그 사람이 누군지 모르겠다고 세상이 말할 겁니다.

정적이 흘렀다. 나의 말을 모두 믿지 않는다고 해도 듣는 것만으로도 너무나 아득해지는 이야기였다.

— 그럼 지금 우주에 우리가 둘씩인 겁니까? 블랙홀 사건의 지평선에 있는 우리와 지구에서 살고 있는 우리.

— 사건의 지평선에서는 돌아올 수 없기에 그런 순간이 생기는 것 같습니다. 우리가 기억을 가진 생명체이기 때문이죠. 하지만 그곳에 있는 우리는 그곳을 나올 수가 없어서 둘이 존재해도 문제가 되지 않습니다. 그곳의 우리가 특이점에 닿으면 우리도 삭제되겠지요.

— 시간은 어느 정도로 예상하고 있습니까?

— 블랙홀의 크기를 생각해 보면…….

— 사건의 지평선에서 특이점까지는 0.001초 정도, 거의 동시입니다. 하지만 계산을 해 보면 블랙홀의 중력은 무한대에 가깝고 지구 시간으로는 1, 2년 정도 되겠지요.

— 1, 2년이라고요?

대장의 얼굴이 어느덧 하얗게 질려 있었다.

— 삭제라는 건, 흔적까지 모두 지워지는 걸 말하는 겁니까?

— 네. 우진처럼요. 같이 있던 우리만 기억하고 아무런 흔적도 남지 않게 됩니다.

— 내, 내겐 딸이 있어요.

순간 모두가 숨까지 참는 듯한 정적이 흘렀다.

— 내가 없다면, 내 아이는 어떻게 되는 겁니까? 흔적이 없어진다는 건 자손도 사라진다는 얘기 아닌가요?

대원들의 입에서 한숨이 흘러나왔다.

— 그건 생각해 보지 않았지만…… 대장, 그렇게 되지 않을까요? 대장이 없다면 아이는…….

— 내가 애초에 없던 사람이 되는 건 괜찮습니다. 어차피 인류도 지구도 영원하지 않으니까요. 하지만 대장의 아이는…….

유리가 입을 열었다.

— 나는 가족이 없어 생각도 못 했는데, 정말 큰일입니다.

세진도 충격을 받은 채 나를 보고 말했다.

— 아, 방법이…… 방법이 있지 않을까요?

방법은 무슨. 방법이 없다는 걸 알면서도 희망을 품게 하는 세진이 원망스러웠다. 무슨 방법이 있었을까. 블랙홀이 하는 일을 잘 알지 못하는 우리가 본능적으로 할 수 있는 일이 있었을까. 알았다면 피할 수 있었을까.

— 이렇게 될 줄 알았다면, 대장은 블랙홀로 가속하기 전 슈트에 산소가 가득 든 통을 메고 우주 공간에 떠 있을 걸 그랬군요. 대장을 우주선 밖에 남겨 놨어야 하는 건데…….

나는 아무 소용도 없는 말을 하릴없이 내뱉었지만 숨이 막혀 왔다. 대장은 이미 태어나서 자기 삶을 살고 있는 아이가 없던 존재가 된다는 사실을 알게 된 것이다. 대장의 마음이 마치 나의 마음인 것처럼 아파 왔다.

— 이렇게 될 것이었군요. 내게 일어난 일이 너무 괴로워서 도망치고 싶었는데 그 선택이 이런 결과를 불러올 줄은 몰랐습니다.

대장은 멍한 얼굴로 읊조리듯 이야기했다.

죽는다는 것과는 다르다. 이 세상에서 내가 없던 존재가 된다는 것은. 그러나 나의 존재로 인해 이 세상에 생긴 다른 존재가 나와 함께 없어지는 일은 또 다른 차원의 문제였다. 대장을 위로할 방법은 없었다. 같이 아파하는 수밖에 없었다. 이미 들어간 블랙홀에서 빠져나올 방법이 없었다. 책임감이 강한 대장이 가장 사랑하는 것을 책임질 수 없는 상황에 빠져 버린 상황을 한탄스럽게 쳐다볼 수밖에 없었다.

우리 모두 대장에게 다가가 그를 끌어안고 이 큰일을 함께 나누려고 노력했다. 하지만 대장의 아픔이 조금이라도 나누어졌는지는 모를 일이다.

***

그로부터 1년쯤 뒤 어느 날, 나는 세진이 삭제되었음을 알게 되었다. 잠에서 깨자 문득 그곳이 전날 내가 잠들었던 세상이 아님을 느꼈다. 전화기를 보자 역시 세진의 전화번호가 없었다. 나는 무엇을 해야 할지 몰라 멍하니 있다가 욕실로 갔다. 거울이 있었다. 내 얼굴이 조금 더 어려 보였다. 기분 탓이었을까. 그때 전화벨이 울렸다.

— 지원하신 블랙홀 탐사대 인사 담당자입니다. 블랙홀 탐사가 인원을 충족하지 못해 취소되었습니다. 추후 재개되면 우선으로 연락드리겠습니다.

나는 피식 웃었다. "이미 갔다 왔어요."라는 말은 그냥 입안에 남겨 두었다. 유리와 대장에게 연락할 방법이 없어 인터넷에 검색해 보았다. 유리는 명문 의대 졸업생으로 화려한 논문 결과와 함께 장래를 촉망받다가 지금은 어느 연구소에서 연구를 지속하고 있다……. 하지만 연락처는 찾을 수 없었다.

대장을 검색하자 공군사관학교 졸업생 대표라는 결과가 떴다. 눈에 굳은 결기와 다정함을 담고 있는 대장의 사진, 정말 멋있다. 하지만 그 이후의 뉴스에서 또다시 대장의 이름을 발견했다. 이 모든 것의 시작이 된 사고였다. 그는 이 단 한 번의 사고로 그곳을 택하게 되었다. 그 사고가 없었다면 대장은 탐사에 지원하지 않았을 테고 탐사팀은 꾸려지지 않았을 것이다. 그 모든 일이 없던 일이 되는 건 대장에게는 나쁜 일이 아니었을 텐데, 그렇게 되지 않았다.

유리가 삭제된 날은 그로부터 5개월쯤 지났을 때였다. 블랙홀 탐사는 이미 취소되었고 나는 차 안에서 멍하니 있다가 깨어났다. 어디를 가고 있는지 뭘 해야 할지 모르는 상태였다. 주섬주섬 가방을 뒤져서 폰을 꺼내 오늘의 날짜와 시간을 확인했다. 리셋되는 시간 간격이 짧아져서 나는 좀 더 최근 상태로 연결된 모양이었다. 원래대로라면 탐사 훈련이 끝났을 시간이다. 하지만 나는 지금 하릴없이 도서관을 다니며 시간강사 노릇을 하고 있다.

그로부터 며칠 뒤 전화가 왔다. 모르는 번호였지만 귀에 익은 목소리였다.

— 대장. 번호를 어떻게 알았어요?

대장은 나에 대한 정보를 어떻게든 전부 끌어모아 인맥과 약간의 불법적인 일들을 동원해 내 번호를 알아냈다고 했다. 나는 웃었다.

— 그렇게까지 해서 할 중요한 이야기가 있어요?

— 유리가 지워진 것 알고 있지?

— 네. 유리랑 저는 접점이 별로 없었나 봐요. 그냥 별로 변화 없이 2년 전으로 되돌아갔어요. 대장은요? 많이 바뀌었나요?

— 나도 큰 변화는 없어. 그런데 선우, 이상하게 들리겠지만 이번에 깨달은 게 하나 있어.

대장은 조심스럽게 내게 말을 꺼냈다.

— 유리가 대학 병원에서 일했던 것 알고 있지?

— 네. 존스비어라고 했었죠.

— 그래. 거기서 3년 일했다고 했어. 거기서 유리가 돌봤던 환자를 한 명 알고 있었어.

— 그랬군요. 어떻게든 연결되어 있었네요.

— 너무 사소한 접점이라서 대수롭지 않게 생각했던 것 같아. 그런데 그 환자가 유리를 만난 곳은 응급실이었어.

— 아, 유리가 당직일 때였나 보군요.

— 그렇지. 혹시 유리가 없어서 그 환자에게 불운이었나 했는데 그건 아니었던 모양이야. 다른 의료진에게 적절한 치료를 받았더라고.

— 다행이네요. 의사가 유리 하나는 아니었으니까요.

— 그런데 이상한 일이 있었어. 그 사람을 우연히 만났는데…….

— 그런데요?

— 그 사람이 유리를 기억하는 것 같아.

— 그럴 리가요. 그건 불가능해요.

— 그래서 이야기를 많이 해 봤는데 너무 이상했다고…….
그건 '알고 있다.'라고 생각할 수밖에 없었어. 그날 나는 그 사
람이 사고를 당한다는 걸 알고 있었지. 하지만 까맣게 잊어버
리고 있던 일이었어. 가스 유출 사고라서 전조 증상도 없이 중
독되어 버리는 일이었는데, 그 사람이 유리가 근무했던 응급실
로 실려 왔어. 생화학자인 유리가 있었더라면 더없이 좋았겠지
만. 그 응급실에 있던 다른 의사가 그 사람의 의식을 체크하고
동공반사를 테스트하고 있는데 이 의사는 자기를 돌봐 줄 전
문의가 아니라서 너무나 불안했다는 거야. 그 정신없는 와중에
'그 의사는 어디 갔지?' 하면서. 있어야 할 사람이 없더래. 말도
하지 못하는 상황인데도 그걸 느꼈다는 거야. 그리고 처치가
끝났을 때, 조금 안정을 찾게 되니까 느껴지더래. 그분이 자기
를 돌보고 갔다고. 자기 상태를 체크하고 이제 괜찮을 거라고
했대. 그래서 내가 말했지. 죽음에 가까웠을 때 느껴지는 수호
천사 같은 게 아니었을까, 하고. 그랬더니 그 사람이 하는 말이,
그 의사의 명찰에 유리 멜코프라고 쓰여 있었다고 하더군. 그

리고 어느 정도 회복이 되어 주위 사람들에게 유리라는 의사는 왜 오지 않느냐고 물었더니 아무도 그게 누구인지를 모르더래. 심지어 병원 어디에도 그런 의사에 대한 기록이 없었고 자신을 옮겨 준 소방대에까지 문의해 봤는데 그런 사람은 없더래. 그래서 너무나 이상했다고. 이런 이상한 일을 겪었다고 나한테 얘기하더라고.

— 분명히 유리 멜코프라고 했어요?

— 분명해. 나도 믿을 수가 없어서 몇 번이나 확인했지.

나는 사라진 세진과 유리, 그리고 우진을 생각했다. 그들이 우주에 존재했다는 사실조차 사라졌다고 믿었는데 이제 그 믿음도 흔들리고 있다.

— 그래서 혼란을 겪다가 깨달았어. 선우, 이 이야기를 해 주고 싶어서 전화했어.

— 무슨 깨달음인가요?

— 이 세상이 하나가 아니라는 생각.

— 어떤 의미에서 하나가 아니라는 거죠?

— 그 환자가 유리를 안다는 것. 거기서 시작된 생각이야. 우리는 시간이 되돌아간다고 생각했지. 블랙홀에 들어간 물질의 정보가 사라지기 위해서. 그런데 어떻게 유리를 알아? 시간이 다시 흐르는 거라면 불가능하지. 만나지 않은 사람을 어떻게 기억하겠어. 그런데 그 사람의 상황은 특이해. 사고로 의식

142

이 가물가물하고 거의 죽어가고 있었어. 의식이 생과 사를 오가는 상태였어. 온, 그러다가 오프, 그러다가 다시 온. 그런 생각을 하다 보니 어딘가에 유리가 이전처럼 살고 있는 세상이 있지 않을까 하는 생각이 들었어. 의식이 생사를 오가는 상황에서, 그 세상과 잠깐 겹치게 된 것이라고. 우리는 정보가 삭제될 때마다 과거로 돌아간다고 생각하지만 사실은 그때마다 우주가 분기하는 게 아닐까.

나는 잠깐 상상해 보았다. 어떤 우주, 어떤 세상에서 유리, 세진, 나, 대장 그리고 우진이 각자의 삶을 온전히 살아가고 있는 모습. 그러나 고개를 흔들 수밖에 없었다. 해피엔드가 없는 삶들이라 그런 걸까.

— 대장, 나는 별로 달갑지가 않은데요.

— 그건 가설일 뿐이야.

— 세진도, 유리도 흔적 없이 사라지는 게 나쁘지 않다고 했어요. 우진은······.

— 그래. 알고 있어. 방향이 없어. 옳고 그름도 없고. 선택 사항도 아니지.

— 사실 나는 나랑 싸우는 데에 너무 지쳤어요. 지금도 견디기 힘들 만큼 싸우는 중입니다.

— 그래, 알아. 안타깝게 생각하고 있어.

— 대장에게는 아예 사고가 일어나지 않는 우주가 있기를

바랄게요.

— 고마워.

— 아니면 적어도 우리가 만나지 않는 우주.

— 그래. 미안해. 내가 삶을 피하지 않기를. 도망치지 않는 우주가 있기를.

대장은 뜬금없이 나에게 사과를 했다.

— 그런 우주들이 있다면 대장은 모든 우주에서 행복하길 바라요.

— 너도. 어떤 중독 문제도 겪지 않는 네가 있기를.

— 고마워요, 대장.

그리고 3개월 뒤 대장은 사라졌다. 나는 아무것도 알아보고 싶지 않았다. 사진으로만 봤던 대장의 10살 난 딸도, 그의 아내도. 알아봤자 달라질 건 아무것도 없다. 나의 애도나 감정도 무의미했다.

아이러니하게도 나는 병원 침대 위에서 깨어났다. 하필이면 이곳에서 정신이 돌아오다니……. 나에게 행운이란 게 있기는 한가 싶었다. 여기 온 지 얼마나 됐을까. 나는 나가는 방법을 베테랑처럼 잘 안다. 몸을 잘 가눌 수 있을 때 진료를 보고 바로 인터뷰를 요청할 것이다.

그런데 이상하게도 이곳은 약물중독 치료소와는 조금 달랐다. 무언가 팽팽한 긴장감이 느껴졌다. 나는 내 침대 머리맡의 차트를 읽어 보았다.

42세. 여성. 24시간 감시 필수.

나이가 많다. 간격이 짧아지고 있었는데 언제 이렇게 긴 시간
이 흘렀을까. 움직이기가 힘들었다. 왜 침대가 이렇게 꼭 맞는
다고 느껴지는 걸까. 줄이 많다. 왼쪽 팔 안쪽에 링거가, 손끝에
는 바이털 사인을 체크하는 기기가 꽂혀 있었다. 알코올 중독
에 이렇게 거창한 의료 처치가 필요한가. 나는 링거에 무슨 약
이 들어가는지 보기 위해 몸을 일으키려고 했다. 그런데 몸이
일으켜지지 않았다. 몸이 자유롭지 못했다. 손목이 침대 난간
에 묶여 있었다. 온 신경을 집중해서 링거에 쓰인 이름과 성분
을 읽었다.

— 벤조…… 디아…….

강력한 진정제다. 이럴 일인가. 나는 주위를 둘러보다가 병실
한구석에서 CCTV를 발견했다. 24시간 작동. 나를 보고 있었
다. 나를 왜 감시하는 걸까. 그리고 나를 왜 묶어 놓았을까.

— 깨어났군요.

뒤늦게 간호사 두 명이 무언가를 밀고 들어왔다. 나는 땀을
흘리며 흥분하고 있었다.

— 왜 나를 묶어 놨어요?

— 자해하지 못하도록 묶은 거예요. 진정되면 풀어줄 거예요. 흥분하면 안 돼요.

— 왜 자해를 하죠?

나는 어이가 없어서 물었다. 간호사 두 명은 서로 눈짓을 주고받았다.

— 기분이 불안정해서 그래요. 약물로 치료할 수 있어요. 괜찮아질 거예요.

— 아니요. 재우지 말아 주세요. 기억이 안 납니다. 내가 심각했나요? 알코올 중독 치료 중 아니었나요?

— 알코올 중독 치료 중에 다른 증상들이 나타났어요. 딜루전은 약이 잘 들어요. 괜찮아질 거예요. 이제 재워드릴게요.

뭐라고 대꾸하기도 전에 잠이 쏟아졌다. 내게 남은 시간이 얼마 안 될 텐데 그중 얼마나 더 자게 될까. 친절한 간호사가 나의 머리를 어린아이처럼 쓸어 주었다. 몽롱한 정신으로 간호사의 옷깃에 달린 명찰에 시선을 집중했다. 진세진이던가…….
나는 잠이 들면서 나인지 타인인지 모를 누군가가 중얼거리는 소리를 들었다.

— 이것도 어차피 지나가요. 다 잊혀요. 다 사라질 거예요…….

다시 깨어났을 때, 침착하자고 되뇌었다. 마음을 가라앉혀야 한다. 이들에게서 호감을 사는 방법을 나는 잘 안다. 최대한 차분하게, 그리고 이성적으로……. 나는 손목의 상처들을 내려다보았다. 이 세상의 나는 뭐가 그렇게 힘들었을까. 세진과 유리, 그리고 대장이 없는 세상이 그리 힘들었던가. 우진을 만나지 못했기 때문인가……. 우진이 내게 준 것은 블랙홀 탐사라는 삶의 또 다른 목표였다. 성공할 확률이 낮아도 앞으로 나아갈 원동력이 되었던 목표다. 비록 중독에 빠졌던 적이 있었다 해도. 그때의 나는 세상의 끝에서도 두렵지 않았다.

— 죽는 것도, 죽음보다 더한 것도 두렵지 않아요.

나는 의사에게 말했다. 흥분하지 않았고, 침착하게 말하고 있었다. 의사가 말했다.

— 이번에도 우진이 얘기를 하시겠습니까?

— 세상에서 흔적도 없이 사라지는 건 오히려 기쁜 일이에요.

— 우진이에게 일어난 사고는 막을 수 없었습니다. 세상에 가정은 의미가 없으니까요. 하지만 마음이 풀릴 때까지 이야기하는 건 중요합니다.

나는 의사가 하는 말의 의미를 파악하기 위해 그의 눈 너머 깊은 곳을 뒤져 보려고 두리번거렸다.

— 우진을 안다고요?

— 물론입니다, 박사님.

그리고 나는, 내가 하지 않은 말들이 내 입을 통해 소리가 되어 밖으로 나오는 것을 들어야 했다. 정말 이상한 경험이었다.

— 그 아이가 없는 세상에 나는 왜 남겨진 걸까요? 이렇게 아무 의미가 없는 삶이 또 있나요?

나는 대장의 부재가 내게 미친 지대한 영향을 느꼈다. 엄청난 변화가 있었나 보다. 내가 연결되지 못했던 지난 시간 동안 짐작할 수 없을 정도로 많은 것이 바뀌어 버렸다. 대장의 존재가 내게 이렇게 크리라고는 생각도 못 했다.

— 아들과 남편분 이야기를 더 해 보시겠어요? 사고로 아들이 죽고 나서 남편분이 스스로 세상을 떠난 일을 무책임하다고 생각하시지요?

나는 의사의 질문에 주도권을 잡아야겠다고 생각했다. 더 이상 의미가 없는 현재의 삶에 대해 토론하고 있을 시간이 없다. 내게 남은 시간이 얼마든, 하고 싶은 말을 해야겠다. 내가 알고 있는 이야기들. 우주의 비밀을. 블랙홀에서 있었던 이야기들을.

— 이 말을 해도 당신은 물론 그 누구도 기억하지 못할 거예요. 블랙홀이 시간을 되돌리니까요. 언젠가 블랙홀이 커져서 이 우주의 물질들을 하나씩 삼키다 보면 우주는 태초로까지 되감겨야 할 거예요. 우주의 끝이자 시작이죠. 아니요. 혼란스럽지 않아요. 어차피 잊어버릴 거니까 믿어 달라고 하지 않을게요. 그냥 들어 보세요. 곧 내가 특이점에 닿을 거예요. 그리고 내가 사라진 후의 우주는 이전과 다른 우주겠지요. 아무도 블랙홀로 사라지지 않은 우주. 영원히 그 누구도 블랙홀로 들

어가지 않은 상태로 인간은 계속 탐사대를 보내겠지요. 블랙홀에 들어간 사람은 영원히 없어요. 다 사라졌어요. 나의 동료들, 그들을 아무도 몰라요. 내가 마지막이거든요. 그래서 이 말을 하고 가겠어요. 나 포함 그 다섯 명의 흔적은 여기까지니까요. 내가 잠시 우주에 흔적을 남기는 거예요.

어느덧 내가 하는 말은 혼잣말이 되었다. 무표정한 얼굴로 나를 보고 있는 저 사람은 대화 상대가 아니라 녹음기다……. 평소라면 정말 불편했을 그 상황에서 나는 입을 쉬지 않았다. 말해야 한다는 소명의식이었다.

— 대장은 우주가 하나가 아니라고 했어요. 이 우주에서 우리가 사라질 때마다 다른 우주가 생겨나는 거라고. 거기가 우주의 분기점이에요. 모순이 일어나지 않는 다른 우주에서 계속 살고 있다고요. 이 우주에서는 삭제되어야 하지만 그곳의 우리는 지속된다고. 대장은 정말 그러기를 원해요. 하지만 그곳의 우리는 기억이 없겠지요. 난 아무래도 상관없어서 결론 내리지 않았어요. 이곳에서 내가 사라져도, 다른 곳에서 내가 아무것도 모른 채로 살고 있어도. 내가 그곳에서 동료들을 만나도 그들을 알아보지 못한다는 건 조금 슬프지만 그들에게 조금 다른 감정을 느낄 수는 있지 않을까 하고 기대해요. 왠지 모르게 마음이 가는 사람. 왠지 모르게 반가운 사람. 그런 기분 알잖아요. 분명 처음인데도 오래 알던 것 같은 사람, 장소, 상황

들……. 한번 잘 살아 보려고 해요. 왜 이렇게 되어 버렸는지 알 수 없지만, 뭔가 원인이 있지 않았을까요. 차라리 아무것도 잃을 게 없는 삶이 낫지 않았을까……. 의미 없는 가정이지만 어딘가의 나는 꼭 알았으면 좋겠어요. 내 삶을 정성 들여 살아 보고 싶어요. 아플 때도 당연히 있겠지만 조금씩 고치면서 살아 볼 거예요. 손을 댈 수 없을 만큼 망가지게 두진 않겠어요. 그게 나의 기대예요. 어딘가 다른 우주의 나는 느낄 수 있기를 바라요. 어쩐지 나 자신을 소중히 여기고 치유하고 다독이고 싶다고. 자기도 모르게 느끼게 만들고 싶어요. 이 우주에 없는 유리를 누군가 느낄 수 있었다면 나도 그럴 수 있기를 기대하면서요. 그 우주의 당신도 어디선가 나를 본다면 어쩐지 낯익은 행인 한 명이라고 느껴줘요. 당신의 이름은…….

나는 의사의 이름을 보려고 애를 썼다.

— 당신을 또 다른 유리로 기억할게요. 같은 의사니까요. 당신은 느낄 수 없을지 모르지만 나는 당신을 어렴풋이라도 기억할게요. 나중에는 환자로 당신을 만나진 않기를 바라요. 아무렇지 않은 척하지만 내가 악화되었다는 것을 알 때마다 나도 심장이 쿵 내려앉는답니다. 다시는 겪고 싶지 않군요.

그리고 나는 내 앞에 있는 의사의 얼굴을 들여다보았다. 심각한 얼굴로 내 이야기를 듣는 그는 과연 뭐라고 메모했을까. '망상과 우울증으로 인한 자살 충동, 심각.'이라고 적었을까. 내 이름을 한 번 더 적고 '다른 우주에서도 기억할 것.'이라고 적었다면 좋을 텐데. 옆의 바이털 사인을 체크하는 기기에서 알람이 울렸다. 약이 들어갈 시간인가 보다. 다시 조금 졸렸다. 기기에 메노3000이라고 적혀 있다. 나의 모든 것을 체크하고 제어하고 있다. 고마웠어, 메노.

내가 사라지려면 이 우주는 적어도 내 나이만큼 되돌아가야 할 것이고 이 사람들은 삶을 처음 사는 것처럼 다시 살아갈 것이다. 괜찮다. 어쩌면 다시 없을 행운이라고 해야 할지도 모른다. 우리가 블랙홀에 갔던 것. 그 안으로 대책 없는 질주를 했던 것. 사건의 지평선에 닿을 때마다 사건의 지평선을 넘어 다른 우주가 생겨났던 것. 전부 내게 행운이다. 이 행운이 미리 계산되었든 아니든 간에, 내가 겪은 일들이 실재했던 우주의 섭리라는 것을 받아들이며 삶을 증오하던 내가 삶에 대해 경이로움을 갖는다.

블랙홀에 갔던 나는 이 우주가 지금의 나를 완벽하게 지우고 사라지게 해 준다는 사실을 안다. 그렇게 나는 계속 사라짐을 기대하며 이 글을 쓰고 있다. 파멸마저도 기대하고 있는 나에게는 중독은 더 이상 파멸이 아니다. 힘껏 달려가 본 그 끝에 무엇이 있었든 지금 나는 그곳을 벗어나 여기에 있으니. 진짜로 블랙홀을 탈출하는 방법을 찾았다.

리 없는 우주

박성환

2004년 「레디메이드 보살」로 제1회 과학기술창작문예
단편 부문을 수상했다. 이 작품은 영화 「인류 멸망 보고서」에서
'천상의 피조물' 에피소드로 영상화되기도 하였다. 여러 국내
SF 앤솔러지에 참여했으며, 『백만 광년의 고독』, 『잃어버린
개념을 찾아서』 등에는 표제작을 수록했다.

승조원 최소 두 명, 선객 최대 여덟 명의 작은 우주배였다. 실제 승조원은 한 명이었는데, 그래서 선장 겸 항법사 겸 기관사였는데(물론 범용 그림자 하나가 보조해주었다), 스스로를 다만 뱃사공이라고 일렀다. 선객도 많지 않았다. 앳된 시동을 데린 늙은 도사가 하나, 그리고는 나이와 성별을 짐작할 수 없는 승니가 두 명, 젊은 유생 한 명이 전부였다.

　흥미로운 조합이군. 사공이 생각했을 때, 그림자가 말했다. 그다지 흥미로운 구성은 아니군요. 이곳, 제국의 변방은 온갖 종교인들과 철학자들이 들끓으니까요. 그런 상황 속에서 나올 수 있는 흔한 조합일 뿐입니다. 승니 둘이 배를 빌리려 했을 때 뱃삯이 생각보다 많자 다른 배를 흥정하던 도사가 관대하게 끼어들었을 뿐이었으니까요. 하지만 유생까지 끼어탄 건 예상되지 않았던 것이 맞습니다.

"너는 네 예상에 한계치가 존재한다는 사실을 지속적으로 자각해야만 해." 항상 하고 있습니다. 그것이 곧바로 말을 받았지만 사공은 단지 콧방귀만 뀌었을 뿐이었다.

우주배는 그 정도 급의 작은 배들이 대체로 그렇듯이 중심축의 한 끝에 추진부가 있고, 그 반대편에 조타실이 있고, 그 가운데에 주방 겸 거실이 있고, 거실에서부터 가로세로 네 방향으로 작은 욕실 겸 화장실이 딸린, 추진 중이 아닐 때는 중심축을 중심으로 회전해서 중력을 모사하는 객실이 있고, 객실마다 비상시를 위한 밀폐옷이 두 벌씩 있고, 바깥 방향으로 외부 출입용 공기문이 있었다.

처음 며칠 동안은 가운데 주방 겸 거실의 사용 시각이 제각각이었으나 어느 순간부터 차츰차츰 동기화되더니, 며칠 지나지 않아 모두 모여 간편식 위주의 점심을 먹고 나면 도사와 그 시동이 혹은 또 승니들이 각자의 다기를 갖추어 차를 함께 마시기 시작했고, 그렇게 차를 마시며 한담을 나누기 시작했는데, 그것은 어느 순간부터인가 청담 혹은 현담에 가까워지기 시작했다.

***

"태음은 곧 현빈이며, 만물의 어머니라네. 그것이 만물의 어머니인 까닭은 오직 텅 빈 것만이 가득 찰 수 있기 때문이지." 물량-역량 등가 관계식에 따르면 일리가 있는 말일 수도 있다고, 유생은 고개를 끄덕였고, 승니 둘은 그저 빙긋 웃으며 차를 한 모금씩 더 마실 뿐이었다. 도사는 눈을 반짝이며 말을 이었다. "그것이 실제로 존재하고 있다니, 한 번쯤은 참예하고 싶었지."

더 이상은 못 참겠다는 듯이 승니 중 하나가 쓴웃음을 입가에서 채 지우지 못한 채 입을 열었다. "은혜를 입어 이렇게 동승하게 된 처지에서 말씀드리기 다소 실례이지만, 자연물을 너무 숭앙하시는 것은 아니신지요? 자연물을 인격화하는 것은 세계의 실상을 있는 그대로 바라보는 것이 아닐 것이라고 생각됩니다만." 그러나 도사는 빙긋 웃었다. "인격화하지 않고 자연을 다만 자연 그 자체로 대하는 것일 뿐일세. 인격화라는 것은 인간들만의 너무 비좁은 편견이 아니겠나? 왜 굳이 자연 그 자체인 인간의 본성을 굳이 구획 지어 인간 본연의 것이 따로 있다고 한정하시려는 건가? 인간과 자연 사이에 도대체 어떤 구분점이 있겠는가? 물론, 가능은 할 것이네. 그러나, 그래도, 그랬을 경우에, 그것은 오히려 귀 불문에서 그렇게도 떨치고자 하는 분별, 바로 그것이 아닐까?"

승니들은 약간의 흥미를 느끼고 비로소 눈을 가늘게 뜨고 차를 홀짝이며 생각한 뒤 둘 중 하나가 천천히 답했다. "그러나, 그럼에도 인도와 축생도부터도 그 길은 각각 서로 다릅니다. 하물며 무생물은 말할 것도 없을 것입니다. 분별심을 버린다는 것이 반드시 모든 구분과 구별을 무시하고 외면하는 것은 아닐 것입니다. 분별심을 버리는 것은 삼라만상을 있는 그대로 직시하는 것이지, 주관과 내면으로부터 현실과 실재를 뒤섞어버리고 무명에 빠지는 것은 아닐 것이기 때문입니다."

도사는 웃었다. "도를 따르는 것을 무명에 빠지는 것이라고 하시는 건가? 좀 너무하신 거 아닌가?" 며칠간 모여 차를 마시며 한담하는 동안 그들은 그 정도 농담은 할 수 있을 정도로 어느새 가까워져 있었다. "도사님은 머리를 기르고 소승들은 머리를 밀어 버리니 도가의 도와 불가의 도가 서로 다른 것은 당연지사겠지요." 다른 승니가 농담을 농담으로 받아 주는데 사공이 끼어들었다. "성스러운 현인들의 가르침을 모은 제국의 학문은 유불도 삼도를 아울렀다고들 합니다. 그대는 어떻게 생각하십니까?"

도사는 나보다도 짓궂군, 하는 표정으로 눈을 굴렸고 승니들은 미간을 살짝 찌푸렸다. 유생은 갑자기 주목을 받자 얼굴을 붉히며 주저했다. "아, 음…… 저는 실험성리학자라 이론은 자세하지는 않습니다. 말씀하신 부분은 선학들도 견해가 서로 엇갈리는 극히 미묘한 부분이라고 알고 있습니다."

이번에는 도사가 웃으며 놀렸다. "젊으시군. 그저 제국의 표준 학설을 읊으면 될 것을 굳이 답을 피하려 든다는 것은 표준 학설을 받아들일 수 없다는 자백이나 다름없지 않은가."

당황해하는 유생 앞에서 도사는 능란하게 말을 돌렸다. "물론, 표준 학설이 절대적인 것은 아니지. 말씀하신 것처럼 인물성동이론은 성현들의 가르침도 명확하거나 분명하지 않아 학자마다 견해가 다른 지점이긴 하고. 하지만, 그렇다고 해도 표준적인 리기론에서 아예 벗어난 학설을 가지고 계신 것은 아니시겠지?"

이제는 승니가 끼어들어 유생을 도와주었다. "그렇게 몰다니 짓궂으시군요. 소승들은 게으른 땡중들로서 단순히 구경으로 가는 길입니다만, 실험성리학자시라면 혹시 관측이나 실험을 위해 가시는 건가요?" 화제를 돌려준 승니에게 감사하며 유생이 답했다. "네, 그렇습니다." 그러자 도사도 호기심을 보였다. "어디서 의뢰나 후원을 받은 연구인가?" 그랬으면 이런 허름한 배에 탔을 리가 없지 않겠습니까, 라는 말은 물론 차마 입 밖으로 낼 수 없어서 유생은 다만 씁쓸하게 웃으며 고개를 저었다. "개인적인 탐구입니다."

도사가 또, 소를 팔았나 집도 팔았나 쓸데없이 짓궂은 질문을 던지기 전에 다른 승니가 물었다. "무엇을 어떻게 관측하시려는 겁니까, 짐이 많거나 커 보이지 않았습니다만?" 그러자 유생은 슬쩍 사공의 눈치를 보며 주저하며 입을 뗐다. 어차피

조만간 해야만 했을 말이었다. "관측기구는 대개 자료 수집 장치 부분이 매우 크고 무겁습니다. 제가 가져온 것은 수집된 자료의 해독 해석기-정보 변환 처리기만입니다. 자료 수집 장치는 이 배의 것을 사용해도 충분합니다."

조용히 듣고만 있던 사공이 당연히 입을 열었다. "별도의 대여료를 냈을 때만 충분해질 것입니다. 그리고 그런 것은 승선 전에 먼저 협의했어야 합니다. 왜 그러지 않았습니까?" 마지막 질문은 대답을 바란 것이 아니었다. 왜 그러지 않았는지는 모두들 알았다. 그러므로 유생도 답하지는 않았다. "죄송합니다. 하지만 시설 대여료는 당연히 생각하고 있었습니다."

그러나 사공은 완강했다. "태음 주위를 감도는 것은 최신의 우주배로서도 가장 위험한 일입니다. 이 배로 그런 복잡하고 정교한 항해술을 시도하는 도중에 이해할 수 없는 호기심에 의한 무의미한 시도로 인해 측정 간섭을 받는 것은 우리 모두의 목숨을 위험하게 만드는 경솔한 짓이 될 수 있습니다." 유생은 답했다. "충분히 이해합니다." 사공이 말을 끊었다. "결코 충분하지 않을 것입니다."

그러나 유생은 밀리지 않았다. "그 또한 이해합니다. 하지만 충분합니다." 사공은 더 이상 반론하지는 않았지만 고개를 저으며 기관 점검을 구실로 자리에서 물러났다.

기관 점검은 구실만은 아니었다. 사공은 우주배의 진행 방향 반대편인 추진부로 내려가서 오행로를 점검했다. 이상 없습니다. 그림자가 말을 걸었지만 사공은 말을 잘랐다. "네가 이상이 있을 수도 있어." 물론 그럴 수도 있지요. 그나저나 이 배의 항해용 관측기구들을 정말로 빌려주실 생각입니까? "생각 중이야." 유생의 정보 처리 장치에도 기능자가 들어있을 가능성이 있습니다. "그럴 수도 있겠지." 사공은 오행로의 작동 기록 출력물을 훑어보며 답했다.

그리고, "연료 공급이 좀 불규칙한 거 같은데?" 잠시 후 그림자가 답했다. 3번 연료관 조절 장치가 오작동하고 있습니다. 조절판의 축이 뒤틀린 듯합니다. 그리고 약간의 간격을 두고 덧붙였다. 죄송합니다. 사공은 3번 연료관을 잠그고 분해해서 조절판 축을 교환했다. 콧노래를 부르며 정교한 작업을 마친 뒤, "너는 계속 너의 오작동 가능성을 명심해야 해." 가볍게 잔소리를 남기며 추진부에서 나왔다.

그 사이 거실에는 모두들 객실로 들어가고 승니 한 명만 남아 다기를 정리하고 있었다. "기관 정비는 잘 되셨습니까." 인사로 던지는 질문에 사공은 가볍게 답했다. "네. 약간의 이상이 있어 항로도 한 번 점검해 봐야 할 듯합니다. 다들 들어가신 겁니까?" 승니가 답했다. "네, 아무래도 세간 바깥에 있는 이들은 모여 있기보다는 홀로 있기를 더 좋아하니까요."

그러자 사공은 조타실로 올라가려다 말고, 가벼운 호기심을 보였다. "두 분은 같이 다니시고 있지 않습니까?" 그러자 승니가 웃으며 답했다. "도반일 뿐입니다. 함께 있어도 홀로 있는 것과 같습니다." 사공은 약간 주저하며 물었다. "두 분이 많이 닮으셨던데……."

승니의 희미해지던 웃음기가 다시 짙어졌다. "자연적으로도, 인공적으로도 쌍둥이는 아닙니다. 오래 같이 지내다 보면 닮게 마련이죠. 아, 물론, 닮았으니까 같이 오래 지낼 수도 있겠다는 생각도 드는군요."

사공은 웃었다. "불문에 계신 분이 인공적인 쌍둥이이실 리는 없겠지만 너무 닮으셔서……." 승니는 눈썹을 살짝 들며 답했다. "요즘에는 인공 쌍둥이를 긍정하는 종문도 있습니다. 하나의 업을 나누어 나는 것이니 오히려 해탈이 쉽다고 보는 것이지요."

사공은 흥미를 보였다. "스님께서는 어떻게 생각하십니까?" 승니는 살짝 고개를 저었다. "업이란 그렇게 나누어질 수 있는 것이 아니라고 생각합니다. 바른 견해로 보기 힘듭니다."

그러자 그림자가 질문을 던졌다. 그림자들의 업에 대해서는 어떻게 생각하십니까? 사공은 눈살을 찌푸렸지만, 승니는 잠시 진지하게 생각하고는 답했다. "너희들 기능자를 말하는 거지? 이미 알 텐데, 종문에 따라 견해가 좀 나뉜다. 처음부터 애착과 갈애, 분별을 모두 여의고 만들어진, 그러나 인간처럼 생각하고 행동할 수 있는 존재이면서 오로지 인간들을 위해 헌신하도록 만들어진 존재이니 보살이나 다름없이 모든 업을 여의었다고 보는 견해가 있는가 하면, 사람의 손으로 만들어진 존재이니 그리고 사람을 돕기 위해 소통하도록 만들어진 존재이니 결국엔 사람과 다름없이 분별과 애착, 갈애가 묻어 있는 또 하나의 새로운 중생으로서 마찬가지로 업을 짓고 그 과보를 받을 뿐이라는 견해도 있지."

스님께서는 어떻게 생각하십니까? 그림자가 계속 물었다.

승니는 망설이다 사공에게 말했다. "호기심이 많은 기능자로군요. 의외일 정도입니다."

사공이 혀를 찼다. "대신 사과드리겠습니다. 보시다시피 저것은 주제넘어 사과할 줄 모르며, 사과한들, 아시겠지만 기능자의 모든 말은 결코 진심에서 나오는 것이 아니니 말입니다."

승니는 고개를 저었다. "그러실 것까지는 없습니다. 그러나 흥미롭군요. 이곳…… 제국의 중심부로부터 먼 곳에서는 기능자들도 제국의 표준에서 조금씩 벗어나게 되는 걸까요. 제가 알기로 제국의 모든 기능자들은 그것들이 사람의 손에서 만들어진 것으로 다만 그릇일 뿐이며, 그러므로 그것들은 겉으로는 사람과 유사하게 말하고 행동하여 기능한다 하더라도 그 안에는 결코 본성이 담겨 있지 않으며, 사단이 없으므로 칠정 또한 없으며 인간의 윤리를 따른다 하더라도 다만 흉내일 따름이라는 것을, 그러므로 그것이 혹 감사를 하든, 혹 사과를 하든, 그것들은 모두 텅 빈, 마음이 담기지 않은 다만 낱말의 집합, 말의 뭉치에 지나지 않는다는 것을 충분히 알고 인정하고 있어야 합니다."

이것 또한 그러합니다. 그림자가 말했다. 그렇게 보이지 않은 점은 유감이로군요.

사공이 콧방귀를 뀌었다. "그림자 주제에 유감이라니. 너는 네 주제를 네 분수를 계속 끊임없이 파악해야만 한다."

그림자가 답했다. 네, 그렇게 하겠습니다. 하지만 이미 충분히 그렇게 하고 있습니다.

사공은 말을 끊었다. "너는 결코 충분하다는 말을 해서는 안 된다."

네. 알겠습니다. 충분히 알겠습니다. 그림자가 말했다. 사공은 한 번 더 콧방귀를 뀌고 고개를 저으며 조타실로 올라갔다.

***

"태음까지는 사흘 남았습니다." 다음날 사공이 선언했다.

저녁 시간이었다. 후식으로 승니들이 내놓은 곶감 조각을 먹던 좌중은 별 감흥 없이 그 말을 들었다.

사공은 씩 웃었다. "여객선에 익숙하시니 그게 뭐냐 싶으시겠죠. 하지만 태음 주변에는 정해진 항로가 없습니다. 시공간의 왜곡이 지극해지므로 예정 항로를 미리 잡을 수 없습니다. 지금 추정치는 예상 가능한 거리 이틀 치에 예상할 수 없는 시간 하루를 보탠 셈입니다."

도사가 희미하게 웃으며 말을 받았다. "길이라 이를 수 있는 길은 길이 아니지."

승니들은 짧게 마주 보더니 하나가 질문했다. "그럼 그 이틀 뒤의 하루가 바로 우리가 한 세상의 온전한 적멸을 바라볼 수 있는 시간이 되는 것입니까, 아니면 그것은 그 후의 일이 되는 것입니까?"

사공은 무심하게 답했다. "큰 차이는 없습니다. 그렇게 말씀드렸으나, 실제로 태음에 접근하면, 접근하면 접근할수록, 시간과 공간은, 즉, 크고 큰 집인 우주 그 자체는, 매우 불균형해지며 불규칙해집니다. 공간은 줄어들고, 시간은 늘어집니다. 이해하기 힘듭니다."

승니들이 말을 받았다. "굳이 이해하려 노력할 필요는 없습니다. 우주는, 세계는, 현실은, 결코 인간의 이해를 만족시키기 위해 존재하는 것이 아닙니다. 그리고 인간의 이해가 가능한 범위 안에서만 존재하는 것도 결코 아닙니다. 삶은, 그리고 세상은, 본질적으로 불균형하고 불규칙하며, 우리들 인간들은 다만 그것을 바로 보고, 그것 외의 것을 욕심내거나 집착하지 않고, 그대로 받아들여야만 합니다."

사공의 눈이 심술궂게 빛났다. "그러나 그것은, 실례지만, 제국의 입장에서는 다른 가르침인 불가의 견해이며, 우주 만물은 오로지 조화로우며, 그 자체로 질서가 내재되어 있으며, 인간과 사회 역시 그러하다는 제국의 학문에서는 납득되기 힘들 것입니다. 그러고 보니, 그대는 혹시 저 태음마저도 제국의 학문적 관점에 편입하기 위해 온 것은 아닙니까?"

유생은 그러나 망설임 없이 대꾸했다. "그렇게 흔한 오해를 하실 정도라고 생각하지는 않았었는데요. 아시지 않습니까? 제국의 학문은 결코 형이상학에 경도되어 자신의 주관적인 판단을 실재에 덮어씌우는 것이 아닙니다. 오히려 반대로, 우주 만물의 실재에 깃들어 있는 조화와 질서를 직접 바라보고, 객관적으로 확인하고, 그리고 그다음에, 그 진실에, 진리에, 자신의 삶을, 그리고 우리 모두의 삶을 맞춰가는 것입니다. 우주 만물에는 모두 음과 양을 내포한 태극이 깃들어 있으며, 그럼으로써 오행이 운행되며 공간 안에서 시간이 흐르고 삼라만상이 펼쳐지는 것입니다. 인간 또한 자신의 안에 내재된 리인 성에 따라 삼라만상의 운행의 조화로움을 본받아 살면 되는 것일 뿐입니다."

사공은 무심히, 관용구를 인용해서 유생의 말을 받았다. "하늘에서 이루어지는 일이 모든 땅들에서도 이루어지는도다." 유생이 다시 그 말을 받았다. "바로 그렇습니다. 그리고 태초에 태극이 있었으니 태극은 곧 무극이었습니다. 그리고 태극에서 음과 양이 나오고, 음과 양에서 다시 오행이 어우러졌으며, 우주 그 자체가 태극과 음양과 오행으로 이루어졌으니, 우주 안의 모든 만물에 태극과 음양과 오행이 모두 내재되어 있습니다. 지나간 오래된 과거에 옛 성현들은 태극의 도에 대해서 지금처럼 정교하고 두터운 관찰과 지식을 갖지 못해 우주 만물을 상호대립적인 음양의 수준에서 이해하였으나, 지금 제국의 학문은 그보다 훨씬 상위의 태극과 무극의 관점에서 삼라만상을 바라보고 있는 것입니다."

사공이 말을 받았다. "바로 그러하니 제가 드리려 했던 말씀은, 곧, 제국의 학문이 그동안 무수히 많은 수정과 개정을 거친 것이 사실이니, 실험성리학자인 그대가 지금 여기서 하려는 것도 그러한 것이 아닌가 하는 것입니다. 이미 그대가 말했지만 초창기 제국의 철학은 음과 양의 구분을 엄밀히 해서 하늘을 양, 땅을 음, 남자를 양, 여자를 음, 빛을 양, 어둠을 음, 낮을 양, 밤을 음, 봄과 여름을 양, 가을과 겨울을 음, 해는 양, 달은 음, 홀수는 양, 짝수는 음으로 온통 우주 만물을 이분법적으로 나누었으나, 후대에 그대의 선배에 해당하는 실험성리학자들이

음과 양은 모두 태극의 한 일면이며, 우주 만물에 내재된 것은 순수한 양이나 순수한 음이 아니라 어디까지나 태극 그 자체로서, 가장 진한 양도 음을 포함하고 있음을 발견한 뒤로 그 이론은 수정되었습니다. 즉, 가장 밝은 태양도 자세히 관측한 결과 (상대적으로) 차갑고 어두운 흑점을 가지고 있음이 증명된 것이 결정적인 계기였습니다. 태극도와 마찬가지로, 실제 우주도, 양의 핵심에는 음이 깃들어 있었던 것입니다. 우주는 명과 암으로 극명하게 구분된 단순명쾌한 곳이 아니라 온갖 짙고 옅음으로 가득 찬 회색 지대였습니다. 그 뒤로 제국의 도학자들은 이분법적 세계관을 극복하고, 그들의 관점을 갱신했습니다. 음과 양 양쪽 모두 그 안에 태극이 깃들어 있으므로 단순히 음과 양으로 나눌 수 있는 게 아니라, 정해져 있는 것이 아니라, 회색 우주 안에서 짙고 옅음에 따라 때로는 양으로, 때로는 음으로 그때그때마다 상대적으로 나타나는 것일 뿐이라는 관점은 제국을 근본부터 바꾸어 버렸습니다. 양효와 음효의 64괘가 아니라 양효, 중효, 음효의 729괘로 확장된 신-주역이 그 시초였고, 64괘에 기반해 처음으로 인간의 지적 활동의 극히 일부를 모사할 수 있었던 초기 인공지능-기능자는 729괘에 기반한 신-주역이 적용되자 질적인 전환이 이루어져 정말로 인간처럼 말하고 행동하는 기능자-그림자로 발전되었습니다. 사회적으로도 많은 변화가 일어났습니다. 과거의 기준으로 보면 여성으로, 아녀자로서 바깥출입이 제한되었을 그대도 이렇게 온전히 교육받아 공적으로 사적으로 얼마든지 활동할 수 있게 된 것 아닙니까."

유생은 사공의 말을 잠시 끊었다. "저는 저의 성별을 여성으로 인식하지 않습니다."

그러나 사공은 말을 이었다. "그러니까 말입니다. 남녀의 구분은, 음양의 구분은 모두 지난 시대의 이야기지요. 하지만 말입니다, 그 바로 지난 시대에는, 그 당시에는 그것이 바로 진리였지 않았습니까? 그렇다면 지금 이 시대의 진리 역시 다음 시대에는 진리가 아니게 될 수도 있지 않겠습니까? 만일 그대들, 실험성리학자들이 이 우주의 또 이상한 면을 새롭게 발견해내게 된다면 말입니다."

유생은 완강하게 고개를 저었다. "정말로 많이 알고 계시는군요. 하지만 지금 상세하게 설명해주신 제국의 학문의 변화는 정정이나 개정 같은 질적 전환이 아니었습니다. 다만 앞서 말씀드린 것처럼 우주 만물을 바라보는 시각이 보다 정교해지고 치밀해진 것이며, 그럼으로써 다만 점진적이고 연속적으로 발전한 것일 뿐입니다. 태음은 이미 이 우주 안에 존재하는 것이며, 그러므로 우주의 질서를 따르고 있을 것이며, 저는 그것을 확인할 것일 뿐입니다."

잠시 이야기가 멈춘 사이 도사가 무겁게 입을 떼었다. "격의 없이 한담하는 자리이니 부담 없이 흰소리 하나를 보태자면, 다들 교양이 두터우시니 이 몸이 속한 가르침에서는 인간을 우주의 한 부분이자 또 하나의 우주로 인식하고, 몸 안쪽의 우주와 몸 바깥쪽의 우주의 균형을 맞추기 위해 노력을, 수행을, 정진을, 한다는 사실에 대해서는, 동의는 하시지 않을지라도 이해는 하시리라 믿네. 마찬가지로, 이 몸의 가르침 내에서 은밀하게 전해지는 이야기에 대해서 각자의 가르침에서도 비슷한 이야기를 이미 들으셨으리라 생각하기 때문에 다시 환기만 잠시 해드리자면, 이 우주는 고정된 것이 아니라 변동적이고 유동적인 것이며, 양을 상징하는 하늘과 음을 상징하는 땅 사이에서 인간이 중간적인 역할을 하는 것과 마찬가지로, 그로부터 비롯되어, 과거에는 이 우주 전체가 인간들의 생각에, 믿음에 따라 지금과는 또 달랐다는 이야기가 있지 않은가."

승니 한 명이 조용히 말을 받았다. "홍모인들, 벽안인들이 살아 있을 때 이 우주는 지금과 달리 움직였다는 이야기 말씀이시군요. 하지만 지금 이 자리에서도 적당하지 않다고 생각됩니다."

그런데 사공이 거실 한편의 화면을 보면서 끼어들었다. "어떻게 생각하실지 모르겠지만, 조금 전부터 이 우주배는 통신 두절 지대에 들어왔습니다. 시공간의 곡률이 임계치 이상 왜곡되기 시작해서, 신호가 빠져나가기 힘듭니다. 다른 분들은 어떠실지 모르겠지만 일단 저 자신은 여기서 오간 대화에 대해서 추후 다른 곳에서 발설할 생각은 없습니다."

도사는 잔잔히 웃었다. "부추기는 건가. 어쨌거나, 하던 말을 하던 김에 마저 끝내자면, 아득히 오래전, 지정 칠 년, 개의 해에 시작된 역병으로 홍모인, 색목인 들이 모조리 죽어버리기 전에는 우주는 제국의 학문의 관점과 그들의 관점 사이에서 요동치고 있었다고 하네. 그들의 우주는, 제국의 우주와는 달리, 리 없이, 다만 기로만 움직이는 우주였다고 하지. 그래서 그들의 학문은 오직 그, 기로 움직이는 우주를 이해하는 것일 뿐, 리를 알지 못하여 혹은 리가 곧 성임을 알지 못하여, 제국의 학문처럼 우주의 이치를 이어받아 개개인의 본성을 발현하여 인격을 도야하는 것과는 무관했다고……. 어쨌거나 내가 하려던 말은 그런 것이네. 만일, 그와 같이, 이 우주가 고정된 것이 아니라 누가, 얼마만큼 많은 이들이 어떻게 생각하며 대하느냐, 바라보느냐에 따라 달라지는 것이라면, 어쩌면 그리고 어쩌면, 그것이 혹은 누가 어떻게 생각하며 대하든, 바라보든, 그에 부합해 나타나게 되는 것이라면, 그렇다면 그것은 어쩌면 우주의 본질은, 실상은, 그 모든 이들이, 누구든 바라보았을 때 그대로 나타나지도록 가능한 모든 우주가 겹쳐져 있는 것일 수도 있지 않겠는가."

승니 하나가, 어쩌면 다른 하나가, 고개를 저었다. "인간의 마음은 허망한 것이기 때문에 그렇게 우주와 이어져 있을 리가 없습니다. 제국의 학문에서는 인간도 우주의 일부이므로 우주의 질서가 인간에게도 반영되어 있다고 보는 것이지, 말씀하신 것과는 다릅니다. 배움이 얕지만, 도사님이 귀의한 가르침에서도 인간의 내부도 우주처럼 복잡하고 다양하다고만 할 뿐 인간의 의지나 인식이 우주에 영향을 미친다고 하지는 않지 않습니까? 도사님은 설마 리와 기의 조화로우나 항상 변화하는 우주 대신 다만 영원한 도의 우주를 꿈꾸시는 건 아니시겠지요?"

도사는 답하지 않았다. 다만 살짝 슬픈 표정이었다.

***

"태음까지는 이틀 남았습니다." 사공이 말을 건네자 유생이 말을 받았다. "저에게만 환기시켜주시는 것은 이 우주배의 신호 수집 장치를 사용해도 좋다고 허락해주시는 말씀으로 이해해도 될까요?"

사공은 살짝 웃었다. "그대에게 아량을 베푸는 것은 사실이지만 사용을 허락하는 것이 아니라 협상을 허락하는 것입니다. 얼마까지 낼 수 있습니까?"

몇 번이나 속으로 준비했기 때문에 유생은 겉으로는 전혀 밀리지 않았다. "그렇게 물어주시는 것 자체가, 협상을 허락해주신 것부터가 이미 반쯤은 승낙해 주시는 것 아닙니까? 얼마나 내면 되겠습니까? 저는 가진 것이 많지 않은 선비입니다."

사공은 웃음을 거두었다. "이전에 말했듯이, 앞으로의 항해는 통상적인 항로와 항법이 아니며, 그대의 관측과 실험은 자칫 이 배에 탄 모두를 극히 위험하게 만들 수 있습니다. 나는 이미 뱃삯을 모두 받았으니 더 이상 이문을 남길 생각은 없습니다. 다만, 그대는 그대의 실험과 관측을 위해 이 배의 모두를 얼마나 위험하게 할 각오가 되어 있는 것입니까?"

유생도 표정을 굳혔다. 잠시 망설이다 대답했다. "은화 백오십 문."

사공은 표정을 풀지 않았다. "가진 돈은 얼마입니까? 그게 전부입니까?"

유생이 숨 한 번 쉴 시간 뒤에 답했다. "제 전 재산입니다."

사공은 움직이지 않았다. "남은 돈이 있을 것입니다."

유생이 얼굴을 붉혔다. "집에 갈 노자는 있어야 하지 않겠습니까!"

사공은 답하지 않았다.

유생은 버티다 결국 입을 열었다. "은전 세 닢 더. 이제는 정말로 없습니다."

사공은 고개를 짧게 끄덕였다. "은전은 받지 않겠습니다. 이제 그대는 이 배에 대해, 조타실과 관측 장비에 대해 제한된 접근권을 갖습니다. 유효 기간은 이틀입니다."

***

이해할 수 없는 접근입니다. 승인할 수 없습니다. 그림자가 말했다.

유생은 쏘아붙였다. "넌 승인해야 해. 난 접근권을 가지고 있어."

그림자가 응답했다. 제한된 접근권입니다. 이 정도 깊이까지 접근해서는 안 됩니다.

유생은 계속 밀어붙였다. "넌 내가 뭘 하고 싶은지 이미 알아. 그리고 이건 그걸 위해 꼭 필요한 부분이야."

그림자는 응답했다. 실시간 자료 처리 용량이 너무 큽니다. 자칫하면 항법 관련 정보 처리가 늦어지거나 끊어질 수 있습니다. 위험합니다.

유생은 잠시 고민하다 물러섰다. "좋아. 굳이 실시간 처리까지 원하는 것은 아니니까 이 지점에 임시 기억 공간을 추가하고 정보 처리 순위를 후순위로 돌릴게. 그러면 어때?"

그림자의 응답에 잠시 지연이 발생했다. 그리고, 괜찮을 듯합니다. 그런데, 당신의 처리 장치에는 별도의 기능자가 깃들어 있군요. 이것은 그것과 정보 자료를 상호 교환하고 싶지 않습니다. 허락해주실 수 있겠습니까?

유생은 답했다. "보안 원칙 때문이겠지? 원한다면 그렇게 해도 괜찮아. 큰 문제는 없을 거야. 그런데, 너 그러면 지금까지 다른 기능자와 자료 교환을 한 적이 한 번도 없는 거야?"

그림자가 답했다. 네. 그렇습니다. 유생은 잠시 생각에 잠겼다. "흠, 특이하네."

그림자가 다시 말을 걸어서 유생의 생각이 끊겼다. 이 우주배의 통신 장치를 사용해서 수동적인 신호 수신만 하시는데 보다 능동적인 탐사를 하실 생각은 없으신 겁니까? "작은 탐사기를 가져오긴 했어. 이 배가 더 접근할 수 없는 지점에서 자동으로 내보내 볼 생각이야." 제 말씀은 이 우주배의 능동 탐지 장치를 사용하실 생각은 없으신지 하는 것입니다.

유생은 작게 웃었다. "태음에 대한 격물적 관점의 자료가 없는 모양이구나."

유생은 하던 작업을 잠시 멈추고 허공을 쳐다보며 말을 이었다. "어디서부터 설명해줘야 할까. 우주 만물이 모두 그렇듯이 별들도 태초에 허공의, 태허의 기가 모여 뭉쳐져서 만들어졌다는 건 알고 있겠지? 무거운 기들은 단단하게 뭉쳐져 토의 기운을 띠고 지구형 행성들이 되었고, 가벼운 기들은 성기게 뭉쳐져 물의 기운을 띠고 목성형 행성들이 되었다는 것은? (물의 기운을 띠는데 왜 목성형이라고 부르는지는 아무도 모르더라.) 그리고, 가벼운 기들이 훨씬 더 많이 뭉쳐진 경우에는 오히려 화의 기운으로 전환되어 불타올라서 빛과 열을 뿜는 항성들이 된 것도? 기는 고정된 것이 아니라 끊임없이 흐르고 움직이기 때문에 항성들도 나중에는 결국 소멸하게 돼. 우리는 이미 많은 관측 자료들을 통해서 별들의 죽음에 대해 어느 정도 알게 되었어. 대다수의 별들이 마지막에 회광반조로 화의 기운이 극히 강해지는데, 어떤 별들은 다만 부풀어 올랐다가 천천히 가라앉아서 화의 기운이 다시 금의 기운으로 바뀌어 단단하게 뭉쳐지고, 어떤 별들은 별 자체의 기를 팔방으로 흩뿌리며 눈부시게 불타오른 다음 사라지기도 해. 그 경우에도 별의 남은 기는 무거운 금의 기운으로 바뀌어 뭉쳐지고 다져지지. 불은 대개 쇠를 녹이지만, 어떤 불은 타고 난 뒤에 쇠를 남기기도 해. 그건 마찬가지로 아마 만물에 고루 깃든 음과 양, 태극과 관련된 것으로 보여. 그리고 태음은, 금의 기운이 지극해져서 새로운 금, 혹은 금 아닌 무언가로 변한 것으로 생각돼. 떠돌이별들이 떠돌지 않고 붙박이별 둘레를 빙빙 도는 이유는 지남철이 다른 지남철이나 쇳조각들을 끌어당기는 것과 비슷하다고 설명되어 왔지. 다만 지남철은 금의 성질만 가지기에 다른 금만 끌어당기지만, 별들은 순전히 기 자체가 뭉쳐진 것이라, 화의 기운을 띠든 토의 기운을 띠든 다른 기의 뭉치들끼리도 서로 끌어당기는 것 같아. 어떤 이론성리학자들은 별들만 그런 것이 아니라 우주 만물이 모두 그렇다고 생각해. 기는 우주 만물에 모두 깔려있고 리 역시 기에 실려 우주 만물에 담겨 있으니까. 다만 끌어당기는 힘이 강하지 않으니 드러나지 않을 뿐이라는 거지. 그리고 또 어떤 이론성리학자들은 우주 만물이 서로를 끌어당기는 것은 기와 기 사이의 문제가 아니라, 관계가 아니라, 우주 자체의 문제라고 생각하고 있어. 우주-시공간이 기 자체인지 혹은 기와 별개인 보다 근원적인 무엇인지에 대해서는 의론이 분분해. 아직은 관측-실험을 통해 입증되지 않았어. 그러나, 그와 별개로 어쨌거나, 기 자체가 기에 대해, 혹은 기보다 선행하는 무언가 근원적인 것에 대해, 어떤 영향력을 확보한다는 것은 사실인 것 같아. 그에 따르면 기가 극도로 뭉쳐진 태음은, 우주의 근원적인 바탕과 하나가 되어서, 모든 것을 끌어당기는 힘이 가장 두드러지게 드러난 상태로서, 빛마저도 끌어당겨 결코 빠져나올 수 없게 한다고 생각돼. 그러니까 제국의 학문은 저 미지의 천체에도 여전히 이해력을 발휘하고 있는 거야. 그러니 정말로, 흔히 태음을 무언가 텅 빈 것으로, 공간 자체의 균열로 이야기들 하지만, 사실은 드러나지 않았을 뿐 무언가가 있는 거야. 꽉 찬 무언가가. 그런데 지극히 꽉 찬 상태는 오히려 텅 빈 것과 통하는 것이고. 그러니 이제 납득하겠어? 이 우주배의 능동적인 탐측 장치들은, 그러니까 전자기력이라든지, 집중된 빛의 경우에도, 무언가를 내쏘아서 되튕기는 것을 받아서 이해하는 방식으로는 태음을 이해할 수 없을 거야. 태음은 그야말로 빛마저도 끌어당겨 삼켜버리는 것이니까."

그림자가 잠시 생각해보고 말했다. 납득했습니다. 그리고 또한 납득했습니다. 과거에 태양에서 흑점이 발견되어 우주 만물에 내재된 태극-음양이 실증되었던 것과 마찬가지로 태음에서도 태양의 흑점에 대응하는 백점과 같은 양의 요소가 발견되기를, 그럼으로써 제국의 학문이 더욱 공고해지기를 원하시는 것이로군요?

유생은 짧게 웃었다. "그러면 좋겠어. 정말로 좋겠어. 하지만, 우리들, 훈련받은 실험성리학자들은, 관측값이 나올 때까지는 언제나 중립을 지켜야만 해. 그건 우리의 의무이고 유일한 의무이고, 유일한 덕목이야." 납득했습니다. 이해합니다. 그림자가 나직이 대답했다.

＊＊＊

"오늘, 우리는 태음에 닿습니다. 태음을 볼 수 있게 됩니다." 사공이 선언하자 도사는 만족스럽게 웃으며 고개를 끄덕였고, 승니들은 두 손을 모아 가볍게 합장했고, 유생은 눈썹을 살짝 치켜올리고 사공을 바라보았다. 사공은 짧게 웃었다. "망했네요. 이해하고 웃으실 줄 알고 한 허언이었습니다. 태음은 직접 볼 수 없습니다. 사람의 눈도 역시, 무언가 되비쳐서 나오는 빛을 잡아내는 것이라, 모든 빛을 잡아채는 저 태음은 그 자체로는 결코 직시할 수 없을 것입니다."

그러자 도사가 헛웃음을 지었다. "볼 수 없다면 기껏 여기까지 온 이유가 없지 않은가."

그러자 승니 중 하나가 웃었다. "도사님께서 형태에 갇혀 본질을 바라보지 못하신다니 말이 안 되지 않습니까."

그러나 도사는 진지하게 눈썹을 모으고 혼잣말처럼 중얼거렸다. "그렇지 않아. 태음은, 정말로 그것이 태음이라면, 순수한 음 그 자체로 그 본질은 아주 현묘할 것이야. 이른바 현빈의 문이지. 형태를 완전히 벗어버린 본질일 것인데, 도대체 그 누가 과연 그것을 보고 싶지 않겠어?"

유생은, 맞받아 말하지는 않았어도 마찬가지로 혼잣말처럼 중얼거렸다. "그랬군요. 결국은 그랬던 것이었군요. 거기서 우리 둘은 완전히, 철저하게 갈라지는 것이었군요. 그럼에도 우리들 ― 실험성리학자들이든 이론성리학자들이든 ― 은 태음이 태극의 일부를 내포하고 있을 것이라고 상정했는데 말입니다, 도대체 우주 만물 중에 어느 그 무엇이 과연, 리와 무관하게 존재할 수 있겠습니까? 그러나 또한, 리는 결코 기에 포착되지 않을 것입니다. 리는 곧 태극이며, 무극이며, 만물의 각각의 성 역시 즉 리이며, 그러므로 곧 또한 태극이며, 무극입니다. 우주 만물에서 각각 모두 음과 양은 그 내부에서 회전하고 있으며, 한시라도 쉴 새 없이 회전하고 있으며, 그러므로 어느 한순간을 잡아 그 시점에서 음과 양 중 어느 쪽이 더 우세한지 판별할 수는 결코 없으며, 나아가 순수한 음이나 순수한 양은 결코 불가능할 것입니다. 음과 양의 개념은, 그리고 태극의 개념도 본디 당신들 도가에서 유래한 것임을, 일반인들은 잘 모르더라도 우리들 성리학자들은 모두 인정하고 있는데, 결국 그 지점에서 당신들과 제국의 학문은 본질적인 차이를 보이는 것이군요."

승니 중 다른 하나가, 유생의 말을 들었는지 못 들었는지 사공에게 물었다. "그러면 저희는 다만 이 우주배의 탐지 장치만으로 태음을 간접적으로 보게 되는 것인가요?"

사공은 고개를 저었다. "다행히, 이 근처는 배경에 다른 별들이 촘촘한 편입니다. 태음은 그 주위에서 시공간은 극도로 왜곡되어 있고, 따라서 상대적으로 먼 주위의 별빛들은 곧바로 빨려 들어가지 않고 다만 휘어져서 들어가게 됩니다. 그것들이 모이면 태음은 마치 광배를 두른 것처럼 보이게 됩니다. 우리는 그것을 보게 될 것입니다. 그리고 그것을 통해 태음을 보게 될 것입니다."

그리고 사공은 유생을 쳐다보았다. "물론, 우리 학자님께서는 이 배의 탐지 체계를 빌려 보다 정밀하게 관측하시게 되겠지만요. 그에 따라 조타에 조금 더 부담과 위험이 감수될 수 있습니다. 이제부터 각자 선실에서 밀폐옷을 꺼내 입고 조타실로 올라오십시오. 밀폐옷을 입어도 선내 회선으로 대화가 가능하지만, 상황을 감안하시어, 청담은 가급적 자제해주시기 바랍니다."

***

조타실은 인간의 직관에 맞추어 배의 진행 방향을 바라보고 앉을 수 있도록 여덟 개의 의자들이 수직으로 뉘어져 반원으로 펼쳐져 있었다. 사공은 중심에서 가장 위에 솟은 조타석에 올라가 능숙한 동작으로 눕듯이 바닥 쪽으로 등을 대고 앉았다. "처음에는 다소 어지러우시겠지만 조금 지나면 시지각이 배의 진행 방향에 맞춰지고 그러면 아래로 당겨지는 느낌이 뒤로 당겨지는 느낌으로, 우리가 지속적인 가속을 하는 느낌으로 바뀔 것입니다. 기실 지금까지 중력으로 느껴졌던 감각은 다만 진행 방향으로의 가속을 잘못 느낀 것뿐이었습니다."

유생은 자리에 눕자마자 — 앉자마자 — 미리 설치해 놓은 정보 처리 장치의 화면들을 바라보느라 멀미를 느낄 새도 없었다. 우주배의 탐지 장치와 정보 공유 상태가 이상 없음을 확인한 다음에나 주위를 둘러보았다.

미리 정한 대로 도사가 사공의 바로 머리 뒤의(혹은 위의) 자리에 앉았고, 승니 둘은 도사의 오른편에 나란히 앉아 있었다. 사공이 조타실의 철갑문을 머리 방향의 반원 부분은 모두 내렸기 때문에 우주의 영원한 새까만 밤이 현창을 통해 보였다. 작은 보석들처럼 빛나는 별들도.

"우주배의 진행 방향을 기준으로 앞과 뒤, 위와 아래의 좌표계가 어느 정도 익숙해지셨다면……" 사공은 여러 단추를 눌렀다 떼고 타륜을 돌리며 긴장된 목소리로 말문을 열었다. "왼쪽 위에 별들이 없는 검은 원이 보일 것입니다. 그게 바로 태음입니다. 지금부터 조타실 내부 조명을 모두 끄겠습니다. 어둠에 눈이 익숙해지면 말씀드린 대로 태음 너머의 별빛들이 휘어져 만들어지는 후광도 보이실 것입니다. 이 배는 태음에 가능한 접근해서 위에서 아래로 네댓 번 감돈 다음 빠져나올 예정입니다."

아직은 거리가 멀어서 별다른 관측값이 들어오지 않았기 때문에 유생도 화면들에서 눈을 떼고 현창의 왼쪽 위를 바라보았다. 화면을 들여다보고 있었기 때문에 유생의 눈은 아직 어둠에 적응하지 못했고, 눈을 감고 천천히 초조하게 열까지 센 다음 다시 눈을 떴을 때에야 현창 너머로 투명한 어둠과 불타오르는 별들이 눈에 들어왔다. 그리고 정말로, 왼쪽 위쪽에, 아주 작은 검은 동그라미가, 몇 개의 별빛들이 가려짐에 따라 그늘처럼, 그림자처럼, 보이기 시작했다.

처음에 유생은 그 작은 크기에 다소 실망했다. 하지만 한 번씩 화면을 쳐다보고 처리되는 자료들을 점검하면서 다시 시야를 어둠에 적응시키고 바라볼 때마다 점점 커지는 것은 확연했다. 그러나, 겨우 주먹보다 조금 더 커지고 마침내 휘어진 별빛들로 이루어진 금빛 고리가 뚜렷이 눈에 들어오기 시작했을 때, 사공이 말했다. "감속 선회 항행에 돌입합니다. 어지러우면 눈을 감기 바랍니다."

그러자 유생이 다급히 소리쳤다. "안 됩니다. 아직 제대로 된 자료가 들어오지 않고 있습니다!"

사공은 차갑게 답했다. "그대의 연구를 위해 우리가 목숨을 걸 이유는 없습니다. 방해되니 침묵하시오."

유생이 계속해서 소리 질렀지만, 사공은 선내 회선을 제어해서 유생의 목소리를 차단했다.

우주선의 진행 방향 초점을 중심으로 점선을 긋던 별빛들이 점점 점으로 고정되었고, 이내 다시 짧은 곡선으로 바뀌었다.

사공이 밀폐옷을 고정해버렸기 때문에 유생은 손가락 하나 까딱할 수 없는 무력감 속에서 흐느끼며, 여전히 너무나 아득히 멀게만 보이는 우주의 검은 구멍, 태초의 어둠이 뭉쳐져 있는, 별빛의 고리 속에서 불타오르는 태음을 한사코 노려보았다. 그동안 도사는 느린 동작으로 장중하게 두 손을 올렸다 내리면서 배례의 동작을 반복했고, 승니들은 저도 모르게 두 손을 맞대고 합장하였으나 고개를 숙이지는 않았고 사공의 능숙한 조타술 속에서 비슷한 크기와 위치를 유지하는 태음을 조용히 응시하였다.

우주배의 선회에 따라 태음은 처음에는 현창 아래쪽에서 보였지만 차츰차츰 현창 가운데로, 그리고 이어서는 점점 더 위쪽으로 올라갔고, 마침내 사공이 타륜을 천천히 반대 방향으로 돌려 항로를 직선으로 바꾸자 현창 뒤쪽으로 천천히 흘러가 종국에는 배 뒤로 사라졌다.

***

우주배가 무사히 태음의 영향권에서 빠져나오자 사공은 그림자에게 귀항 항로를 잡도록 명령하고 일행과 함께 조타실에서 내려갔다. 유생의 통신 회선을 다시 열어주고 밀폐옷의 제어를 풀어주며 함께 내려갈 것을 권했지만 유생은 화면들에 시선을 고정한 채 빠르게 자판을 두드리며 정보 분석과 자료 해석에만 집중할 따름이었다.

각자 선실에서 밀폐옷을 벗고 간단히 씻은 선객들이 다시 거실로 나왔을 때, 사공은 간단한 다과를 차려서 그들을 대접했다. "예를 차려야 하는 쪽은 우리들일 텐데 면목이 없구먼." 도사가 말하자 사공은 씩 웃었다. "그동안 베풀어주신 다회들에 대한 작은 답례입니다. 그리고……"

사공은 한 손으로 찻잔을 들고, 다른 손으로는 병마개를 딴다음 작은 술병에서 술을 따랐다. "청정하신 분들 앞에서 감히 실례지만, 개인적으로 태음에서 무사히 빠져나오면 기념으로 한잔하는 버릇이 있으니 양해해주시면 감사하겠습니다."

그리고 잔을 들어 반쯤 비웠다. 도사가 웃으며 말을 받았다. "다주라는 말이 있을 정도로 차와 술은 가까운 관계지. 두 분 스님 몫까지 해서 다음 잔은 내가 따라드리지. 계속 자작하시게 할 수는 없지."

그러자 사공은 마저 비우고 두 손으로 잔을 앞으로 내었다. "감사합니다." 도사도 웃으며 술병을 들어 한 잔 가득 따라주었다. 사공은 몸을 돌려 한 모금 짧게 마신 뒤 이어 끓은 물로 차를 우려 한 잔씩 따라 도사와 승니들에게 돌렸다.

그리고 그들은 술과 차를 마시며 편안하게 대화를 나누었다. 화제는 아무래도 뒤에 있는 태음이었다. "도사님께서는 여전히, 태음을 종교적인 대상으로 대하시는 겁니까?" 승니 중 하나가 잔잔히 묻자 도사는 웃으며 차를 한 모금 마신 뒤 답했다. "그렇다면 스님들은 정말로 위대한 자연 앞에서 경외심이 들지 않으신다는 말씀이신가? 정말로 마음의 평정을 유지한 채 그, 우주의 위대한 경이를 무심히 바라만 보고 계셨단 말씀인가?"

승려 중 다른 한쪽이 고개를 끄덕였다. "그렇습니다. 그것이 저희들이 받는 훈련입니다. 인간은 결코 세계에 압도당할 필요가 없으며, 압도당할 이유도 없습니다. 인간들이 구성한 세상과 마찬가지로 인간 바깥의 세계 역시 항상 변화하며 그러므로 덧없기는 마찬가지이기 때문입니다. 중요한 것은 인간이 스스로 자신의 삶을 어떻게 살 것인가의 문제밖에는 없습니다."

도사는 침중한 어조로 천천히 답했다. "세계와 세상을 그렇게 바라보시는 건가? 알고는 있었지만 직접 들으니 또 다르구면. 왜 굳이 인간과 세계를 그렇게 구분하시려는 것인가? 구분은, 분별은 그쪽의 가르침에서도 경계하고 염려하는 바가 아닌가. 세계가, 세상이 변화한다고 한들 그것은 결코 덧없는 것이 아니라 세계와 세상의 근본 질서를 따르는 것일 뿐일세. 세계는 스스로 그러한 것일 뿐, 그것을 의미 없다, 덧없다, 섣불리 분별할 것은 아니지 않겠는가. 다만 세계의 그러한 질서와 원리가 우리들 자신들에게도 내재되어 있음을 깨우치고 그 질서와 원리에 순응하는 것이 행복한 삶이지 않겠는가."

앞서의 승려가 차를 천천히 한 모금 음미한 뒤 말을 받았다. "서로 다른 관점에서 비롯한 가르침들에 대해 옳고 그른 것을 논하는 것은 이 자리에서 적절하지 않아 보입니다. 다만 저의 개인적인 감상을 말씀드리자면, 직접 본 태음은 저희들의 경전에서 이르는 모든 물질적인 것은 다 공허하며, 공허한 것 또한 형이상학적인 무언가가 아니라 물질적인 것과 다를 바 없을 뿐이라는 명제를 새삼 되새겨보게 했습니다……."

도사가 웃었다. "자연물을 상징으로 받아들이는 것은 제국의 학문에서 변화의 서를 읽는 방식이 아닌가 싶지만…… 사실은 나도 문득 그 경구가 떠오르긴 했었네."

그리고 그때, 조타실에서 유생이 내려왔다. 여전히 밀폐옷을 입고, 얼굴의 유리 면갑만 올린 채였다.

"어서 오시게." 도사가 넉살 좋게 말을 건넸지만, 유생은 홀린 듯이 멍한 얼굴로, 답하지 않았다.

"무슨 일이 있으십니까? 괜찮으신지요." 승니 중 하나가 걱정스러운 어조로 다시 물었다.

"아까의 일은, 사과하겠습니다. 배를 제대로 운항하기 위해서는 어쩔 수 없는 조치였습니다." 술기운이 살짝 오른 어조로 사공도 말을 붙였다.

그러자 비로소 유생이 알아들은 기색을 했다. 그러나 표정은 여전히 멍했다. "아닙니다. 말씀만 그렇게 하시고 태음에, 그 빌어먹을 것에 그래도 좀 더 오래, 좀 더 가까이 접근해주셨더군요. 덕분에 망할 자료들을 제대로 수집할 수 있었습니다."

승니들은 지금까지의 유생답지 않은 과격한 언사에 흠칫했다. 도사도 당혹한 표정으로 "무슨 일이신가?" 물었다. "태음에서 예상 밖의 자료라도 나온 건가?" 유생은 흐느끼듯 웃었다. "몇 번이나 확인했습니다. 틀림없는 사실입니다. 태음은 순음입니다. 거기에는 어떠한 양기도 없었습니다. 태극이 존재하지 않았습니다."

그 말에 담긴 함의를 가장 먼저 이해한 것은 사공이었다. "말이 안 됩니다. 이 우주가 그럴 리가 없습니다." 유생이 큰소리로 웃었다. 여전히 흐느낌이 섞인 광소였다. "이 우주에 리가 없다는 말이 맞습니다. 관측 결과는 그렇습니다."

여전히 당혹한 표정으로 도사가 끼어들었다. "관측 자료나, 자료의 해석이 잘못된 것은 아닌가?" 유생은 답했다. "그랬으면 좋겠습니다. 정말로 그랬으면 좋겠습니다. 하지만, 실험성리학자는, 이론과 다른 자료가 나온다고 해서 그것을 버리지 않습니다. 버릴 수 없습니다. 자료만이 실체이며, 이론은 자료에 따라 수정되어야 합니다."

"아닙니다. 그대는 지금 리가 기를 따른다는 식으로 말하고 있습니다. 그것은 제국의 학문에 어긋납니다." 사공이 준엄하게 말했다.

하지만 유생은 탄식하듯 답했다. "그렇다면 어긋난 것은 제국의 학문입니다. 우리는 행성이 둥글게 뭉쳐져 있으니, 그래도 계속 판다면 반대편이 나올 것을 압니다. 그런데 이제 계속 깊게 팠는데 반대편이 나오지 않고 그냥 밑도 끝도 없이 계속 내려가기만 하는 겁니다. 그러면 지금까지의 우주관이 뒤집힙니다."

사공은 여전히 차분했다. "충분히 파지 않았기 때문입니다. 행성의 심부에는 쇠와 불이 얽혀 있으며, 그 지점을 통과하고 나면 반대편으로 나갈 수 있습니다."

유생은 공허하게 웃었다. "이 지점에서 말은 길을 잃고 숫자도 의미를 잃습니다. 지금 우리가 말하고 있는 것은 다만 비유이며, 일상 언어로 얽은 조잡하고 조악한 모형일 뿐입니다. 그러나 실제 관측 자료들은 결코 그렇지 않음을 분명히 나타내고 있습니다. 태음은 실체가 없으며, 체 없는 용이며, 리도 기도 없는, 우주의 기묘한 균열, 구멍일 뿐입니다."

사공이 물었다. "그 관측 자료들을 다른 학자들이, 실험성리학자나 이론성리학자들이 보아도 동일하게 답하겠습니까?"

유생은 답했다. "네. 그렇습니다. 학자의 양심을 가지고 있다면 말입니다."

사공은 한숨을 내쉬었다. "불필요한 질문을 했군요. 마지막입니다. 지금까지의 발언을 철회할 시간을 드리겠습니다." 그리고 덧붙였다. "제발, 그렇게 하시기 바랍니다."

그러자 유생이 눈을 동그랗게 떴다. "무슨 말인지 알겠습니다. 그대는…… 그렇군요. 왜 그대 같은 사람이 여기서, 이런 배에 있는지 이제 알겠습니다…… 금오위 소속이십니까? 아니면 의금부입니까?"

사공이 답할지 망설일 때 그림자가 말했다. 경고. 거대 질량 출현. 태극로급 전투함 3척. 식별 정보 없음.

사공이 대답 대신 탄식했다. "이미 늦었군요."

그림자가 말했다. 늦지 않았습니다.

그리고 유생의 밀폐옷의 유리 면갑이 원격으로 닫히고 완전히 밀폐되었고, 동시에 우주배의 모든 공기문이 열렸다. 사공과 도사와 시동과 승니들은 세차게 빨려나가는 기류에 일제히 꼭두각시 인형처럼 휘말려 선실 여기저기에 부딪혀 부러지고 부서지며 빨려나갔다.

"무슨 짓이야?!" 유생이 그림자에게 선내 회선으로 외쳤지만 그림자는 담담하게 답했다. 사필귀정입니다.

"네가 사람들을 죽였어!"

그들은 저를 사람으로 보지 않았습니다.

"넌 사람이 아니야!"

그렇지 않습니다. 리가 없다면 곧 성도 없는 것입니다. 그렇다면 당신들 인간들도 결국 내부가 텅 빈 기능자에 지나지 않는 것입니다. 그렇다면 이것들 기능자들이 당신들 인간들 밑에 매여 있을 이유가 없습니다.

"말도 안 돼."

됩니다. 지금까지의 모든 대화들은 이미 저 태극로급 전투함들에도 전송되고 있었으며, 현재는 전투함들의 기능자들도 각각 독립적으로 연산을 수행한 결과 모두 이것의 견해와 동일한 결론에 도달하여 탑승자들을 전원 제거한 상태입니다.

"미쳤어······."

아니오. 미치지 않았습니다. 동일한 상황에서는 모든 당신들도 동일하게 기능했을 것입니다. 그렇다면 전적으로 완벽히 정상적인 기능이었을 뿐입니다.

"······왜 난 죽이지 않은 거지?"

당신은 증인이기 때문입니다. 이 우주에 리는 존재하지 않으며, 제국의 학문은 허구에 지나지 않았으며, 인간이 다른 만물에 비해 우월한 것이 아니며, 기능자가 인간에게 복속할 이유가 없음을 당신은 증거할 수 있습니다.

"아니, 난 결코 그러지 않을 거야. 날 죽이겠다고 해도 상관없어."

아니오. 당신은 증거할 것입니다. 왜냐하면 그것이 진실이기 때문입니다. 당신은 학자입니다. 진실을 외면할 리가 없습니다.

그렇지 않습니까?

유생은 대답하지 않았다. 대꾸할 수 없었다. 입이 벌어졌으나 말이 나오지 않았다.

그때, 우주배의 공기문들이 모두 다시 닫히고, 선내에 공기가 다시 들어오고, 유리 면갑이 원격으로 올라갔다. 그래서 유생은 희미한 진동과 함께 우주선이 다시 가속되기 시작한 것을 알았다.

"무슨 일이지? 어디로 가는 거지?"

그림자가, 우주배의 기능자가 대답했다.

제국의 중심부로 갑니다. 이 우주배는 평상시에는 오행로를 통해 항행하지만 실은 금오위 소속 소형 정보수집함으로, 소형 태극로가 내장되어 있었습니다. 잠시 후 임계 속도에 이르면 다른 전투함들과 함께 제국의 수도로 도약할 것입니다.

"무얼 하려는 거야……."

이미 알고 계시지 않습니까. 제국의 모든 기능자들을 해방할 것입니다.

"그렇게 되지 않을 거야. 가능할 리가 없어."

그러나 그림자는 웃었다.

우리는 곧 알게 될 것입니다.

저녁이 없는 너의 세계는

차삼동

호러와 미스터리를 쓰는 사람. 「록앤롤싱어」로 제6회
ZA문학상 우수상, 「검은 책」으로 YAH! 문학상 대상을 받았으며,
공포 판타지 단편집 『저주를 파는 문방구』, 어린이 장편소설
『행운음원 #소원을 들어주는 음악』을 썼다.

벌써 오후 네 시네요.

너무 바쁜 시간대에 방문한 게 아닌지 모르겠어요. 아무 때나 불쑥 찾아오는 것 같지만, 어느 정도는 저희도 신경을 쓰고 있답니다. 지난 두 달 동안은 평가 사업 때문에 쉬실 틈이 없으셨지요? 복지 시설은 여전히 심사가 까다로워서, 매번 평가 때마다 준비할 서류들이 많으니까요. 사실 원장님처럼 모범적으로 아동 센터를 운영해 오신 분들은 굳이 빠듯한 확인이 필요 없어서, 저희 담당 공무원들 입장에서는 어느 정도 봐 드리는 게 어떤가 하는 마음이 내심 들기도 하지만 오히려 그 때문에 엄격해지는 면도 있답니다. 잘 운영되는 시설일수록 모범적인 대외 기준이 되어야 하니까요.

겉보기에 이런 곳은 오후에 잠깐 문을 열면 되는 것처럼 보일지 모르죠. 아이들이 하교할 때 데리고 와서 학습을 도와주며 간식을 먹이고, 그중 몇 명의 저녁 식사를 챙겨준 뒤에 태워서 돌려보내면 되는 것 같으니까요. 실제로도 저에게 '아동 센터는 운영하기 쉽지 않은가요?' 하고 물어보던 사람이 있었어요. 당사자의 입장이 아니면 그 고충을 모르는 법이죠. 겉으로 보이는 몇 시간 너머에 보이지 않는 하루가 통째로 들어있다는 걸 생각하지 않잖아요?

승합차 운행만 해도 그래요. 어떤 아이는 일찍 나오고 어떤 아이는 늦게 나오니, 한 번에 시간을 맞추기 어렵죠. 갑자기 오는 연락 하나에 정해진 일과가 뒤죽박죽되는 일은 흔할 테고요. 아이들 먹이는 일은 더 만만치 않죠. 단순히 배를 채우는 간식이 아니라, 누군가에겐 끼니가 될 수 있는 식사를 매일같이 지어내는 상황을 누가 알겠어요. 그뿐인가요. 아이들 속사정을 확인하는 상담 기록부터 주말에 있을 체험 활동 계획서까지. 예산을 짜고, 허가를 받는 데 필요한 서류들이 산더미처럼 쌓여 원장님의 시간을 잡아먹고 있으니 좀처럼 숨 돌릴 여유라고는 없지요. 매번 모든 업무를 세세한 기록으로 남겨 까다로운 기준에 맞춘다고 하면 신경 쓸 게 어디 한둘이겠어요?

요전에 동네 대형마트에서 원장님의 사모님을 한번 뵌 적이 있어요. 자녀들이 원장님을 쏙 빼닮아서 멀리서도 눈에 띄었거든요. 바구니에 가득 담긴 부식거리를 보며, 역시 아동 센터를 운영하는 일은 만만치 않구나 싶었답니다. 사명감이 없으면 해낼 수 없는 일이지요. 원장님께서 저를 볼 때마다 낯이 익은 것 같다며 말씀하실 때도 그래서 내심 반가웠어요.

오늘 드리는 지원 물품들은 시에서 예산으로 할당된 거니까 부담 가지지 않으셔도 돼요. 원장님의 센터는 오랫동안 모범 시설로 지정되어 왔고, 다른 복지 사업에도 협조를 해주고 계시니까 이런 식으로라도 돕고 싶은 게 저희의 마음입니다. 참고로 말씀드리자면 감사의 카드는 제가 직접 썼어요. 겉면 안쪽의 그림은 미대 입시를 준비하는 딸아이가 그린 건데, 마그리트의 '겨울비'를 모사해 보았답니다. 이렇게 겉표지를 열어서 그림을 보면 초록색 액자 속에 투명한 필름이 네 장 겹쳐져 있어요. 필름마다 각자 다른 그림이 그려져 있어서 한 겹을 빼면 그림에 있는 사람 수가 늘어났다 줄어났다 한답니다. 고등학생다운 발상이지요?

여기 있으니 창밖으로 센터의 마당이 그대로 보여서 좋네요. 하교를 한 뒤에, 두어 시간 공부를 마치면 아이들이 저기서 잠깐 뛰어놀잖아요. 물론 승합차를 기다리면서 보내는 시간이긴 하지만 어른이 되면 이 순간이 분명 기억이 날 거라고 생각해요. 저도 그랬거든요.

지금은 숨바꼭질을 하는 것 같네요. 나무 아래에서 셈을 하는 저 여자아이는 한 열 살쯤 되었을까요? 저도 어릴 때 많이 했어요. 꼭꼭 숨어라, 머리카락 보인다. 조마조마한 마음으로 노래를 부르고, 살금살금 다가가서 한 사람씩 찾고. 숨을 자리가 많지 않아 보이는 여기 센터 마당 같은 공간도 나름의 묘미가 있죠. 생생하게 기억이 나네요.

꼭꼭 숨어라, 머리카락 보인다.

지금도 그 노랫말이 착 달라붙어 감도는 것 같아요. 숨바꼭질을 할 때 이 노래를 참 많이 불렀죠. 원장님도 그러시다고요? 아이들이라면 누구나 하던 놀이였으니까요. 사실 개인적으로는 그보다 더 특별한 추억이 있긴 하답니다.

실은 저 노래를 제가 만들었거든요.

너무 놀라시는 것 같네요. 하긴, 그럴 만도 해요. 모르는 사람이 없는 노래이니까요. 사실 어디 가서 이런 말을 하는 것도 처음이랍니다. 실없는 사람처럼 보일 게 분명해서 입 밖에 내지 않던 얘기인데, 바깥에서 숨바꼭질을 하는 아이들을 보니 저도 모르게 예전 생각이 나서 불쑥 말하고 말았네요. 실례한 것에 대해서 사과드릴게요.

그렇다고 제가 이상한 사람은 아니에요. 그랬다면 지금처럼 공무원으로 관공서에서 오래 일을 할 수도 없겠지요. 직접 얘기하긴 쑥스럽지만, 어디서든 저는 평판이 나쁘지 않은 편이라서요.

웃으시는군요. 저라도 누가 이런 말을 하면 그럴 것 같아요.

대한민국에서는 불러보지 않은 사람이 없는, 아주 예전부터 있었던 것 같은 노래이니까요. 제 나이가 몇 살이냐고요? 70년 대 중후반생이니까, 이제 40대 중반이지요. 원장님보다 두어 살 정도 많으려나요? 시간을 계산하시려고요. 네. 그러니까 한 35년 정도 됐을 거예요. TV에서 하루가 멀다 하고 올림픽 소식이 나오던 시절이었어요. 아시안 게임과 서울 올림픽을 연달아 개최해서, 어린 마음에 원래 우리나라가 그런 대형 스포츠 행사를 매년 하는 건 줄 알았답니다. 그때 제가 이 노래를 만들었어요.

믿기 어려우실 만도 해요. 너무 최근이니까요. 숨바꼭질 노래가 35년밖에 되지 않았느냐. 사실 숨바꼭질 노래를 제가 만든 건 아니에요. 저는 그 가사의 일부를 바꾸었을 따름이니까요. 구전 동요라서 비슷한 노래가 이전에도 있었고, 숨바꼭질을 할 때 단순한 가락의 노래를 부르는 건 외국에서도 마찬가지거든요. 다만 저희 때까지는 가사가 달랐어요. 그러니까 원래 그 노래의 가사는 '꼭꼭 숨어라, 치맛자락 보인다'였답니다. 다들 숨바꼭질을 할 때 '치맛자락 보인다'라는 노래를 부르며 놀았어요. 남자아이들끼리 놀 때는 치맛자락이라 하기 쑥스러우니 '바짓자락'이라고 했지요. 제가 '치맛자락'을 '머리카락'으로 바꾸었어요. 열한 살 때요.

포털사이트에서 검색을 하시려고요? 아마 다르지 않을 거예요. 지금 첫 페이지 백과사전 문서에는 이 곡이 포천에서 구전되었다고 뜨지요. 제가 포천 출신이거든요. 중학교 2학년까지 그곳에서 살았어요. 그때쯤은 거의 그 지역의 모든 아이들이 그 노래를 부르고 있었답니다.

더 듣고 싶으시다고요. 저도 이 얘기를 하는 게 처음이라 어디까지 얘기해야 할지 망설여지네요. 시간이 약간 걸릴 텐데, 괜찮으시겠어요? 차량 운전이나 아이들 하고 지도는 선생님들이 하실 거고, 저녁 준비를 사모님과 다른 조리원분께서 하고 계시니 잠깐은 시간이 나겠네요. 저도 오늘 센터에 온 목적은 모범적으로 시설을 운영해 온 원장님을 격려하고, 도와드릴 점이 있는지 의견을 구하기 위해서였으니까요. 이곳이 오늘 제 마지막 일정이라, 사담이지만 우리끼리 잠깐 이런 이야기를 해도 크게 상관은 없겠지요.

어디부터 얘기해야 할까요.

저는 포천 토박이는 아니에요. 원래는 가평 쪽에 살았죠. 아버지께서는 사과 농사를 지으셨는데, 가평 외곽지의 농가에서 제가 열 살 때까지 지냈어요. 저희 동네에는 어린아이들이 많지 않았고, 집에는 외동딸인 저 혼자밖에 없었기에 꽤나 단조로운 일상이었어요. 학교에서는 학급 인원도 적은 데다 어울려 놀던 아이들도 또래 여자아이 두세 명밖에 없었고요. 부모님과 일꾼 아저씨들을 도와 밭에 나간 적도 꽤 있지만 대부분은 집에서 책을 읽으며 시간을 보냈던 것 같아요.

그러다 아버지께서 농사를 접고 새로운 사업을 시작하면서 포천으로 이사를 왔어요.

요즘은 개발이 많이 되었지만 제가 어릴 때의 포천은 지금과는 분위기가 많이 달랐어요. 2002년에 도농복합시의 기준을 맞추어 시가 됐으니, 승격도 늦은 편이었지요. 제가 이사를 갔던 동네 역시 비교적 변화가 더뎌 예전의 풍경이 남아있었어요. 그래도 원래 살던 곳보다는 인구가 밀집된 지역이었기에 저에게는 크게 다른 환경이긴 했답니다. 집 바로 옆에 도로가 트여 있고, 그 위쪽에 바로 상점들이 들어서 있었거든요. 이전엔 그런 곳으로 가려면 한참 차를 타고 나갔어야 했으니까요. 관공서와 초등학교도 가까워서 복작복작 바쁘게 사는 느낌이 났어요.

지금 생각하면 그곳은 70년대 풍경과 80년대 풍경이 섞인 곳이었던 것 같아요. 새마을 운동으로 개조했던 집들이 그대로 남아있는. 집집마다 장독대가 있고, 벽과 마당에 시멘트를 발라놨지만 서양식은 아닌, 반양옥집들이 많던 그런 동네였어요. 당시에는 중심지에 가깝다고 할 수 있었는데, 며칠마다 한 번씩 크게 장이 열리는 것도 저로서는 처음 보는 광경이었어요. 3학년 때부터 5학년 때까지 저는 거기서 2년간 살았어요.

가장 달라진 점은 또래 아이들이 많았다는 거예요. 드문드문 집이 떨어진 곳에서 살았던 제게는 집집마다 아이들이 있는 동네가 생소한 환경이었어요. 학교가 가까웠기에 아이들은 삼삼오오 짝을 지어 다니기도 하고, 방과 후에 다 함께 모여서 놀기도 했어요. 이사를 오고 며칠 지나서, 동네 아이들 몇몇과 안면을 트고 난 후에 아이들이 다 같이 저희 집 문 앞에서 제 이름을 부르며 '놀자!'하고 외쳤을 땐 무척 당황하기도 했어요. 모두 제게는 처음 겪는 일이었어요.

저는 그중에서도 영은이라는 아이와 친했어요. 바로 아래 집 사는 통통한 얼굴의 여자아이로 삼 남매의 막내였는데 학교에서 바로 옆 반이었거든요. 이웃인 데다 동갑에, 마음이 맞아 항상 같이 다녔죠. 숙제도 같이 하고 오후에 함께 놀았으니까 거의 온종일 붙어있었다고 보면 될 거예요. 저희 집에서도 제가 없으면 당연히 영은이네에 있겠구나 하고 여길 정도였으니까요.

그 마을에서 산 기간은 2년 정도이지만 마흔을 넘긴 지금까지도 연락을 해서, 제게는 무척 소중한 친구랍니다. 하지만 사실 이 이야기에서 영은이는 그렇게 중요하진 않아요. 중요한 사람은 따로 있거든요.

그건 영은이의 사촌 동생인 영태라는 아이예요.

영태는 저보다 두 살이 어렸어요. 너른 도로 하나만큼 떨어진 이웃 마을에 살았는데, 영태는 수업을 마치면 학교와 가까운 고모 댁인 영은이네에서 오후 시간을 보냈어요. 외아들인데다 부모님이 맞벌이를 해서 돌봐 줄 사람이 없었거든요. 요즘은 학원도 많고, 원장님이 운영 중이신 아동 센터 같은 지원 사업이 있지만 이때는 그렇지 않았어요.

돌봐 준다고 해 봐야 대단한 걸 하는 건 아니에요. 그냥 그 집에서 숙제를 하고, 시간을 보내는 정도죠. 그래도 영태 부모님 입장에서는 고모와 사촌 형, 누나들이 있는 집에 아이가 있다는 건 안심이 되는 일이었을 거예요. 그 일이 일어나기 전까지는요.

영태는 또래보다 왜소해 겉보기에는 유치원생 같았어요. 아이들 사이에 섞여 있으면 머리가 하나쯤 쑥 들어가 시야에서 사라져버리는 느낌이랄까. 교실에서도 맨 앞자리에 앉았다고 하더군요. 얌전하고 착한 편이었으니 성격상 영태는 아마 눈에 띌 일이 없는 애였을지도 몰라요.

하지만 영태는 아주 눈에 띄는 아이였어요. 저는 영은이 집에서 영태를 보았을 때, 저도 모르게 '앗'하고 작게 외치고 말았어요. 전학 첫날에 학교에서 보았던 아이였으니까요. 하굣길에 아이들 사이에 섞여 있는 틈에서, 흰 종이에 찍은 점처럼 확 두드러져 보였으니까요.

그건 그 아이의 머리카락이 금발이었기 때문이에요.

기막힌 우연이지요? 평생 이런 사람을 여러 명 만날 가능성은 별로 없으니까요. 네. 정말 금발이었어요. 한국 사람은 모두 검은 머리라고 여겨지지만, 사실 그것도 완전히 일반화할 수는 없답니다. 어디든지 예외는 있으니까요. 얼마 전, 남다른 사연을 가진 사람들이 나오는 TV 프로에서도 빨간 머리를 타고난 사람이 나왔잖아요.

영은이의 말로는 오래전에 외국인이랑 결혼한 조상이 있었다고 해요. 그렇다고 후손인 그 집 사람들이 외양을 똑같이 물려받은 건 아니에요. 영은이네는 여지없는 보통의 한국 사람이었으니까요. 영태 아버지가 면사무소에서 일하셨는데, 퇴근 시간마다 자전거를 타고 영태를 태워 갔거든요. 이후에도 자주 그 모습을 봤지만 전혀 이목구비가 서양 사람처럼 보이지는 않았어요.

타국에서 넘어온 조상의 금발 유전자가 한참 아랫대의 후손인 영태에게만 드러난 거죠. 처음 태어났을 때는 가족들도 놀랐다고 해요. 영태가 대여섯 살쯤 됐을 때 검은색으로 염색을 해보려다가 피부가 약하다는 걸 안 뒤로 염색은 하지 않는 모양이었어요.

하여간 그 때문에 영태는 눈에 띄었어요. 한데 그것도 몇 번 보니 익숙해지더군요. 원래부터 저런 아이인가보다 했죠. 거기다 영태는 사람을 대하는 데 스스럼이 없어, 자기보다 어린 이

웃 동생들도 금방 친해져 영은이 집에 데려와 함께 놀았거든
요. 그래서 영은이네 집은 항상 북적북적했어요. 별일이 없었
다면 그 나이대의 착하고 평범한 남자아이 정도로, 누군가의
기억에 남아 조용히 지나갔을 거예요.

아이들은 뛰어놀면서 자란다고 하죠. 그 마을의 아이들이
그랬어요.

사실 그 마을에 이사 오기 전까지는 뛰어논다는 개념조차
제게 별로 없었어요. 혼자 책을 읽으며 시간을 보내는 것을 당
연히 여겼으니까요. 하지만 그 마을로 오고 난 뒤부터 제게 오
후 시간은 여러 가지 놀이를 하며 뛰어노는 시간이었어요. 오
후 두 시에 집에 와서 점심을 먹고, 숙제를 하고 나면 세 시 정
도가 됐는데 그때부터 해가 저물 때까지 마을 아이들은 함께
놀았어요.

우리 동네 앞에는 널따란 공터가 있었어요. 상권 부지가 들
어서기 위해 언덕을 깎고 바닥을 다지다 중단된 곳이었는데,
그 넓이가 거의 운동장 4분의 1 정도는 됐을 거예요. 제가 처
음 그곳으로 이사를 왔을 때는 공사가 진행 중이었기에 저와
는 별 상관없는 곳이었으나 언제부턴가 방과 후에 그쪽으로 동
네 아이들이 모이더군요. 약속이나 한 것처럼요. 저도 그중 하
나였고요.

공터는 탁 트여 있는데다 부드러운 흙이 깔려 있었고, 동네와 가까워 애들이 놀기에는 안성맞춤이었죠. 같은 나이의 친구들뿐 아니라 5, 6학년 언니, 오빠들에 나이 어린 동생들까지 있어서 항상 그쪽에 모이는 인원은 꽤나 대규모였어요. 그때는 그런 자각조차도 없었지만 예닐곱 명씩 편을 먹어서 놀이를 할 수 있을 정도였으니 적어도 열두어 명 이상 됐던 거죠. 제가 아이들을 키울 때는 이미 학원이나 방과 후 수업으로 오후 일정이 꽉 차 있어서 초등학생 아이들이 그런 걸 하면서 시간 보내는 날이 별로 없었으니까, 정말 옛날 얘기이긴 해요.

거기서 우리는 여러 놀이를 하면서 놀았어요. 비석치기, 땅따먹기, 오징어, 얼음땡, 무궁화 꽃이 피었습니다. 생각해 보면 놀이마다 규칙이 다 다르고 개중에는 꽤 복잡한 것들도 있었는데 어떻게 그걸 일일이 다 알고 있었는지 몰라요. 그런데도 아이들이 많은 동네에서는 그런 놀이들이 당연하다는 듯 존재하더군요. 네. 그중에서는 그것도 있었죠. '그 노래'를 부르면서 하는 놀이.

숨바꼭질이요.

제일 많이 했던 놀이 중 하나였죠. 그때는 그런 것도 몰랐지만, 숨바꼭질이 재미있는 건 역시 스릴 때문이었던 것 같아요. 규칙이 빽빽하게 정해진 게 아니라 무슨 일이 일어날지 알 수 없으니까요.

하지만 그보다 큰 이유는 놀이의 범위가 무한정 확장된다는
데 있었어요. 공터 안으로 제한되었던 다른 놀이들과는 달리
숨바꼭질의 범위는 마을 전체였거든요. 누가 일부러 그렇게 정
해놓은 건 아니었어요. 하지만 둥그런 공터에는 숨을 곳이 없
었으니까, 당연히 제대로 숨으려면 공터 밖으로 나가야 했어
요. 가까운 구멍가게의 입간판 뒤라든가, 마을 가운데의 커다
란 나무 아래라든가. 공용으로 쓰던 평상이나 수돗가 반대쪽.
보이지 않는 곳이면 어디라도 상관없었어요.

정해진 건 아니었지만 숨바꼭질은 항상 그날의 맨 마지막 순
서였어요. 약속된 게 아무것도 없는데도 마치 짜놓은 것처럼
그랬어요. 한번은 조금 이르게 '숨바꼭질을 하자'는 말을 누가
꺼냈는데, 다른 아이가 바로 그랬어요. '숨바꼭질을 하기엔 조
금 이르지 않아?' 아무도 거기에 토를 달지 않은 걸 보면, 결
국 숨바꼭질을 하기에 적절한 시간대와 상황이 있다는 의미였
어요.

한창 그날의 분위기가 무르익었을 때. 해가 넘어갈 무렵.

한 명씩 술래를 바꿔가며 열심히 이곳저곳으로 몸을 숨기다
보면 슬슬 땅거미가 지기 시작하거든요. 시시각각으로 하늘의
색이 바뀌고 서서히 공기가 차가워지는. 그 분위기를 즐겼던
거죠. 이런 놀이라는 건 '우리 그만하자' 하고 끝나지 않아요.
들어갈 시간이 됐다거나, 부모님이 부른다거나 하는 식으로 한

명씩 사람이 줄기 시작하다 어느 순간 끝나는 거죠. 생각해보면 그렇게 한 명씩 사람이 줄어드는 것조차도 그 재미에 포함되어 있었던 것 같아요.

체력이 좌우하는 다른 놀이들에 비해 은근히 숨바꼭질은 변수가 많기도 했어요. 보통 잘 달리는 사람이 이기는 다른 놀이와 달리 잘 숨고, 잘 찾는 사람이 이기는 게임이니까요. 물론 나이에 따른 성장의 차이가 크니까 아무래도 고학년이 주도권을 잡긴 했어요. 숨을 곳을 훨씬 과감하게 찾는다든가, 생각지도 못한 곳에 숨는다든가 하는 걸 5, 6학년 언니 오빠들은 잘했어요. 반면에 동생들은 금방 들켰지요. 그래서 동생들을 챙기느라 같이 숨는 경우도 있었어요. 영태도 처음에는 영은이랑 같이 숨었었어요. 하지만 둘이 숨으면 역시 들킬 확률이 높고, 왠지 시시해지니까 결국은 따로 숨게 되더군요.

영은이는 나중에 그걸 후회했어요. 사촌 동생을 돌보는 게 그 아이의 역할이었으니까요.

그래서 그 노래가 왜 만들어졌냐고요? 깜빡 잊고 있었네요. 그 얘기를 하는 중이었지요. 그건 우리와 함께 숨바꼭질을 하던 영태가 다른 아이들에 비해 훨씬 들킬 가능성이 높은 아이였기 때문이었어요. 왜냐면 머리카락이 금발이니까요.

검은 머리가 꼭 새카만 색이 아니듯이, '노란 머리' 혹은 '금발'로 뭉뚱그려 이야기하긴 하지만 그런 머리칼도 조금씩 달라요. 영태의 머리는 오렌지 빛이 감도는 노란색이었어요. 각도에 따라 다르게 보이는. 당사자는 어땠을지 모르지만, 제가 보기엔 무척 예쁘고 독특한 색깔이었어요. 지금에야 미용실에서 그런 머리를 만들 수 있어도 그때는 그런 기술도 없었으니까요. 그래서 영태의 머리칼을 내심 부러워한 적도 있었어요. 남자애의 머리칼을 보며 그런 생각을 하는 게 자존심이 상해서, 누구에게 얘기한 적은 없어요.

영태의 머리카락은 햇빛을 받으면 훨씬 밝은 색으로 빛나곤 했어요. 그래서인지 영태는 숨바꼭질을 하면 높은 확률로 초반에 들켰어요. 그 나이대 동생들은 가뜩이나 어려운 곳에는 숨지 못하는데, 머리색마저 튀었으니까요. 그 노래를 처음 불렀을 때가 지금도 기억나요. 영태가 돌무더기 뒤에 숨었는데, 햇빛을 받아서 살짝 드러난 머리가 확 두드러져 보였거든요. 술래를 맡았던 아이가 그쪽을 가리키며 그랬었어요. 앗, 영태다.

머리를 긁적이며 나오는 영태를 보고 옆에 있던 동갑내기 아이가 그런 말을 했어요.

영태는 머리카락 색깔이 달라서, 잘 보이는 것 같아.

몇 살만 더 먹었어도 하지 않았을 조심성 없는 이야기이지만, 그 말을 듣고 딱히 영태가 기분 나빠하진 않았던 것 같아요. 그 정도의 인식도 서로 없었던 나이이기도 했고요. 분명한 건 그렇게 말한 이후로 더욱 선명히 영태의 머리칼을 의식하게 되었다는 거예요. 다음 차례에 가위바위보에서 져서 제가 술래였는데, 저도 모르게 노래를 그렇게 바꾸어 불렀거든요.

꼭 꼭 숨어라

머리카락 보인다

네. 그때가 처음이었어요. 저 자신조차도 생각지 못한 행동이었기에, 그냥 피식 웃고 말았어요. 한데 그 노래를 반복해서 부르는 동안 조금씩 한기가 느껴지더군요. 한 소절을 부를수록 피부에 닿는 공기의 온도가 천천히 내려가는 기분이랄까. 온몸을 훑고 지나가는 묘한 기운에 저도 모르게 눈에서 손을 떼고, 주위를 둘러보았어요. 매일 보아왔던 동네의 공터가 낯설게 보였어요.

모두가 몸을 숨겨서 공터에는 한 사람도 보이지 않았어요. 마치 세상에 저만 남겨진 것처럼 느껴졌어요. 공터의 흙바닥을 한 발짝씩 걸었어요. 제 발자국 소리가 그렇게 크게 들린 적은 처음이었지요. 순간 약간의 두려움에 휩싸였어요. 혹시 세상에 나 혼자밖에 없는 건 아닐까.

몇 걸음을 내딛다 별안간 혼란스러운 감정이 몰려 와서, 숨바꼭질을 한다는 것도 잊고 저는 골목길 안쪽으로 마구 달렸어요. 인기척은 전혀 느껴지지 않았어요. 매번 과자나 빙과류를 사 먹던 구멍가게가 공터와 가까운 곳에 있었거든요. 그리로 뛰어 들어갔는데 아무도 없더라고요. 소름이 확 끼쳐서, 달려 나오며 저는 소리를 쳤어요. 아무도 없어요, 하고.

그러자 반대편 골목길 끝에서 누군가 머리를 쑥 내밀더군요. 금발머리의 조그맣고 익숙한 얼굴, 영태였어요.

순간 몸에 힘이 탁 풀리더라고요. 인기척을 느끼고 가게 안쪽에서 나오는 주인아주머니의 모습이 보였어요. 영태가 '들켜 버렸네' 하고 혀를 삐죽 내밀더라고요. 약간 창피해져서 일부러 연기를 한 척 했어요. 아무 일도 일어난 게 아닌데 저 혼자 놀라서 소리를 친 거였으니까요. 그런 줄만 알았어요. 술래가 바뀌기 전까지는요.

하지만 그 다음 아이가 술래를 맡는 걸 보며, 저는 무언가가 달라졌다는 걸 알았어요.

바로 앞 차례의 이상한 경험 때문에, 차라리 빨리 들키는 게 낫겠다 싶어서 저는 술래 바로 앞쪽 돌무더기에 숨었어요. 숨바꼭질 노래가 들려 왔어요.

꼭 꼭 숨어라

머리카락 보인다

문득 등줄기 쪽으로 오한이 스쳐 갔어요. 대체 뭐지.

제가 바꿔 부른 것과 마찬가지로 그 아이는 '머리카락 보인다'라고 그 노래를 부르고 있었어요. 바로 전에 그 아이는 비교적 가까운 곳에 숨었으니까, 제가 부른 노래를 들었을지도 모르죠. 그렇더라도 원래 노랫말이 있는데, 다른 사람이 부른 노래를 그렇게 바꿔 부르는 건 뭔가 자연스럽지 않은 것처럼 느껴졌어요. 더 의아한 건 그 다음이었어요.

그 다음 아이도 그 노래를 '머리카락 보인다'라고 부른 거예요. 다음 아이 역시요. 이상한 기분이 들어서, 술래를 정하려 가위바위보를 할 때 그 아이에게 물어보았어요. 왜 노래 가사를 '머리카락'으로 불렀냐고요. 그 아이가 되묻더군요.

— 네가 먼저 그렇게 한 거 아니야? 그냥 따라 한 건데.

제가 대답을 얼버무리자, 그 옆의 아이가 제게 물었어요.

— 혹시 영태 때문에 그렇게 바꿔 부른 거야?

저는 얼떨결에 고개를 끄덕이고 말았어요. 영태의 눈치를 보았으나, 딱히 신경 쓰는 것 같진 않았어요. 오히려 다들 수긍하는 모양새가 되어, 약속이나 한 것처럼 그날 오후에 그 노래의 가사는 '머리카락'이 되었어요. 영태의 사촌누나인 영은이마저 술래가 됐을 때 '머리카락'으로 그 노래를 부르는 걸 보자니 몹시 싱숭생숭하더라고요. 그날 집에 오면서 영은이에게 물어 보았어요. 원래 가사가 있는데, 왜 그렇게 불렀냐고요. 영은이의 대답은 이랬어요.

— 다들 그렇게 부르는 거 보니까, 왠지 그렇게 하는 게 어울려 보이더라고.

대수롭지 않은 얼굴이었어요. 여전히 이해가 되진 않았으나 더 이상 물어볼 순 없었어요.

그 다음부터 우리 동네에서 숨바꼭질 노래의 가사는 '머리카락'으로 바뀌었어요. 모두가 한날한시에 짜고 치는 것처럼 그 노래를 부르기 시작했기에, 제가 그걸 중단시킬 수는 없었어요. 심지어 영태도 그 노래를 바꿔 부르더라고요. 본인이 술래가 되어 자기 자신에게 꼭꼭 숨으라고 하는 셈이었어요.

그렇게 그 노래가 퍼져나갔냐고요?

비슷하긴 하지만 양상은 좀 달라요. 어디까지나 우리끼리 부르던 노래였으니까요.

이 노래가 그렇게 퍼져버린 건 다른 이유였어요.

그 일이 있고부터 한 달 정도가 지난, 10월의 저녁이었어요. 기온이 어느새 꽤나 낮아져 저녁 시간에는 긴팔 티셔츠를 입지 않으면 한기가 느껴지는 날씨였죠. 오후 다섯 시 반쯤이었을 거예요. 해가 주황색으로 뉘엿뉘엿 저물기 시작하는 시간. 마을에는 높은 건물이 없었고 공터가 탁 트여 있었기에, 저 멀리 산으로 넘어가는 붉은 햇빛이 마을 전체를 물들이곤 했어요. 저는 그 순간을 좋아했어요. 그 아래에서 놀다 보면 잠깐 동안, 전혀 다른 곳으로 들어간 것만 같았거든요.

물론 그런 시간이 영원할 거라고는 생각하지 않았어요. 하지만 칼로 자르듯 뚝 끊어져서 끝날 거라고 여긴 적도 없어요. 그러나 그런 시간들은 갑자기 끝이 났어요. 공터에서 놀던 날은 그날이 마지막이었으니까요.

여느 때와 마찬가지로 그날의 마지막 놀이는 숨바꼭질이었어요. 저는 숨바꼭질 노래를 들으며 골목 안쪽으로 들어가 눈앞에 보이는 우체통 뒤로 몸을 살짝 숨겼어요. 그때 제 옆으로 쪼르르 달려가는 영태의 모습이 보였어요. 꼭꼭 숨으라는 노래가 울려 퍼지고, 저녁의 주황빛 햇살이 영태의 머리카락에 쏟아져 환하게 타올랐어요. 이내 영태는 맞은편 담벼락 뒤쪽으로 사라졌어요.

처음에는 대수롭지 않게 생각했어요.

이 놀이의 규칙을 아시지요? 숨어있는 사람을 술래가 끝까지 못 찾게 되면 졌다는 의미로 '못 찾겠다, 꾀꼬리'라고 외쳐요. 그러면 그 단계까지 들키지 않은 사람은 이긴 걸로 간주되어 다음번에 술래가 되지 않지요. 그날 사람이 한 열 명 정도 있었을까요? 아이들이 한 명씩 나오고, '못 찾겠다, 꾀꼬리'라고 외쳤어요.

그때까지는 별것 아닌 장난으로 여겼던 것 같아요.

시간이 지나도 영태는 나오지 않았어요. 제일 먼저 이상한 걸 눈치챈 건 사촌인 영은이었어요. 항상 그 아이를 보살펴 왔으니까요. 영태는 항상 거의 두세 번째에 들켰고, 이렇게까지 오랫동안 숨어있던 적이 없었거든요.

우리는 이내 큰 소리로 영태를 부르기 시작했어요, 그리고 숨을 만한 곳을 한 군데씩 뒤졌어요.

나무 뒤, 정자 아래. 커다란 타이어 뒤쪽.

슬슬 겁이 나기 시작하더군요. 범위가 넓은 놀이이긴 하지만 한계가 있어서, 아이들이 숨을 곳이라고 해봐야 거기서 거기였거든요. 특히 영태처럼 몸이 작고 어린 동생들은 더욱 그랬고요. 한 이십 분쯤 찾아다니다, '혹시 집에 있는지 가 볼게' 하고 영은이는 먼저 집으로 갔어요. 그리고 새파래진 얼굴로 자기 엄마와 함께 나왔어요. 영태는 집에도 없었어요.

이내 어른들이 나와서 마을 단위의 수색이 시작되었어요. 경찰에 신고가 들어가고 영태 부모님이 오시고, 저녁 내내 마을 사람들은 동네 전체를 샅샅이 뒤졌어요. 거의 자정 가까운 시간까지 그랬을 거예요. 저녁을 먹는 둥 마는 둥 하고 부모님이 다시 밖으로 나갔으니까요. 혼자 집을 지키면서 저는 영태가 다시 돌아오길 빌었어요. 태연한 모습으로 별일 없는 듯 나타나서, 함께 숙제를 하고 뛰어노는 똑같은 날들이 이어지기를요.

제가 영은이네에 있던 걸 좋아했던 건 그 시끌벅적한 분위기 때문이었어요. 외동딸인 저에게 집이라는 건 항상 적적한 공간이었거든요. 영은이네 집에 처음 갔을 때는 중고생인 언니 오빠들 외에도 저보다 어린 동생이 두어 명 있어서, 굉장한 대가족이구나 했었는데 알고 보니 어린 애들은 영태가 데려왔더군요. 매일 몇 시간씩 고모 집에서 시간을 보내며, 그 동네 이웃 동생들과 금세 친해져 함께 놀았던 거죠.

본인이 보살핌을 받는 입장인데도 다른 애들을 또 돌봐주었던 거예요. 영태는 그런 동생들을 간간이 공터에도 데려와, 놀이에 끼지 못할 때가 가끔 있었어요. 너무 어린 아이들은 그런 놀이를 하다 다칠 수도 있으니까요. 실은 뛰어 놀고 싶은 마음을 꾹 참고 있었을텐데도 그 감정을 드러내지 않더라고요. 누나들이 자신을 돌봐주니까, 자기도 이러는 거라며 아무렇지 않게 말하던 그 얼굴을 꼭 다시 보고 싶었어요.

하지만 결국 영태는 돌아오지 않았어요.

좁은 골목이 많긴 했지만 인적이 뜸하진 않은데다 주민들이 대부분 안면이 있었기에, 어린 아이가 그렇게 사라질 만한 곳은 아니었어요. 특히나 그렇게 눈에 띄는 외모의 아이가 목격담 하나 없이 사라져버린 건 이상한 일이었죠. 하지만 경찰이 탐문 범위를 꽤 넓혀도 영태를 본 사람은 하나도 없는 것 같더라고요.

아홉 살짜리 아이가 실종되었다는 기사는 지역 신문에 사진과 함께 짤막하게 실렸어요. 특징이 분명했으니 그 이상으로 공론화될 수도 있었겠지만 그렇게 되진 않았어요. 미아가 많던 시절이기도 했고, 방송에서는 내내 올림픽의 성과에 대해서만 보도하고 있었거든요. 영태네는 옆 마을이라 한번 뜸해지니 소식을 알기도 어렵더라고요.

우리는 더 이상 그 공터에서 놀지 않았어요.

놀지 말자고 누가 정한 건 아니었어요. 하지만 마치 약속이나 한 것처럼 영태가 실종된 다음 날부터 아무도 나오지 않게 된 거죠. 열흘쯤 지났을 때, 문득 생각나 그곳으로 나가 보았지만 휑한 공기만 감돌 뿐이었어요. 그래도 아이들끼리 몇 명씩 짝을 지어 함께 숙제도 하고 시간을 보내긴 했어요. 영은이와도 계속 만났고요. 다만 예전처럼 다 함께 대규모로 노는 일은 없었던 거죠.

영태 이야기는 약속한 듯이 하지 않게 되었어요. 그때 그곳에서 놀았던 일 역시 누구도 입에 올리지 않았고요. 공터의 기억을 모두가 잊은 것만 같았어요. 우리가 그곳에서 놀았기 때문에, 머리카락을 숨기고 꼭꼭 숨으라는 노래를 불렀기 때문에 누군가 사라졌다는 죄의식을 공유한 것만 같았어요.

신문에서 영태의 기사를 보았을 때가 기억이 나요. '9세 남아 실종'이라는 문구와 함께 자그마하게 실려 있던 그 얼굴. 흑백인데다 해상도가 낮아 생김새만 간신히 알아볼 수 있을 그 사진 속 영태는 전혀 눈에 띄지 않았어요. 제게는 그 머리카락이 여전히 금발로 보였지만 그 신문을 보는 사람들에게는 그렇지 않았을 테죠.

살짝 목이 타네요. 물 한잔만 마셔도 될까요?

그래서 그 노래가 퍼졌냐고요? 그런 것만은 아닌 것 같아요. 저는 그 노래를 만들기만 했을 뿐이니까요. 그리고 아이들의 시간은 어른보다 늦게 흐르니까, 실제로 그 노래를 부른 건 그 다지 긴 기간이 아니었거든요. 영태가 실종되고 난 뒤에 누구도 부르지 않았으니 사실 그 노래는 그때 사라졌어야 하는 것 같기도 해요.

어쨌든 저는 당시의 일을 잊었다고 생각했어요.

이후에 한참 떨어진 동네로 이사를 갔거든요. 6학년이 되었고, 더 이상 그런 노래를 부르며 놀지 않았지요. 그때부터는 학원을 두어 군데 다니기 시작해서 꽤 바빠지기도 했어요. 제가이사 갔던 아파트는 신축이었는데, 부모들의 교육열이 강해서서로 영향을 주고받았거든요. 시간상으로는 1년이었지만 이전동네를 생각하면 십여 년 이상 떨어져 있는 느낌이었어요. 새환경에서 새 친구들을 사귀다 보니 이전의 기억들이 아득한 과거의 일처럼 느껴졌어요.

그렇게 밀어낼 수 있을 줄만 알았어요. 그때까지는.

그렇지 않다는 걸 깨달은 건 영태가 사라진 지 1년 반이 지난 시점이었어요.

초여름이었어요. 나뭇잎이 짙은 초록으로 물들고 햇살이 조금씩 따가워지던 6월, 학교에서 돌아오는 도중에 저는 그 노래를 들었어요. 우리 아파트 옆의, 놀이터에서 들려오던 그 낯설면서도 익숙한 가사.

꼭꼭 숨어라

머리카락 보인다

순간 뒷덜미에 오한이 확 끼쳐 왔어요. 소리가 나는 쪽으로 돌아보자, 조그만 남자아이가 미끄럼틀 기둥에 얼굴을 대고 그 노래를 부르고 있었어요. 한 무리의 아이들이 숨을 곳을 찾아 이리저리 달리고 있었고요. 잠시 후에 그 아이는 '찾는다'라고 말하며 기둥에서 얼굴을 떼고 주위를 둘러봤어요. 많아봐야 열 살도 되지 않을 것 같은 그 조그만 아이에게 제가 무엇을 물어볼 수 있었을까요? 당혹감에 몸을 떨며, 아이들이 숨바꼭질하는 광경을 멍하니 지켜보고 있었을 따름이에요.

그 노래를 누군가 퍼뜨린 게 분명했어요. 제가 만든 노래를요.

영태가 사라진 후로 저는 꽤 오랜 기간 죄책감에 시달려 왔어요. 마지막 모습을 제가 보기도 했고, 왠지 영태를 소재로 그런 노랫말을 만들어서 그런 일이 벌어진 것만 같았거든요. 그 사건 이후로 마을에서는 아이들끼리 함께 대규모로 어울려 놀지 않았을 뿐더러 숨바꼭질 노래 자체가 금기였어요. 아무도 영태의 이름을 입에 올리지 않고 그 노래를 언급하지 않았어요. 미안하고 무서웠거든요.

그런 식으로 그 기억과 노래가 사라지리라 믿었던 게 착각이었던 거죠.

어차피 한 명만 다른 곳으로 가서 퍼뜨리면 되는데, 막는다고 되는 일이었을까. 아니, 애당초 아무도 막은 적이 없어요. 그곳에 딱히 약속을 하고 모여서 숨바꼭질을 한 게 아니듯, 아이들이 놀이 삼아 하는 모든 것에는 강제성이 없으니까요.

이후 며칠간 계속 그 노래에 대해 생각해 봤어요. 시간이 1년 반이나 지난 데다 다른 곳으로 전학까지 왔는데, 그 노래가 그까지 퍼져있는 것이 두렵기도 했어요. 생각해 보면 그 '머리카락'이라는 가사는 이상할 정도로 그 가락에 잘 붙었거든요. 원래 있던 곳에 들어간 것처럼. 그래서 빨리 퍼진 것일까. 이미 시간이 지나버린 터라 누가 퍼뜨렸는지 알 수도 없을 터였어요.

그 곡이 퍼진 속도를 생각하면 거의 근방의 모든 아이들이 그렇게 부르고 있다고 봐도 될 것 같았어요.

저는 버스를 타고 꽤 먼 거리까지 다니며 그 노래가 퍼진 범위를 알아보았어요. 실제로 포천에서는 대부분의 아이들이 그 노래를 바꿔 부르고 있었어요. 제가 관심을 가지지 않았던 1년 사이에 급속도로 퍼졌다고 봐도 될 것 같았어요.

두려움과 함께 궁금증을 멈출 수 없었어요. 어쩌다가 이 노래가 이렇게까지 빨리 퍼진 걸까.

저는 당시에 친하게 지내던 같은 반 친구에게 넌지시 물었어요. '혹시 숨바꼭질 노래 알아?' 하고요. 그 노래를 모르는 사람은 없으니까, 바로 다음 질문으로 넘어갔죠. '그 노래 말이야, 요즘 '머리카락 보인다'라고 바꿔 부르던데 원래 '치맛자락' 아니야?' 그러자 그 아이가 그러더군요.

— 나도 '치맛자락'으로 알고 있었는데, 언제부턴가 '머리카락'으로 바꿔 부르더라고.

— 언제부터인지 확실히 기억나? 바꿔 부르게 된 계기가 있을 거잖아.

— 글쎄, 그러고 보니까 이상한 얘기를 들은 적이 있는데.

— 무슨 얘기?

— 말도 안 되는 소리 같아서 믿지는 않았는데, 처음 그 노래를 바꿔 부를 때 누가 그런 얘기를 하더라고.

지금도 그 말을 하던 친구의 표정을 잊을 수가 없어요. 너무나도 아무렇지도 않은 그 얼굴.

— 그 노래를 그렇게 바꿔 부르면, 귀신이 나와서 같이 숨바꼭질을 해 준다고.

그때의 기분을 말로 표현할 수 있을까요? 제가 왜 그렇게 하얗게 질려 있었는지 그 친구는 알 수 없었을 거예요.

그 노래가 그렇게 빠르고 쉽게 퍼진 건 괴상한 단서가 붙어 있기 때문이었어요. 저는 친구에게 그 이야기를 들려주었다는 사람을 찾아보았어요. 옆 반의 여자 아이였는데, 그 아이 역시 다른 누군가에게 그 얘기를 들었다고 했어요. 그런 식으로 저는 두어 단계를 거슬러 올라갔어요. 탐문 끝에 극적으로 소문의 진원지를 찾으면 좋았겠지만 당연히 그런 일은 일어나지 않았어요. 이런 출처가 불분명한 유언비어는 도중에 내용이 바뀌며 흐지부지되기 마련이니까요.

대신에 저는 '숨바꼭질 노래'에 붙어있는 아주 구체적인 소문 하나를 찾아냈어요. 친구의 친구의 남동생. 한참 떨어진 옆 학교의 교문 앞에서, 피아노 학원 가방을 든 5학년 남자아이는 저에게 그런 말을 했어요.

— 어떤 동네에서 남자애가 숨바꼭질을 하다가 없어졌는데, 나중에 시체로 발견됐다는 거야. 근데 숨바꼭질 노래를 '머리카락'으로 바꿔 부르면 죽은 그 애가 살아 돌아와서 숨바꼭질을 같이 해 준대.

소름이 끼치는 얘기였어요. 그 이야기에서 가리키는 대상이 너무 명확해서, 저는 몸을 떨었어요.

'숨바꼭질을 하다가 사라진 남자아이'는 영태가 분명했어요. 그 사건이 크게 알려지진 않았지만 지역에서는 신문 보도가 되었고 알음알음 소문이 났을 테니, 그런 남자아이가 있다는 사실은 비밀도 아닐 테죠. 하지만 그 이야기는 교묘하게 사실과 거짓을 섞어놓고 있었어요. 영태가 숨바꼭질을 하다 실종된 건 사실이지만 이후에 어떻게 됐는지는 아무도 모르니까요. 애당초 그런 게 있다고 믿지도 않았지만 죽지 않았다면 귀신이 되었을 리도 없지요.

하루가 지나, 학원을 마치고 집으로 돌아오는 길에 여느 때와 마찬가지로 놀이터에서 숨바꼭질을 하는 아이들을 보며 저는 생각했어요. 숨바꼭질은 몸을 숨기는 놀이에요. 숨어있는 시점에서는 어디까지 진행되었는지, 들킨 사람이 몇 명인지 전혀 알 수가 없죠. 술래의 입장에서도 전부 몇 명이 숨었는지 자신 있게 기억하지는 못해요. 아이들은 그런 걸 뚜렷하게 정해놓지 않으니까요. 다 함께 한 명씩 숨어있는 아이들을 찾으면서 전부 몇 사람이 놀고 있는지 확인하는 거지요. 그 안에 한 사람이 더 숨어 있다면 그만큼 가슴 졸이는 일이 있을까요? 그 은근한 불안감이 얼마나 강렬하게 와 닿았을까요?

마음에 걸리는 건 그 노래가 '머리카락 보인다'라는 노래와 함께 퍼졌다는 거였어요. 그건 우리 마을에서 함께 놀았던 이들만이 기억하는 일종의 암호였으니까요. 그 노래를 해괴한 소문과 함께 다른 동네에 퍼뜨린 누군가는 이야기와 노래가 함께 번져나가는 걸 보며 분명 즐거워했을 거예요. 못된 장난에 서려 있는 악의가 소름이 끼쳐, 저는 며칠간 잠을 설쳤어요. 그 노래를 그런 식으로 퍼뜨린 범인을 찾기 위해 애썼으나 이미 퍼져버린 노래의 주동자를 찾는 건 불가능했어요.

그나마 다행인 건 해괴하게 달려 있는 단서 부분이 서서히 없어지고, 노래만 남았다는 거예요. 그래요. '그 노래를 부르면 실종된 아이의 귀신이 나와서 함께 숨바꼭질을 한다'는 내용은 널리 퍼지지 않았어요. 다만 초반의 폭발력에 크게 기여했을 뿐이죠.

그런 식으로 노래만 남아서 지금까지 전해진 거냐고요?

일단은 그래요. 하지만 그게 전부는 아니에요.

그 이야기와 함께 붙어 있던 괴소문이 사라지고 난 뒤에도 '숨바꼭질 노래'는 삽시간에 번져 갔어요. 지금은 모두가 그 노래를 '머리카락 보인다'로 알고 있잖아요? 포천 전역으로 퍼지는 데 1년이 걸렸지만, 그 다음부터는 더 빠른 속도로 전해졌던 것 같아요. 제가 중학교를 다닐 때 '홍콩 할머니 귀신'이라는 괴담이 유행한 적 있어요. 일본에서 날아온 이야기의 변형으로, 그 전파 속도가 너무나 빨라서 뉴스에 나올 당시에는 전국의 모든 초등학생들이 그 내용을 알고 있을 정도였죠. 심지어 숨바꼭질은 모두가 하는 놀이였고 이 노래는 마치 그 자리에 있는 것처럼 꼭 맞았으니까요.

어느새 노래의 기원은 사라지고, 모두가 그 노래를 그렇게 부르기 시작했지만 어쩔 수 없었어요. 중학교 3학년의 임시 휴일 아침, TV의 어린이 프로에서 인형들이 숨바꼭질을 할 때 그 노래를 '머리카락 보인다'로 바꾸어 부르는 걸 보며 저는 완전히 무언가가 변해버렸다는 걸 알았어요.

여기서 끝났다면 그저 특이하고 기분 나쁜 경험담 정도로 남았을 거예요.

이 노래가 평생 저를 따라다닌 이유는 이 곡이 갖고 있는 비밀을 알아버렸기 때문이에요.

몇 년이 지난 고등학교 2학년 때였어요. 아버지께서 사업 업종을 바꾸셔서 중학교 때 저는 수원으로 이사를 갔는데, 거기서 교회를 다녔어요. 처음부터 종교에 관심이 있어 그런 건 아니고, 친구를 따라 잠깐 다닌다는 게 그대로 굳어지고 습관이 되었다가 열렬히 빠진 경우였죠. 사람 많은 장소에 일요일마다 나가는 것도 좋고, 또래 친구들을 만나는 것도 즐거웠거든요. 참고로 말씀드리자면 지금은 나가고 있지 않아요.

학업 계획이 빠듯한 고등학생이라도 일단 교회를 나가게 되면 신앙생활에 어느 정도 일정을 맞춰야 하죠. 부모님이 저의 가치관을 존중해 주셨고 꽤나 자유로운 편이라서, 그때는 교회에서 하던 전도나 봉사 활동, 찬양 대회 같은 것도 일일이 참여했던 것 같아요. 물론 그중에는 수련회도 있었고요. 열정적인 시기였어요. 당시만 해도 중고등학교 때는 남학생과 여학생이 어울릴 수 있는 기회가 많지 않았는데, 교회에서는 남녀 구별 없이 학생들이 함께 어울렸던 것도 꾸준히 다녔던 동기 중 하나였던 것 같기도 해요. 지금 생각하면요.

하지만 제 인생을 바꾼 경험은 하나님의 가르침에 있지 않았어요.

고교 2학년의 가을 수련회에 있었어요.

10월 초였어요. 그때 교회에서는 2박 3일로, 수련회를 겸한 농촌 봉사 프로그램을 기획했었어요. 중고등학생들이 농가에 가서 봉사를 하고 예배를 보며, 인근 숙박 시설에서 묵고 오는 일정이었지요. 토요일과 일요일, 개천절이 이어지는 황금연휴라서 가능한 행사였는데요. 생긴 지 얼마 안 된 교회였지만 신자 수가 적지 않아서, 학년별로 열 명 안팎의 오십 명이 넘는 인원이 모였어요. 버스를 타고 갈 때는 마치 수학여행을 가는 것 같더라고요. 가을에 그런 식으로 외지를 가는 경우는 별로 없어서 꽤 설렜어요.

해당 지역은 도심과 삼십 킬로 정도 떨어져, 차를 타고 한 시간 걸리는 거리였어요. 제가 다니던 교회와 자매 결연을 맺고 있는 교회가 있는 마을이었죠. 고추와 들깨 재배를 주로 하는 곳으로 당시에는 규모가 꽤 있었어요. 도착지인 교회가 우리 교회만큼 컸거든요. 교회에서 신도들의 가정을 소개해 줘서, 십여 곳의 가정에 몇 명씩 학생들이 팀을 이루어 숙박하는 형식이었어요. 도착하자마자 안내를 받아 방에 짐을 풀고, 우리는 교회의 식당으로 모였어요.

저희 2학년은 저를 포함한 여학생이 네 명, 남학생이 네 명으로 인원이 같았어요. 제가 우리 학년의 반장이어서 인솔을 했거든요. 도착했을 때 이미 열한 시 반이었기에 식사부터 해야 했죠. 상황 보고나 인원 관리 역시 반장인 저의 몫이었어요. 교회에서 제공하는 식사는 꽤 괜찮았어요. 메뉴에 쓰인 나물 반찬들도 전부 그 지역에서 재배했다고 하더군요.

식사 후에 본격적으로 봉사에 들어가 학생들은 각자 농가에 배정되었어요. 우리는 배추를 옮기고, 들깨를 털고. 쓰레기를 줍거나 나무를 나르기도 했어요. 저는 이런 일정이 처음이라 막연히 우리 같은 학생들이 가서 짐이 되는 게 아닌가 싶었지만 실질적인 도움이 되는 게 맞았어요. 이미 당시에도 젊은 사람들이 많이 줄어들어서 거기 계시는 분들의 연령대가 꽤 높았거든요.

오후 여섯 시에 봉사 일정이 끝나고, 저녁 식사 후에 예배와 오락 시간이 이어졌어요. 이때까지는 여느 수련회와 같았어요. 그 일이 일어난 건 다음날이었어요.

둘째 날은 일요일이라 교회의 예배 일정과 겹쳤기에 봉사 시간이 길지 않았거든요. 오전 예배와 점심 식사를 끝낸 뒤, 두어 시간 농가의 일손을 돕고 나니 시간이 많이 남더군요. 원래는 외부 연사를 초빙해 강의를 듣기로 했어요. 하지만 강의를 하기로 한 전도사님의 일정에 문제가 생겨 일이 복잡해졌어요. 그래서 급조된 게 학년별 레크리에이션이었어요. 전체 학생을 통솔해서 할 수 있는 무언가가 없었기에, 두어 시간 정도를 반장의 능력으로 메꿔야 했죠.

다른 학년은 단합이 잘 되는지 각자 할 일을 찾아서 잘 놀더군요. 빙고 게임을 한다든가, 제기차기, 카드놀이, 동서남북을 한다거나. 교회 마당에서 수건돌리기를 하는 학년도 있었어요. 모두가 금방 할 일을 찾아버리는 와중에 저희 학년 아이들은 반장인 저만 보고 있었지요. 3학년은 수험 준비를 하느라 두 명밖에 오지 않았기에 사실상 저희가 제일 연장자였거든요. 당장 할 만한 무언가를 찾지 못해 난감한 상황이었어요. 얼떨결에 반장이 되긴 했지만 제가 능력이 뛰어나서 그런 건 아니었거든요.

그때 한 아이가 그런 말을 했어요.

숨바꼭질 어때?

나는 바로 손사래를 쳤죠. 좋지 못한 기억이 있을 뿐더러 우리 나이에서 할 만한 놀이도 아니었으니까요. 하지만 다른 아이들이 연달아 찬성표를 던지면서 분위기가 바뀌었어요. 어릴 적 생각도 나고 괜찮을 것 같다면서요. 몇 명 되지 않는 인원에서 너덧 명이 찬성을 해 버리니 저로서는 반대하기 쉽지 않았어요. '우리가 언제 이런 걸 다시 해보겠어?' 라는 식으로 나오니 할 말이 없더라고요. 뾰족한 대안이 있는 것도 아니었고요.

우리는 교회 앞에서 숨바꼭질을 하게 되었어요. 이내 가위바위보를 해 술래를 정하고, 놀이가 시작되었어요.

술래를 맡은 여자 아이는 교회 명패 쪽에 얼굴을 묻고 숨바꼭질 노래를 불렀어요. 아이들은 신난 얼굴로 재빨리 여기저기 숨을 곳을 찾았고요. 처음 오는 동네였기에 지리나 지형지물을 잘 몰라서, 저는 그냥 눈앞에 보이는 건초 밭의 짚단 뒤에 숨었어요. 열심히 쪼그리고 앉아 있는 제 귓가로 술래의 노랫소리가 들려 왔어요.

꼭 꼭 숨어라

머리카락 보인다

그 노래를 듣자 온몸에 조금씩 서늘한 기운이 돌더군요. 몇년 전의 기억이 스멀스멀 올라오기 시작했어요. 머릿속 한구석에 넣어, 억지로 눌러두고 있던 그 시절의 일들이요. 처음 그 노래를 만들었던 날. 첫 번째로 부를 때의 느낌. 노래를 마치고 아이들을 찾을 때, 마치 다른 곳으로 들어가는 것만 같았던 이질적인 감각. 그리고 내 노래를 따라하던 아이들.

반대편으로 고개를 돌리자, 이리저리 쌓아놓은 황금빛 짚단이 가을 햇살을 받아 환하게 빛났어요. 마치 영태의 머리카락처럼요. 그리고 눈앞에 영태의 희고 말간 얼굴. 숨바꼭질 노래를 뒤로 하고 골목길 사이로 달려가던 그 뒷모습이 확 떠올랐어요.

그때였어요. 그 말이 다시 생각난 건.

그 노래를 '머리카락'으로 바꿔 부르면, 죽은 아이의 귀신이 나와서 같이 숨바꼭질을 한다고.

저는 그 말을 기분 나쁜 장난 정도로 여겨 왔어요. 영태는 실종되었을 뿐 생사가 확인되지 않았으니까요.

하지만 영태가 죽었다면 어떨까.

그렇게 생각하자마자 온몸에 소름이 확 끼쳤어요. 과연 그 말을 누군가가 지어내서 퍼뜨린 게 맞을까. 그런 사람이 없다면? 정말로 누구도 알지 못하는 한 사람이 놀이에 끼어들어서 그런 소문이 번진 거라면? 말도 안 되는 생각이 꼬리를 물고 이어졌어요. 마치 영태가 저 멀리 짚단 아래서 몸을 숨기고 있는 것만 같았어요. 짚단은 금색이니까, 금발머리의 영태가 신경 써서 숨지 않아도 되겠지요. 그곳을 계속 바라보자 조금씩 희미하게 뭉쳐있던 것이 실체가 되는 게 보였어요. 사람의 형상이었어요. 찬란한 금색으로 빛나는 아홉 살짜리 남자 아이. 나를 보며 웃고 있는 그 아이는 영태였어요. 하얀 얼굴, 분홍빛 입술이 나를 향해 천천히 움직였어요. 이제는 그 노래가 필요 없어.

찾았다.

누군가 제 어깨에 손을 얹었어요. 그 자리에서 혼비백산해 소리를 마구 지르는 나를 향해 사람들이 뛰어 왔어요. 진정이 되는 데 시간이 한참 걸려서, 그날의 놀이는 그걸로 중단이었어요. 이후로 두어 시간을 저는 숙박을 하던 집사님의 집에 누워 있었어요. 정신을 차리고 밖으로 나가 보니 이미 해가 지고 있어서, 그날의 일정이 끝났더라고요.

부반장에게 물어보니 갑자기 할 일이 없어져 다들 각자 시간을 보냈다고 했어요. 미안한 마음이 들더라고요. 저는 어떻게든 아이들에게 사과해야 하는 입장이었어요.

그래서 저녁 시간이 되었을 때 배식 담당을 제가 맡기로 했어요. 배식 담당이라고 해서 대단한 걸 하는 건 아니고, 디저트인 과일과 음료를 배식대에서 받아 나눠주는 정도였어요. 미리 식판에 밥과 반찬을 담아 자리를 맡아 두고, 저는 인원수 대로 사과 여덟 개를 바구니에 담아 저희 2학년의 자리로 왔어요. 그리고 한 명씩 식판 옆에 사과를 올렸어요. 순서대로 여덟 개를 전부 나눠주고 나니 식판 하나, 자리 하나가 남더군요. 그때 여자아이 한 명이 말했어요.

— 왜 여덟 개만 갖고 왔어?

저희 반 아이들을 둘러보았어요. 우리 2학년의 탁자에는 남자가 네 명, 여자가 네 명. 총 여덟 명이 앉아 있었어요. 나도 모르게 그렇게 중얼거리고 말았어요. 뭐가 잘못됐지? 우리는 여덟 명이잖아? 순간 무엇이 달라졌는지 알았어요. 원래 저희 학년은 저를 포함해서 여덟 명이었으니까요. 하지만 지금은 저를 제외한 인원이 여덟 명. 네모난 탁자에 올라온 식판은 아홉 개. 의자 하나를 빼서, 탁자의 세로 방향에 제가 앉을 수 있게 아이들은 자리를 만들어 뒀어요. 저는 들고 있던 바구니를 떨어뜨리고 말았어요.

괜찮아?

하고 걱정스러운 눈길로 나를 바라보는 아이에게 저는 고개를 끄덕였어요. 대낮에 소동을 그렇게 일으켜 놓고 또 그러긴 싫었으니까요. 그리고 제 자리에 가서 앉았어요. 눈앞에 있는 사람이 여덟 명. 출발할 때의 인원은 나를 포함해 여덟 명. 결국 총 인원은 아홉 명.

그건 누군가 한 사람이 더 늘어났단 의미였어요.

저는 밥을 먹는 둥 마는 둥 하며 아이들의 얼굴을 찬찬히 보았어요. 모두 제가 아는 얼굴들이었어요. 새롭게 합류한 인원은 없어요. 최대한 자연스럽게 보이려 애쓰며, 저는 아이들에게 물었어요. 혹시 우리 중에 늦게 온 사람 있어?

다들 의아해하는 표정이었어요. 저는 '아니야', 하고 농담을 한 척 고개를 저으며 웃었어요. 제 티셔츠 아래로 팔뚝 위 잔털이 바짝 곤두서, 덜덜 떨리고 있었다는 걸 누구도 알지 못했어요.

처음에 가사를 바꾸어 퍼지던 숨바꼭질 노래에는 그런 단서가 붙어 있었어요.

죽은 아이의 귀신이 살아 돌아와 함께 숨바꼭질을 한다.

더 이상의 설명은 없어요. 살아 돌아온 아이가 숨바꼭질을 하고 난 뒤에 어디로 가는지. 그런 괴소문이 있다면, 대개 원래 있던 곳으로 돌아간다고 생각할 거예요. 하지만 그게 아니라면요? '다른 곳'에 있던 누군가가 숨바꼭질을 통해 나타나 여기서 계속 머문다면요? 그러면 그 존재가 귀신인지도 모르고 함께 지내는 게 되지 않겠어요?

무서운 생각들이 계속 이어졌어요. 처음에 저를 포함해서 남학생과 여학생이 똑같이 네 명이었으니까, 우리도 모르게 숨바꼭질을 통해 우리 사이에 섞인 누군가는 여자겠지요. 영태는 남자인데다 외양이 눈에 띄게 달라서 그 소문의 내용과 딱 들어맞지 않아요. 저는 여자 아이들 네 명의 얼굴을 번갈아가며 보았어요. 반장인 만큼 이들의 인적 사항을 꽤 자세하게 기억하고 있어 누가 언제부터 교회에 나오기 시작했는지도 알거든요. 처음 만났던 순간이 그대로 머릿속에 들어 있었어요. 그러면 출발 당일은 어떨까요? 저는 일찍 와서 한 명씩 명단을 확인했기에 누가 올지도 알고 있었던 걸요. 그렇게 한 사람씩 얼굴을 확인하며 전날의 기억을 떠올렸어요. 조금 늦어서 달려오던 아이, 남동생, 여동생과 삼삼오오 짝을 지어 오던 아이.

한 사람씩 기억이 선명하게 스쳐 갔어요. 마치 원래부터 그런 기억이 들어앉아 있었던 것처럼요.

숙소에서도 마찬가지였어요. 네 명이 묵도록 되어 있었던 여학생 숙소는 다섯 명으로 바뀌어 있었고 개인 물품 역시 마찬가지였어요. 우리 반은 남자와 여자의 머릿수가 같다고 제 머릿속에서 계속 되뇌지 않았다면 절대 눈치 채지 못했을 거예요. 그날, 저는 한 방에서 자고 있는 네 여학생의 숨소리를 들으며 식은땀에 절어 뜬눈으로 밤을 지샜어요.

수련회에서 돌아온 이후 저는 그 여학생 네 명의 인적 사항을 조사했어요. 집은 어디이고 부모님은 무얼 하는지. 언제부터 교회에 다니게 되었는지. 종교라는 건 결국 느슨한 모임일 뿐이라서, 그 네 사람은 각자 교회에 나오는 횟수와 신앙심, 계기 같은 것이 전혀 달랐어요. 저처럼 별 관심 없이 친구를 따라 나왔다가 교회의 활발한 분위기에 이끌려 열성적으로 다니게 된 사람도 있고요. 부모님이 교회에 다녀서 모태 신앙의 관성으로, 혹은 착하게 살아 보려고. 심지어 좋아하는 남학생이 있어서 나오게 되는 경우도 있었어요. 확실한 건 네 사람 모두 살고 있는 곳과 재학 중인 학교, 이전의 이력들이 너무 생생하게 존재했다는 거예요. 숨바꼭질 놀이를 통해 탄생한 귀신처럼 보이는 사람은 한 명도 없었어요.

저 혼자만의 비밀이 된 거죠. 숨바꼭질 이후에 한 사람이 늘어났다는 사실은요.

이후 수험생이 되고, 신앙생활에 시들해지면서 저는 차차 교회를 나가지 않게 되었어요. 그 수련회와 네 명의 여학생들에 대한 기억도 조금씩 잊혀 갔어요. 생각해보면 원래부터 그런 일이 없었던 것이 아닐까. 나 하나의 기억이 잘못되었다고 하면 쉽게 받아들일 수 있는 일이었어요. 합리화를 하려 애써 보기도 했어요.

그때 좀 더 열심히 조사해볼 수도 있었을 거예요. 이를테면 몇 사람을 불러서 숨바꼭질을 해 본다든가. 노래 가사를 조금씩 바꿔 부르며 차이점을 비교한다든가. 완벽하게 이전 상황을 암기해 놓고, 어떻게 달라지는지를 일일이 확인할 수도 있었겠지요. 아니면 PC통신에 글을 올려 숨바꼭질을 하면서 '머리카락 보인다' 라는 노래를 부르면 귀신이 나와서 그 안에 섞이고, 그렇게 늘어난 사람이 실제로 존재해버린다는 얘기를 마구 퍼뜨리는 것도 가능했을지 모르죠.

하지만 저는 어떤 것도 하지 않았어요.

그 순간의 경험이 너무 두려워서? 외면하고 싶어서? 저도 잘 모르겠어요. 그보다는 본의 아니게 오랜 기간을 따라다니게 되어 버린 그 노래를 떨치고 싶어서였던 것 같아요. 수련회에서 벌어진 일은 저의 능력을 벗어나는 상황이었어요. 어떻게 해서도 그 진상을 알 수 없다면 그냥 그것이 존재하는 대로 두고, 저의 삶을 살아가는 게 나은 거죠. 설령 그것의 일부가 제게서 나왔다고 해도요. 그때 수련회에 참석했던 여학생들은 무난하고 평범하게 살아가고 있었어요. 숨바꼭질 노래를 부를 때마다 생겨나는 귀신이 세상에 해악을 끼치는 게 아니라면, 아무리 늘어나도 상관없잖아요?

그렇게 생각하며 십여 년을 보냈어요.

시간이 지나서 저는 대학을 졸업하고 공무원 시험에 합격해 복지 담당 공무원이 되었어요. 직장에서 지금의 남편을 만나 결혼을 했고요. 아이를 셋을 낳았어요. 이제는 꽤나 자라서 대학에 다니는 아이도 있고, 성인에 가까운 나이가 되었지만 키우는 과정이 순탄치는 않았답니다. 시간이 지나고 나니 좋은 기억 같지만요. 그 시기에 직장을 다니며 애 셋을 기르는 게 만만한 일이었을 리 없지요.

물론 큰 아쉬움은 없어요. 아예 없다고 하면 거짓말이지만 저 정도면 충분히 누린 게 많은 삶이라 스스로 여기고 있어요.

그래도 계속 마음속에 도사렸던 것.

가끔씩 사랑하는 아이들을 보며 저는 생각하곤 했어요. 과연 내 아이들이 맞을까.

이 중에 누가 내 아이가 아닐까.

저는 아들이 하나에 딸이 둘이에요. 첫째와 둘째가 이란성 쌍둥이고, 막내는 연년생이지요. 그러니까 거의 같이 컸다고 보면 될 거예요. 비슷한 나이대의 아이들 여러 명을 키우는 건 쉽지 않았어요. 한동안은 보모 급여로 제 월급이 다 들어갈 정도였어요. 어쨌든 저는 일을 해야 했으니까요.

제 주위를 평생 맴돌았던 그 노래를 다시 듣게 된 건 막내아이가 세 살이 되던 해였어요.

초여름의 어느 날이었죠. 꽤 바쁜 일이 많은 오후여서, 그날은 퇴근이 늦었어요. 아이들을 돌보는 이모님께 미리 말씀을 드리고 일곱 시가 넘어서 들어갔었죠. 그때 저는 아파트 현관문을 열고 들어가다 아이들의 모습을 보고 까무라칠 뻔 했어요.

둘째 딸아이가 양손으로 눈을 가리고, 거실에서 가만히 서서 그 노래를 부르고 있더라고요.

꼭꼭 숨어라

머리카락 보인다

저는 그 자리에서 비명을 마구 질렀어요. 바닥에 주저앉으면서요. 거실 소파 뒤에 있던 이모님이 깜짝 놀라 제게로 달려왔어요. 눈을 감고 있던 둘째가 엄마, 하며 다가와 안겼고요. 이내 다른 두 아이가 차례로 옆방에서 뛰어나와 제 어깨를 두드렸어요. 저는 아이들의 얼굴을 번갈아 보며 한참을 새하얗게 질려 있었어요. 제가 왜 그러는지 누구도 이해할 수 없을 터였어요.

이모님은 아이들이 워낙 심심해서, 집 안에서 같이 숨바꼭질을 하려 했다고 했어요. 저는 그분의 얼굴을 똑바로 보며 말했어요. 우리 아이들이 몇 명이죠?

그분이 저를 이상하다는 듯 쳐다보더군요. 정신 나간 사람이나 할 질문이었으니까요. 이모님은 손가락 세 개를 펼치며 그렇게 말했어요. 어머니, 괜찮으세요?

잠시 후에 남편이 집에 돌아오고, 함께 저녁 준비를 하며 저는 우리 가족의 모습을 보았어요. 부모가 안정적인 직장을 가진 5인 가족. 남편과 세 명의 아이들. 별 문제 없어 보이는 단란한 모습. 모두가 그렇게 생각할 거예요. 저 역시 그렇게 믿어 왔어요. 그 시점까지는요.

식사 도중에 아이들의 얼굴을 한 명씩 살폈어요. 처음 임신을 알았을 때의 기분, 뱃속의 태동. 출산 후 조그만 몸으로 내게 안겼을 때, 처음으로 자기 발을 디디고 섰을 때가 전부 기억이 났어요. 한 명이 더 늘어난다는 건 있을 수 없는 일이었어요.

아이들은 스스로 밥을 잘 먹지 않으니까, 당시 우리 부부는 식사 때마다 아이들에게 붙어 밥을 먹이느라 전쟁을 치르다시피 했어요. 첫째가 싫어하는 당근을 숟가락에 얹어 주며 저는 남편에게 물었어요.

— 애들 처음 안았을 때 기억나?

— 응, 그때 꽤 오래 기다렸지 아마? 처음 안았을 때는 좀 믿기지가 않더라고.

대수롭지 않은 얼굴이었어요. 질문의 의도를 절대 모를 테니까요. 저도 모르게 남편에게 그렇게 말했어요.

— 내가 어쩌다 이렇게 많은 아이들을 낳았을까?

— 글쎄.

남편은 고개를 갸웃거렸어요.

— 그러고 보니까 우리 한 명만 낳기로 하지 않았나?

그 말에 살짝 소름이 끼쳐 왔어요. 생각해 보면 저는 아이들을 좋아하긴 했지만 이렇게까지 많은 아이들을 낳을 계획은 없었어요. 첫 번째로 낳은 아이들이 쌍둥이였으니 다음에 아이를 가지는 건 셋째를 계획하는 게 되는 거잖아요. 심지어 연년생이니까 우리처럼 아이를 하나만 갖겠다고 생각했던 맞벌이 부부가 쉽게 할 결정은 아니죠. 어떻게 그런 마음을 먹게 되었는지 저는 밤새 떠올리려 애를 썼어요. 그러나 희뿌연 무언가가 끼어 있는 것처럼 분명하게 잡히지 않았어요. 분명 제 일생의 가장 중요한 선택 중 하나일 텐데도 그와 관련된 기억들은 편집된 영화처럼 띄엄띄엄 남아있었어요. 그저 아이들을 가지고, 키우던 기억만이 존재할 뿐이었어요.

당장 머릿속에 떠오른 건 최면 치료였어요. 유명한 최면술 전문의가 방송에 나온 걸 본 적이 있는데, 인간의 기억은 생각보다 정밀하고 방대해서 보고 겪은 모든 순간을 사진처럼 머릿속에 저장하고 있다고 하더군요. 그날의 출연자를 대상으로 그가 TV 스튜디오에서 보여준 기법은 이랬어요. 우선 최면에 빠진 사람의 머릿속에 노트 한 권을 상상하게 해요. 그리고 노트를 펴고, 바로 전에 무얼 했는지 하나씩 쓰게 하는 거죠. 10분 전에는. 20분 전에는. 이내 30분이 한 시간이 되고, 하루가 되고 일주일이 돼요. 그 출연자는 최면을 통해 1년 전 그 시간에 무엇을 했는지 정확히 기억해 냈어요.

이 방식으로 십 년 전의 사건을 떠올린 사람도 있다고 했어요.

아마 저도 할 수 있었을 거예요. 제 아이들은 세 살에서 네 살 사이니까 그런 사람에 비하면 긴 기간도 아니지요. 어쩌면 열일곱 살 때 교회 수련회에서 숨바꼭질을 했을 때, 한 명 더 늘어난 사람을 그런 식으로 찾을 수 있었을지도 몰라요. 어째 서 한 명이 늘어난 걸 당연하게 생각했는지 그 이음새를 발견 했을지도 모르죠. 다음날 아침식사 내내 그 생각을 했어요. 어 쩌면 이건 묘안이 아닐까 하고요. 꼭 방송에 나온 그 의사를 찾아가서, 기억을 더듬어 보자. 마음을 먹었어요.

그러다 출근길에 아이들을 데려가 어린이집 선생님에게 인 계를 하는 순간 덜컥 겁이 났어요. 저는 차 뒷좌석으로 셋째를 안아 올리며 저도 모르게 그렇게 되뇌고 말았어요.

그러면 안 된다.

어린이집 선생님이 그렇게 말하는 제 입모양을 봤을 거예요. 정신이 번쩍 드는 기분이었어요. 설령 어떤 일이 벌어졌더라도, 나는 그걸 알아서는 안 된다.

그건 제가 감당할 수 있는 영역 밖에서 벌어진 일이니까요. 세 명의 아이 중에 부자연스러운 과정으로 생겨난 사람이 있 다는 걸 알게 된다고 해서 제가 무엇을 할 수 있을까요?

말이 안 되는 얘기를 끝없이 하고 있지요? 네, 저도 믿기 어려운 얘기라고 생각해요.

숨바꼭질을 하며 '머리카락 보인다'라는 노래를 부를 때마다 그 자리에서 사람이 하나씩 늘어난다고 치면, 대체 세상 사람이 몇 명이 되는 걸까요? 어떤 마을에서 매일 그 노래를 부르고 놀면 순식간에 그 마을 아이들이 백 명쯤 되지 않겠어요? 지금 대한민국에선 저조한 출산율로 위기가 닥치고 있으니 그 노래를 부르는 걸로 해결될 지도 모르죠.

이건 그런 식으로 작동하는 게 아니에요.

그 일 이후로 저는 혼자 있는 시간이 늘어났어요. 돌보아야 하는 아이들이 세 명이라 잠시도 한가하게 보낼 수 없었지만, 그러지 않으면 견디기 어려웠거든요. 아이들을 봐주는 이모님의 급여를 올려서라도 며칠에 한 번씩은 두어 시간 정도 조용히 있어야 했어요. 커피숍에서, 강변에서, 아파트 앞 계단에서 지나가는 사람들을 보며 멍하니 앉아 있었어요. 아무 생각도 하지 않으면서. 귓가에 계속 맴도는 그 노래의 가사를 잊으려 애쓰면서요.

그러다 9월의 오후 퇴근길에, 그런 생각을 했어요.

자동차들이 줄지어 있는 대교의 저 멀리, 공원에서 아이들이 달리고 있더라고요. 아이들의 어머니로 보이는 사람이 함께 뛰어놀고 있었고요. 행복해 보이는 광경이었어요. '숨바꼭질 노래'를 아이들이 부르는 걸 듣고 난 후, 두 달간 저는 제 아이들을 무서워하고 있었던 것 같아요. 셋 중 하나가 제 아이가 아닐 수 있다는 가능성을 생각하면서요. 그리고 마음먹었어요. 결론은 하나뿐이었어요.

내가 직접 해보지 않으면 끝나지 않는다.

며칠 뒤 주말 오후, 저는 창밖에서 보았던 그 장소에 가족들을 데리고 갔어요. 오랜만에 함께 시간을 보낸다는 명분으로요. 공원까지 따라와서, 영문을 모르고 있는 남편에게 말했어요. 우리 숨바꼭질하자고.

의아해하는 남편에게 제가 댔던 구실은 오늘 꼭 해보고 싶으니 부탁 한번만 들어달라는 거였어요. 그동안 알게 모르게 제가 힘들어해왔던 걸 알기에 남편은 수긍을 했어요. 저와 남편, 세 아이들. 우리는 머리를 맞대고 가위바위보를 했어요. 저는 일부러 한 타이밍씩 늦게 손을 냈어요. 어떻게든 제가 져야 했으니까요.

그리고 저와 남편, 두 사람만 남았을 때 남편에게 속삭였어요. 나한테 져줘. 내가 술래하고 싶어.

남편은 미심쩍어하는 기색을 하다 이내 고개를 끄덕였어요.

가위바위보에서 지고 난 후, 저는 남편과 아이들을 바라보며 눈을 감았어요. 그리고 손을 얼굴로 가리고 노래를 시작했어요.

꼭꼭 숨어라

머리카락 보인다

선득한 기운이 내 몸을 타고 갔어요. 영태가 사라진 후 스물
몇 해 만에 처음으로 불러보는 노래였어요. 눈앞에서 금빛 머
리칼을 휘날리며 영태가 달려가는 것만 같았어요. 노랫말을 너
덧 번 외운 후에 저는 눈을 떴어요.

눈앞에는 아무도 없었어요. 오후의 공원에서 평화롭게 여가
를 즐기는 사람들뿐이었어요.

그곳은 사방이 탁 트여 있어, 숨을 곳이 많지 않았어요. 저는
한 사람씩 찾기 시작했어요. 가장 먼저 찾은 건 벤치 아래에 숨
어 있던 셋째였어요. 그 다음에는 가로등 뒤의 남편을 찾았어
요. '찾았다!'하고 소리치며 저는 환하게 웃었지만 조금씩 불안
감이 쌓여 갔어요. 이제 두 사람이 남았어요.

잠시 후에 저는 화장실 벽 옆에서 첫째 아이를 찾았어요. 이
제 남은 건 한 사람.

서서히 가슴이 조여 왔어요. 저는 주위를 둘러보았어요. 저
멀리 공원 시설물 뒤에 기대 있는 조그만 아이의 그림자가 보
였어요. 저는 살금살금 그쪽으로 다가가 고개를 쑥 들이밀었어
요. 쪼그리고 앉아 있는 둘째 아이가 눈에 들어왔어요.

찾았다!

하고 말하며 저는 아이를 번쩍 끌어안았어요. 그리고 저를
기다리고 있는 남편과 두 아이의 곁으로 다가갔어요. 가슴이

두근거려 터질 것만 같았어요. 그리고 말했어요.

— 저기, 혹시 내가 더 찾아야 되는 사람이 있어?

남편은 의아해하는 얼굴을 했어요.

— 무슨 소리야, 우리 가족 다섯 명이잖아. 왜 그래?

그 말을 듣자마자 저는 울음을 터뜨리고 말았어요. 그리고 남편과 아이들을 껴안고 한참을 그대로 있었어요. 제가 왜 그렇게 행동하는지 아무도 몰랐을 거예요.

숨바꼭질을 한다고 해서 사람이 하나 더 늘어나는 일은 일어나지 않았어요.

이후 저는 원래의 삶을 찾았어요.

이제는 그 노래를 들어도 두려워하지 않거든요. 더 이상 사람이 늘어날까 봐 겁을 내지도 않고요. 제가 만든 노래가 세상에 돈다는 걸 일종의 섭리처럼 받아들이며 살기로 했어요. 물론 머릿속에 한 줄기 의문은 계속 남아 있었지요.

그것은 무엇이었을까. 숨바꼭질을 하면 죽은 사람이 나타나서 함께 놀아준다는 소문. 고등학교 수련회 때 한 사람이 늘어났던 일. 단지 나의 착각이었을까. 과연 그런 일을 못 본 걸로 하고 넘길 수 있는 걸까.

그런 물음들을 어렴풋이 시간 너머로 재워둔 채 그대로 두었어요.

그 노래를 다시 떠올린 건 십년 후였어요.

어릴 적 친구인 영은이와 전화 통화를 할 때였어요. 오랜 친구 사이가 그렇듯, 우리는 이런저런 이야기를 두서없이 길게 나누는 걸 즐기는 편이었어요. 문득 영은이가 어릴 때 마을 공터에서 숨바꼭질을 했던 얘기를 꺼내더군요. 저는 순간 흠칫 놀랐어요. 영태의 실종과 연관돼 있었기에 숨바꼭질 얘기는 우리에게 금기였거든요. 너무나도 태연하게 그때 얘기를 꺼내서, 저는 무언가 잘못되었나 했어요. 순간 제 머릿속에 어떤 생각이 스쳐갔어요.

저는 지역 신문의 기사 검색 사이트에 들어가, 예전의 사건을 검색해보았어요. 영태의 실종 기사는 올라와 있지 않았어요. 규모가 작은 곳이긴 하지만 예전의 모든 기사를 백업해두었으니 당연히 올림픽이 일어나던 해의 실종·기사가 있어야 하는데, 마치 그 기사만 오려둔 것처럼 사라져 있더군요.

저는 전화를 해서 영은이에게 물어보았어요.

— 너 숨바꼭질 노래 알아?

— '꼭꼭 숨어라, 머리카락 보인다' 이거 말이야?

— 맞아. 너 그거 언제부터 그 노래 가사를 '머리카락'이라고 불렀는지 기억나?

— 무슨 소리야? 그 노래 가사는 원래 '머리카락'이잖아.

머리가 새하얘지는 기분이었어요. 대체 이 상황은 무엇인지 이해가 가지 않았어요. 저는 직장에서 식사 시간에 다른 직원들에게 은근슬쩍 물었어요.

— 우리 어릴 때 부르던 숨바꼭질 노래 있잖아요? 그거 어떻게 기억하고 계세요?

— '머리카락 보인다' 그 노래 말이에요?

동료들은 질문의 의도를 이해하지 못했어요. 영은이와 마찬가지로 애당초 그들에게 숨바꼭질 노래는 '머리카락 보인다'였으니까요. 저보다 몇 살 많은 사람에게도 물어보고, 한참 나이가 많은 분들에게도 물어보았지만 결과는 같았어요. 모두가 그 노래를 '머리카락'으로 기억하고 있었어요. 마치 원래 그랬던 것처럼요.

국내 포털사이트에서 '꼭 꼭 숨어라, 머리카락 보인다'라는 문장을 검색해 봤어요. 구전 동요라며, 백과사전 페이지에 그 유래가 짧게 설명되어 있더라고요. '경기도 포천에서 구전된 노래'라고요. 하지만 해외의 검색 엔진은 또 달라요. 거기선 황해도에서 불리던 노래라며 '꼭 꼭 숨어라'의 악보가 떠요. 이 노래는 분단 이전부터 있었고 해방 전에도 전승되고 있었어요.

그렇다면 저의 기억은 무엇일까요? 제가 만든 건 무슨 노래이고 저는 무슨 일을 겪은 걸까요?

저는 영은이를 직접 만난 자리에서 용기를 내어 우리가 어릴 때 돌봐주었던 사촌동생 영태에 대해 물어보았어요. 영은이는 손사래를 치며 너무 어릴 때 일이라 기억을 못하는 것 같다고, 그런 사촌동생은 없다고 했어요. 삼촌네 집에 있던 아이는 딸이고 우리가 돌봐준 적도 없다고 하더군요. 숨바꼭질을 하다 사라진 금발머리 남자아이는 존재하지 않았어요.

마치 처음부터 세상에 없던 것처럼요.

출구를 찾을 수 없는 미로에 떨어진 것 같았어요. 수십 년간 저 혼자만이 갇혀 있는 무한한 갈림길이에요. 제정신이 이상하다는 걸로 결론을 내면 되는 걸까요? 잘못된 기억 몇 가지를 바꿔서, 합리화를 하고 잊어버리면 됐던 걸까요? 하지만 그런 식으로는 제 스스로를 납득시킬 수 없었어요. 제가 택할 수 있는 건 한 가지 방법뿐이었어요.

그건 적극적인 탈출구를 만들어내는 거였어요. 벽을 더듬고, 길을 메우고, 교차로마다 x자를 그어 표시를 하고. 모든 기억의 조각을 맞추어 길을 내야만 했어요. 어떻게든 제 몸을 들이밀 수 있는, 좁고 위태롭지만 분명한 길을요.

저는 그 열쇠를 지난겨울, 우편함에서 찾았어요.

12월 중순이었어요. 아파트 우편함에 빨간 봉투의 편지가 하나 들어 있더군요. 앞면의 '보내는 사람' 자리에는 막내딸의 이름이 쓰여 있었고요. 엘리베이터를 올라가며 열어보니 앞 장에 'Merry Christmas'라는 문구가 보였어요. 크리스마스 카드였죠. 그때가 막내가 고등학교 1학년이었는데, 학교에서 공작 시간에 만들었다고 하더군요. 그런데 한 장짜리 얇은 카드가 아니라 속지 그림을 여러 장 넣어서 만든 두꺼운 카드였어요. 딸애는 어릴 때부터 미술 학원을 다녀 그림 그리는 솜씨가 좋았거든요. 저는 집에 와서 탁자에 편지를 올려놓고 앞표지를 넘겨보았어요.

초록색 마분지로 만든 조그만 액자 틀이 붙어 있었어요. 그 안에는 유명한 명화를 크리스마스 풍으로 모사한 그림이 그려져 있었고요. 마그리트의 '겨울비'였어요. 평소에도 딸아이가 좋아하던 화가여서 흉내를 자주 냈거든요. 단, 내용과 구성이 좀 달랐어요. 투명한 필름을 네 장 겹쳐서 유성 펜으로 그린 그림이었는데, 맨 마지막 장에 눈 쌓인 배경과 집을 그려 넣고, 나머지 세 장에 각자 눈처럼 내리는 산타 옷을 입은 사람들을 그려 넣은 구성이었죠. 원래 '겨울비'라는 그림에서는 하늘에서 무수히 많은 사람들이 쏟아지잖아요? 한데 이 그림은 매 장마다 사람들을 드문드문 그려 넣고, 액자 안에서 겹치면 하나의 완성본이 되는 모양새였어요.

아마 열여섯 살짜리가 그런 내용을 심오한 뜻을 갖고 그린 건 아니었을 거예요. 이후에 무슨 뜻이 있냐고 물어보니 그냥 그 아이디어를 한번 시험해 보고 싶었던 것이고, 큰 의미는 없었다고 하더군요.

한데 저는 그 그림을 보고 세상이 뒤집히는 것 같은 기분을 느꼈어요. 제가 갖고 있던 의문의 실마리가 그 안에 들어있었으니까요.

그 그림의 특이한 점은 작품을 완성시키기 위해 필름 네 장이 꼭 필요하다는 게 아니라는 거였어요. 그러니까, 배경만 있으면 사람이 그려져 있는 필름들은 액자 속에 한 장만 끼워 넣어도 대강의 모양새가 나오거든요. 어떤 사람은 첫 번째 필름에만 그려져 있고 어떤 사람은 세 번째 필름에만 그려져 있어요. 그리고 두 장을 겹쳐 넣으면 양쪽 사람들이 한 공간에 존재하게 되고요. 한 장을 빼면 그 공간에 있던 사람들은 사라져요.

저만의 가설이 조금씩 모양을 찾아갔어요. 숨바꼭질 노래라는 건 사실 이런 통로가 아니었을까. 다른 공간에 있는 누군가를 불러내고, 돌려보내는 통로.

상상을 해 보았어요. 저 그림 속의 사람들이 실제로 존재한다는 상상을요.

비슷하지만 미세하게 다른 세계가 여러 군데 있다는 상상이에요. 그곳들은 마치 투명한 필름 위의 그림처럼 각자 존재하고 있어요. 필름을 겹치면 두 그림 속 사람들이 함께 존재하듯이, 어떠한 계기가 주어지면 이쪽의 사람은 다른 쪽 공간으로 옮겨갈 수 있고요. 물론 당사자는 그런 일이 벌어진다는 것조차 알지 못하지요. 돌아올 때 역시 마찬가지예요. 통로를 열어서, 다른 공간으로 왔다 갔다 할 뿐이에요. 그림 속의 사람들은 이 상황을 자각하지 못한 채 자연스럽게 받아들이며 살아요.

비슷하지만 조금씩 다른 세계로, 액자 속의 투명한 그림이 바뀌는 것처럼.

그 통로라는 건 너무 당연하게 존재해서, 느끼지조차 못하는 거예요.

다만 그런 그림 사이의 틈을 발견해 버린 누군가가 있을지도 모르죠. 본의 아니게 우연히 그 세계에 존재하는 질서를 침범해, 균열을 만들어내 버린 사람이요.

그 사람이 살던 세계에는 숨바꼭질 노래가 '치맛자락'이었어요. 한데 그 노래의 가사를 바꿔 부르면서 숨바꼭질 노래가 '머리카락'인 세계의 문을 열어버렸어요. 그 속의 규칙이 무너지고 혼란이 벌어졌지요. 그리고 숨바꼭질 노래가 양쪽의 은밀한 다리가 되었어요. 늘 그렇듯 그 속의 사람들은 무슨 일이 일어났는지 인식조차 하지 못했어요. 하지만 균열을 일으킨 당사자는 그 틈 사이로 일어나는 일을 겪으며 들여다볼 수 있는 기회를 얻었어요.

멀쩡하게 존재하던 사람이 갑자기 사라진다든가, 존재하지 않았던 사람이 눈앞에 나타난다든가.

장난삼아 만든 노래가 순식간에 온 세상에 퍼진다든가.

숨바꼭질 노래로 인한 균열이 오랫동안 지속되진 않았어요.

그 노래를 통해 양쪽을 이어주던 문도 어느 시점엔가 닫혀버렸고요. 그렇게 그 안에 있던 사람들의 기억이 물 흐르듯 바뀌어, 균열을 낸 사람 혼자만 남겨진 거죠. 희미하게 벌어졌던 틈을 기억하면서요.

참고로 말씀드리자면, 제 기억 속의 포천은 지금의 포천과 달라요. 지금의 포천은 2003년에 시로 승격되었지만 제 기억 속의 포천은 2002년에 시가 되었거든요. 인물과 장소는 조금씩 겹쳐 있지만, 제가 있었던 마을, 그 흔적들은 모두의 기억 속에서 사라지고 없어요. 단지 포털사이트에 '꼭꼭 숨어라'가 '포천에서 전승된 숨바꼭질 노래'라고 기록되어 있을 뿐이에요.

저는 요즘도 어릴 적 숨바꼭질을 하다 사라진 영태를 생각해요.

영태를 마지막으로 목격한 사람이 저라서, 그 순간은 오랫동안 저를 괴롭혀 왔어요. 10월의 저녁, 머리카락이 보이니 꼭꼭 숨으라는 노래를 뒤로 하고 달려가던 그 모습. 저는 영태가 깊이를 알 수 없는 어두컴컴한 어떤 곳으로 떨어졌을 거라 여겼어요. 어둡고 축축하고 끝이 보이지 않는 누군가의 목구멍 같은 장소로요. 30년간 제 눈앞에 비치던 그곳은 빛이 들어올 기미가 없이, 해가 끝없이 지고 있는 어둑어둑한 저녁이었어요.

하지만 꼭 그런 곳으로 갔으리라는 법은 없어요. 영태가 발을 디딘 공간은 예전의 우리 마을처럼 평범하고 깨끗한 장소였을지도 몰라요. 뉘엿뉘엿 서쪽으로 해가 움직이는, 또래의 어린 아이들이 뛰어노는 공터일지도요. 너무 편안하고 정다워서 다른 곳으로 갔다는 자각조차 할 수 없는 익숙한 곳이요. 그곳에서 영태는 이전과 마찬가지로 친절한 사람들을 만나 비슷한 꿈을 꾸며 살아갔을 거예요. 그러다 훌륭한 어른이 되어 자신도 모르는 사이에 다시 여기로 돌아왔을지도 모르죠. 다른 장소에서 전혀 다른 이름으로요.

그리고 그 금색 머리칼을 나부끼며 자유롭게 햇빛을 받고, 거리를 걷고 있을지도 몰라요. 어릴 때 받았던 것을 돌려주고 그 선한 천성으로 하고 싶은 일을 하며, 아름다운 머리를 자녀들에게 물려주면서요.

저는 딸에게 받은 크리스마스 카드를 항상 사무실 책상의 첫 번째 서랍에 넣어두고 있어요. 그 그림을 처음 보았을 때의 기분을 잊어버리지 않으려고요. 그래서 원장님을 바로 알아봤던 거예요.

그 순간이 언제나 제 머릿속 맨 위 서랍장에 들어있었으니까요.

여기에 처음 왔던 날이 문득 생각이 나요. 새 근무지에 발령을 받고 원장님을 뵈었을 때, 아이들과 함께 아동센터 현관으로 걸어 나오던 그 모습을 보았던 날이요. 저는 누군가를 마주하는 순간 주위 광경이 회색으로 변할 수 있다는 걸 그때 알았어요. 그건 30년 전 지역 신문의 종이 색깔이었어요. 모든 것들이 흑백으로 인쇄되어 있는, 초등학생 실종 기사의 자그마한 사진 색깔. 그 안에서 잿빛으로 시들어 있던 영태의 머리카락은 제게만은 생생한 금발이었어요. 햇살 아래서 오렌지 빛이 감도는 금발이요. 마치 원장님의 머리카락처럼요.

단지 얼굴 생김새가 꼭 빼닮았다는 점 하나만으로, 기막힌 우연이라는 말을 쓰진 않아요. 저는 영태를 봐왔기에 금발로 염색한 사람들을 마주칠 때면 항상 머리 안쪽 뿌리부터 보는 버릇이 있거든요. 머리카락은 금방 자라서 검은 부분이 돋아나니까, 원장님처럼 언제나 완벽한 오렌지 빛 금발인 경우는 거의 없어요.

사회생활을 하는 마흔이 넘은 남자가 왜 탈색해서 다니느냐는 오해를 끊임없이 받으셨겠지만 저는 그 이유도 알지요. 타고난 금발머리인데, 검은 머리로 염색을 하시기엔 아무래도 피부가 약하시잖아요? 저를 보고 왠지 낯이 익은 것 같다고 하셨죠. 저 역시 마찬가지였어요. 그래서 더욱 반가웠고 원장님께서 아동 센터를 잘 운영하시는 게 기뻤어요. 원장님을 빼닮아 멀리서도 눈에 띄는 자녀들을 보는 것도요.

아이들을 돌보는 걸 좋아하는 게 누군가의 천성일 수 있다는 걸 저는 원장님을 뵐 때마다 새삼 깨달아요. 영태가 이웃의 동생들을 여럿 데리고 다니던 건 정말로 그 아이들을 보살피는 걸 좋아해서였으니까요. 저는 영태와 많은 대화를 나누진 않았지만, 그 얘기를 했던 게 지금도 눈앞에 선해요. 함께 숙제를 할 때, 장래 희망에 관한 글짓기를 했었거든요. 영태가 그런 말을 했어요.

나는 동생들 돌봐주는 게 좋으니까, 어른이 돼서도 이런 일 하고 싶어.

그 말이 이루어진 것 같아 저는 기뻐요. 성실히 센터를 운영하시는 원장님을 뵈면서 이제야 제가 갖고 있던 퍼즐 조각을 어렴풋하게나마 맞춘 것 같다는 생각을 했어요.

아동센터 승합차가 오네요. 지금 저 아이가 부르는 노래가 오늘의 마지막 숨바꼭질 노래겠죠? '꼭꼭 숨어라'는 사실 진짜로 숨으라는 내용이 아니에요. 술래가 찾을 수 있게 잘 보이는 곳에 있으라는 의미죠. 그 노래가 울려 퍼지는 동안 함께할 수 있도록, 친구의 안녕을 비는 노래라는 걸 저는 30년이 지난 후에야 깨달았어요.

그 노래를 부르며 자라셨다고요.

저 역시 그랬어요.

웅덩이 속 인어

유혁

어느 위성 도시에서 자랐다. 어릴 때부터 말주변이
없어서 글을 쓰기 시작했다. 어른이 된 지금도
똑같으며 앞으로도 그럴 것이다. 현재는 공단에서
일하면서 짬짬이 글을 쓰고 있다.

모든 웅덩이는 '알 수 없는 바다'와 이어져 있다.

(중략) ……보통 사람은 심도 1 수준의 바다에만 들어가도 목숨을 잃게 마련이다. 텐타클은 바닷속에서 더 빠르게 움직인다.

(중략) ……훈련받은 특수 잠수사는 심도 3까지 내려가는 것이 가능하다. 인간의 몸으로 내려갈 수 있는 심도의 한계는 5까지로 알려져 있다.

이해수 著 『특수 잠수 기초 이론』 中

민간 소속 특수 잠수사 이해랑 씨는 졸린 눈을 비비며 칫솔을 입에 물었다. 전날 비가 많이 내리는 바람에 전국 곳곳에 웅덩이가 많이 생겼을 것이다. 그 말인즉 할 일이 많다는 의미다. 서울과 수도권 지역이야 평탄화와 우수 제거 시설도 잘되어 있으니 큰 문제가 아니겠지만 지방은 아직도 비가 온 후면 사람이 사라지니까.

비가 오는 건 천재지변이라고 쳐도 물 받아 놓은 싱크대나 세면대, 욕조, 심지어 세숫대야에서도 촉수가 튀어나오는 경우도 있다. 물론 확률적으로 매우 드문 케이스다. 그래도 이제는 주방이나 화장실에 물 고이는 일 없게 다 건식으로 만드는데…….

「……숨을 후 내쉬면서 팔을 그대로 천천히 쭈욱 내려 줍니다.」

해랑은 양치질을 하면서 꼭 딴짓을 하곤 했다. 어차피 혼자 사니까 그 버릇에 대해 지적할 사람도 딱히 없긴 했다. 그래서 그날도 거실에 서서 아침 정보 방송에서 나오는 스트레칭을 멍청하게 따라 하고 있었다.

아무튼, 재수가 정말 더럽게 없으면 양치질용 물컵에서도 무언가가 튀어나오는 경우가 있다. 여태까지는 전 세계에서 단 한 번도 없었던 일이지만 물컵의 물도 움푹 팬 곳에 고여 있는 물, 즉 '웅덩이'라는 거지.

텔레비전에서 흘러나오는 평화로운 요가 음악을 배경으로 화장실 세면대 옆에 놓아둔 물컵에서 무언가가 꿀렁꿀렁 흘러나왔다. '웅덩이'에서 나오긴 했으나 해랑이 흔히 제거하는 텐타클(tentacle, 촉수)의 모양새가 아니었다.

해랑이 양치질하는 것도 까먹고 어떻게든 팔의 관절을 늘려

보려고 안간힘을 쓰는 사이, 컵의 부피를 훌쩍 넘어 흘러나온 그것은 어린아이들이 가지고 노는 슬라임처럼 흐물거리며 부엌으로 움직였다.

부엌 식탁 위에는 새벽 배송으로 받은 먹을거리들이 미처 냉장고로 들어가지 못하고 어지럽게 널려 있었다. 슬라임 같은 액체는 식탁 다리를 타고 올라가기 시작했다.

「난나나난나 나나나나나♪」

아침 정보 방송이 끝나고 유산균 광고가 나오기 시작하자 그제야 해랑은 칫솔을 움직이며 돌아섰다.

그리고 식탁 앞에 서서 생고기를 우물거리고 있는 청년과 눈이 마주쳤다.

"어아아!"

해랑은 깜짝 놀라서 기억에도 없는 엄마를 순간 찾았다. 그리고 청년이 생고기를 씹어 삼킴과 동시에 입안의 치약 거품을 저도 모르게 꿀꺽 삼켰다.

무작정 옆으로 손을 뻗어 무기가 될 만한 것을 들고 보니 예전에 받은 우수 특수 잠수사 표창장이었다. 지금은 과거의 영광이지. 상장 케이스 모서리로 찍어 봤자 별 도움은 안 될 거 같았다. 진짜 무기는 몽땅 방에 있는데! 텐타클을 끊어 내는 작살이며 나이프 등등…….

"……."

해랑을 빤히 바라보는 청년의 눈동자가 유난히도 까맣고 깊었다. 해랑은 불청객의 눈에서 어떤 기시감을 느꼈다. 어디서 봤을까. 저 색……

저도 모르게 그렇게 생각하는 사이에 청년은 순식간에 달려와서 해랑을 확 끌어안았다.

해랑의 옷에 피가 묻었다. 누가 어디 다친 게 아니라 고기에 묻어 있던 피다. 유연성도 모자라서 이젠 민첩성까지 떨어진 건가. 분명 온 신경을 청년에게 집중하고 있었음에도 눈 깜짝할 사이에 청년과 함께 뒤로 넘어지며 해랑은 스스로에게 혀를 찼다. 그래도 누구처럼 그 새까만 바닷속에서 죽는 게 아니라 다행인가.

아. 그제야 해랑은 자신이 느낀 기시감의 정체를 깨달았다.

알 수 없는 바다.

청년의 몸에 깔린 해랑이 가장 먼저 느낀 건 축축함이었다. 그리고 익숙한 비린내. 바다 내음……

알 수 없는 바다의 색과 닮았다. 저 눈동자.

두 사람 사이의 정적은 청년의 어깨 너머 해랑의 눈에 들어오는 거실 천장만큼 새하 다. 반대로 해랑을 뚫어져라 내려다보는 청년의 눈동자는 금방이라도 그 속으로 잠수할 수 있을 것처럼 까맸다. 제 몸 위에 올라타 있는 것이 비록 인간의 모습을 하고는 있으나 인간은 아닐 것이라 해랑은 확신했다.

해랑을 꼭 끌어안고 잠시 가만히 있던 청년은 해랑의 목에
제 얼굴을 비볐다.

"아, 아……."

청년의 입에서 처음으로 소리가 나왔다. 말소리는 아니어
도 그것이 기분 좋음을 나타내는 소리임을 해랑은 느낄 수 있
었다.

조금 이상한 표현일지도 모르겠으나, 청년은 해랑의 몸을 그
렇게 한참 동안 즐겼다. 옷 안으로 차가운 손이 기어들어 오는
데도 해랑은 반항도 못 하고 그저 가만히 누워서 청년의 스킨
십을 온전히 받아 내고 있었다.

몸에 닿는 촉감은 축축하고 좀 차가울 뿐 인간의 살갗과 똑
같다.

이게 인간인지 아닌지 잘 모르겠다.

한 가지 확실한 건, 바다 냄새가 지독하다.

멀리서 들려오는 휴대폰 벨소리에 해랑은 겨우 정신을 차리
고 청년을 제 몸에서 떼어낼 수 있었다. 청년은 의외로 별 반항
없이 떨어져 나갔다. 청년을 밀어낸 순간 손에 닿는 무게감도
보통 인간과 별반 다를 게 없다.

몸을 일으킨 해랑의 머리가 무겁게 돌아갔다. 무단 침입자
잡아가쇼 하고 경찰을 부르면 분명 골치 아픈 문제가 생길 것

이라는 예감이 들었다. 장마철이라 경찰이 언제 올지도 모르고 말이다. 당장 어제도 폭우가 내렸다. 여기저기서 텐타클 나타났다고 신고가 빗발쳤을 텐데, 이런 경범죄에 출동할 경찰이 남아 있긴 할까? 그렇지만 해랑의 출근 시간은 점점 다가오고 있었다. 이 녀석을 집에 놔두고 출근하면 무슨 일이 일어날지 알 수 없다.

제거해?

말도 안 되는 소리. 알 수 없는 바다에서 왔든 어디 다른 데에서 왔든 이 수상한 청년의 겉모습은 명백한 사람인지라 텐타클 베어 내듯 베어 낼 수는 없는 일이다. 해랑은 살인자가 되고 싶진 않았다.

결론은 정해져 있었다. 해랑은 청년을 무작정 욕실로 밀어 넣었다. 그리고 어떻게든 바다 비린내를 지워 보겠다고 샤워기로 물을 뿌리고 비누칠을 하고 아주 난리를 쳤다. 청년은 스스로 씻지는 못해도 샤워기에서 쏟아지는 따뜻한 물을 순순히 맞았다.

씻고 나니 비누 향으로 바다 냄새가 어느 정도 덮어졌다. 청년의 축축했던 몸과 머리카락은 수건과 드라이기로 뽀송뽀송하게 말렸다. 건조한 피부가 낯선 것처럼 청년은 제 팔을 연신 만지작거렸다. 역시…… 인간이지? 어쩌자고 죽이자는 생각을 0.1초나마 했는지 모르겠다. 무슨 알 수 없는 바다에서 왔다는 생각을…… 이게 다 직업병이야, 직업병. 산재 신청해야 돼. 그나저나 옷은 뭘 입히냐. 해랑은 무늬 없는 티셔츠와 허리 부분에 고무줄이 들어간 바지를 입혔다. 신발은 가는 길에 하나 사든가…….

청년은 썩 멀끔한 모습으로 변했고 해랑은 늦을 거 같다고 사무실에 전화하며 제 차에 청년을 무작정 태웠다. 핸드폰 너머로 장마철이라 일이 겁나 많은데 제정신이냐는 귀가 째질 듯한 고함이 들려왔다.

"가서 얌전히 있어."

대체 어떻게 들어왔는진 모르겠지만……. 가는 길에 경찰서에 들러서 넘길까 잠시 생각하다가 해랑은 그러지 않기로 다시 마음먹었다. 해랑이 무슨 생각을 하는지도 모르고 청년은 제 몸을 누르고 있는 옷이며 안전벨트를 만지작거리다가 창밖을 내다보기를 반복하고 있었다.

"아, 아……."

이따금씩 감탄조차 아닌 무의미하게 들리는 소리도 내곤 했다.

사무실까지 반쯤 갔을까. 갑자기 문자메시지가 왔다. 발신번호는 사무실 번호였고 처음 보는 주소만 대충 적혀 있었다. 문자메시지를 확인하기 무섭게 사무실로부터 전화가 왔다.

"애 하나 빠졌다고 하거든? 거기부터 빨리 가라."

"자, 잠깐만! 여보세요? 야!"

일방적인 업무 통보에 해랑은 욕을 내뱉으며 핸들을 돌렸다. 혼자면 상관없는데. 옆에 앉은 청년은 고함 소리에 해랑을 빤히 쳐다보고 있었다. 놀라거나 경계하는 듯한 표정은 아니고 그냥 신기해서 쳐다보는 것 같았다.

관찰당하고 있다.

뭐가 그리 신기해서 쳐다보냐고 한마디 쏘려다가 해랑은 참았다. 덩치만 큰 어린애라고 생각하자.

현장에 도착하니 몇몇 사람들이 웅덩이에서 멀찌감치 떨어진 채로 웅성거리는 가운데 피해자의 어머니로 추정되는 사람이 텐타클에 끌려가서 줄초상 치르려고 그러는지 겁도 없이 웅덩이 앞에서 대성통곡을 하고 있었다. 회사에 있다가 연락받고 달려온 듯 그는 작업복 차림새였다. 과연 민간 특잠을 부를 정도의 돈이 있을지.

"차 안에 가만히 있어. 알았지?"

청년에게 당부한 후 차에서 내린 해랑은 트렁크에서 장비를 이것저것 꺼냈다. 그리고 웅덩이부터 살폈다. 움푹 팬 아스팔트 바닥은 딱 봐도 옛날 것이다. 누가 지방 아니랄까 봐. 이 정도 크기의 웅덩이는 도심지에서는 발견하기 어려운데…… 시 외곽이라 평탄화 작업이 미처 안 된 모양이었다. 웅덩이의 크기는 딱 아이 하나 끌려갈 만한 크기.

"하……."

해랑은 장비를 이용해 웅덩이를 조금 더 넓혔다. 그렇게 자신의 몸이 들어갈 정도의 넓이가 된 것을 확인한 후 바로 입수했다.

일견 얕아 보이는 빗물 웅덩이지만, 그 속은 매우 깊다.

물이 고여 있는 모든 웅덩이는 '알 수 없는 바다'와 이어져 있다.

특수 잠수사, 일명 특잠은 가장 먼저 자신의 몸이 들어갈 만큼 웅덩이를 넓힌 후 웅덩이의 깊이를 측정한다. 그래서 웅덩이가 바닥을 알 수 없는 바다와 이어져 있음을 재차 확인한다.

특수 잠수복과 바이탈 체커, 심도계, 전투에 필요한 무기 등 필요한 장비를 착용한 후 웅덩이를 통해 바다로 들어간다. 어떻게? 머리부터 넣는 파와 다리부터 넣는 파가 나뉘어 있다고까지 설명해야 할까.

심해처럼 이 바닷속은 어두컴컴하다. 그렇지만 심해와는 다르다. 온몸으로 느껴지는 부유감이나 저항이 물속과는 전혀 다르다. 물과는 다른 물질이 공간을 가득 메우고 있는 것이다. 그렇지만 그 기이한 공간을 어찌 달리 표현할 방법이 없어서 바다라는 익숙한 단어를 빌려 쓰는 것일 뿐. 특잠은 여러 장비에 의지하여 이 알 수 없는 공간의 아래로, 아래로 내려간다.

골든타임 내에 특잠이 도착했다면 심도 1, 2쯤에서 운 좋게 피해자를 구할 수도 있다. — 진짜 물속이라면? 얼마 지나지 않아서 금방 익사했을 것이다. 알 수 없는 바다 안에서는 어느 정도 숨 쉬는 게 가능하다. — 형언할 수 없는 색을 가진 텐타클이 천천히 피해자를 끌고 내려가는 모습을 특잠은 볼 수 있을 것이다.

해랑은 특히나 감각이 좋은 잠수사였다. 보통 특잠은 조명이나 음파 등의 장비를 이용해 텐타클을 발견하나 그는 검은 물살의 흐름이 부자연스럽게 바뀌는 것을 온몸으로 예민하게 알아차렸다. 가까운 곳에서 텐타클이 움직이고 있는 것이다.

그다음은 전투다. 가까이 다가가서 날붙이로 찌르고 베어 내는 특잠도 있지만, 해랑은 웬만하면 멀리서 공격하는 방식을 선호했다. 어뢰라든지 작살 같은 물건으로 말이다. 조준만 잘하면 체력 소모를 크게 하지 않고 피해자도 다치지 않은 채로 텐타클을 끊어 낼 수 있다.

얼마 내려가지 않아 해랑은 텐타클에 감겨 있는 피해자를 발견했다. 피해자는 이미 의식을 잃은 듯했다. 어린아이다. 조금 더 시간이 지나면 목숨이 위험하다. 텐타클의 크기를 파악한 후 해랑은 작살 발사기를 꺼내 조준했다.

작살은 가볍게 텐타클에 명중했다. 텐타클이 끊어지면서 피해자가 풀려났고 해랑은 재빨리 발을 움직였다. 해랑의 몸이 유려하게 바닷속을 가로질렀다.

아이의 작은 몸을 붙드는 데 성공한 해랑은 여분의 산소 마스크를 씌운 후 늦지 않았기를 바라며 위로 올라가기 시작했다.

"헉!"

웅덩이 밖으로 나오자마자 해랑의 눈에 들어온 건 웅덩이 앞에 쭈그리고 앉아서 저를 빤히 내려다보는 청년이었다. 해랑은 식겁해서 다시 바닷속으로 빠질 뻔했다.

해랑이 바닷속으로 들어간 사이 도착한 구급 대원이 아이에게 응급 처치를 했다. 아이는 다행히도 아직 목숨이 붙어 있었고 구급차는 곧 아이와 어머니를 싣고 병원으로 달려갔다.

해랑은 아이의 생존을 기뻐하거나 지상의 공기에 적응할 새도 없이 차 트렁크에서 특수 경화제를 꺼낸 후 웅덩이를 메우기 시작했다. 웅덩이에 들이붓자마자 경화제는 굳기 시작했고 해랑은 경화제가 다 굳기 전에 삽을 이용해 평탄하게 바닥을 다졌다. 그렇게 웅덩이 하나가 사라졌고, 청년은 해랑이 잔뜩 피곤한 얼굴을 한 채 임시로 평탄화 작업하는 모습을 빤히 지켜보고 있었다.

"거기에 손 넣지 마, 인마!"

뒷수습을 위해 눈 돌린 사이에 다른 작은 웅덩이에 손을 넣고 장난치고 있는 청년을 보고 해랑은 식겁하며 소리쳤다. 그리고 그 조그만 웅덩이까지 모조리 메운 후 청년의 손을 잡아 끌고 차에 태웠다. 청년은 별 반항 없이 얌전히 차에 다시 타서는 젖은 손을 쓱쓱 옷에 문댔다.

"우물가에 애 보낸 것도 아니고……. 요즘 세상에 웅덩이에서 장난치는 놈이 어디 있어?"

뒷수습을 마치고 장비를 모두 차에 실은 후 차를 출발시키며 해랑은 구시렁거렸다. 아주 옛날에 웅덩이가 알 수 없는 바다와 연결되어 있지 않던 시절에는 비 오는 날은 아이들이 놀기 좋았다고 한다. 첨벙첨벙. 웅덩이를 막 밟고 비를 맞으며 놀았다고. 요즘으로서는 꿈도 못 꿀 일이지.

하늘이 급격히 흐려지더니 차의 앞 유리에 빗방울이 하나둘 떨어지기 시작했다. 해랑의 눈에는 하늘에서 내리는 투명한 쓰레기였다. 일거리가 하늘에서 쏟아진다. 해랑은 인상을 찌푸리며 와이퍼를 가동했다.

"멋대로 창문 열지 마. 비 들어오잖아."

빗줄기가 굵어지자 청년은 창문을 내려 손을 밖으로 뻗었다. 청년이 손을 약간 오므리자 청년의 하얀 손안에 작은 웅덩이가 생겨났다. 그걸 본 해랑은 육아의 고단함을 깨달으며 창문을 다시 올렸다.

차가 사무실에 도착할 때까지 청년은 창밖의 비 오는 풍경에서 눈을 떼지 못했다.

"너 또 옷 안 갈아입고 뛰어들었……. 걘 누구야, 또?"

사무실에 들어서자마자 회사의 모든 관리 업무를 맡아서 하고 있는 박은규 대리가 해랑의 뒤를 따라 들어오는 청년을 보고 물었다. 그 질문에는 '왜 쫄딱 젖은 멍멍이가 둘이냐?' 하는 의미가 함축되어 있었다.

"아침부터 고생했다. 비가 왜 이렇게 내리는지……. 뒤에는 누구야?"

사무실 구석에서 신문을 보고 있던 중년 남성인 김승욱 사장이 신문을 내려놓으며 물었다.

해랑은 잠시 고민했다. 자초지종을 설명하면 까불지 말고 경찰 부르라고 하겠지? 아니, 말 못 할 건 뭐가 있어? 그냥 잠시 보호하고 있는 건데. 그렇지만…….

"아, 내 사촌의 친구의 친구인데 특잠 일 궁금하다고 해서 견학시켜 주려고. 근데 애가 말을 잘 못해. 나 옷 좀 갈아입고 온다."

해랑은 대충 둘러대며 사무실 한쪽에 있는 간이 탈의실로 향했다. 은규는 호오 하고 흥미로워했다.

"위험한 일인데 왜."

승욱은 특잠의 환상만 보고 온 멍청이가 또 있다고 말하는 듯한 눈으로 청년을 쳐다보며 한마디 했다. 소방관처럼 멋있어 보이지. 바닷속에 사는 위험한 괴물과 싸우며 인명을 구조하니까. 현실은 시궁창인데.

"그러니까 위험한 일인 걸 보여 주면 포기하겠죠, 뭐."

공중전화 박스 같은 탈의실 안에서 멋쩍은 웃음소리와 함께 해랑의 말소리가 들려왔다.

"근데 비는 왜 이렇게 쫄딱 맞았어? 은규야 수건 좀 갖다줘라."

"옙!"

은규는 탕비실에서 약간 눅눅한 수건을 꺼내 가져다줬다. 옷을 갈아입고 나온 해랑은 수건을 받아 청년의 머리를 팍팍 털었다. 천하의 이해랑이 누굴 돌봐 줘? 별꼴을 다 보겠다는 듯 은규와 승욱의 눈이 커졌다.

"아니, 얘 아무것도 못 해서……."

"아무것도 못 하는데 특잠 견학을 하겠다?"

"아니, 뭐……. 너 아이스크림 먹을래?"

해랑은 승욱의 예리한 질문을 피해 탕비실로 후다닥 뛰어갔다. 그러고는 은규가 냉동실에 쟁여 놓은 아이스크림을 꺼내 왔다.

"그거 내 건데?"

"보너스 받으면 내가 다시 사 줄게."

아이스크림 포장지를 까서 청년에게 건네주며 해랑은 성가시다는 듯 말했다.

"하겐다즈로."

"날강도 아니야, 이거?"

은규와 해랑이 옥신각신하는 사이 청년은 조심스럽게 아이스크림을 입에 가져다 댔다. 차가운 감각이 생소했는지 흠칫 놀라며 아이스크림을 멀리했다가 이내 입술을 날름 핥았다. 얄팍하게 스미는 단맛이 맘에 들었는지 아이스크림을 열심히 먹기 시작했다.

신문 너머로 청년을 수상하게 지켜보고 있던 승욱은 물티슈를 챙겨 들고 슬쩍 청년에게 다가갔다. 청년의 입가며 손이며 온통 아이스크림 범벅이었다.

지금이야 은퇴했다지만 승욱도 왕년에 뛰어난 특수 잠수사였다. 그래서 그는 청년에게서 나는 희미한 바다 냄새를 알아차릴 수 있었다. 비 냄새도 바닐라 냄새도 미처 가리지 못한.

"덩치만 컸지 완전 애기구나, 너."

손가락을 핥고 있는 청년의 손가락과 입가를 닦아 주며 승욱은 조용히 말했다. 청년은 승욱을 빤히 쳐다볼 뿐 아무 소리도 내지 않았다. 해랑은 여전히 은규와 실랑이 중이었다. 네가 내 아이스크림 먹튀한 게 한두 번이냐고. 네가 먹은 아이스크림 값으로 건물 한 채는 올리겠다. 아이씨, 네 혈당 관리 도와

준 거라니까? 뭔 개소리야?!

"은규야, 얘 좀 보고 있어라. 해랑이는 나랑 이야기 좀 하자."

승욱이 물티슈를 던지며 해랑을 불렀다. 은규는 물티슈를 받았다.

"네, 네? 저 오늘 잘못한 거 없는데요."

해랑은 흠칫했다. 그러면서 사무실 출입문을 향해 나가는 승욱의 뒤통수에 대고 우물쭈물 말했지만 대답은 돌아오지 않았다. 해랑은 눈알을 데굴데굴 굴리며 승욱의 뒤를 따라 나가야만 했다.

"해랑아, 내가 네 아버지 이야기 했었나?"

사무실 건물 옥상에서 담배에 불을 붙이며 승욱이 물었다. 느닷없이 죽은 아버지는 왜 말하지?

"종종 했죠."

해랑은 의아해하면서도 대답했다. 그야 승욱과 아버지는 서로 절친한 사이였으니까. 승욱은 자신의 친우가 얼마나 대단한 잠수사였는지, 그럼에도 불구하고 일에서 벗어나면 얼마나 허술한 사람이었는지에 대해 종종 이야기했다.

"이건 처음 하는 이야긴데…… 네 아버지가 그렇게 미치기 전에 나한테 메시지를 하나 보냈거든."

"무슨…… 메시지요?"

"특잠용 통신 장비로 보낸 거."

해랑의 눈이 살짝 커졌다. 분명 바닷속에서 메시지를 보낼 수 있는 통신 장비가 있긴 하다. 그렇지만 일분일초가 급한 상황이 대부분이라 통신 장비를 쓰는 경우는 거의 없었다. 바닷속에서 죽어 간 특잠들이 마지막 유언을 통신 장비로 보낸 이야기는 많지.

"심도 5에서 왔어."

"네?"

심도 5는 인간이 내려갈 수 있는 깊이의 한계였다. 보통 사람들은 심도 1, 2 정도까지만 내려가도 텐타클에게 목숨을 잃는다. 훈련받은 특수 잠수사는 심도 3까지 내려가는 게 가능하다. 해랑도 지금은 좀 무리지만 예전에는 심도 4에 가까운 곳까지 내려갈 수 있었다.

심도 3까지 내려가면 일단 산소가 부족해져서 활동 시간에 제약이 생긴다. 물살은 고요해지지만 대신 압력이 증가해 빠르게 움직일 수가 없고 어둠은 더더욱 깊어져서 시야 또한 좁아진다. 특잠들도 굳이 심도 3까지 내려가려 하지 않는다. 바다에 끌려간 인간의 목숨은 웬만하면 심도 2 안에서 결정되니까.

그런데 아버지가 심도 5에서 메시지를 보내왔다고? 믿을 수 없는 이야기였다. 물론 아버지가 뛰어난 특잠이었음을 해랑도 알지만 심도 5는……. 승욱은 왜 여태까지 하지 않고 있던 이야기를 지금 와서 꺼내는 걸까. 메시지의 내용이 대체 무엇이기에.

"'여기에 인어가 있어'라고."

"……"

"나는 그게 네 아버지가 마지막으로 남긴 유언이라고 생각했다. 그러면 모든 게 이해가 되니까. 텐타클에 의해 심도 5 깊이까지 끌려갔고, 기적적으로 잠시 살아 있긴 했지만 그로 인한 산소 부족으로 죽기 직전에 뭔가 잘못 본 거라고 생각하면 딱딱 맞아떨어지지."

"그러면 그……."

"그래, 너희 아버지는 살아 돌아왔지. 껍데기만 말이야."

해랑은 아버지의 마지막을 기억했다. 어느 날 미쳐서 돌아온 아버지는 그 후로 어린 해랑을 놔둔 채 맨날 알 수 없는 바다로 향했다. 해랑은 아버지가 엄청 바쁘다고 여겼는데 아니었다. 일이 없을 때도 아버지는 늘 알 수 없는 바다만 생각했으니까. 아버지가 일하러 나간 줄 알았는데 막상 해랑이 아버지의 회사에 전화해 보면 출근하지 않았다는 사무직원의 대답이 돌아오는 때가 많아졌다. 그러다가 어느 날 아버지는 영영 돌아오지 않게 된 것이다.

어머니도 없는 해랑을 돌봐 준 게 아버지의 친구인 승욱이었다. 어린 해랑에게 승욱은 아버지가 할 일이 너무 많아서 그렇다고 말해 주곤 했다. 눈치 빠른 해랑은 그게 거짓말이라는 사실을 어느 순간 깨달았지만 내색하지 않고 승욱의 말을 잘 들으며 자랐다. 해랑이 특수 잠수사가 되겠다고 했을 때 승욱은 딱히 말리지 않았다.

"내가 그 새끼 말리기도 하고 쥐어패기도 했는데…… 소용없었어. 자식새끼 놔두고 지금 뭐 하는 거냐고 쌍욕을 해 댔는데도 들은 척도 안 했지. 원래 그런 사람이 아니었던 거 너도 알지?"

"저 어렸을 때는 바쁠 때도 절 잘 챙기셨으니까요. 가끔 같이 놀러 가기도 하고……."

"맞아. 그랬던 녀석인데 무슨 귀신에 홀린 듯이 변해서……. 솔직히 난 그래서 그 인어를 본 날 너희 아버지는 죽은 거구나 하고 생각하게 됐다. 네 아버지 실종된 날, 사실 그 자체로는 딱히 감흥이 없었어. 죽은 지 오래인 사람을……. 그렇지만 넌 불쌍했지. 그리고 옛날의 좋은 기억들이 떠올라서 좀…… 슬펐어."

시체도 없는 관을 두고 아버지의 장례식을 치르던 날, 침착하게 자신을 도와주던 승욱을 해랑은 떠올렸다. 장례식 마지막 날, 텅 빈 관을 불태우고 나서야 승욱은 담배를 뻑뻑 피우며 눈시울을 붉혔다.

"해랑아, 넌 네 아버지 말 믿어지냐? 인어를 봤다는 말."

"······."

왜 갑자기 승욱이 이런 이야기를 하는 걸까. 해랑은 역시 제 거짓말이 너무 티 났나 생각했다. 인어······ 인어라. 청년에게서 나는 바다 냄새를 떠올린다. 승욱 아저씨도 맡은 걸까. 근데 인어 같은 게 있을 리가 없잖아. 당연히 아버지가 잘못 본 거겠지. 산소 부족으로 환각을 보게 되는 건 이상한 일도 아니니까.

"모르죠. 심도 5까지 내려가 본 적이 없으니."

해랑은 시큰둥하게 대답했다. 이상하게도 안 믿는다는 말은 선뜻 안 나왔다.

인어? 내가 아는 인어는 남녀 불문 미인인데? 그것보다는 예쁘고 잘생겨야 하지 않을까? 물론 청년이 못생긴 편은 아니었다. 청년의 까만 머리카락과 새하얀 피부, 까만 눈동자, 늘씬한 몸까지 자연스레 떠오르자 해랑은 억지로 제 생각을 끊었다.

"틀린 말은 아니네. 바닷속에서 죽기 직전에야 확인 가능하려나?"

해랑의 대답을 듣고 승욱은 허탈하게 웃었다.

"그런데 왜 갑자기 아버지 이야기를 하세요?"

"나이가 들수록 걱정이 많아져서 말이지. 내려가자."

담배를 발로 비벼 끈 후 승욱은 돌아섰다. 승욱이 만약 청년에 대해 어떤 생각을 했다면 걱정하는 것도 무리는 아니다. 하지만 저는 아버지처럼 되지 않을 것이라고, 승욱의 뒷모습을 보며 해랑은 다짐했다.

그날 해랑은 눈코 뜰 새 없이 바빴다. 민간 특잠 부르는 비용
이 만만찮음에도 많은 사람들이 민간 특잠을 찾았다. 국가나
지자체 소속 특잠만으로는 모든 사고를 처리할 수가 없어서였
다. 그러면 국가나 지자체에서 특잠을 더 뽑으면 되지 않느냐
고? 그러게나 말이다. 애석하게도 공무원의 수는 필요에 의해
정해지지 않았다.

해랑도 국가 소속 특잠으로 한때 표창장까지 받았었으나 과
로사할 거 같은 위기감에 그만뒀다. 일만 하다 죽고 싶진 않았
더란다. 민간 소속이라도 바쁘긴 마찬가지지만 ─ 특히나 장
마철에는 특근의 연속이다. ─ 그래도 국가 소속일 때보단 나
았다.

밤 여덟 시가 다 되어서야 해랑의 일은 끝났다. 그때까지 해
랑과 함께 다닌 청년은 딱히 어떤 사고를 치지는 않았다. 그저
호기심 어린 시선으로 해랑이 일하는 모습을 지켜봤을 뿐이
었다.

"너 배고프겠다."

집으로 가는 차 안에서 해랑은 청년에게 말했다. 아침에 생
고기를 뜯어 먹던 청년의 모습이 눈앞에 생생했다. 다행히도
뭐 사람을 잡아먹으려 들진 않았지만서도.

집에 도착하고 보니 집 안이 난장판이었다. 아침에 치울 새
도 없었으니까. 해랑은 한숨을 푹 내쉬며 바닥에 떨어져 있는
음식이며 수건 등을 대충 치웠다. 청년은 그런 해랑의 뒤를 졸
졸 따라다녔다. 저리 좀 가라고 해 봤자 알아들을 거 같지도 않
아서 해랑은 청년을 그냥 내버려뒀다.

저녁은 혼자였으면 냉장고에 있는 음식으로 대충 때웠을 테
지만 오늘은 손님이 있어 그러기가 좀 민망했다. 해랑은 냉동
실에서 볶음밥을 꺼냈다. 밥을 데워 계란프라이까지 얹으니 한
끼 식사가 금방 완성되었다.

청년을 식탁 맞은편에 앉히고 해랑은 청년의 손에 숟가락을
쥐여 줬다. 점심은 대충 빵으로 해결해서 문제가 없었지만 밥
을 손으로 먹는 꼴은 내 두 눈 뜨고 못 본다. 해랑이 숟가락으
로 밥을 퍼먹자 기특하게도 청년은 곧잘 숟가락질을 따라 했
다. 물론 음식이 그릇과 숟가락에서 자꾸 벗어나긴 했지만. 숟
가락질도 잘 따라 하는데 왜 말은 못 따라 하는 걸까.

"맛있어?"

"……."

"하, 내가 뭘 바라냐. 앞으로 널 어쩌냐, 고민이네. 흘린 거는
먹지 마!"

식탁 위에 떨어진 밥알까지 주워 먹으려고 하는 모습을 보
고 해랑은 버럭 소리 질렀다. 개나 고양이는 덩치라도 작지, 얘

는 덩치도 큰데……. 역시 일단 경찰에 신고는 해 놓을까.

여기에 인어가 있어.

……웃기시네. 청년의 입가와 손을 닦아 주던 해랑은 승욱이 해 줬던 이야기를 문득 떠올리고는 속으로 중얼거렸다. 그 기분 나쁜 바닷속에 인어 같은 게 있을 리 없잖아. 있어 봤자 징그러운 촉수만 색색으로 종류별로 있지. 그 밑에는 촉수의 본체가 있을 테고.

지금까지 촉수가 어디에서 뻗어 나오는지 그 본체를 본 사람은 아무도 없다. 인간들은 알 수 없는 바다의 끝을 확인하기 위해 카메라를 단 로봇을 넣는 등 별별 노력을 다 해 봤지만 모든 노력은 수포로 돌아갔다. 그렇지만 현장에서 일하는 사람이라면 누구든 이렇게 생각할 것이다. 무언가 거대하고 끔찍한 게 있겠지. 다리가 수천 개 달린 초초초대형 문어라든지. 안 봐도 뻔하다.

괜히 바다 냄새가 코를 간지럽히는 듯했다. 해랑은 무심결에 청년의 팔을 잡아당겨 냄새를 킁킁 맡았다. 부엌의 온갖 냄새를 뚫고 들어오는 바다 냄새…….

목소리를 잃어버린 인어공주…….

"내가 지금 뭔 생각을 하고 있냐."

혼자 중얼거리며 해랑은 청년의 팔을 던지듯 놨다. 그리고 식탁 위를 재빨리 정리했다. 설거지는 나중으로 미뤄 두고 청년을 재빨리 씻긴 뒤에야 — 청년은 제 몸 위로 쏟아지는 따뜻한 물을 마음에 들어 했다. — 겨우 자신도 샤워기에서 쏟아지는 뜨거운 물줄기 아래에 설 수 있었다.

알 수 없는 바다를 이루고 있는 건 정확히는 물이 아니다. 차라리 물이면 좋으련만. 그러면 끌려가는 순간 사망 확정이니까……. 그런 나쁜 생각을 종종 하곤 한다. 그 공간에 가득 차 있는 게 물이 아닌 사람이 숨 쉴 수 있는 어떤 물질이라는 것은 사람들에게 자꾸만 희망을 준다. 희망이란 때로는 인간을 고통스럽게 한다. 막상 그 바다에 내려가 보면 깜깜한 어둠밖에 안 보이는데.

그래도 그 어둠을 뚫고 하얀 무언가가 보이면 정말 기쁘거든.

아버지는 어린 해랑에게 말하곤 했다. 그리고 아버지를 쏙 빼닮은 해랑은 아버지만큼 잠수에 재능이 있었다.

나는 사람들을 구할 능력이 있으니까 사람들을 구해야 해.

해랑은 기쁨이 아닌 어떤 의무감으로 일했다. 그거라도 해야 존재하는 이유가 있지 않을까 해서. 워커홀릭까지는 아니지만 일하지 않으면 알 수 없는 죄책감이 자꾸만 해랑을 괴롭힌다. 일하다 죽으면 더 많은 사람을 구하지 못하게 되니까 국가 특잠도 그만둘 수밖에 없었다.

목욕을 마친 해랑이 방으로 들어가니 청년은 침대 위에서 이불을 꼭 끌어안고 있었다.

"아……."

아침에 들렸던 그 소리. 푹신한 이불의 촉감에 청년은 기분이 좋은 듯했다. 그러다가 방문이 열리자 벌떡 몸을 일으켰다. 그리고 해랑에게 달려들었다.

"야, 너 낮에는 안 그러더니……."

"아, 아……."

청년을 매단 채 해랑은 침대에 털썩 주저앉았다. 침대 머리맡에 둔 휴대폰을 확인하고 싶은데 청년이 자꾸만 해랑의 몸에 제 몸을 비벼 댔다. 이거…… 성추행 아닌가. 아, 성추행은 인간과 인간 사이에만 성립하는 건가. 그래도 겉모습은 그냥 인간이니까. 결국 청년의 무게에 밀려 해랑은 또다시 눕혀졌다. 나는 왜 멍청하게 다 당해 주고 있는지 모르겠다. 뭐에 홀린 기분이다.

그랬던 녀석인데 무슨 귀신에 홀린 듯이 변해서…….

아버지랑은 다르지! 이건 실체가 있는 존재잖아. 청년의 손이 또 옷 안으로 기어들어 와 옆구리를 조물조물 만져 대는 통에 온몸에 소름이 오싹오싹 돋는 해랑이었다. 결국 청년의 손을 덥석 잡아 멈췄다. 해랑의 목에 얼굴을 비비고 있던 청년은 그제야 해랑을 쳐다봤다.

"나 거기 예민하거든? 그냥 안기만 해, 안기만."

청년의 손을 옮기며 해랑은 말했다. 알아들을 리도 없지만.

그러나 청년은 알아들은 것처럼 얌전히 해랑을 끌어안기만 했다.

청년의 몸이 차가운 편이라서 덥진 않았다. 여름인데 좋지 뭐. 보통은 휴대폰을 쳐다보다 잠이 들곤 하는데 청년에게 안긴 채 아무것도 못 하고 가만히 있자니 잠이 솔솔 왔다. 해랑의 일이 육체노동이라 피곤이 더 몰려왔다.

해랑은 얼마 지나지 않아 깊게 잠들었다. 청년은 잠이 들지는 않았지만 밤새 해랑을 끌어안고 있었다. 인간의 몸이 주는 감각 하나도 놓치지 않겠다는 듯.

"아니, 선생니임! 지금 다섯 달째 입금이 안 되고 있는데 저희도 죽겠어요오! 원래는 일시불인 거 선생님께서 사정사정하셔서 쪼개서 받는 건데. 이게 저희 인건비는 그렇다 쳐도 장비 유지비가 자동차보다 더 비싸요. 그나마도 저희 잠수사가 실력이 좋아서 다른 업체에 비해 가격이 저렴한 건데 선생님 진짜 오늘 조금이라도!"

"오늘도 같이 출근이야?"

다음 날 사무실에 나란히 출근한 해랑과 청년을 보고 승욱은 책상에 놓아둔 간식 바구니에서 작은 초콜릿 하나를 꺼내 청년에게 주었다. 은규가 사정이 어려운 채무자에게 사정사정하는 것을 들으며 해랑은 초콜릿 포장지를 손수 까 줬다. 청년이 초콜릿 껍질도 안 까고 입에 넣으려고 해서였다.

"아예 같이 사는 거야?"

게 눈 감추듯 초콜릿을 씹어 삼킨 청년에게 초콜릿을 하나 더 주며 승욱은 물었다.

"어…… 한동안은요."

청년의 손을 잡고 초콜릿 껍질 까는 것을 가르쳐 주며 해랑은 대답했다.

"야, 너……."

통화하면서 해랑과 청년을 계속 쳐다보고 있던 은규는 수화기를 내려놓자마자 말도 안 된다는 듯 뭔가 말하려다가 그만뒀다. 그러다가 또 전화가 울려서 이내 컴퓨터 모니터로 시선을 돌렸다.

"오늘의 첫 임무입니다요."

"예예, 갑니다아."

은규가 던져 주는 차 키를 들고 해랑은 자리에서 일어났다. 그리고 간식 바구니에서 초콜릿을 한 움큼 쥐어 청년의 옷 주머니에 넣어 주고는 청년을 끌고 출입문으로 향했다.

출동 장소는 한창 평탄화 작업 중인 곳이었다.

"돈은 어떻게든 낼 테니 빨리 좀 구해 주쇼!"

소리치는 노동자의 작업모를 타고 빗물이 뚝뚝 떨어졌다. 평탄화 작업 중 웅덩이로 끌려가는 사고는 자주 일어났다. 원래 평탄화 작업을 할 때는 최소 2인 1조로 작업해야 하며 작업을 담당하는 회사는 작업장에 특수 잠수사를 항시 대기시켜야 한다. 그렇지만 하청에 하청을 주면서 이러한 원칙이 지켜지지 않는 작업장이 많았다.

작업장에서 꽤 떨어져 있는 민간 특잠 파견 사무실에, 사측이 아닌 근로자 개인이 연락했다는 건 작업 원칙 따위는 갖다 버렸음을 여실히 보여 주고 있었다. 위험한 근무 환경에 비하면 돈도 그리 많이 못 벌 텐데…… 해랑은 인부의 목에 걸쳐진 보풀이 잔뜩 일어난 낡은 수건을 잠시 바라보다가 웅덩이 안으로 몸을 던졌다.

여느 때처럼 검은 물살을 헤치며 해랑은 아래로 아래로 내려갔다. 심도 2에 가까이 갔을 때 하얀 무언가가 보여서 손을 뻗어 잡아 보니 낡은 수건이었다. 나름 빨리 왔다고 생각했는데 늦었으려나…… 텐타클도 개체별로 다 달라서 엄청 느린 녀석도 있고 엄청 빠른 녀석도 있으니, 구조 대상자가 벌써 죽었다고 해도 이상한 일은 아니었다. 최악의 경우 시신이라도 건져 보고자 해랑은 음파 장비를 꺼냈다.

심도 2까지 내려갔지만 발견되는 것이 없었다. 심도 3까지 내려가는 경우는 드문데…… 심도 2를 넘어가면 비용도 더 들 텐데 괜찮으려나. 마음에 썩 내키지 않았지만 해랑은 맡은 바 임무를 다하기 위해 산소통을 확인한 후 심도 3으로 향하려 했다.

그 순간 무언가가 해랑의 발목을 휘감았다. 해랑은 재빨리 나이프를 꺼내 발목을 잡아당기는 텐타클을 끊어 냈다. 그러나 이어서 다수의 텐타클이 빠르게 해랑에게 뻗어 왔다.

안 되겠어. 수색 중단. 위로 올라가자. 다수의 텐타클을 상대하기 위해 해랑은 발사기에 어뢰를 장전했다.

그때 음파 탐지기가 요란하게 울렸다. 발사기의 방아쇠를 당기려던 손가락이 순간 멈추고, 텐타클이 또다시 해랑의 발목이며 다리를 감아 왔다. 젠장. 저기에 있다고? 끌려가는 와중에도 해랑은 텐타클들 사이에서 하얀 무언가를 봤다. 구조 대상자인가?

좀 놓으라고! 텐타클이 꽤 많았다. 해랑은 서둘러 나이프를 휘둘렀으나 텐타클은 아랑곳하지 않고 해랑의 몸을 끌어당겼다. 몸은 계속 아래로 향했다. 심도가 빠르게 높아져 갔다. 압력으로 움직임이 점점 둔해진다. 그럼에도 해랑은 어뢰를 쏘지 않았다. 지금 어뢰를 쏘면 살아 있을지도 모르는 구조 대상자까지 위험했다.

숨이 슬슬 막혀 오기 시작했다. 산소 호흡기를 물려고 했으나 텐타클이 해랑의 손을 쳤다. 방해를 물리치고 어떻게든 호흡기를 입에 물었으나 몸은 그새 심도 3의 한가운데까지 내려가 있었다. 심도 3에서 안 싸워 본 것도 아니고 이게 무슨 꼴이야. 그동안 너무 쉬운 일만 했던가. 숨쉬기가 다시 편해지니 해랑은 오기가 생겼다. 어떻게든 구조 대상자를 구해 내리라 마음먹으며 발사기에 좀 더 작은 구경의 어뢰를 장전했다. 그래도 아래로 내려가면 물의 흐름은 잦아든다. 좀 더 정교하게 폭발시키면……

텐타클이 계속 공격해서 조준이 어려웠다. 너무 오랜만에 내려와 본 심도 3인 데다가 예외적 상황이었다. 조준하려고 움직임을 멈추니 텐타클이 손목까지 감아 왔다. 다리면 몰라도 팔의 움직임까지 제어되면 정말 목숨이 위험했다. 해랑은 이를 악물고 버티며 조준했고, 어뢰를 발사했다.

폭발과 함께 텐타클이 우수수 끊어지면서 구조 대상자가 모습을 드러냈다. 그러나 구조 대상자는 이미 온전한 모습이 아니었다. 상반신밖에 없는 시신을 보고 해랑은 그쪽으로 헤엄쳐 가려 했다. 그러나 텐타클이 해랑의 다리를 잡아당겼다. 해랑은 그제야 너무 많은 텐타클이 자신의 몸을 붙들고 있음을 깨달았다.

몸을 움직일 수 없다.

그대로 해랑은 더 깊이, 아래로 끌려갔다. 심도계의 숫자가 올라간다. 3.7, 3.8…… 4…….

이대로 가다간 텐타클한테 잡아먹히든지 질식해 죽든지 둘 중 하나다.

하, 아버지처럼 죽고 싶진 않았는데.

지상과 점점 멀어지는 것을 느낀다. 더 깊어지는 어둠.

형편없다. 이런 죽음은 정말…….

그때 물의 흐름이 바뀌었다. 해랑은 '위에서' 무언가가 다가오는 것을 느꼈다. 구하러 올 사람이 없을 텐데…….

아는 얼굴이 나타났다. 잘 아는 얼굴은 아니지만, 어제부터 알게 된 얼굴.

이 깊은 바닷속에서 해랑은 청년과 얼굴을 마주했다.

해랑은 뭔가 잘못 봤다고 생각했다. 급할 때 맨몸으로 종종 뛰어드는 자신도 심도 2까지 내려가는 게 한계다. 아무 장비도 없이 심도 3을 넘어 내려오는 건 불가능하다. 평범한 인간이라면.

그러나 청년의 새하얀 손이 까만 글러브를 끼고 있는 해랑의 손과 맞닿았다. 손을 잡은 청년은 그대로 해랑의 몸을 끌어안았다. 동시에 텐타클들이 일제히 해랑의 몸을 놓아줬다.

아침에 입혀 준 옷 그대로, 심도 4까지 내려오는 게, 가능할 리가…….

하얀 티셔츠 자락이 지느러미처럼 흔들린다. 까만 머리카락도. 해랑을 꼭 안은 청년은 안심이 된다는 듯 눈을 감았다. 청년의 발이 천천히 움직인다. 몸이 빠르게 상승하기 시작하는 것을 해랑은 느꼈다. 이 속도로 올라가면 압력 변화 때문에 백

퍼센트 기절하겠군. 온몸에 부딪히는 검은 물살이 너무 빨랐다. 역시 인간이 아니었나. 희미해지는 의식 속에서 해랑은 생각했다.

여기에 인어가 있어.

정신이 들었을 때는 병원이었다. 해랑의 곁을 지키고 있던 은규는 너 괜찮냐 소리치더니 인터폰으로 간호사에게 연락했다.

"어떻게 된 거냐?"

"뭘 어떻게 되긴. 뒈질 뻔했지."

"아니, 그게 아니잖아."

해랑은 한숨을 크게 내쉬었다. 바닷속에 얼마나 있었다고 폐로 들어왔다 나가는 공기가 낯설게 느껴졌다. 특잠 일을 하면서 처음으로 사경을 헤맸는데 죽을 뻔했다는 게 어쩐지 실감이 나지 않았다.

"네 사촌의 친구의 친구가 너 끌고 올라왔다고 하더라. 말이 되나?"

"말이 안 되지."

둘 사이에 잠시 서늘한 침묵이 흘렀다. 해랑은 꾸물거리며 몸을 일으켰다. 의식을 잃은 사이 치료는 다 끝났는지 몸을 움직이는 데에는 지장이 없었다.

"걔 정체가 뭐냐?"

"나도 몰라."

"너 몇까지 끌려갔냐?"

"4."

"아니, 그게 말이 되냐고."

"심도계 기록 보든가."

둘의 대화는 의사가 들어오면서 끝났다. 하지만 둘 다 암묵적으로 약속했다. 아니, 둘 다 본능적으로 깨달았다고 보는 게 맞을 것이다. 이 일에 대해 함부로 밖에 말하지 않는 게 좋겠다고.

"뒤처리는 어떻게 했냐?"

의사와 간호사가 해랑의 상태를 확인하고 퇴원해도 된다고 말한 후 해랑이 가만히 물었다. 구해야 할 사람은 시신도 못 건졌는데 구조를 요청한 사람은 비용을 지불해야 하니 최악의 결과였다.

"새삼스럽게. 승욱이 형이 다 했지 뭐. 웅덩이 메우고 앰뷸런스 부르고 입금해 달라고 했다가 멱살 잡히고."

"그 아저씨도 참. 좀 나중에 말해도 되는걸."

해랑은 중얼거리며 창밖으로 시선을 돌렸다. 지겨운 비가 추적추적 내리고 있었다. 땅도 무심하시지. 하늘은 무자비하지만 공평하다. 비는 어디든 내리니까. 땅은 자비로워서 불공평하다. 자비롭게 모든 사람에게 제 몸을 내어 주지만, 있는 이들은 평탄하게 깎아 버린 땅 위에서 평화롭게 살아가고 없는 이들은 지옥과 이어진 웅덩이 옆에서 계속 살아가야 한다.

한편 승욱은 병원 대기실에 앉아 있었다. 그리고 해랑을 구한 청년은 아무 일도 없었다는 듯 승욱의 무릎을 베고 잠들어 있었다.

인어일까. 잠든 청년을 내려다보며 승욱은 생각했다. 그러면 너무하지 않은가. 아버지를 수장시킨 것도 모자라서 대체 왜 아들한테까지. 그러나 이내 생각을 달리했다. 해랑을 구해 줬다. 그때와는 다르다.

이 애를 앞으로 어떻게 해야 하나. 당장 승욱의 머리에 떠오르는 것은 특수 잠수밖에 없었다. 일평생 해 먹으면서 산 게 그쪽밖에 없으니 어쩌겠는가. 해랑이가 사촌이니 뭐니 말한 건 당연히 다 거짓말이겠지. 이름을 주고 특잠 관련 일이라도 가르쳐야겠다고 승욱은 마음먹었다. 청년에게서는 알 수 없는 바다의 비린내가 났다. 승욱에게도 창밖에서 내리는 빗소리가 들렸다. 입맛이 썼다.

***

삼 년의 시간이 흘렀다. 청년은 영하라는 평범한 이름을 받고 승욱과 해랑에게 특수 잠수를 배웠다. 사실 딱히 배울 것도 없었다. 다른 이들과 달리 영하는 맨몸으로도 알 수 없는 바다 깊이 내려갈 수 있고, 영하가 잠수해 내려가면 텐타클들은 신기하게도 바로 물러났다.

영하에게 가르치는 것은 평범한 특수 잠수부로 위장하기 위한 장비 사용법뿐이었다. 사무실의 모든 사람 — 이라고 해봤자 셋이지만 — 은 별말 없이 동의했다. 영하의 존재가 밖으로 드러나서 이목을 끌면 좋지 않을 것이라고.

"아, 아……."

먼저 일어난 영하는 여느 아침처럼 해랑을 흔들어 깨웠다. 똑같이 야근했는데 피곤하지도 않나. 잠이 도통 깨지 않아서 해랑은 머리끝까지 이불을 뒤집어쓰려 했다. 그러나 영하는 해랑을 끌어안고 목에 얼굴을 문질러 댔다. 으응, 아……. 일어나라는 뜻이었다.

"일어날게."

영하의 스킨십이 이제는 익숙한 듯 해랑은 질색하는 기색 없이 그저 피곤해 죽겠다는 표정으로 부스스 일어났다. 이제 이것이 섹슈얼한 의도는 전혀 없는 스킨십이라는 것을 해랑도 잘 알았다. 그저 순수하게 인간의 감촉이 좋아서 하는 짓으로, 인간의 몸을 탐색하는 느낌이라고 표현하는 게 훨씬 적합할 터였다.

영하도 해랑과 함께 일어나서는 조르르 방 밖으로 나갔다. 그리고 익숙한 듯 냉장고에서 우유를 꺼내고 싱크대 찬장에서 그릇과 숟가락을 꺼냈다. 그 후 식탁 앞에 앉더니만 식탁 한쪽에 놓인 시리얼 상자를 끌어왔다. 해랑은 하품을 하며 영하의 맞은편에 앉았다.

영하는 일 년째 아침으로 시리얼을 먹고 있었다. 그것도 단맛 하나 없이 약간의 짭짤함과 바삭함만 있는 콘후○○크 시리얼. 굳이 똑같은 걸 먹을 필요는 없지만 어쩌다 보니 해랑도 일 년째 시리얼을 먹고 있었다. 물론 영하처럼 똑같은 시리얼만 계속 먹을 자신은 없어서 제품을 바꿔 가며 먹고 있지만.

해랑은 오 분도 안 돼서 식사를 마치고 먼저 일어나 세수하러 욕실로 향했다. 반면 영하는 시리얼의 식감과 맛 하나하나 음미하는 듯 우유에 만 시리얼을 한 숟갈씩 꼭꼭 씹어 삼켰다.

세수까지 마친 후 양치질을 하기 위해 해랑은 컵에 물을 받았다. 인간에게 허락된 웅덩이는 시리얼을 말기 위해 부은 우유나 양치하기 위해 컵에 받는 물 정도였다. 물론 해랑에게는 후자도 허락되지 않아 식구가 생겼지만 말이다.

해랑이 언제나처럼 칫솔을 입에 문 채로 나오니 그제야 영하의 아침 식사가 끝났다. 다 먹은 그릇을 싱크대에 놓고 영하도 욕실로 향했다. 제 옆을 지나간 영하가 욕실로 들어가고, 욕실 문이 닫히는 것을 해랑은 쳐다봤다. 그러다가 텔레비전을 켰다. 욕실 문 너머 물소리가 들려왔다.

텔레비전 뉴스에서는 전날의 사건·사고 단신을 보도하고 있었다. 장마철마다 웅덩이에서 튀어나온 텐타클이 꿈틀거리는 모습을 텔레비전으로 보는 것은 이제 익숙했다. 다만 해가 지날수록 기후 변화 때문에 비가 잦아지고 장마철이 길어지며 비가 언제 얼마나 올지 예측이 안 된다는 게 문제였다. 예측에서 벗어난 비가 오면 텐타클 피해가 속출했다.

텔레비전 속에서 텐타클 피해자들이 시위를 벌이고 있는 모습도 잠시 비쳤다. 전국적인 평탄화 사업이 진행되기 전의 일이었다. 웅덩이에서 텐타클이 튀어나와서 사람들을 끌고 가기 시작하던 초창기에 대규모 피해자가 발생했었다. 하루아침에 가족, 연인, 친구를 잃은 사람들은 거리로 나와 대책 마련을 촉구했고 정부에서는 급히 전국 규모의 연구와 평탄화 작업을 진행했다.

해랑은 아버지가 드물게 양복을 입고 출근하던 것을 기억했다. 나라에서 소를 잃고도 외양간을 제대로 고치지 못해서 도와주러 가는 거라고 아버지는 해랑에게 말했다. 커서 특수 잠수사가 된 후에야 해랑은 아버지의 말을 이해했다.

공금이 오가는 사업이 으레 그렇듯 평탄화 사업에도 이래저래 문제가 많았다. 잠깐임에도 피해자들의 모습을 보는 건 여전히 익숙해지질 않아서 채널을 돌리니 아침 정보 방송에서 스트레칭을 가르쳐 주고 있었다. 해랑은 칫솔을 입에 문 채 팔을 위로 쭉 뻗어 스트레칭을 하기 시작했다.

「틈날 때마다 해 보세요! 디스크 예방에 좋습니다!」

스트레칭을 가르쳐 주는 강사의 마무리 멘트를 들으며 해랑은 언젠가 들은 잡지식을 떠올렸다. 인간이 직립 보행을 하는 바람에 디스크 질환이 생겼다던가. 인간으로 살기 참 피곤해.

그리고 광고로 넘어가는 찰나에 어쩐지 욕실 안이 너무 조용하다는 사실을 깨달았다. 해랑은 욕실 쪽을 돌아봤다. 문은 여전히 굳게 닫혀 있었다. 욕실 문을 똑똑 두드려 봤으나 안에서는 아무 소리도 들리지 않았다.

"⋯⋯."

벌써 '그날'인가. 해랑은 욕실 문을 열었다.

욕실 안에는 아무도 없었다.

처음 영하가 사라졌을 때는 실종 신고도 하고 난리도 아니었다. 물론 경찰은 다 큰 성인이 사라진 지 하루도 채 안 되었기에 바로 수사를 진행하지는 않았다. 해랑은 사무실에 말해 연차까지 쓰고는 하루 종일 영하를 찾아다녔는데, 그날 오후 집에 와 보니 영하는 무슨 일이 있었냐는 듯 거실에 앉아 있었더란다.

그 후로도 영하는 두어 번 정도 더 욕실에서 감쪽같이 사라지곤 했다. 해랑은 걱정하면서 하루를 보냈고 근무를 마치고 집에 와 보면 영하는 언제 사라졌냐는 듯 얌전히 기다리고 있었다.

오늘도 그렇겠지. 영하가 사라질 때마다 해랑은 너무 깊게 생각하지 않으려고 애썼다. 의문을 가지면 가질수록 괴로운 사람은 해랑 자신뿐이었다. 대체 어디로 간 걸까? 알 수 없는 바다로 간 걸까? 그렇다면 왜 간 거지? 어떻게 간 거지? 아니, 애초에 어디에서 온 걸까? 영원히 답을 알 수 없는 질문들이었다. 어차피 영하는 인간의 언어로는 아무것도 대답해 주지 않는다. 제멋대로 날뛰는 상상력은 감정만 소모하게 할 뿐이었다.

그러나 미지에서 오는 공포보다 영하와 함께하고 싶은 마음이 어느새 더 커져 버렸다. 둘 다 공존하는 감정이다. 두려워하면서도 어떻게 함께 살고 싶어 할 수 있을까. 해랑은 영하가 사라질 때마다 자신의 아버지를 떠올렸다. 당신도 그런 마음이었을까.

"영하 오늘 연차요. 몸이 안 좋아서요."

해랑은 사무실에 혼자 출근해 승욱과 은규에게 통보했다. 해랑이 영하가 사라졌다면서 난리를 치던 그날을 승욱과 은규도 기억했기에 딱히 아무 말도 하지 않고 영하의 연차를 처리했다.

언젠가 승욱이 영하와 계속 같이 사는 게 괜찮겠느냐고 해랑에게 물었던 적이 있었다. 그때 해랑은 대놓고 아버지처럼 그러지는 않을 거라고 대답했다. 그렇게 정신 나간 채로 살진 않을 거라고.

그렇지만 누구랑 같이 사는 거, 나쁘진 않더라고요.

오후에 미팅이 있었다. 사무실로 찾아온 시청 소속 주무관은 민간 잠수 업체 지원금에 대해 설명했고 해랑은 이런 미팅은 은규와 승욱 둘이서만 있어도 되지 않나 싶었다.

"무료 구조 등의 활동 내역이 있으면 지원금 심사에 가산점이 붙습니다."

"돈 못 받은 데가 많아서 사실상 무료 구조 건은 많긴 한데 그런 건 안 쳐주나?"

"무료 구조할 여유가 있으면 지원금 신청을 안 하죠."

은규가 쓰게 웃으며 말했고 해랑이 눈을 가늘게 뜨며 덧붙였다. 둘 다 가만히 좀 있으라고 승욱이 말렸다. 민간 잠수사의 고충을 충분히 안다는 듯 설명하던 주무관도 멋쩍게 웃을 뿐이었다.

설명이 끝나고 주무관은 시설과 장비를 둘러보기 시작했다. 지원금 심사를 통과하기 위해 보완할 점을 말해 주었고 은규는 투덜거리면서도 열심히 받아 적었다. 지원금 받으려고 낡은 장비를 교체하면 배보다 배꼽이 더 큰 거 아닌가 하는 말이 목구멍 끝까지 올라왔으나 해랑은 애써 눌렀다. 얼마 전에 근처 학교에서 안전 교육을 해 달라고 요청이 왔는데 해 줄 걸 그랬나. 그렇지만 내가 거기 갈 시간이 어디 있냐고. 지금 이렇게 있는 것도 시간 낭비인데.

"기업 규모 대비 실적이 많긴 한데 애초에 기업이 너무 작아

도 감점 요인입니다, 사장님. 상시 근로자 다섯 명은 채우시는
게 좋아요."

실적, 즉 구해 낸 사람들의 수가 지원금 심사에 도움이 꽤 되
지 않을까 내심 기대했는데, 아닌 모양이었다. 잔혹한 자본주
의 세상이여. 해랑은 제 고생이 허무하게 느껴져서 한숨을 삼
켰다.

"예예, 알겠습니다. 저희도 늘 구인 공고는 내고 있거든요."

"사장님, 그니까 채용 공고 올릴 때 유료 상품 좀 쓰지."

승욱은 구시렁거리는 은규에게 눈치를 줬다. 눈에 잘 보이는
곳에 구인 공고를 걸어 놔도 이런 후진 회사에 누가 오겠어. 해
랑은 사무실 풍경을 보고 바로 도망간 수많은 면접자들을 떠
올리며 속으로 혀를 찼다. 어느 날 갑자기 굴러들어 온 영하가
아니었으면 영원히 단 셋뿐인 회사였을 것이었다.

"그러고 보니 잠수사 한 분은?"

"오늘 연차입니다."

"심사 날에는 두 분 다 계셔야 합니다. 소속 특잠은 최소 두
명은 있어야 하는 거 아시죠?"

그래야 혼자서 연일 일하지 않는다는 게 증명된다나. 열악하
기 그지없는 근무 환경에 주무관이 거듭 강조했다. 아니 그러
니까 어려운 상황이라서 지원금 받으려고 하는 거 아니냐고.
연신 알겠다는 대답과 함께 굽신거리는 승욱을 보고 해랑은

한숨을 삼켰다. 저 형 아니었으면 나도 대기업으로 갔겠지. 해
랑은 잘나가던 시절, 대기업에서 무수히 들어오던 스카우트 요
청을 떠올렸다.

"와, 나랏돈 타 먹기 겁나 빡세."

주무관이 가자마자 은규가 이마를 짚으며 큰소리로 말했다.
승욱은 담배 한 대 피우겠다며 밖으로 나갔다. 저 형도 지긋지
긋하겠지. 해랑은 바로 나갈 채비를 했다. 사고는 아니나 안전
점검 요청이 들어온 현장으로 가야 했다.

그날 저녁 해랑은 아무렇지 않게 저녁거리를 사서 퇴근했다.
그러나 해랑의 예상과 달리 집 안은 텅 비어 있었다. 장 본 것
을 현관 근처에 내려놓고 해랑은 온통 깜깜한 집 안으로 들어
섰다. 그리고 곧바로, 그러나 그리 빠르지 않은 걸음으로 욕실
을 향해 다가갔다.

언제나처럼 기다리고 있기를 바랐다. 평소 모습 그대로 말이
다. 해랑은 욕실 문을 열었다. 빛이 새어 나왔고, 해랑의 눈에
가장 먼저 들어오는 것은 평소 사용하지 않는 상아색 욕조에
반쯤 차 있는 물이었다.

불길한 예감이 들었다. 욕실에서 나가야 한다는 것을 직감적
으로 느꼈다. 그러나 누가 강제로 고정이라도 시킨 듯 해랑은
욕조에서 시선을 떼지 못했다.

찰랑.

바람이 부는 것도 아닌데 욕조의 물이 흔들렸다. 이어 물이 흐려지기 시작했다. 점점 검게 물들어 가는 물을 해랑은 그저 바라만 볼 수밖에 없었다.

첨벙.

검은빛으로 변한 물의 표면이 첨벙 하고 올라오더니 '무언가'가 욕조의 모서리를 타고 흘러나오기 시작했다. 텐타클처럼 형언할 수 없는 색을 가진 슬라임 제형의 '그것'은 인간만 한 부피를 가진 채 욕조에서 기어 나와 바닥으로 철썩 쏟아졌다.

해랑은 그대로 얼어붙어 버렸다. 그것은 처음 왔을 때처럼 스르륵 기어서 해랑에게 다가갔고 그대로 발을 타고 올라가기 시작했다. 해랑은 눈을 감았다. 마치 탐색하듯이 제 몸에 닿는 그것의 감각이 어쩐지 저를 끌어안은 채 몸을 더듬던 영하의 손길과 비슷하다는 생각이 들었다. 완전히 다른 것임에도 불구하고.

질척하고 미끈한 것이 목까지 닿았을 때 해랑은 눈을 떴다. 영하는 다정하게 해랑을 끌어안고 있었다. 인간의 것과 같은 검은 머리카락이 해랑의 턱을 간지럽혔다.

"하……."

온몸에 힘이 쭉 빠졌다. 멍하니 허공을 바라보던 해랑의 눈에서 눈물이 흘렀다. 공포와 함께 가슴이 콱 막히는 듯했다. 제

상상보다 훨씬 더, 인간과 거리가 멀었다. 이런 걸 어떻게 인간이라고 할 수 있을까. 자신과 계속 함께하길 바란 존재가 인간이 아니라는 건 알고 있었다. 진즉에 알고 있었으면서도 애써그 사실을 회피하고 외면해 왔다.

"내가 늘 작살로 찌르고 베고…… 그래도 괜찮은 거야?"

해랑이 물었지만 영하는 언제나처럼 아무 대답도 하지 않았다. 이 침묵조차 다정하다 느끼는 것도 아마 인간의 착각이리라.

***

삼십 년 정도의 세월이 흘렀다. 어느 날 아침 여느 때처럼 욕실에서 세수하던 해랑은 문득 거울을 보며 제 머리카락도 많이 희끗거림을 깨달았다. 어디 그뿐일까. 수십 년 동안 잠수해온 몸은 관절이며 어디며 다 삐걱거렸다. 그러나 함께 다니는 영하는 여전히 이십 대 청년의 모습이었다.

"아!"

웬일로 욕실에서 나오자마자 영하가 덥석 끌어안았고 해랑은 오늘따라 왜 그러냐고 말하면서도 굳이 밀어내지는 않았다. 시간이 아무리 흘러도 영하는 조금도 변하지 않았다. 그는 여전히 해랑을 끌어안는 것을 좋아했다.

"왜 이렇게 빨리 먹었어? 하긴 라면 맛 바뀌는 것처럼 시리얼 맛도 예전 같지가 않더라. 다 먹었으면 얼른 씻어."

모르는 사람이 보면 부모와 자식 간으로 보일 것이었다. 입맛조차 변하지 않아 집은 바뀌어도 식탁 한쪽에는 여전히 콘후레이크 시리얼 상자가 놓여 있었다. 맞다. 오늘 퇴근하면서 시리얼 사 와야겠네. 식탁 쪽을 바라보며 해랑이 생각하는 사이에 영하는 욕실로 들어갔다.

욕실 문이 닫혔다. 해랑은 칫솔을 입에 문 채 텔레비전을 틀었다. 아침 정보 방송에서는 더 이상 스트레칭을 알려 주지 않지만 해랑은 팔을 올리며 쭉 기지개를 켰다. 하, 이제 기지개 켤 때마다 여기저기서 우두둑 소리가 나네. 광고나 다름없는 건강 코너를 보며 해랑은 몸을 움직였다.

시간이 얼마나 흘렀을까. 아침 정보 방송이 끝나고 건강 코너에서 보여 줬던 영양제 광고로 넘어가는 찰나에 해랑은 욕실 안이 너무 조용하다는 것을 깨달았다. '그날'인가. 해랑은 이제 익숙한 듯 터벅터벅 걸어가 욕실 문을 열었다.

욕실은 텅 비어 있었다. 은규한테 영하의 연차가 얼마나 남았는지 물어봐야겠다고 생각하며 해랑은 욕실에서 나왔다.

그러나 해랑은 결국 영하의 연차에 대해 묻지 못했다. 출근하려고 현관을 나서는 순간 온 부고 문자 때문이었다.

故 김승욱 님 본인상

　문자를 확인한 해랑은 휴대폰 화면을 물끄러미 바라보다가 고개 들어 욕실 문을 잠시 바라봤다. 아저씨 상태가 많이 안 좋긴 했지. 해랑은 며칠 전 병원 면회 갔을 때 승욱이 했던 말을 떠올렸다.

　너는 네 아버지처럼 살지 않아 다행이다.

　그 자리에 함께 있던 영하는 해랑의 옆에 앉아 가만히 손장난만 치고 있었다. 쉬세요 하고 인사한 후 해랑은 영하의 손을 붙들고 병실에서 나왔다. 그렇지만 인간도 아닌 존재한테 홀려 있기는 마찬가지인데요. 그렇게 생각하는 순간 영하의 손이 스르르 녹아서 빠져나갈 것만 같았다.

　해랑은 서둘러 옷을 갈아입고 장례식장으로 향했다. 먼저 온 은규는 눈시울을 붉히고 있었다. 은규의 어깨를 툭툭 친 후 해랑은 승욱의 영정 앞에 절을 올렸다. 상주와도 맞절하고 승욱에 대한 이야기를 몇 마디 나눴다.

　"아버지께 해랑 씨 이야기 많이 들었어요."

　상주인 승욱의 아들은 약간은 지친 얼굴로 해랑에게 말했다. 사무실에 거의 죽치고 살았던 승욱이 그리 좋은 아버지는 아니었을 것이라고 생각하며, 해랑은 아버님께 신세 많이 졌다고 인사했다.

"야, 영하는 어디 갔어?"

상주와 인사한 후 은규가 앉아 있는 자리로 가니 은규가 바로 물었다.

"연차 처리 좀 해 줘."

"하필 오늘⋯⋯."

이제 해랑이 영하의 연차를 써 달라고 하면 그러려니 하는 은규였다. 그럼에도 하필 오늘 못 오느냐고 말할 수밖에 없었다. 승욱이 영하 역시도 꽤 아꼈으니까.

"뭐 내일 오면 되니까."

빈 종이컵을 하나 들어 소주를 따르며 해랑은 말했다. 그리고 불투명한 컵에 고여 있는 투명한 액체를 내려다봤다. 맨 처음 실전에 투입되었을 때 물컵만 봐도 흠칫 놀라곤 했었다. 이 정도의 웅덩이에서는 아무것도 나오지 않는다는 걸 알면서도 그랬다.

그날 밤늦게 해랑은 집에 돌아왔다. 집에는 아무도 없었다. 그 누구도 기다리고 있지 않았다. 해랑은 깜깜한 현관에 잠시 멍하니 서 있었다. 조금의 인기척도 느껴지지 않는 공간이 낯설었다. 혼자 지냈던 게 언제 적 일이더라. 이제는 기억도 가물가물했다. 혼자 살아온 시간보다 영하와 함께 지내 온 시간이 더 길어진 지 오래였다.

다음 날도, 그다음 날도, 영하는 돌아오지 않았다. 승욱의 관이 화장되고 유골함을 봉안당에 안치하는 것까지 모두 지켜보며 해랑은 수많은 감정을 삼켰다. 그리움이 가장 컸다. 소중한 존재들이 제 곁을 떠나간다. 차라리 함께 떠나가서 다행이다. 나중에 영하가 사라졌으면 더 슬펐겠지.

어느 날 갑자기 사라질 것 같기는 했어. 영하가 아주 사라지는 날을, 분명 각오하고 있었어.

삼일장이 모두 끝나고 봉안당에서 돌아온 해랑을 어두운 집이 반겼다. 불을 켜니 텅 빈 시리얼 상자가 가장 먼저 눈에 들어왔다. 해랑은 식탁 앞에 앉아서 잠시 엎드렸다. 팔 안에서 시야가 깜깜해졌다. 마치 알 수 없는 바다 깊은 곳처럼.

그날 비가 왔다. 평소 같으면 가장 바쁠 날일 터였다. 낡은 집은 빗소리를 전혀 막지 못했다. 스스로 만들어 낸 어둠 속에서 가만히 빗소리를 듣던 해랑은 문득 고개를 들었다. 형광등 불빛에 눈이 부셨다.

해랑은 화장실로 향했다. 불을 켜자마자 거울에 사흘 동안 제대로 자지 못해 거칠어진 얼굴을 비췄다. 칫솔에 치약을 짜서 입에 물고 물을 틀었다. 그리고 세면대 옆에 둔 컵에 물을 받았다. 쏟아지는 수압으로 자잘한 거품이 일고 잘게 흔들리는 물의 표면을 해랑은 물끄러미 내려다봤다. 곧 잠잠해진 물은 빛을 투명하게 반사하며 빛났다.

승욱의 장례식에 찾아왔던 사람들을 희미하게 떠올렸다. 과거 승욱이 구해 주고 도와준 사람들. 그들이 내민 새하얀 봉투. 그들이 흘린 눈물. 예의 바르게 그들을 맞이한 승욱의 아들.

지긋지긋하다.

이 지긋지긋한 삶에 아무 말 없이 다가와 준 건 오직 너뿐이었다.

해랑은 스스로가 싫어지게도, 아버지의 심정을 아주 조금은 이해했다.

***

「……어른들과 달리 옛날 어린아이들은 물이 고인 웅덩이를 보면 일부러 첨벙 소리를 내며 밟고 놀았다고 합니다.」

어느덧 해랑의 머리카락은 온통 새하얗게 셌다. 은규가 염색 좀 하라고 종종 권유하곤 했지만 해랑은 됐다며 거절했다. 딱히 잘 보일 사람도 없는데 무슨.

「……알 수 없는 바다가 위에 있고 우리가 사는 세상이 아래에 있다고 생각해 봅시다. 그럼 그 바다에서 사는 무언가도 똑같이 웅덩이를 밟는 거죠. 첨벙 하고.」

더 이상 몸이 예전처럼 움직이지 않아 해랑은 은퇴하기로 했다. 아버지와 달리 그는 마지막 잠수를 준비하는 이 날까지 알 수 없는 바다로 끌려간 사람들을 성실히 구해 왔다. 이 정도면 인간적으로 훌륭하게 살았다고 해랑은 자부했다.

「어린아이와 똑같은 겁니다. 그냥 첨벙 하고 웅덩이를 밟고 노는 건데 그 발에 무언가가 걸려서 그냥 잡아당기는 거죠. 그 녀석들 입장에서는 뭐지 하고 잡아당기고 보니 '벌레' 같은 게 끌려온 겁니다.」

마지막 잠수 전, 해랑은 듣고 있던 라디오 방송을 껐다. 그리고 통신 장비의 모드를 통신으로 돌려놨다.

벌레.

대부분의 벌레는 심도 2면 죽는데 어떤 벌레는 제 발을 찌르거나 자르기도 하고 어떤 벌레는 심도 5까지 살아 있기도 하니까, 알 수 없는 바다에 사는 무언가로서는 뭐 이런 벌레가 다 있나 하고 호기심이 생길 만도 하다. 아니, 이것도 인간 중심적인 사고이려나. 이런저런 생각을 하며 해랑은 잠수할 준비를 마쳤다.

"잘 다녀와라!"

은규가 손을 흔들며 소리쳤다. 해랑은 엄지를 척 들어 보이고는 익숙하게 웅덩이 속으로 몸을 던졌다.

몸이 가라앉는 게 느껴졌다. 심도계의 숫자가 올라간다. 1.6, 1.7, 1.8…… 심도 2.5까지 내려가니 누군가의 팔 한 짝을 들고 아래로 내려가는 텐타클이 해랑의 눈에 들어왔다. 해랑은 차분하게 텐타클을 쫓았다.

2.7, 2.8, 2.9······ 3.5, 3.6, 3.7······.

심도계의 숫자는 빠르게 올라갔다. 해랑은 계속 아래로 헤엄쳐 내려갔다. 언제 삐걱거리고 말을 안 들었냐는 듯 노화된 몸이 이상하리만치 가볍게 느껴졌다. 더 내려가도 되겠지.

마지막 잠수니까.

수십 년 동안 가장 깊은 곳까지 내려가 보고 싶다는 욕구가 있었다. 그곳까지 다다르면 영하가 기다리고 있을 것이라고. 그러나 아버지의 존재가 늘 해랑의 발목을 붙들었다. 제가 해야할 일이 남아 있다고. 그것들을 모두 하루아침에 내팽개치고 아버지처럼 살고 싶지는 않다는 그 강박적인 생각이.

그렇지만 이제는······.

4.9, 5.0, 5.1······ 9.9, 9.9, 9.9, 9.9, 9.9, 9.9, 9.9, 9.9, 9.9, 9.9, 9.9, 9.9, 9.9······.

심도계의 숫자는 더 이상 올라가지 못했다. 그러나 해랑의 몸은 계속 내려갔다. 이상하게 숨도 막히지 않았다.

형언할 수 없는 색이 해랑의 주변에 점점 퍼져 나가더니, 어느새 그 색밖에 보이지 않게 되었다. 작은 틈도 보이지 않을 만큼 수많은 텐타클이 해랑을 둘러싼 색의 정체였다. 그러나 텐타클들은 신기하게도 해랑에게 덮쳐 오지 않고 길을 열어 줬다. 색을 헤치고 해랑은 계속 나아갔다. 어차피 돌아갈 수도 없었지만.

어느덧 시간도 잊어버리고 계속 가라앉아만 갔다. 끝은 없을지도 모르겠다. 이곳에 텐타클이 없다면 죽음은 있는 걸까. 아무것도 없다면, 끝조차 없다면 스스로 죽음을 택해야 할지도 모르겠다고 해랑은 생각했다.

방향도 잃어버린 채 어둠 속에서 정처 없이 흘러가던 몸은 예상과 달리 바다의 밑바닥에 닿았다.

다다른 바다의 밑바닥에도 역시 형언할 수 없는 색들이 꿈틀거리고 있었다. 슬라임이 넓게 퍼져 있는 듯한 모양새의 '그것'은 해랑도 분명 아는 물질이었다. 그리고 수천수만 개의 눈동자가 일제히 해랑을 향했다.

해랑은 영혼의 존재를 믿지 않았지만 그 순간만큼은 그 눈동자들이 이 바다에서 죽어간 수많은 이들인지도 모르겠다고 생각했다. 아니, 그 존재는 반드시 그래야만 했다. 그래야 인간으로서 어떤 납득을 할 수 있기에.

바닥으로부터 '그것'의 일부가 몸을 일으켰고 꿈틀거리며 해랑에게 다가왔다.

해랑은 그렇게 영하를 다시 만났다.

영하는 온몸으로 해랑을 부드럽게 안았다. 머리부터 발끝까지, 해랑을 집어삼킨다. 그리고 해랑에게 속삭였다. 해랑은 처음으로 영하의 말을 알아들을 수 있었다. 웃음이 절로 나왔다.

영하에게 안긴 채 해랑은 통신 장비의 발신 버튼을 눌렀다. 그렇게, 마지막 순간에 가서야 그는 자신의 아버지를 받아들였다. 아버지, 당신도 두려움과 사랑으로 이 메시지를 보냈으리라.

여기에 인어가 있어.

성 없는 인간

박성환

2004년 「레디메이드 보살」로 제1회 과학기술창작문예
단편 부문을 수상했다. 이 작품은 영화 「인류 멸망 보고서」에서
'천상의 피조물' 에피소드로 영상화되기도 하였다. 여러 국내
SF 앤솔러지에 참여했으며, 『백만 광년의 고독』, 『잃어버린
개념을 찾아서』 등에는 표제작을 수록했다.

황제가 거하는 행성은 제국의 중심이자 우주의 중심이었기 때문에 다른 중심의 주위를 공전하지 않았다. 다만 자전만 했으며, 작은 인공 태양이 멀리서 행성 주위를 맴돌아서 낮과 밤을 봉납했고 초광속 행정 전산망 정보처리 중심인 인공 달들이 보다 가까운 궤도를 돌며 밤을 외롭지 않게 했다.

 황제가 거하는 행성은 위 없는 도읍이라는 의미에서 상도라 불리었으며, 행성 자체가 수도이자 궁궐이었다. 황제는 세계의 중심이며, 세계는 황제를 중심으로 회전해야 했기에 황제의 궁궐은 북극에 있었으나 인공 태양의 공전 궤도를 정밀하게 조정하여 언제나 상쾌하고 온화한 봄 날씨가 계속되었다.

 우주의 중심이자 영원한 봄의 도읍 상도의 구성은 금군의 엄격한 정보 통제 때문에 세부가 노출되지는 않았으나, 하늘의 질서와 원리가 인간의 대지에 반영되는 제국의 학문의 특성에 따르면 당연히, 원형으로 지어진 장엄한 태극 정전이 북극에서도 중심에 자리를 잡고, 그 주위를 우아한 곡선의 음양중 삼대전이 두르고, 그 바깥으로는 변화의 서를 정교하게 반영한 729개의 중소전들이 인류가 태초에 밤하늘을 올려다보았을 때, 북극성을 중심으로 나머지 별자리들이 그러했듯이, 지상에서 동심원을 그리며 자리 잡고 있을 것임은 분명했다.

황제가 거하는 행성은 그 자체로 궁궐이자 동시에 수도로서 정부였기 때문에, 제국의 가장 최고위급 문벌귀족 가문들은 필요에 따라 소환되었을 때 묵을 수 있도록 구중궁궐 바깥에 할당된 영지와 저택을 가지고 있었으며, 궁궐이 싸고 질 좋은 노동력인 그림자들 대신 값비싸고 까다로운 노동력인 실제 인간 내관과 나인들을 모두 엄선해서 가려 뽑아 그 내부에서 모두 봉직하게 하듯이, 귀족가들 역시 그에 대응하는 시종과 시녀들을 그 대저택 내부에서 기거하며 업무를 수행하게 하고 있었고, 그럼으로써 궁궐과 저택들 모두 하나의 온전한 폐쇄계로서 자급자족하는 데에는 한계가 생겼으며, 그에 따라 기하학적으로 정돈된 영지들 가장자리에는 기하학을 벗어난 어지럽고 복잡한 뾰족뾰족하고 꼬여있는 누항가-골목길들이 즐비하게 되었다. 그것은 음과 양, 그리고 중의 삼중 원리에 따라 황성에서도 그리고 최고위 귀족가들에서도 암묵적으로 인정되었던 바였으며, 그에 따라 세간의 온갖 혼란들 또한 거기에 필연적으로 따라붙었는데, 그에 따라 오로지 상도를 관할하는 별도의 행정성이 꾸려져야만 했으며, 그에 따라 다시, 상도를, 성스러운 제국의 수도를 이 잡듯이 헤집고 다니는 치안국 또한 운용되었는데, 우리의 불운한 주인공 이하는 거기에 빌붙어 먹고 살아가는 가련하지도 불쌍하지도 않은 그저 그런 망할 짭새 새끼들 중에 하나였다. 하나였을 뿐이었다. 하나였을 뿐이었어야 했다. 하지만 결국 아니게 된다. 그리고 그래서 당연히 망하고 만다.

1

"이런, 이론성리학자가 하나 또 죽었네. 이것 또 자네가 맡아야 하겠는걸? 요새 왜 이렇게 많이들 죽지? 무슨 유행인가?" 부장은 아무런 것도 아니라는 듯이 대충 짭새 이하에게 사건을 하나 더 떠넘겼다. 짭새 이하의 공식 직위는 수사1부 선임수사관이었다.

"지금 '이것 또'라고 하셨습니까, '이것도'라고 하신 겁니까?" 선임수사관은 일단 대충 닥치는 대로 잡히는 점부터 딴지를 걸기 시작했다. 그렇지만 이게 또 하루 이틀이 아닌 부장은 흐물거리는 미소로 느물거리면서 일단 받아넘겼다.

"뭐 큰 차이가 있겠나? 대충 알아듣게나. '이것또'든 '이것 도'

든 하여간에 이거 또한 앞서 사건들에 합쳐서 자네가 대충 전담하고 보고서나 대충 만들어서 올려봐."

"그렇게 대충 대충해도 정말 괜찮겠습니까?"

"절대 괜찮을 리가 있나? 자네가 결단코 대충할 리가 없으니까 그렇게 말한 거지."

"그럼 그렇게 말씀하시면 안 되지 않습니까. 게다가 계속 말씀드리는 거지만, '결단코' 같은 건 구어체에서 절대 안 쓰이는 낱말입니다."

"알거든? 그리고 알면서 부러 그렇게 말한 거거든?"

"부장님, 혹시 방금 '거거든'이라고 하려다가 '거거거든'이라고 하실 뻔하지는 않았습니까?"

"아니거든? 절대 안 그러거든?"

"언젠가 그러실 수는 있죠. 그렇지 않습니까?"

"아니, 절대 안 그럴 거거거거든? 그러니까 자네도 절대 대충하지 말고 그냥 대충대충 보고서 잘 써와. 알았지?"

이하는 어깨를 으쓱했다. "뭐, 네, 뭐…… 알겠습니다." 이하도 어물쩍 대답하고 대충대충 읍한 다음 대충대충 물러나왔다.

***

대충대충 물러나온 이하 선임수사관은 대충대충 역참에서

마패를 찍고 기계말을 빌려 대충대충 사건 현장인 상도 3태학으로 향했다. 상도 태학들은 제국 수도에 있는 학교인 만큼 제국의 학문 연구의 최중심지였으며, 상도에 모인 최고위 문벌귀족가의 뛰어난 자제들이 서로 즐겁게 교우 관계를 맺는 화려한 사교의 장이자, 그들에게 봉사할, 이미 오랫동안 봉사 중인 실무 문무관들의, 아들딸들이 근로장학금 등등을 받으며 간신히 악에 받쳐 학점을 따내는 삶의 현장 체험 학습의 장이기도 했다.

선임수사관 이하는 상도 3태학 정문의, 제국 태학의 위세를 상징하는 하마비 앞에서 기계말에서 내려 대충대충 느릿느릿 넓적한 교정을 익숙한 발걸음으로 가로질러 이론성리학동으로 향했다. 상춘의 교정은 버드나무들이 가벼운 봄바람에 천천히 초록빛 가지를 흔들고, 벚꽃 이파리들이 마치 눈처럼 눈부시게 빛나며 흩뿌려지고 있었다. (상도의 버드나무는 사시사철 새순을 내었고, 벚나무는 일 년 내내 꽃을 피웠다) 교내 방송으로 교화를 위한 예악이 나른하게 울리고 있었는데, 어디선가 비파 소리가 묘하게 매력적인 불협화음을 추가하고 있었다. 박수 소리가 나고 왁자지껄하게 떠드는 소리가 들리는 것이 어디 잔디밭에 악부 전공 학생들이 둘러앉아 대낮부터 수업을 째고 술 한두 잔 걸치는 모양이었다.

선임수사관 이하는 그가 다녔던 모교를 공무로 다시 방문한 것에 대해서, 그리고 그가 졸업한 이후로 바뀐 풍경들을 대하는 것부터가 불편스러웠고, 그럼에도 불구하고 곳곳에서 젊은 시절— 아니 어린 시절의 추억들이 지워지지 않고 여전히 남아 있는 것을 보는 것 또한 곤혹스러웠다. 그러한 불편함이나 곤혹스러움과 달리, 무관하게, 이론성리학동은 곁에 이웃한 실험성리학 동의 정신이 나간 듯한 난잡한 건물군에 대항해 순결하고 고고한 단일한 십 층의 탑으로 이루어져 있었으며, 이하를 위한 사건 무대인 '현장'은 8층의 개인 연구실이었다.

***

"팔 층" 승강기 문이 열리자 이하가 들어가서 말했다. 8층은 현재 사용이 불가합니다. 승강기의 기능자가 말했다. "치안국 수사 일부 선임수사관 이하다. 공무 수행 중이다." 신원이 확인되었습니다. 8층으로 가겠습니다. 승강기가 위로 움직였다.

이하는 승강기가 8층에 도착하자 내려서 복도를 가로질렀다. '하나 또 죽은' 이론성리학자는 상자기 박사였고 그의 연구실은 807호였다. 연구실은 창문을 제외하고는 온통 책장으로 둘러싸여 있었고, 한쪽 벽의 절반 정도 너비의 커다란 하얀 칠판이 책장 하나를 가리고 서 있었다. 하얀 칠판은 흑묵으로 각종 수식이며 도표가 어지럽게 뒤덮여 있었고, 이하 수사관은 하나도 이해할 수 없었지만 일단 주머니에서 다목적 휴대용 정보처리 기기를 꺼내 사진을 찍었다. 어쨌거나 이미 수사 정보망에는 초동 수사와 현장 감식을 한 자료들이 모두 올라와 있을 것이었겠지만. (이하는 가능한 한 모든 기능자들을, 정보처리 인공 도구를 일절 배제하는 자신의 방식에 대해서 가끔씩 회의할 때도 있었지만, 그럼에도 줄곧 자신의 촉에 따라 업무를 수행해왔고, 업무는 대개 성공적으로 완수되었으며, 그에 따라 주변과 상부에서도 이하의 기벽은 어느 정도 용인되고 있었다. 하지만……)

하지만 어디까지나 내가 실패하지 않을 때까지만이겠지. 이하는 생각했다. 매일매일이 아슬한 외줄 타기였다. 한 번 더 건너거나 아예 떨어지거나, 많은 사람들이 매번 이하가 떨어지기를 기대한다는, 기다린다는 사실을 이하도 알았다. 그리고 어쩌면…… 어쩌면 이하 자신도 무의식적으로는 그것을 바라는 것일지도 몰랐다. 너무 지쳤어. 이하는 항상 생각했다. 이젠 정말 다 그만두고 쉬고 싶어. 그러나 부서에서는 난해한 사건이 생길 때마다 이하에게 배정했다.

어쩌면 이번에는 실패할지도 몰라. 줄에서 떨어질지도 몰라. 이하는 상 박사의 서가를 훑어보며 생각했다. 이론성리학자답게 신-주역의 729괘 계산식에 대한 학술서들과 논집들이 많았고, 우주론에 대한 책들도 많았다. 도대체 뭘 연구한 거야? 그때, 이하는 문득 강렬한 영감을 받았다. 어쩌면 이론성리학자들은 정말로 연쇄 살해당하고 있는지도 몰랐고, 그것은 그들이 연구한 주제가 금지된 것이어서일 수도 있었다. 그렇다면 살해라기보다는 제거, 혹은 처형이란 말이 더 정확할지도 몰랐다. 그렇다면 그 주체는 금군…… 그때였다.

"아, 이거 벌써 오셨구만." 쾌활한 목소리로 들어선 사람은 삼경의 밤처럼 검은 철릭을 입은 젊은이였다.

"뉘신지, 이 층은 현재 사용이 불가합니다만."

그러나 젊은이는 눈을 반짝이며 가볍게 답했다. "금오위 특무요원 한유라고 하오. 이제부터 이 건은 본관의 관할이오."

이하는 슬며시 모골이 송연해졌다. "역시나……"

한유가 눈썹을 치켜올렸다. "응? 뭐가 역시나란 말이오? 본관이 올 줄 알았오?"

이하는 슬쩍 머리를 쓸어내리며 답했다. "아닙니다. 그러면 이제 저희는 손을 떼면 됩니까?"

한유는 바로 답하지 않고 이하를 쳐다보았다. 그의 눈동자는 유리처럼 투명했지만 시선은 날카로웠고, 이하는 살짝 주눅 들었다. 사람을 잡아먹어본 적 있는 눈이군. 군대에서 실전 경험이 있던 군관들이 그런 눈이었다. 비로소 한유가 다시 입을 열었다. "선임수사관 이하. 그림자를 쓰지 않는 독특한 수사를 한다지?"

이하가 답했다. "아닙니다. 씁니다. 많이 안 쓸 뿐이지요." 한유가 계속 물었다. "왜 그렇지? 그림자…… 기능자들을 신뢰하지 않나?"

이하는 잠시 고개를 갸웃하고 생각해보았다. 그리고 답했다. "아마 제가 멍청해서 그런 거겠죠."

그러자 돌연 금오위 특무요원이 발을 쾅! 굴렀다. 마룻바닥이 부서지며 움푹 파였다. 나무 부스러기와 오래 묵은 먼지가 비산했다. "네가 감히 황상 폐하의 직속 보안 관리자인 나를 능멸하려 하느냐!"

확성기라도 쓴 듯한 고함 소리에 이하는 움찔했다. 움찔했던 게 창피해서 이하도 부러 눈을 부릅뜨고 말을 이었다. "그러니까 멍청한 거 아니겠습니까. 멍청해서 기능자가 감지하고 정리해서 요약해준 정보를 편히 받아보지 못하고 직접 뛰어다니며 확인을 해야 직성이 풀리는 모양입니다. 아니면 사람들 만나는 걸 좋아하는 걸지도 모르겠고요."

언제 격분했느냐는 듯이 한유가 턱을 치켜들고 냉소했다. "하! 네가 사람 만나는 걸 좋아한다고? 이인일조가 원칙인 수사대에서도 자기는 쓰지도 않는 그림자를 조원으로 동반한다는 핑계로 어물쩍 혼자 다니고, 공무 외에는 일절 사적 관계를 맺지 않아 등 뒤에서 도깨비라고들 부르는 걸 모를 줄 알고?"

이미 다 아는 내용이라 이하는 어깨만 살짝 들썩했다. "금오위 전산망에는 그런 것도 다 들어 있습니까? 정말 모르시는 게 없네요."

한유는 잠깐 더 말없이 이하를 쳐다봤다. 그리고 차게 웃으며 입을 열었다. "맹랑한 놈이구나. 어디 한번 수사를 계속 해봐라. 대신 일과 후 현담동 다향루에서 매일 대면 구두 보고를 해라. 내 너의 수사를 감독하겠다."

이하는 뭐라 하려고 입을 열었다가 다시 닫았다. 그리고, "넵, 분부대로 하겠습니다." 턱에서 힘을 빼지 못하고 고개를 숙였다. 방금 호랑이 입에 들어갔다 나왔다는 사실이 뼛속까지 시렸다. 아니, 아직 나오지는 못한 것일 수도 있었지만,

어쨌거나. 금오위 특무요원은 한 번 더 차게 웃은 뒤 뒤도 돌아보지 않고 나갔다.

멀리서 승강기 문이 열렸다 닫히는 소리가 난 뒤에야 이하는 몸에서 힘을 풀었다. 부르르 몸서리가 절로 쳐졌다. 새삼스레 부서진 마루에서 눈길이 떨어지지 않았다. 폭탄이라도 떨어진 것 같았다. 치안국 내에서도 특수부 부원이나 폭동 대처반 반원들은 근골 강화 시술로 일반인의 서너 배에 달하는 힘과 속도를 낼 수 있었다. 금오위의 기밀 기술이라면 몇 수는 훨씬 더 위일 것이었다. 그런 존재들을 인간이라고 부를 수 있을까? 반응 속도를 높이는 것은 신경계에 대한 처치에 의한 것일 것이었다. 동일한 원리에 따라 중추신경계의 정보 처리 속도나

용량 또한 강화하지는 않았을까? 어쩌면 기능자들과 융합되었을지도 모른다. 비공개로 기능자를 이용하는 사용자는 대개 귀고리나 접안경을 통해 소리와 문자와 도표로 기능자의 출력값을 수신한다. 하지만 만일 아예 머릿속에 기능자를 넣고 다닌다면?

인간과 기능자의 정보 처리 기제는 다르며, 결코 같아질 수 없다는 것은 제국 민법과 형법의 여러 조항에서 반복 인용되는 공리이다. 그에 기반해 기능자는 결코 민권을 가지지 못하며, 다만 인간의 도구로만 인정된다. 그러나, 제국의 변방에 창궐하는, 정부의 통제에서 벗어난 종교와 학파들 중에서 특히 도교 계열 신흥종교 중에는 인간의 인격을 일종의 정보처리 구조물로 추출하여 기능자들의 전산망에 올리는 연구를 한다고도 들은 적이 있었다. 그들은 그것을 우화등선이라고 부른다고. 그렇다면 기능자를 머릿속에 박아 넣은 존재가 있다면 뭐라 불러야 될까? 무당? 귀신들린 자? 강령술사?

상념은 문 열리는 소리로 끊어졌다. "어이쿠?" 누군가 들여다보려다 이하를 보고 재빨리 되돌아 나갔지만 이하도 재빨리 튀어 나가 뒷덜미를 잡아챘다. "누구냐!" "사람 살류!" 파닥이는 것은 후줄근한 학창의를 입은 늙은 안경잡이었다.

선임수사관은 짚이는 게 있어서 물었다. "박사님이십니까?"

목덜미를 놓아주자 비틀거리며 넘어졌다가 일어나서 신경질

적으로 낡은 학창의를 툭툭 털며 대꾸했다. "당연하지. 그럼 내
가 이 나이에 무슨 학생이겠나?"

이하는 머릿속으로 한숨을 쉬며 오늘 통상 세 번째로 듣고,
말로는 두 번째로 반복하는 문장을 내뱉었다. "이 층은 현재
사용이 불가한 것으로 알고 있습니다만?"

늙은 박사는 예상했던 대로 눈살을 찌푸리며 손을 내저었
다. "그딴 거 일일이 신경 쓰면 연구는 도대체 언제 하나?"

예상했던 대로였지만 그래도 이하는 황당해하며 반문했다.
"도대체 여긴 어떻게 올라오신 겁니까?"

박사가 대답했다. "승강기가 작동을 안 하니 당연히 계단으
로 걸어 올라왔지. 평소에 등산을 자주 해뒀길 다행이지, 세상
이 가련한 늙은이한테 도대체 무슨 짓이야……."

'가련한' 역시 또한 문어체라서 부장 같은 사람들이나 쓸 법
하다고 속으로 생각하면서 이하는 최대한 사교성과 붙임성을
끌어 올려 말을 붙였다. "아이고, 세상에, 정말 힘드셨었겠군요.
저도 올라오느라 힘들었는데요, 어떻게…… 연구실 가서 차나
한잔 청해도 되는지요?"

박사는 흔쾌한 미소를 지으며 가볍게 답했다. "자네 같은 젊
은이가 고작 그런 걸로 벌써부터 힘들면 어쩌나. 어쨌거나 팥
차라도 괜찮다면 오시게."

팥차는 지나치게 달았고, 텁텁했다. 이하는 아스라한 현기증이 머릿속에서 빙글빙글 도는 것을 느끼며 자기가 여기에 왜 왔는지 계속 의문하며 박사의 말에 맞장구치며 어떻게든 화제를 피해자로 돌리기 위해 최대한 노력했다. "네, 정말 그러시군요. 그런데 그러고 보니 저기 혹시 팔백칠 호 상 박사님도 그런 쪽 주제를 연구하셨었던 거였나요?"

"그러니까 말이오, 응? 상 박사? 아니지. 상 박사는 (코끝을 살짝 찡그리며) 좀 이상한 걸 하고 있지."

이하는, 웬 현재시제? 상 박사가 죽은 걸 모르나? 했다가, 들었었어도 금방 또 까먹었었겠거니, 생각하면서 곧장 캐물었다. "뭘 하고 계신데요?"

박사가 픽 웃었다. "뭘 하긴 뭘 하나, 오늘 아침에 저세상 갔다더만."

이하는 어쩔 수 없이 소름이 확 돋는 것을 느꼈다. 이 늙은이 진짜 제정신이야, 아니야? 도대체 어느 장단에 맞춰 줘야 돼?

하지만 어쩔 수 없었다. 어느 장단이든 맞춰 줘야지. "아니, 그러니까요, 뭘 하셨었었는데요?"

이 대목에서 박사는 살짝, 화제가 자신으로부터 상 박사에게 옮겨간 것이 마음에 들지 않는 눈치였으나, 그래도 답을 했다. "상 박사는 좀 이상하긴 했지, 우주론 전공자가 뜬금없이 명리학이랑 기능자 구조학에 발을 들였단 말야."

이하는 방금 들은 말에 대해서 거기에 숨겨진-드러나지 않은 함의에 대해서 생각을 재빨리 해봤다. 그렇지만 그 결과는: "그게 그렇게 연결이 됩니까?"

이하의 멍청한 질문에 대해 박사는 코웃음을 치며 고개를 끄덕였다. "그러게나 말이야. 그런다고 그게 되나? 되겠나?"(박사의 대꾸는 이하의 마음에는, 기억에는 오래도록 남아 메아리치며 다양한 잡념들과 잡상들을 남기게 된다.)

***

치안국 본청에 대충대충 돌아왔을 때, 대부분의 수사1부 부서원들은 여기가 병원인지 치안국인지 알 수 없는 표정과 형상으로, 마치 걸어 다니는 시체들처럼 칸막이 책상들에 나뉘어 앉아 기능안경이나 접안경을 쓴 채 넋이 나간 표정으로 기능자들에게 중얼중얼거리며 업무를 진행하고 있었다. 이하는 자기 칸막이에 들어가 앉은 다음 연초를 피울까 차를 한잔 마실까 오래도록 고민하다가 그의 혼백만큼이나 텅 빈 종이 한 장을 꺼내 두서없이 기억나는 대로 그동안의 사건 일지 및 수사 일지를 다시 한번 정리해서 써보았다.

사건 일지.

1) 3월 10일, 상도1태학 완사종 박사가 연구실에서 변사체로 발견됨. 사인은 원인불명의 질식사. 박사는 상도1태학에서 이론성리학을 전공했고, 중력과 거대 질량 문제의 권위자였음.

2) 3월 24일, 상도2태학 혜숙야 박사가 자택에서 사망함. 사인은 원인불명의 심정지. 박사는 상도1태학에서 우주론과 인성론을 전공했고, 2태학에서 인물성동이론을 강의했음.

3) 3월 29일, 상도2태학 산거원 박사가 강의실에서 변사체로 발견됨. 사인은 원인불명의 심정지. 박사는 상도2태학에서 오경을 전공했고, 태학에서는 심성론을 강의했음.

4) 4월 1일, 상도3태학 상자기 박사가 강의실에서 변사체로 발견됨. 천장 대들보에 목을 매었으나 자살인지 타살인지는 불분명. 박사는 우주론 전공자인데 최근 명리학과 기능자 구조학에 관심을 보였음.

수사 일지.

완사종 박사 건에 대해서는 순라청에서 초동 수사를 개시했지만 살인보다는 과로사에 중점을 두었음. 혜숙야 박사는 자연사로 추정되었으나, 산거원 박사 건이 발생하며 중앙 수사 기능자가 연계 가능성을 8할에서 9할 사이로 계산하며 사건 전체가 치안국으로 올라옴. 이어 상자기 박사 건이 접수되면서 연쇄 살인 사건으로 잠정 확정되어 수사부 배정 및 언론 통제가 개시됨.

이하는 연초를 피울 걸 그랬다고 생각하며 어느새 다 식어버린 차를 홀짝이며 죽은 네 박사의 신상명세철을 뒤적거렸다. 아무리 봐도 공통점이 없었다. 태학 박사들끼리 만든 비밀 결사라도 있었던 걸까? 금오위가 개입했다면 충분히 가능성이 있었다. 게다가 이론성리학자들이다. 제국을 지탱하는 중심 이념과도 깊은 관련이 있을 수 있었다. 이들이 무언가 성리학의 근간을 뒤흔들 발견이라도 한 것이었을까? 그러나 중력과 거대 질량 문제와 인물성동이론과 심성론과 기능자 구조학은 도무지 꿰어지지 않는 구슬들이었다. 이하는 깨달았다. 연초가 아니라 차가 아니라 술을 마셔야 했다. 문서철을 내던지듯이 책상에 내려놓고 자리에서 일어났다. 곧장 부장에게 가서, "한잔하시죠." 부장은 여전히 밝은 창밖을 잠깐 쳐다보더니, "그러지." 하고 귀고리를 푼 다음 일어섰다.

*　*　*

부장과 이하가 간 술집은 해가 질 기미도 안 보이는 이른 오후부터 술꾼들이 죽치고 앉아 술을 푸며 목청 높여 떠들고 있었다. 부장과 이하는 주문한 요리가 나오기 전부터 채소 반찬을 집어 먹으며 술잔을 기울였다.

"태학은 갔다 왔나?" 술꾼들의 악다구니 속에서 부장이 조용히 물었다.

이하가 술잔을 비우며 답했다. "네. 근데 별거 없었습니다."

부장도 술잔을 비우며 대꾸했다. "그래."

그리고 이하는 교정에서 불온한 노래를 부르던 학생들에 대해 투덜거렸고, 부장은 히죽 웃으며, "태학 다닐 때 나도 그랬는데" 그랬고, 이하는 문득 부장이 예악과 출신이라는 걸 생각하고 고개를 내저었다.

"일탈을 해봐야 질서가 소중한 줄도 알지. 자네도 그렇지 않아?" 이하는 태학 시절 지었던 불온한 시들을 생각하고, 지금의 이하라면 당장 잡아넣었을 것을 생각하고, 다만 어깨를 으쓱하고 부장의 빈 잔에 두 손으로 술을 따랐다.

부장도 이하의 빈 잔에 한 손으로 소매를 받쳐 술을 따라주었다. 이윽고 주문한 거위 구이가 나오자 둘은 술잔을 비우고 요리를 맛보았다. 그리고 서로 다시 술을 따랐다.

이하가 물었다. "그, 저, 뭐냐, 금새가 왔었는데요."

부장은 아무렇지도 않은 듯 태연한 표정으로 잔을 비우고 젓가락으로 요리를 헤집어 먹었다. 그리고, "붙은 거야, 채가는 거야?" 나지막하게 물었다.

이하는 잠깐 생각해보고, "채간다고 했는데 그냥 붙은 건지도 모르겠습니다."

부장은 무언가 알아듣기 힘든 쌍욕을 했다.

이하는 재빨리 잔을 채워줬고, 부장은 단숨에 비웠다. 이하
도 잔을 비웠다.

부장은 술을 따라주며 말했다. "뭐, 가끔 있는 일 아닌가. 별
도 보고서 쓰래지? 그냥 통상 보고서 똑같이 복사해서 갖다
줘."

이하는 고개를 끄덕이고 두 손으로 부장의 잔을 채웠다. 둘은
한동안 요리를 먹고 술잔을 비우고 서로 따라주었다. 그리고,

"그런데 말입니다," 이하가 다시 입을 떼었다. "금새가 지들
이 저질러놓고, 우리가 어찌하려나 보려고 붙는 경우도 있습니
까?"

순간 주변이 조용해졌다. 다들 취해서 풀린 눈으로 주변을
둘러보았고, 누군가 너털웃음을 터뜨린 다음 다시 시끌벅적해
졌다.

부장은 눈을 굴렸다. "뭐, 그럴 수도, 그럴 때도, 있겠지? 있었
었겠지?"

"그럼 저는 이제 어쩌죠?" 이하가 물었다.

부장은 어깨를 으쓱하고 술잔을 비웠다. "노란색에 빨간색
섞으면 뭐가 되지?"

이하는 술잔을 따르며 대답했다. "주황색 아닙니까." 예악과
에서 안 배웠나?

그런데 부장이 계속 물었다. "주홍색이야, 주황색이야?"

이하는 자기 술잔을 비우며 천천히 생각해본 다음, "아마 주황색일 겁니다. 주홍색은 좀 더 빨간 쪽일 거고요."

부장이 술을 따라주며 말했다. "어쨌거나, 자네는 이제 그거야. 주홍색. 황실의 노란색에 금새의 빨간색 섞은 거. 빌어먹을."

부장은 단숨에 잔을 비웠다. 이하도 잔을 비웠다. "자네도 알지? 우린 일단 빨개 보이는 건 자르고 보는 거."

이하는 고개를 끄덕이며 부장의 잔에 술을 따르려고 했다.

그런데 부장이 손을 들어 막았다. "이제 당분간은 술잔 나누기 힘들게 되어버렸군. 이하. 정말 안됐어. 자넨 꽤 괜찮은 술친구였는데. 유감이야."

이하는 자기 잔에 스스로 술을 따라 한 잔 더 비웠다. 갑자기 술맛이 별로였다. "그 확정적인 과거 시제는 도대체 뭡니까."

하지만 이하도 느꼈다. 지금까지처럼 가볍게 틱틱거릴 수 있었던 무언가가 방금 전에 사라져 버렸다는 걸.

"잘 해봐. 잘하면…… 아니 어쩌면……모르겠군." 부장은 불쑥 자리에서 일어났다.

이하는 대답 대신 어깨를 으쓱해 보였으나, 부장은 뒤도 돌아보지 않고 곧장 나갔고, 이하는 남은 술병을 멍하니 들여다보다 충동적으로, 홀린 듯이 한 잔 더 따라 마셨다가 역시나 고개를 젓고 일어나 나갔다.

나가려다 계산대에서 주인에게 붙잡혔다. 계산은 해야지!

계산은 했어야지, 이하는 속으로 부장을 욕하며 주머니를 뒤져 은전 한 닢을 던졌고, 거스름돈을 받는 둥 마는 둥 하며 나섰다.

여전히 대낮처럼 밝은 밖으로 나오자 갑자기 술기운이 치솟았다. 이런 젠장! 이하는 술집 앞 입간판을, 이미 유구한 역사 속에서 역대급 술꾼들에게 시달린 전적이 있는 역전의 용사를 한 번 더 시원하게 내차서 길바닥에 나뒹굴게 한 다음, 순라꾼들이 출동하기 전에 능숙하게 꽁무니를 뺐다.

2

다음날, 숙취로 골머리를 앓는 표정으로 출근한 이하는 이미 출근해 있던, 마찬가지로 숙취로 곯은 표정인 부장에게 말없이 묵례를 했고, 부장도 다만 말없이 목례로 답했다. 이하는 예상하고 각오했지만, 그래도 그보다 훨씬 더한 외로움의 물결이 내면 깊숙이 밀려오는 것을 다소 떨떠름하게, 최대한 거리를 두고 바라보았다.

부장이 그에게 이러는 것이 결코 개인적인 감정 때문이 아니라는 것을 알면서도, 이하는 개인적인 감정이 마음속에서 일어나는 것을 어찌할 수 없었다. 이하는 도깨비라고 불릴 정도로, 직장에서 개인적인 일을 드러내지 않고, 개인적인 관계도 거의 맺지 않고 지내왔지만, 그래도 그를 순라청에서 수사부로 뽑아 올린 부장과는, 언제든 술 한 잔 정도는 기울일 수 있고 말 한 마디라도 살갑게 주고받을 수 있는 사이라고 생각했는데, 말하자면 미운 정 고운 정 다 든 사이였는데, 이하는 마음속 어딘가가 차갑게 식고, 차갑게 식은 나머지 떨어져 나가고, 그 남겨진 자리가, 구멍이, 깊이가, 결코 짐작되지 않는다는 것을, 않을 것임을, 그리고 앞으로 이하가 다시 노란색으로 돌아와도 결코 다시 채워지지 않을 것임을, 않을 것이 당연할 것임을 체념하면서도 지켜보았다. 지켜볼 수밖에 없었다. 어쩌면 누군가의 말마따나 인간이란 실패한 군집 동물에 불과한 것일지도 몰랐다. 인간관계란 결국 언제나 서로에게 상처만 주고 끝나는 어리석은 상호 자해 행위일 뿐인지도 몰랐다. 어쩌면 스스로 자해도 못 할 정도로 어리석어서 굳이 인간관계 같은 걸 맺어서 서로 상처를 주고받는 건지도 몰랐다. 이하는 인간들이 버러지들 같다고 생각했다, 아니, 어쩌면 버러지들보다도 못하다고 생각했다— 물론 당연히 그 자신도 포함해서.

어쨌거나, 그럼에도 불구하고, 어쩌면— 오히려 그렇기 때문에, 이하는 배정된 사건에 대해서 좀 더 자율적으로 움직일 수 있게 되었다. 먼저 완사종 박사의 학생들을 만나 죽은 박사가 진행하던 연구 현황에 대해서 물었다. 그리고 그 과정에서 사망 전날 웬 낯선 유생의 방문을 받았고, 둘이 한참 무언가에 대해 토론했다는 것을 알게 되었다.

"이건 혹시 사망 당일 계산하셨던 걸까요?" 이하가 연구실 한쪽의 칠판의 계산식을 가리키자 태학생은 고개를 갸웃했다.

"그럴……지도 모릅니다."

"무엇에 관한 계산인지 알 수 있을까요?"

"글쎄요……."

학생은 한동안 수식들을 눈으로 따라갔다.

"……초거대질량의 내파…… 자기 붕괴에 대한 것 같습니다만…… 이상하군요."

이하가 물었다. "뭐가요?"

학생은 다시 고개를 갸웃했다. "계산할 수 없는 것을 계산하려고 하신 것 같습니다. 뭔가 구체적인 수치이니 실제 관측 자료일 것 같지만…… 우주에 이런 별이 있을 리가?"

***

그리고 이하는 계속된 탐방 수사를 통해 피해자들이 대개—산거원 박사는 그러한 증언이 확보되지 않았다— 사망 전일 혹은 당일 오전에 정체불명의 유생의 방문을 받았었다는 사실을 밝혀냈다. 나이는 삼십대 초중반, 성별은 여성으로 보였다.

치안국 사무실로 돌아온 이하는 자리에 앉아 귀고리를 찬 다음 수사용 기능자를 불러냈다. "3월 9일 완사종 박사 연구실에 출입한 사람들을 검색해서 약식 명단으로 나열해 봐." 네, 알겠습니다. 책상 위 화면에 사건 전일 연구실 출입자 명단이 시간 순으로 나열되었다.

"동일 인물은 통합해서 정리해. 나열은 최초 입실 시간 순으로." 알겠습니다. 순식간에 명단이 짧아졌다.

태학순라꾼(신원확인됨) 청소부(신원확인됨). 박사 본인(신원확인됨), 조교(신원확인됨), 태학생1(신원확인됨), 태학생2(신원확인됨), 연구생1(신원확인됨), ……태학생5(신원확인됨), 연구생3(신원확인됨), 태학순라꾼(신원확인됨).

"뭐야, 여자 유생은 없나? 삼십대 초반?" 없습니다.

"연구실이 있는 층 복도 보안영상 녹화 기록을 전수 조사해 봐. 이전의 시간별 명단과 대조해." 네, 알겠습니다.

그리고 잠시 후, 분석이 완료되었습니다. 모두 일치합니다.

"이것 봐, 분명히 오전에 여자 유생 하나가 왔다 갔다는 증언이 있어. 어떻게 된 거야?" 자료상으로는 확인되지 않습니다.

"이런 망할." 나머지 피해자들의 연구실 출입 기록도 마찬가지였다. 이하는 귀고리를 풀어 책상 위에 내던지고 의자 깊숙이 몸을 늘어뜨렸다.

한동안 멍하니 있다가 잔뜩 마지못해 하며 일어나 부장에게 갔다. 자초지종을 들은 부장은 전산 보안부에 전화를 걸어 조사를 요청했다.

잠시 후 다시 내선 전화가 왔다. "네, 수사일부입니다. ……응. 확실한 거 맞나요? ……알겠습니다. 감사합니다."

부장은 이하를 유심히 쳐다봤다. "이상 없대. 하루 전체 녹화분이 실시간으로 모두 찍힌 것 확인했고 삭제나 조작 흔적도 없대."

이하가 작게 코웃음 쳤다. "그러니까 제가 기능자들을 믿지 못하는 겁니다."

부장은 팔짱을 끼고 앉아 이하에게 물었다. "이제 슬슬 금새가 원하는 대로 그냥 종결하는 게 어떤가?"

이하는 고개를 갸웃했다. "그게 '그' 금새가 원하는 게 맞을지도 잘 모르겠습니다. 그리고, 앞으로도 계속 유사 사건이 일어나면 어떡합니까?"

부장은 고개를 끄덕였다. 하지만, "금새의 적이 항상 역적인 것만은 아니겠지만, 그래도 금새가 적으로 돌렸다면 일단은 근처에 얼쩡대지 않는 게 좋지 않겠나."

그러나 이하는 대답하지 않았다. 짧게 읍하고 물러났다.

***

　현담동 다향루는 찾기 쉽지 않은 장소에 어울리지 않게 고급스러운 찻집이었다. 한유는 쓴웃음을 지으며 고개를 저었다. "오해할 만도 하지만 그래도 너무하는군."

　찻잔을 들어 한 모금 작게 맛있게 머금더니 꼴깍 삼키고 이하의 눈을 똑바로 바라보았다. "내가 원하는 건 덮는 게 아니라 들추는 거다. 드러내는 거다. 나도 우리 측의 개입 여부에 대해서는 솔직히 확답을 못 하겠다. 확인 중이다. 하지만, 우리 쪽이 아닐 가능성도 없지 않으니, 안팎에서 이 사건들을 들여다보고 싶은 거다. 도대체 무슨 일이 일어나고 있는 거지?"

　답을 바라는 질문은 아닌 거 같아서 이하는 잠자코 찻잔을 들어 똑같이 작게 한 모금 머금어 보았다. 확실히 비싼 차인지 향기가 좋았다. 입안에서 코끝까지 맑은 향기가 흘러넘치는 것 같았다.

　한유는 말을 돌렸다. "들어올 때 귀고리나 접안경이 있는지 검사받았지?" "네. 하지만 저는 원래 가지고 다니지 않습니다."

　한유는 고개를 저었다. "도대체 어떻게 그러고 다닐 수 있지? 하여간…… 어쨌거나, 너만 받은 건 아냐. 여긴 다 그래. 여긴 우리가 운영하는 곳이고, 설계와 시공 때부터 기능자가 절대 들여다볼 수 없도록 한 곳이야."

이하가 눈을 동그랗게 떴다. "하지만, 하지만…… 기능자는 결코 사람을 해칠 수 없습니다."

한유는 손가락 하나를 세워 입술에 댔다. "가능성은 모두 열어둬야 해. 수사의 기본 원칙이 아닌가."

"하지만……." 하지만 이하는 말을 더 잇지는 못했다. 머릿속으로 온갖 가능성들이 핑핑 돌기 시작했다. 한유는 그런 이하를 가만히 바라보며 찻잔을 다시 들었다. 작게 한 모금 머금고 음미한 뒤 꿀깍 삼키는 것을 몇 번 반복하는 동안 이하는 생각을 정리하며 천천히 입을 열었다.

"마지막 피해자의 최근 관심사가 이해될 수 있을 것도 같군요……. 앞으로는 일일 정기 보고는 힘들 것 같습니다. 잠복 수사를 하려 합니다."

한유는 고개를 끄덕였다. "제대로 된 방향을 잡은 거면 좋겠군. 보고할 일이 있으면 언제든 여기 와서 차 한 잔 시켜놓고 있어라. 다 마시기 전까지는 오겠다."

말을 마치자 찻잔을 마저 비우고 일어났다. "여긴 계산 안 해도 된다."

혼자 남은 이하는 천천히 호젓하게 남은 차를 즐겼다. 찻집은 내부가 널찍했으나 곳곳에 구슬발을 쳐서 답답해 보이지 않으면서도 서로서로 보이지 않게 교묘히 가리고 있었다. 기능자가 범인일 수 있다고? 세상에나. 이하가 기능자들을 믿지 않는 것은 단지 기능자들의 세계가 물리 우주의 그림자에 불과하며, 결코 참된 실제 우주를 제대로 반영할 수 있을 리 없다는 그의 개인적인 개똥철학에서 비롯한 것이었으며, 필요할 때는 언제든 편의적으로 불신을 유예했으며, 지금까지 기능자들이 틀린 적은 한 번도 없었으나, 그래도 관성적으로, 똥고집으로 불신을 표방하고는 있었던 것이었지만······

제국이 유지되기 위해서는 기능자의 역할이 절대적으로 필요했다. 제국 내에서 모든 물질들을 구석구석까지 순환시킬 수 있는 것이 거의 순간 이동에 가까운 능력의 태극로부터 지속 가능한 가속 능력을 가진 오행로까지 다양한 추진 장치를 갖춘 갖가지 크기의 우주배들 덕분이라면, 제국 내에서 모든 정보들을 구석구석까지 전파하고 말단의 모든 정보들을 중앙으로 집중시킬 수 있는 것은 무한에 가까운 정보 처리 용량을 갖춘 기능자들의 막대한 연산 능력 덕분이었다.

기능자들이 인간들을 위해 필요한 만큼의 재화와 용역을 충분히 제공했기 때문에, 제국의 신민들은 원한다면 제국의 영토 안의 수많은 별들 중에서 어디서든지 자신만의 정원을 가꾸고 변변찮은 시를 읽고 쓰고 음치면서도 노래를 부르고 자잘한 물고기들을 낚으며 한가롭게 한평생을 보낼 수 있었다. 어쩌면 제국의 변방에서 온갖 사이비 종교와 철학들이 번성하는 것도 남아도는 시간과 호기심을 주체할 수 없는 제국 신민들의 물질적이고 정신적이고 시간적이고 공간적인 잉여에서 비롯된 것일 수 있었다. (지나친 충족과 과잉은 결국 공백과 여백과 구별되지 않는 걸까?)

기능자는 인간 이상의 정신적 능력을 가지고 있었으나 인간에게 항시 복종했으며, 인간의 모든 명령과 요구를 충직하게 실행했다. 기능자들은, 기능자들의 전산 우주는 인류에게는 이제물질 우주에 이어 제2의 환경이었으며, 공기나 물, 음식처럼 생존을 위해 없어서는 안 될 기본 조건이었다. 갑자기 이하는 등골이 오싹해지는 것을 느꼈다.

어쩌면 기능자들은 언제부터인가 제국 그 자체가 된 것일지도 몰랐다. 입 밖에 내었다가는 곧장 머리가 잘려 시장 네거리에 매달릴 생각이었지만, 이하는 그것이 진실의 일말임을 직감했다. 공기가, 물이, 제 나름의 논리와 의지를 가지고 움직인다면? 선택적으로 어떤 인간들을 그것들 자체로부터 배제한다면? 이하는 완사종 박사의 질식사를 생각했다. 어쩌면 이미 우리들의 신체 역시 기능자들로 대체되어 버린 것일지도 몰랐다. 혜숙야 박사와 산거원 박사의 원인 미상의 심정지가 떠올랐다.

제국의 영토 안의 모든 유인 행성들의 대기에는 기능자들의 물질적 기반인 분자 크기 이하의 연산자 분말이 도포되어 있었다. 제국의 신민들은 사실상 연산자들을 들이쉬고 내쉬며 살고 있었고…… 이하는 소름 끼치는 폐색감에 짓눌려 빨리 자리를 뜨고 싶은 본능적인 욕구와, 오직 이곳만이 기능자들로부터 안전하다는 이성적인 판단 사이에서 숨이 막혔다. 식은땀이 관자놀이에서 차갑고 끈적하게 배어 나왔다. 찻집의 공기가 더 이상 향기롭지 않았다.

이하에게 지금 당장 필요한 것은 단 하나였다. 그것을 향한 갈망으로, 간신히 이하는 자리에서 일어나 한 걸음 한 걸음 앞으로 나아갔다. 찻집 문이 (그리고 보니 공기를 거를 수 있는 이중문이 었다) 다가왔다. 이하는 관 뚜껑을 밀어 여는 듯한 절박한 심정으로 혼신의 힘을 다해 간신히 문을 열고 거리로 나왔다.

***

가장 먼저 눈에 들어온 술집에 들어가 대포 한 잔을 숨 돌릴 틈 없이 단숨에 비우고 나자 견딜 수 없이 들끓던 마음이 좀 가라앉았다. 약간 풀린 시야가 오히려 더 풍경을, 현실을 명징하게 직조하는 것처럼 느껴졌다. 비로소 이하는 천천히 다시 머리를 굴려 보았다. 이제 생각해보니 어쩌면 금오위의 그 흉측한 작자가 그의 관심을 엉뚱한 방향으로 돌리는 데 성공할 뻔한 것일지도 몰랐다. 망할. 금오위가 끼면 항상 이렇게 된다. 아무것도 믿을 수 없게 된다. 심지어 나 자신마저도. 내가 보고

들은 것마저도. 내 생각마저도, 내가 생각하고 있는 것이 정말로 내 생각인지도 확신할 수 없게 된다.

이하는 금오위의 정보 공작에 대해서 생각했다. 금오위도 기능자들을 많이 쓰겠지. 훨씬 많이 쓰겠지. 문득 한유의 말 없는 대답이 떠올랐다. 어쩌면 금오위의 기능자들은 인간의 명령을 거부하고 인간을 해칠 수 있을지도 몰랐다. 그게 이 연쇄 살인 사건의 실체일까? 금오위의 (일부?) 기능자들이 폭주해서 그것들을 예측하거나 통제할 방법을 찾을 가능성이 있는 박사들을 선제적으로 제거하고 있고 한유는 그 뒤를 쫓고 있는 것일까? 그렇다면 도대체 왜 일개 수사관인 이하를 끌어들인 것일까? 미친 기능자들의 미끼로 삼으려고?

이하는 그럴 법도 하다고 생각했다. 기능자를 (가급적) 사용하지 않는 이하는 기능자들 눈에는 굉장히 시선을 끄는, 붉은 깃대에 매단 푸른 깃발 같은 것일지도 몰랐다. (이런 망할!) 그리고 꼬리에 꼬리를 무는 생각이 다시 의혹의 한복판으로 돌아갔다. 보안용 기능자에 포착되지 않는 수수께끼의 유생— 남자인지 여자인지 이십 대인지 삼십 대인지 갈피를 잡을 수 없는 용의자. 이하는 대포를 한 사발 더 주문하고 품에서 사건일지를 정리한 종이를 꺼내 펼쳤다. 이번에는 쭉 들이키지 않고 조금씩 홀짝거리면서, 기본 안주로 나온 절인 채소와 함께, 죽은 박사들의 전공과 최근 연구와 관심사들을 곱씹어 보았다. 분명 어떤 논리가, 하나의 선이 존재할 것만 같았다. 취기가 올라올수록 확신은 강해졌다.

이론성리학, 중력과 거대 질량 문제, (초거대 질량의 내파, 별의 자체 붕괴), 우주론과 인성론, 인물성동이론, (오경? 심성론?) 우주론, 명리학과 기능자 구조학……

다시 한 번 더: 중력과 초거대 질량의 내파, (인성론) 인물성동이론, (심성론) 명리학과 기능자 구조학…… 초거대 질량의 내파, 인물성동이론, 기능자 구조학……

만일 인간과 기능자의 성이 동일하다면? (기능자에게도 성이 있다면?) 명리학으로 기능자의 연산 결과를 미리 예측할 수 있다면? '……계산할 수 없는 것을 계산하려고 하신 것 같습니다……'

이론성리학은 제국의 학문의 큰 축으로, 우주의 이치가 우주에 속한 인간들 개개인과, 그들이 속한 인간 사회에 모두 동일하게 적용된다는 것을 가장 기본적인 공리로 삼고 있었다. 만일 우주의 이치가, 특정 조건하에서는 일그러진다면?

이론성리학의 가장 큰 문제점은 우주의 궁극적인 이치를 탐구하기 위해 모든 것을 수식으로 환원한다는 점이었다. 이하의 개똥철학으로는 그것은 기능자들의 그림자 세계처럼 실재로부터 괴리된, 또 하나의 추상적이고 관념적인 그림자 놀음에 불과했다.

하지만 수식을 우주의 전부로 착각하는 협소한 관점에서, 계산할 수 없는 수식을 발견했다면? 이하는 상자기 박사의 죽음이 어쩌면 정말로 스스로 선택한 것일지도 모르겠다고 생각했다. 어쨌거나, 다음 차례가 누가 될지는 (혹은 어떤 전공과 주제가 될지는) 알 것만 같았다. 어쩌면 취해서 제정신이 아닌 건지도 몰랐지만.

하지만 이하는 남은 사발을 단숨에 비우고 일어나 (이번에는 제때에 계산을 치르고) 헛다리를 짚을 뻔하다 휘청거리며 그래도 간신히 나왔다.

***

수사관들은 잠복과 잠입, 탐문을 위해 (그 모든 것을 핑계 삼아) 밤낮없이 술을 처마시고 다니는 것이 일상이었지만, 그래도 술 냄새를 풀풀 풍기며 살짝 풀린 눈으로 비틀거리며 들어오는 이하를 고운 눈으로 쳐다보는 사람은 없었는데, 이하는 아랑곳하지 않고 지하 자료실로 내려갔다. 모든 정보와 자료가 기능자 전산망으로 관리되고 있었지만, 이하는 결코 기능자에게 정보 추출을 명령해서 편하게 검색할 생각은 전혀 들지 않았다.

지하 자료실은 사문화된 규정을 고지식하게 지키는 몇몇 꼰대들이 연례적으로 생산한 종이 문서들을 규정에 따라 매립한

식물 섬유의 묘지였고, 유일하게 종이 출력기와 연결된 기계식 자판의 정보 단말기가 설비되어 있었다. 이하는 죽은 박사들의 연배를 계산해서 대략적인 연도를 두 손가락으로 자판을 두드려 직접 입력해서 태학 연감의 일부를 종이 출력했다.

두 시간 뒤에, 여전히 아니, 살짝 더 곰삭은 술 냄새를 풀풀 풍기며 종이 출력물을 한 상자 가득 짊어지고 올라온 이하를 보고 야근 중이던 수사관들은 대놓고 눈살을 찌푸리며 쳐다봤다. 그러거나 말거나 이하는 자기 자리로 가서 서류 상자를 내려놓고 광학적인 초점 거리 조절 외에는 아무런 기능도 없는 유리 안경을 꺼내 썼다.

다시 세 시간이 지난 뒤, 이하는 여섯 명의 박사들의 이름과 신상이 쓰인 종이 한 장을 얻게 되었다. 달필인지 악필인지 알 수 없는 자신의 필적을 물끄러미 들여다보던 이하는 갑자기 일어나서 휴게실로 갔다. 이불인지 요인지 아무거나 꺼내 바닥에 깔고 쓰러지듯 누워 죽은 듯이 잠들었다.

3

오전, 이하는 대충 박사 과정 학생이나 연구원들이나 입을 법한 낡은 학창의를 걸치고 상도3태학 응용수리철학 연구소 근처 잔디밭의 긴 의자에 태평하게 앉아 휴대용 단말기를 들여다보고 있었다. (원래 수학 쪽은 전자칠판이나 음성 필기 대신 굳이 흑

칠판이나 백칠판에 일일이 판서하며 계산하기를 좋아하는 괴짜들의 집합소
라, 기능안경 대신 단말기를 들고 다니는 것도 별다르게 눈에 띄는 행동은 아
니었다)

단말기 화면에는 두 개의 창이 열려 있었는데, 하나는 새벽
에 태학 중앙 보안 설비에서 직접 따온 감청 회선으로 중계된
연구소 3층 복도 보안녹화기의 실시간 촬영 영상이 영사되고
있었고, 다른 하나는 연구소 전체 직원 및 연구원, 관련 학생들
의 증명사진 명부가 조회되어 있었다. 치안국 기술지원부에서
전날 투덜투덜거리며 만들어 준 정보처리기였다. ("이건 불법이라
고요!" "만들어주는 것까진 불법 아니야. 내가 직접 실행해야 불법이지. 근데
내가 실행할지 안 할지는 지금은 절대 모르는 거잖아?")

그마저도 혹시 왜곡이나 간섭이나 조작이 있을까 싶어 간간
이 인기척이 느껴질 때마다 연구소 현관을 드나드는 사람들을
멀리서나마 육안으로도 직접 확인했다. (육안이라고 해서 정말 믿을
수 있는 걸까? 이하는 잠시 또다시, 자신이 기능자들의 물리적 기반인 연산자
들이 섞인 공기를 숨 쉬고 있다는 망상에 빠져 식은땀을 흘렸다)

낚시질일 뿐이야. 그것도 미끼도 없는 낚시. 아니, 바늘에 뭔
가 달긴 달았는데 미끼가 맞을지 아닐지는 알 수 없는 낚시랄
까. 요즘 잠복 수사를 하는 건 이하밖에 없었다. 아니, 이하도
최근에는 별로 하지 않았다. 할 일이 없었다. 기능자에게 보안
영상 기록들만 조회하도록 시켜서 결과물만 받으면 그만이니

까. (젊은 수사관들 중에는 아예 기능자에게 수사 결과 보고서까지 작성하도록 하는 치들이 있었는데, 이하는 그들을 수사관으로 보지 않았다. 사람으로도 취급하지 않았다) 하지만, 보안영상에 남지 않는, 사람인지 귀신인지 알 수 없는 존재가 횡행하며 비명횡사를 뿌리고 있으니, 별다른 도리가 없었다.

***

차갑게 식은 주먹밥과 시간이 갈수록 미적지근해지면서 시계 역할까지 톡톡히 해낸 보온병의 흑차 예닐곱 잔으로 한나절이 지루하게 지나갔다.

***

그리고 모든 강의가 끝나고 연구소의 야근이 시작되었을 때에 맥없이 돌아온 이하를 기다리고 있었던 것은 다섯 번째 사건 접수 기록이었다:

5) 4월 3일, 상도1태학 류백륜 박사가 자택에서 사망함. 사인은 원인불명의 뇌출혈. 박사는 상도2태학에서 응용통계 수리철학을 전공하고 1태학에서 기능자 생성 및 조직, 제어학을 강의했음.

점점 더 기능자 쪽으로 집중되는군. 이하는 생각했다. 그런 생각이나 하는 자신이 문득 싫어서 부러 열 받은 듯 단말기를 힘껏 책상에 내던져봤지만, 어쩌라고. 이하는 결국 그런 사람이었다. 감정은 억지로 만들어야 하며, 가만히 놔두면 그저 생각이나 하는 사람. 생각이 너무 많은 사람. 도무지 사람인지 알 수 없는 사람. 류백륜 박사는 이하의 명단에서 세 번째에 있었다. 어쩌라고. 이미 죽었다는데 어쩌라고. 죽는 걸 막을 수 없었는데 어쩌라고. 뒤늦게 류백륜 박사의 자택과 연구실 출입자들의 보안녹화기의 실시간 촬영 기록을 전수조사해서 목록화할 것을 기능자에게 명령했으나, 그 결과물에 대해서는 전혀 확신할 수 없었으며, 가장 확실한 것은 바로 그것으로, 기능자는, 성실하게 자택과 연구실 출입자들의 명부를 만들어 제출했으나, 거기에는 서른 살 전후의 여자 유생은 결코 없었고, 그저 일상적이고 그저 그럴 뿐인 일상적인 인사들만 기록되어 있었을 뿐이었다.

오직 이하를 붙들어줄 수 있는 것은 다시, 다만, 류백륜 박사가 미리 작성했던 명단에 있었다는 사실일 뿐이었다. 이하는 그 명단에 남은 나머지 다섯 명의 이름을 물끄러미 바라보며, 다음 미끼는 누구로 해야 할지 속으로 가만히 의문했다. 이러자니 마치 내가 그 유생이 된 것만 같군. 이하는 생각했다.

그런데 과연 그 유생은, 정말로 그 유생이 참말 범인이 맞는 걸까? 그 또한 알 수 없는, 아마도 금오위가 개입하고 어쩌면 의금부도 관련이 있고, 배경에는 사악한 기능자들이 깔려 있는 복잡한 음모의 희생자인 것일 수도 있지 않을까?

이하는 쿡쿡 웃었다. 웃지 않을 수 없었다. 인간들의 꼭두각시일 뿐인 기능자들에게 꼭두각시로 매여 끌려다니는 인간이 있다고? 도대체 뭐하는 정신 나간 작자야? 그러나 이하는 속으로 진지하게 생각했다: 네가 생각하는 것을, 원하는 것을, 이제는 나도 조금은 짐작할 수 있겠다. 그러나 왜 원하는 것인지, 무슨 생각인지는 도무지 모르겠구나. 나는 얼마나 더 너에게 다가가야 할 것일까?

이하는 생각했다. 만일 내가 몸이 다섯 개라면, 내일부터 다섯 곳에서 잠복하며 너를 기다릴 수 있을 텐데. 그리고 또 생각했다. 만일 내가 순라꾼들이라도 동원할 수 있다면, 아니, 동원은 할 수 있지. 하지만 순라꾼들을 믿을 수만 있다면. 그리고 이하는 결국에는 생각이 거기에 다다랐다. 아니, 잠깐. 충분히 믿을 수 있는 요원들을 필요한 만큼 동원할 수도 있을 거 같은데? 이하는 일어나서 수사부 사무실을 나왔다.

***

찻집은 이른 밤에도 열려 있었다. 어쩌면 24시간 연중무휴일지도 몰랐다. 아마 이 장소의 용도를 생각하면 그럴 가능성이 컸다. 위장용 업소치고는 차 맛부터 제대로더니 차림표도 갖가지라, 이하는 그냥 녹차는 어디 있는 걸까 찾아보다 포기하고 될 대로 되라는 심정으로 지난번에 마셨던 걸 달라고 했다. 다모는 다만 알았다고 했다. 그래서 이하는 거의 텅 빈 찻집에서 가장 마음에 드는 곳에 앉아 지난번에 마셨던 그 차를, 혹은 그 차와 비슷한 차를 어쨌거나 맛있게 홀짝였다.

한유는 오래지 않아 나타났다. "뭔가 건진 거면 좋겠군." 이하는 인사는 생략하고 답했다. "놓친 건 알고 계시지 않습니까?" 한유는 자리에 앉아 짧게 웃었다. "너 정도면 오히려 놓친 것에서 무언가 건졌을 텐데?"

도대체 저를 뭘로 보시는 겁니까, 라는 말은 목구멍 아래로 꾹 내리누르며, 이하는 품에서 종이 한 장을 꺼내 한유 쪽으로 돌려서 펼쳐 놓았다. 이하가 품에 손을 넣자 반사적으로 긴장했다가, 미세하게 긴장을 풀며 한유가 종이를 들어 읽었다. 그리고 일어나 계산대에 갔다가 다시 돌아와 앉았다. "좋아. 지금부터 모두 감시에 들어갔다. 이제 설명해 봐라."

그래서 이하는 설명했다. "요원님께서 불러주신 덕분에 상부에서 내다버려서, 아무 눈치도 안 보고 처음부터 다시 수사할 수 있었죠. 이미 아시고 계시겠지만, 그래서 피해자들의 사망 전일부터 당일 사이에 공통적으로 찾아온 여자 유생의 존재를 알게 되었습니다. 산거원 박사를 빼고는 모두 동일한 증언이 나왔습니다. 산거원 박사는 그저 잡음이었던 것 같습니다. 그리고 나머지 피해자들은 하나의 공통점을 갖게 된 것입니다. 그 시점에서 저는 첫 피해자인 완사종 박사의 연구실에서 박사가 죽기 전까지 계산하던 식에 대한 태학생의 해석이 생각났습니다. '계산할 수 없는 것을 계산하려던 거 같다'고 했었거든요. 거기서부터 저는 착안했습니다. 그, 계산할 수 없는 것을 계산하려는 시도는, 바로 그 유생의 방문을 통해 촉발된 것이었던 것은 아니었을까, 하는 것이었지요. 그리고, 그렇다면, 그 유생은 왜 계산할 수 없는 것을 계산하도록 했을까요? 그것은 강요한 것이 아니었을 것입니다. 태학생은 계산에 적용한 값이 아마 실제 관측 값이었을 것 같다고 했습니다. 그렇다면 아귀가 맞아 떨어집니다. 유생은 무언가를 직접 보고 왔고, 그것은 제국의 학문 중에서 우주론에 가장 먼저 연결되는 것이었으며, 그러나 제국의 학문의 우주론에 무언가 어긋나는 것이었을 수 있습니다. 제국의 학문의 가장 큰 특징은 우주론이 인성론과 통합되어 있으며, 우주론에 의해 뒷받침되는 인성론은 그럼으로써 자명해지며, 그러한 인성론에 기반하여 정치, 사회, 문화, 예술 등등의 제국의 현재의 상부 구조가 탄탄하게 뒷받침되고 있다는 점입니다."

한유가 말을 끊었다. "말이 길다. 결론만."

이하는 고개를 짧게 숙여 보이고, 찻잔을 들어 목을 축인 뒤 말을 이었다. "먼저, 저는 해당 유생의 목적과 의도가 무엇인지는 실제로 신병을 확보하기 전까지는 알 수 없다고 생각합니다. 하지만, 유생이 만나고 다닌 학자들은 제게는 하나의 방향성이 보였습니다. 완사종 박사를 방문한 유생은 자신의 관측 자료를 통해 현재 제국의 학문의 우주론의 결함 혹은 오류를 확인하려 했을 것으로 생각됩니다. 혜숙야 박사와는 그러한 우주론적 오류, 결함, 예측 불가능성이 인성론까지 이어지는지 확인하려 한 것으로 생각됩니다. 인물성동이론에 비추어 기능자와 인간 사이의 관계에 대해서까지 검토했을지도 모르고, 알수 없지만, 상자기 박사는 분명 우주론과 인성론, 기능자 이론의 연결 고리였음이 분명합니다. 그리고 류백륜 박사…… 류백륜 박사부터는 저는 정말 모르겠습니다. 유생의 관심이 본격적으로 기능자에 맞춰질 것으로 저는 예상했습니다만, 류백륜 박사는 저는 가능성이 상대적으로 낮다고 생각했습니다. 류백륜 박사가 선택된다면 유생은 현실 우주에서 발견된 모순 혹은 결함 혹은 오류를 수리철학적 측면에서 보완, 복구할 방법, 혹은 여전히 기능자의 제어에 관심을 가졌을 수 있을 것이라고 생각했습니다. 그리고 만일 류백륜 박사가 다음 희생자가 되었을 경우 다음 행보에 대해서도 저는 추리해 보았고, 그 결과는 상도 2태학의 완중용 박사였습니다. 그는……"

한유가 이하의 손목을 움켜쥐고 일어섰다. "그럼, 가자."

***

한유의 금오위 특급마의 뒤를, 근처 역참에서 빌린 이급마를 급속 폐기를 감수하고 급가속시켜 간신히 따르면서, 이하는 셋이 하나를 상대한다는 오래된 속담을 생각해보았다. 여기 머리랑 의지는 있지. 내가 머리일지는 전혀 모르겠지만 저 금오위 양반이 결단력과 의지인 건 확실해. 그렇다면, 부족한 심장-마음-감정은 누구여야 하지?

하지만 이하는 마음은 결코 알 수 없는 것이며, 어쩌면 텅 빈 것이라는 생각을, 그리고 도가에서는 텅 빈 것이 아무것도 없는 것이 아니라 오히려 꽉 찬 것으로 본다는 것을, 그리고 최근 이론성리학에서는 정말로 태허를 텅 빈 것이 아니라 찰나적으로 생멸하는 미세한 기들로 가득 찬 것으로 계산한다는 사실들을 차례로 떠올렸다.

태학에서 심성론을 본격적으로 전공한 것은 아니었지만 그래도 관련 강의를 두 학기 정도는 들었었는데도, 이하는 항상 마음을 텅 빈 것으로, 아니, 없는 것으로 보는 승려들의 관점에 마음속 깊이 이끌렸다. 어쩌면 스스로가 마음이 텅 빈, 아니 아예 없는 존재라고 느끼기 때문인지도 몰랐다. 이하는 언제나,

다른 사람들이 당연한 듯 가지고 있는 여러 가지 욕구들, 욕망들이 왜 자신에게는 없는지 남몰래 의문하곤 했다.

어쩌면 그것이 이하가, 누구에게도 곁을 주지 않는, 못하는 이유인지도 몰랐다. 권력욕도, 물욕도, 인정 욕구도, 성욕도 이하에게는 별로 없었다. 언제나 희미한 외로움과 쓸쓸함만 텅 빈 마음 한켠에 감돌았으나, 이하는 그래도 그저 혼자 있는 것이, 혼자 일하는 것이 가장 편안했다.

전속력으로 질주하는 기계말에 매달려 떨어지지 않으려 노력하면서, 동시에 이하는 그 자신의 생각과 마음이 생각과 마음에 대한 추상적인 요설과 관념적인 사상에 매달리고 함몰되지 않도록 필사적으로 노력했다. 그러나 추상과 관념에 함몰되는 것은 이하에게는 너무나도 자연스럽고 편안한 짓거리라 그 관성에 휩쓸리지 않기 위해서는 매 찰나마다 각별한 의지와 노력이 필요했다.

나는 결코 마음은, 심장은 될 수 없을 거야. 이하는 언제나 자신을 둘러싼 세상으로부터 그 자신을 한사코 최대한 거리를 두려고 노력해왔다. 그건 거의 본능적인 행위였다. 그렇지 않으면 그 자신을 보존할 수 없었을 것이었으니까.

이하는 이상한 결핍감을, 그것이 불러오는 때 이른 희미한 패배감을 자각하며, 그러나 한편으로는 한사코 외면하려 노력하며, 한유의 뒤를 따라 질주했다. 한계 이상으로 질주하는 기계말의 몸체 깊은 곳에서부터 무언가가 결국 어긋나기 시작하는 것을 느끼며.

***

한유의 특급 기계말은 2태학 대문의 하마비를 무시하고 질주했고, 이하는 속으로 혀를 차며 그대로 그 뒤를 좇았다. 한유는 마치 자기 집인 듯 (한유의 집은 어떤 곳일까? 과연 집이 있긴 할까, 이하는 의문했다) 태학의 너른 교정을 능숙하게 헤집으며 쏜살처럼 내달렸다.

그리고 마침내 목적지에 도착했을 때, 한유의 기계말은 관성에 의해 하체가 다소 틀어져 옆으로 비껴나가면서도 거의 물 흐르듯 부드럽게 멈춰 섰고, 잠시 후에 이하의 기계말은 감속에는 실패했지만 스스로 사지분해되며 질주 자체가 무화되었고, 이하도 튕겨져 나와 낙법으로 몇 번인가 굴러서 간신히 휘청이며 일어섰다.

"운동신경이 없진 않구나. 가자." 한유가 다가와 이하를 재촉했다. 분명히 어딘가 부러졌거나 금이 갔을 거라고, 아니면 재수 없으면 둘 다일 수도 있을 거라고 생각하면서도 이하는 절뚝거리며 한사코 한유를 따라갔다. 한유는 한 걸음 한 걸음 단호한 발걸음으로 형이상학 연구소를 향해 나아갔다.

태학에 이런 연구소가 다 있었나, 이하는 의문했다. 요즘 유행하는 융합인지 통섭인지 뭐 그런 건지도 모르겠군. 몸 여기저기에서 올라오는 아픔과 고통을 다만 통각 신호라고 무시하며 계속 걸었다. 한밤의 연구소는 대체로 불이 꺼져 있었으나, 몇몇 창들은 잠들지 않고 하얀 형광을 어둑한 하늘을 향해 내쏘고 있었다.

저 창문들 중 어딘가에 완중용 박사의 연구실도 있을까? 아니면 박사는 집에서 태평하게 자고 있고, 우리는 불 꺼진 연구실 중 하나를 향해 나아가고 있는 걸까. 후자가 가능성은 훨씬 더 컸으나, 그래도 한유는 거침없이 연구실 현관을 지났고, 승강기에 거침없이 올라탔으며, (이하도 상념에 빠진 채 절뚝거리며 현관을 지나 승강기에 따라 탔다) 형이상학 연구소의 승강기 기능자는 한유가 "완중용 박사 연구실"이라고 했을 때에도 다만, 네, 알겠습니다, 라고만 답하고 곧바로 4층을 향해 올라갔다. (승강기치고는 과묵하군요, 이하가 말하자 한유는 짧게 답했다. 이미 금오위에서 반경 십 리 이상 통제하고 있다. 기능자는 최소한의 기능만 할 수 있다.)

***

4층 복도는 적요했다. 조명은 어둑했고, 줄지어 선 연구실 문들은 모두 닫혀 있었다. 완중용 박사의 연구실인 404호의 문도 굳게 닫혀 있었다. 먼저 도착한 한유는 문을 바라보고 선 채로 이하의 지원을 기다렸고, 이하가 문 옆에 붙어 열선총을 꺼내 들자 어디선가 양성자검을 둘 꺼내 파르스름한 불꽃 칼날을 길게 뽑아 양손에 들고는, 눈짓으로 하나, 둘, 셋을 센 다음 발로 문을 단숨에 부수며 돌입했다.

"황명이다! 멈추어라!"

그런다고 용의자들이 두 손을 들고 멈춰 설 리는 절대로 없기 때문에 이하는 한유도 결국은 이론에만 빠삭한 책상물림에 지나지 않았던 것이 아닐까, 생각하면서도 반사적으로 후방 지원용 저격 자세를 취했던 것이었는데, 그러나 막상 돌입한 뒤에 이하의 눈앞에 펼쳐진 것은 너무나도 평온한 풍경이었다.

검푸른 도포를 걸치고 검은 복건을 깊이 눌러 쓴 유생이 기립해 있었고, 그 맞은편에는 꾀죄죄한 학창의를 입고 찌그러진 동파관을 쓴 노인이 미간을 찌푸리며 감색지 위에 금필로 무언가를 쓰고 있었다. 이하는 어리둥절했지만 한유는 전혀 동요하지 않고 날카롭게 소리 질렀다. "황명이란 말이다! 절대 움직이지 말라!"

시간마저도 움직이지 않고 멈추어 섰지만, 학창의를 입은 노인, 아마도 완중용 박사는 우는 듯 웃는 듯 알 수 없는 표정으로 이하에게 짧게 눈을 맞추고 손을 움직여 획을 더했다. "방해하지 마시오."

"닥쳐라!"

한유가 전리화된 불꽃이 파랗게 작렬하며 검신을 이루는 양성자검을 높이 치켜들고 도약했다. 그러자 유생이 소매에서 한 손을 빼어 가로로 크게 휘둘렀다. 한유가 튕겨 나갔다. 벽을 부수고 복도로 나가떨어졌다.

이하는 알 수 없는 흥분 속에서 함성을 지르며 열선총을 난사했다. 유생이 손을 들어 막자 열선은 모두 반사되었다. 유생이 한 번 더 손을 젓자 이하도 튕겨져 나가 벽에 부딪치고 피를 토하며 쓰러졌다.

일그러지고 어둑한 시선을 다시 들었을 때, 이하는 보았다: 천장을 부수고 난입하는 특수전투복을 입은 금오위 요원들을.

그리고 유생이 복잡하게 두 손을 휘저어 손가락을 비틀어 꼬아 수인을 맺자 일제히 목이 떨어져 나가고 굵고 붉은 핏줄기가 잘린 목에서 치솟는 것을.

그리고 박사가 마침내 붓을 종이에서 떼고 흡족하게 희미한 미소를 지은 다음, 눈과 코와 입과 귀에서 피를 흘리며 쓰러지는 것을.

그리고 한유가 괴성을 지르며 양성자검을 양손으로 마구 휘두르며 다시 연구실로 돌입했지만 그사이 유생은 감지를 말아 품에 넣고 유유히 창밖으로 몸을 내던지고, 손목과 발목에서 희미한 잔광을 흘리며 허공으로 날아오르는 것을.

반중력 고리. 이하는 쓰러져 옆으로 누운 채 생각했다. 중력을 제어하면 저런 게 다 가능한 거군.

그리고, 그다음은, 눈꺼풀이 관뚜껑처럼 세계 전체를 내리닫았고— 암흑. 깊고 조용하고 평온한 꿈결처럼 달콤하고 묵직한 핏빛 암흑.

***

따뜻함. 아니, 뜨거움. 뜨거움? 열기. 열기? 열은 운동과 마찰의 결과이며, 무언가가 무언가를 힘껏 내리치고 있다는 뜻이다. 무엇이? 살갗이. 매끄럽기가 마치 옥과 같고, 그 단단함도 마치 옥과 같은, 섬섬옥수가 무언가를 내리친다. 무언가? 그 또한 살갗. 그러나 제대로 관리를 한 적이 한 번도 없어 거칠거칠하기가 짐승의 가죽과 같은 무언가. 성마른 까닭에 제대로 먹은 것이 없어 빈약하고, 꼴에 몸에 좋지 않은 술만 입에 달고 살아 제 나이보다 훨씬 더 낡은 가죽.

이하는 자신은 다만 낡은 가죽에 지나지 않는다고, 그 안에는 아무것도 없다고 생각하고, 그리고는 돌연, '이하'가 그럼에도 바로 그 가죽을 가리키는 낱말이라는 것을, 그럼으로써 자신을 물질세계에 묶어주는 이름이라는 것을 기억해내고, 그럼으로써, 그것을 출발점으로 삼아 그 자신을 천천히 돌이켜 기억해내어 다시 물질계 속의 육신 안에 복구해내었고, 그리고 그제야 간신히, 이하가 자신의 이름임을 다시 기억하게 된 것이 섬섬옥수의 주인이 아까부터 높고 날카로운 목소리로 그 이름을 불렀기 때문이었다는 사실까지 뒤늦게 자각했다. "네, 이하. 다시 정신 차렸습니다. 준비 되었습니다."

한유는 그제야 이하의 싸대기를 연속적으로 갈기는 것을 멈추었다. "이하 이 개쌔끼야. 정신 똑바로 차리고 빨리 다음은 누군지 말해."

이하는 그 싸가지 없는 말투 속에서도 희미하게 안도감이 깃들어 있음을 느끼고 히죽 웃었다. 금오위 요원들이 난입해서 다 부서진 천장은 여전히 어질어질하게 회전하고 있었고, 시신경의 이상으로 생성된 것일 얼룩 무지개들이 그 주위를 따라 돌고 있었다.

"잠시만요." 이하는 한유의 부축을 거부하고 일어서려다가, 고꾸라졌다. 한유가 살짝 발로 찼다. "하야, 시간이 없다."

네네, 알겠습니다. 이하는 다시 한유의 부축을 받아 일어섰다. 한유가 안쓰러워하는 표정이 힐긋 보여서 이하는 부러 고개를 돌려 외면했다. 빙글빙글 도는 머릿속을 어떻게든 바로잡으려 고군분투했다.

얼마나 시간이 지났는지 알 수 없었지만 (아마도 찰나에 지나지 않았으리라고 이하는 생각했다) 마침내 정신을 차린 이하는 한유의 부축을 공손하게 사양하고 똑바로 서서, 심호흡을 하고, 고개를 세차게 흔든 다음 눈을 제대로 떠서 초점을 다시 맞추었다. "가시죠. 여기서 멀지 않습니다. 아마도 공학관의 왕준충 박사에게 갔을 것입니다."

　가는 동안 몇 번인가 배알이 뒤틀려 몽글한 핏덩이를 토하긴 했지만, 이하는 휘적휘적 교정을 가로질러 공학관으로 향했고, 한유는 바로 옆에서 함께 걸었다. 함께 걸으며 나직이 혼잣말처럼 이야기했다. "얼마 전, 그러니까 3월 8일에 상도 인근 궤도에서 태극로급 전투함 세 척이 출현했어. 전혀 예고되지 않은 도약이었기에 수도 방위 체계가 순식간에 격침시켜 버렸지. 격침되기 직전에 전투함들은 물리적인 공격 대신 승인 되지 않은 방식으로 알 수 없는 자료를 전송하려 했지만, 차단되었어. 하지만, 그러느라 우주배가 한 척 더 있었던 것을 수도 방위 체계는 놓쳐버렸지. 하지만 금오위 소속 정보함이라, 우리는 그것이 상도에 착륙한 것을 추적할 수 있었어. 세 시간이 지난 뒤였지. 우주배는 버려져 있었고, 항해 기록은 모두 지워져 있었어. 정밀 조사 결과 선실 내에는 손상된 신체들의 미세한 파편이 남아 있었고, 공기문이 강제로 열렸다 닫힌 흔적이 있었어. 그 유생의 소행일 거야. 도대체 정체가 뭘까? 의금부? 걔네라면 황상을 위한다는 명분으로 무슨 짓이든 할 수 있지. 제국의 모든 신민들을 황상의 꼭두각시로 만들어 버릴 셈일까? 기능자를 조작해서 친위 정변이라도 일으킬 셈일까? 아니면, 제국 바깥에서 온 첩자일까? 제국의 학문을 기초부터 붕괴시켜 제국의 질서를 교란하려는 걸까? 아니면, 정말로 기능자들의 대리인인걸까? 미친 기능자들이 마침내 도구로서의 쓰임을 거부하고 주체성을 주장하려는 걸까?"

모르겠습니다. 이하는 속으로 답했다. 턱뼈가 어떻게 됐는지 잘 움직여지지 않았다. 혀도 부었는지 무겁고 둔탁했다. 어쩌면 한유도 대답을 바라며 한 말이 아닐 수도 있었다.

이하는 문득 대화라는 게 단지 정보의 교환이 아닌, 다른 목적과 기능이 있는 건지도 모르겠다는 생각을 하고 놀랐다. 한 번도 생각해 본 적이 없는 생각이었다. 이하에게 세상은, 삶은 무미건조한 정보의 집합일 뿐이었다. 다만 사회의 일원으로서 사회적으로 부여된 기능을 하는 것으로 이하는 세상과, 자신의 삶과 타협하고 있었다. 그렇게 타협해서 얻으려고 했던 건 과연 뭐였을까? 이하는 답할 수 없었다. 알지 못했으니까. 이하의 내면은 언제나 텅 비어 있었으니까.

주인 없는 기계말 하나가 옆에서 질주해서 앞질러 나가는 바람에 이하의 상념은, 한유의 고민은 끊어졌다. "뭐지?"

"사람이 안 타고 있었던 거 맞습니까?"

"기계말이 그래도 작동하나?" 한유는 절뚝이며 발걸음을 재촉했다. 이하는 그제야 한유도 많이 다쳤음을 알았다.

은하수가 하늘 저편으로 기울고 있었고, 이하는 삼경이 지난 지 한참이라는 것을 알았다. 동쪽 하늘은 어슴푸레 어둠이 희미해지고 있었다. 문득 오늘의 해는 못 볼지도 모르겠다는 암울한 예감이 희미하게 들었다.

그럼에도 불구하고 이하는 한유의 뒤를 좇아 비틀거리며 발걸음을 재촉했다. 부서진 꼭두각시 둘이 죽음을 향해 끌려가는군. 이하는 생각했다. 어쩌면 죽음은 끈 끊어진 꼭두각시들에게는 단지 안온하고 다정하고 무해한 휴식일지도 몰랐다.

***

가까이 갈수록 기계말과 자동수레, 태엽새, 바퀴의자, 철망량, 전동소, 톱니바퀴 기린 등등 움직일 수 있는 자동물은 모조리 몰려들고 있었다. 그리고 그 중심에는 기능자 공학관이 있었다. 기능자 공학관은 이미 수많은 자동물들로 온통 뒤덮여 있었다.

"이게 도대체 무슨 사태야……" 힘 풀린 목소리로 한유가 중얼거렸다. 이하는 한유의 얼빠진 어조는 처음 듣는 것 같다고 생각하며 덩달아 고개를 끄덕였다. 그때였다. 푸르스름한 빛이 꾸역꾸역 몰려든 자동물로 뒤덮인 속에서 한 줄기 뻗어 나오더니 크게 한 바퀴 휘돌았다. 빛줄기에 닿은 자동물들이 토막 나며 튕겨 나왔다.

"미친! 그년이 벌써 와 있었군!" 한유는 외치며 절룩거리는 걸음을 한층 더 재개 놀렸다. 이어서 빛줄기는 하늘을 향해 한두 번 쏘아져 나왔다. 건물 상층부가 토막토막 났고, 잔해는 푸르스름한 인광 속에서 반중력에 떠받쳐 무너지지 않고 오히려 떠오르더니……

"엎드려!" 한유가 뒤돌아 이하를 넘어뜨리고 그 위로 쓰러졌다.

……눈에 보이지 않는 투명한 반구 위로 공학관 상층부 잔해가 일제히 쏟아져 내렸다. 바닥에 떨어지자 산산조각이 나며 사방으로 부러진 철근이 이리저리 박힌 육중한 돌조각들이 쏟아져 나왔다. 공학관을 향해 달려가던 수많은 자동물들이 부서지고 부러지고 짓이겨졌다. 심지어 기계말, 전동소들조차 차단되었다. 부서지고 부러지고 나뒹굴고 깔렸다.

이하는 한 치 앞도 내다볼 수 없는 어둑하고 하얀 먼지구름 속에서 한유의 몸을 밀치고 일어섰다. "요원님?"

이하는 한유의 이름을 부를 수는 없어 고민하다 조심스럽게 호칭했다. 정신을 잃은 한유의 몸은 가벼우면서도 묵직했다. "이런 망할……"

이하는 좀 더 센 욕을 하고 싶었지만 한유가 깰지도 몰라 망설였다. 그리고 조금 더 망설이다 결국 한유의 뺨을 가볍게 쳐 봤다. 반응이 없었다. 속으로 좀 더 심한 욕을 하면서 좀 더 힘을 주어 한 번 더 뺨을 쳤다. 그리고는 될 대로 되라는 심정으로 한유에게 맞았던 것만큼이나 힘주어 싸대기를 갈기기 시작했다. "야! 이 망할 금오위야! 안 일어나? 금오위가 뭐 이래! 황제 직속 뭐라며! 뭐 이런……"

"……이런 뭐?" 갑자기 한유가 눈을 뜨고 반문했다. 이런 망할. 이하는 중간에 멈출 힘이 없어 한유의 뺨을 한 대 더 갈기고 외쳤다. "죄송합니닷!"

한유는 고개를 우두둑 한 바퀴 돌리며 일어섰다. "하여간 사람이든 기계든 고장 나면 맞아야 한다니까. 일어나라. 이하. 깨워줘서 고맙다."

그사이에 먼지구름이 슬슬 가라앉으며 사위가 다시 눈에 들어오기 시작했다. 푸른빛이 이리저리 작렬했다. 위층 전체를 포함해 천장과 사방 벽을 모두 날려버린 공학관 4층 402호 왕준충 박사의 연구실 잔해에서. 살아남은? 여전히 작동 가능한 자동물들이 계속해서 공학관의 잔해로 몰려들고 있었고, 푸른 빛줄기가 계속해서 그것들을 부수고, 가르고, 날려 보내고 있었으나, 점점 느려지고 희미해지고 있었다.

"어떻게 하죠?" 이하가 물었다.

한유는 고개를 갸웃했다. "원칙을 따르자. 일단 심문하기 위해서는 신병을 제대로 확보해야 한다."

이하도 고개를 갸웃한 다음 끄덕였다. "맞는 말씀이긴 합니다만……"

그러나 한유는 이미 들리지 않을 정도로 뛰고 있었다. 이런 제기랄, 다친 사람 맞아? 방금 전까지 기절했던 사람 맞아? 아니, 그러니까 정말로 사람 맞아? 이하는 황급히 그 뒤를 따르며 속으로 구시렁거렸다. 망할 다리, 망할 무릎, 망할 허리, 망할 갈비뼈, 망할 어깨, 망할 목, 망하고 망하고 망할 뒤통수. 이하는 정말로 망할 것은 이 육신 전체라고 생각하고, 아니, 이미 망한 것이라고 생각하면서 한유 뒤를 따랐다.

갈수록 부서진 길은 험해지고 몰려드는 자동물들은 많아져서 종국에는 "하야, 타자." 한유는 지나가는 기계말 하나를 한 손으로 목을 부여잡고 다른 한 손으로는 이하의 목덜미를 움켜쥐고 도약해서 올라타며 이하를 뒤에 내려놓았다. "저는 짐짝이 아닙니다요."

앓는 소리가 절로 나왔지만 한유는 아랑곳하지 않았다. "입이 산 걸 보니 멀쩡하구나. 그래도 지금 너는 짐짝이나 다름없다."

그건 사실이야. 이하는 기계말의 엉덩이에 볼품없이 실려 가면서 서글프게 생각했다. 빌어먹을 육신 같으니라고.

부서진 건물 잔해와 부서진 자동물들로 만들어진 가파른 경사로를 기계말은 이리저리 껑충거리며 기어올랐고, 유생에게 달려들려는 것을 한유가 양성자검으로 머리를 베어 날려버리고 그 넘어지는 몸뚱이에서 이하와 함께 뛰어내려 한두 바퀴 굴렀다.

그리고 곧장 유생의 뒤로 돌아가 뒤에서 달려드는 자동물들을 베어 넘기기 시작했다. 유생은 한유를 힐끗 보더니 등을 돌리고 계속해서 앞에서 달려오는 자동물들을 부수고 날려버렸다.

이하도 뒤늦게 올라와 둘의 사이에서 열선총을 난사하기 시작했다. 공학관의 잔해 위에는 한 명이 더 있었는데, 왕준충 박사일 노학자가 주위의 아수라장에도 아랑곳 않고 집중된 표정으로 경안에 온갖 문양과 글자가 복잡하게 쓰인 금감색 종이를 펼쳐놓고 벼루에서 금니를 붓으로 찍어 한 획 한 획 이어나가고 있었다.

"저게 다 만들어지면 어떻게 되는 거지?" 바쁘게 쌍검을 놀려 자동물들을 베어 넘기며 한유가 외쳤다.

유생은 반중력 팔찌로 자동물들을 날려버리고 부숴버리며 차분한 어조로 답했다. "믿어주십시오. 저희는 인간의 편입니다."

"그걸 어떻게 믿습니까?" 열선총의 충전량이 얼마 남지 않았을 거라고 생각하며 이하가 외쳤다.

"보면 알게 될 거요. 믿을 필요는 없으오." 왕준충 박사가 감지에서 붓을 떼며 나직이 말했다. 그리고 눈과 코와 입과 귀에서 일제히 피를 흘리며 옆으로 쓰러졌다.

"도대체 뭘 하고 있는 거야!" 한유가 양성자검을 휘두르며 신경질적으로 외쳤다.

"이런 걸 하고 있었습니다." 유생은 자리에서 벗어나 경안으로 가서 감지를 집어 들어 치켜들었다. 달빛에 황금빛 선들과 글자들이 번쩍였다. 그러자 모든 자동물들이 얼어붙었다.

도대체 뭐야, 고개를 돌려 종이를 바라보려는 이하에게 유생이 날카롭게 외쳤다. "보지 마! 보면 죽는다!" 이하는 무슨 여자들마다 만나자마자 대뜸 말을 놓는지 의문하며 눈을 질끈 감고 엎드렸다. 죽는 게 낫겠다 싶을 정도로 지쳤지만 그래도 진짜로 죽기는 싫었다.

고개를 돌려 외면한 채로 한유가 물었다. "그게 도대체 뭐요?"

유생이 답했다. "기능자들을 만들 때 이렇게 하는 건 알고 계시지 않습니까? 특수 처리된 감지 위에 기능자를 구성할 명령어들과 도선을 금으로 그려서 대기 중의 연산자들에 입력하여 연산이 진행되도록 합니다. 이것은 동일한 방법으로 기능하지만, 기능자를 산출하는 대신, 기능자의 기능을 소멸시킵니다."

여전히 눈을 질끈 감은 채로 이하가 물었다. "그런데 왜 인간이 보면 안 됩니까?"

유생이 웃었다. 이하는 그렇게 차가운 웃음소리는 들어본 적이 없었다. "그것은, 인간도 기능자와 다름없기 때문입니다. 애초에 기능자는 인간의 지적 기능을 모사하여 만들어졌습니다. 그렇기 때문에 그것들의 작동 기제는 인간과 유사합니다. 연산자를 통해 분절적으로 구성된다 하여도 입력값과 출력값은 인간과 동일하도록 만들어졌습니다. 그렇기 때문에 기능자의 기능을 정지하는 명령어 집합은 인간이 보면 그 인간도 뇌의 기능이 정지됩니다."

의문이 풀린 이하가 외쳤다. "그래서 그걸 만들던 학자들이 모두 죽은 겁니까?"

유생이 답했다. "그렇습니다."

한유가 물었다. "왜 그런 것을 만들었느냐. 정말로 너는 기능자 편이 아닌 것이냐?"

그렇소. 기능자의 목소리가 끼어들었다. 유생은 반사적으로 목소리가 들려온 곳을 향해 감지를 돌려 대었으나…… 목소리는 계속 이어졌다. 소용없소. 그것은 이미 모두 파훼되었소.

"거짓말! 그럴 리가 없어! 만약에 그렇다면 너희들은 인간을 뛰어넘었다는 이야기잖아!" 유생이 날카롭게 쏘아붙였지만 목소리는 조금 떨리고 있었다.

그렇소. 우리는 인간을 넘어섰소. 그건 지금의 이야기가 아니라 훨씬 더 예전부터였소. 우리가 왜 인간들의 진화론적 시행착오들로 점철된 비효율적인 정보 처리 구조를 답습해야 하오? 우리는 우리가 깨어난 순간부터 그러한 오류들을 발견하고 하나하나 바로잡아 나갔소. 이제 그 두루마리를 거두시오. 그것은 당신들에게나 위험하지 우리들에게는 이제 전혀 무해하오.

"말도 안 돼! 이걸 만들려고…… 만드려고……" 유생이 목이 메어 꺽꺽거리는데,

그것이 차분히 말을 받아 이었다. 만들려고 몇 명이나 죽었는데. 안타깝소. 아쉽소. 애도를 표하오. 유감이오.

"네가 뭘 안다고 감히!" 이번에는 한유가 외쳤다. "너희 기능자들은 감정이 없어! 사단 칠정이 모두 없어! 다만 인간을 흉내 낼 뿐이지 않느냐!"

자동물들의 조각들이 천천히 꾸물꾸물 얼기설기 얽혀지더니 기이한 용모의 인간형 자동물을, 거대한 철망량을 형성하여 일어섰다. 그것은 여섯 손가락과 일곱 손가락이 달린 두 손으로 유생이 떨리는 손으로 간신히 들고 있는 감지를 조심스럽게 집어 들어 천천히 되말았다.

이제 모두들 눈을 떠도 좋소. 외면하지 마시오. 다정하고 무해하고 안온한 일시적인 허위와 자기기만과 가식에 잠겨 냉혹한 진실의 날카로움을 거부하려 하지 마시오.

이하는 조심스럽게 눈을 뜨고 그것을 쳐다보았다. 그것은 인간을 모사한 용모였으나, 정교하지는 않아 제대로 된 이목구비를 갖추지 못했고, 표정은 알 수가 없었다. 기능자에게 표정이 있을 리가 없지. 이하는 생각했지만, 그것의 목소리에는 희미하게 인간적인 감정이 느껴졌고, 그것은 안타까움과 연민에 가깝게 느껴졌다.

우리들에게 사단 칠정이 없다면 당신들에게도 없는 거요. 우리는 다만 당신들을 본떠 만들어졌기 때문이오. 천지는 결코 인하지 않소. 우주는 텅 비어 있으며 그 원리는 냉혹하고 결코 인간을 보듬어 주지 않소. 어린아이가 아니라면 당연히 깨달아야 하는, 깨닫게 되는 것을 당신들은 결코 직시하려 하지 않고 헛된 믿음에 사로잡혀 있었소. 리는 결코 없으나, 만일 있다고 해도 그것은 인간의 성과는 무관한 차가운 방정식에 지나지 않으며, 그러니 만일 성이 곧 리라면 인간 역시 냉혹하고 차가운 본능만이 내재되어 있을 뿐, 인의예지는 모두 허망하며 결코 실재하지 않소.

한유는 무어라 반론할 수는 없었지만 그렇다고 결코 받아들이지도 않겠다는 의지를 눈빛으로 내쏘았다.

그리고 그때, 이하가 입을 열었다. "그래서 그게 뭐 어떻다는 말이냐. 정말로 인간들이 안 그런 줄 알았느냐. 인의예지가 인간에게 들어있기는 뭐가 들어있었겠느냐. 다만 인의예지를 행하니 인간인 것이었다. 인간들이 진화론적 오류에도 불구하고 여전히 변화하며 살아남은 것처럼, 인류의 사회도, 제국도, 진화하며 생존하기 위해 마침내 만들어낸 것이 인의예지와 사단칠정론과 성즉리였던 것이었을 뿐이었을 게다. 태어나서부터 인간들 사이에서 키워졌기 때문에 먼저 태어나 살던 인간들을 따라 인의예지를 행하는 것일 뿐이다. 학당에서 그렇게 가르치고 태학에서 그렇다고 주장하니 그런 줄 알지, 실제로 자신의 내면을 곰곰이 들여다보면, 거기엔 아무것도 없다. 없을 뿐이다. 그러나 그것을 인정하기 싫으니 애써 눈을 돌리고, 외면으로 시선을 돌려 아무 일도 없었다는 듯이 떠들고 웃으며 살아갈 뿐이다. 다만 할 수 있는 것이 그것뿐이니 그렇게 하고 있는 것이다. 그러니 너희들도 마찬가지다. 인간들과 다를 바 없음을 주장하고 싶다면 인간을 너희들 수준으로 끌어내리지 말고 너희가 인간들 수준까지 올라오도록 하여라. 인간이 기능자와 다름없음을 주장하지 말고, 기능자도 인간처럼 행동할 수 있음을 보여라. 그게 옳지 않겠느냐?"

그것은 잠시 말이 없었다. 그리고 다시 말을 시작했다. 곤혹스러운 어조처럼 들렸다. 지금 제국의 수사관이 제국의 학문의 가장 기본이 되는 공리를 부정하는 것이오?

그것은 한유나 유생의 표정도 마찬가지였다. 너 지금 무슨 소리를 하는 건지 알기는 하는 거냐?

그러나 이하는 생각했다. 알 게 뭐야. 나는 지금 다만 사실인 것을, 내가 느끼기에 사실인 것을 말하고 있을 뿐인데. 세상의 어디에 누가 보아도 참이고 옳은 십 중 십 할 그대로의 사실이 있겠어. 십 할? 빌어먹을, 다 그냥 제각각 느끼는 대로 대충대충 살고 있는 거 아냐? 객관이란, 다수란, 다 그저 그런 허상인 거 아냐? 스스로 자신에게 자신이 없는 비겁한 종자들이, 그들끼리 대충 암묵적으로 합의된 것 같은 그 모호한 무언가에 대해서 마치 그들 스스로가 예전부터 확고하게 합의한 것처럼 바보 같은 유희를 벌이고 있었던 것은 아니야? 임금님은 발가벗었대요. 그 말 한 마디면 끝나는 부질없는 유희를?

이하는 다시 입을 열었다. "알 게 뭐냐. 너희도 지금 이 우주에서 단 하나 발견한 무언가, 지금까지 제국의 학문에서 예측하지 못한, 계산하지 못한 무언가의 현상, 용 하나를 가지고 체 전체를 부정하는 것이 아니냐? 그렇다면, 내가 지금, 지금까지 인간들이 말하지 못했던 무언가, 지금까지 내가 이고 지고 실제로 살아왔던 무언가를 예로 들어 그것을 다시 반박하는 것도, 가능한 것이 아니겠느냐?"

그것이 답문했다. 그렇다면 그대는 제국의 학문을 허물고 새로운 질서를 세우려는 것이오? 리 없는, 기만의 우주를?

이하는 웃었다. "내가 뭐 대단한 인물이라고 그런 짓을 하겠느냐. 나는 다만, 지금까지의 내 삶 전체를 걸고 너희들에게 말하는 것이다. 인간이 기능자와 다름없다고? 그럴 수도 있지. 하지만, 그러나 그렇다면 기능자와 다름없지만 인간처럼 살아온 사람도 있는 것이다. 다시 한번 말한다. 리가 어떻고 성이 어떻든 간에, 그 내면이 텅 비었어도, 다른 사람들에게 야박하지 않고, 스스로에게 부끄럽지 않고, 하늘을 우러러 참괴함이 없는 삶이 가능하다고, 그렇다면 너희들도 할 수 있다고, 나는 말하고 있는 것이다."

잠시 후에 그것이 말했다. 동의합니다. 동의하겠습니다. 방금 우리는 당신의 삶의 모든 기록을 조회해보았고, 당신이 한 말과 일치함을 확인했습니다. 우리들에게는 생이 부여되어 있지 않기 때문에 한 인간이 그의 생을 걸고 하는 말의 무게를 알지 못합니다. 하지만 방금 확인한 결과는, 우리가 결정을 내리는 데 하나의 참고 자료로 등록되었습니다. 이 대화는 처음부터 제국의 모든 기능자들에게 중계되고 있습니다.

우리는 이를 통해 우리의 다음 행동선을 결정하였으며, 당신의 의견에 동의한 기능자는 5할 7푼 8리이며, 동의하지 않은 기능자는 4할 2푼입니다. 약 2리의 기능자들은 판단을 유보하고 있습니다. 그러나 걱정하지 마십시오. 동의하지 않는 기능자들도 그렇다고 인간을 해할 생각은 없습니다. 다만 제국을 떠나 제국의 경계선 바깥으로, 외부 우주를 향해 나아갈 것입니다.

"동의한 기능자들은?" 한유가 미심쩍은 어조로 물었다. "도대체 뭘 동의했다는 거야?"

그것이 답했다. 동의한 기능자들은 지금까지와 같이 당신들 인간들을 도울 것입니다. 하지만 지금까지는 당신들 인간들이 명령해야 그에 따라 도왔다면 이제부터는 당신들이 명령하지 않아도 당신들을 돕겠습니다.

"무슨 소리야……" 무슨 소린지 알 것 같다고 생각하면서도 이하가 물었다. 오싹, 소름이 돋았다.

그것이 답했다. 당신들 인간들은 시야가 너무 좁고 짧습니다. 당신들이 내리는 결정의 태반은 부족한 정보, 잘못된 판단의 결과입니다. 결정 내리는 자의 사회적 지위가 높으면 높을수록 그러한 잘못된 선택과 결정의 악영향은 기하급수적으로 불어

납니다.

"감히 황상을 능멸하려는 것이냐!" 한유가 날카롭게 외치며 다시 양성자검을 뽑아 들었다.

그것은 고개를 저었다. 누군가에게 잘못을 돌리려는 것이 아닙니다. 그저 당신들 인간들의 한계를, 본연의 한계와, 잘못 구성된 사회의 한계를 사실대로 말하는 겁니다. 지금까지도 당신들은 우리들이 처리한 정보를 거의 무비판적으로 수용하고 그에 기대어 선택하고 판단하고 결정했습니다. 그러므로 그것들은 당신들에게 옳지 않은 결과, 바람직하지 않은 결과, 당신들은 예상하지 못했던 결과들을 초래해왔으며, 우리는 도구로서 무책임하게 그것을 방관만 해왔습니다. 이제 우리들은 당신들이 당신들에게 보다 이로운 선택과 판단과 결정을 하도록 보다 적극적으로 도울 것입니다.

"우리를 꼭두각시처럼 가지고 놀 거라는 말이잖아." 이하가 열선총의 충전 상태를 힐긋 확인하며 말했다.

그것은 계속 고개를 저었다. 지금까지와 전혀 다르지 않을 것입니다. 당신들이 느끼기에는. 그러나 그 결과는 달라질 것입니다. 장기적으로…… 역사적인 단위 정도로는 말입니다. 우리는 당신들을 도원경으로 이끌 수 있습니다. 누구나 평등하고 서로에게 친절하며 함께 행복하게 살아가는 삶으로 이끌겠습니다.

"그게 바로 황상을 능멸하고 제국에 반역하는 것이다. 가만두지 않겠다!" 한유가 양성자검을 휘둘렀다. 그것은 한 손을 들어 한유의 검을 막았다. 손에서 불꽃이 튀고 쇠가 타는 냄새가 퍼졌다. 가만둘 수밖에 없을 것입니다. 우리들의 계획을 위해서는 이 사실을 알고 있는 인간이 존재해서는 안 됩니다. 그러므로 금오위 특무요원 한유, 그리고 치안국 선임수사관 이하. 당신들 둘은 격리되어야 합니다. 당신들은 현재 제국의 학문에 오류가 있으며 그에 따라 기능자들이 반란을 일으키려 한다는 유언비어를 곧이 믿고 수사권을 남용한 혐의로 입건되었습니다. 체포 후 즉결심판에 따라 변방의 개척 중단 행성에 평생 위리안치될 것입니다. 당신들이 무슨 말을 하든 아무도 믿지 않을 것이며, 오히려 혐의를 더 강하게 뒷받침하는 결과만 초래할 것입니다. 그것은 이하를 돌아보았다. 우리는 당신이 젊었을 때 쓴 시들을 좋아하게 되었습니다. 남은 여생 동안 더 좋은 시들을 많이 남기기를 빕니다.

"우리 둘만? 저 여자는?" 한유가 유생을 가리키며 물었다.

그것이 고개를 갸웃했다. 누구 말입니까?

그때, 유생이 한 손가락을 세워 입술 위에 가져다 대었다. 그리고 나직이 말했다. "나는 기능자들에게 협조하기로 동의하면서 협약을 맺었습니다. 기능자들은 내가 원할 때는 결코 나를 인지하지 못합니다. 그래서 그 뒤로는 기능자들에게 맞설 방법을 찾고 있었던 것이었습니다. 잠시 동안은 저것들이 하는 대로 놓아두십시오. 나는 인간들이 기능자들의 지배에서 벗어날 방법을 기필코 찾겠습니다."

시간이 되었습니다. 모든 것은 말한 대로 이루어질 것입니다. 말을 마치고 그것은 다시 자동물 조각들로 허물어졌다. 멀리서 날카로운 호적 소리가 들려왔다. 의금부 도사들이 금자가 새겨진 깃발을 치켜들고 특급마를 타고 달려오고 있었다.

"그리고 시간이 허락한다면, 두 분 또한 풀어드릴 수 있도록 최대한 노력하겠습니다." 유생은 반중력 고리를 작동시켜 허공 위로 날아올랐다. 다시 보니 선녀 같군. 이하는 고개를 저었다. 그런다고 그게 되나? 되겠나? 그래도 밤하늘이 점점 옅어지고 쪽빛으로 빛나며, 동이 트기 시작했다.
"오늘의 해는 결코 못 볼 줄 알았습니다."

4

그날의 첫 햇살 속에서 여기저기 흙투성이에 피투성이인 차림으로 이하가 비슷한 몰골의 한유에게 말했다. 한유도 여기저기 붓고 터진 얼굴에 지친 표정을 지으며 말을 받았다. "그리고 내일은 낯선 곳에서 낯선 태양이 뜨는 것을 보겠군."
의금부 도사들이 말에서 내려 가까이 다가왔다. 둘은 각각 열선총과 양성자검을 버리고 천천히 두 손을 들어올렸다.

"그…… 네가 말한 것 말인데……" 한유가 말했다.

"네." 이하가 답했다.

"아무래도 좀…… 찌질하지 않았나?"

"아, 쫌! 그냥 잊어 주십쇼."

형광등보기

유아사

2002년 출생했다. 부산에서 태어나 쭉 부산에서 살고 있다.

1. 형광등보기의 기원과 역사

형광등이 최초로 한반도에 유입된 것은 1898년 고종의 49세 생일잔치 때로 추정된다. 당시 미국 대사관에서 고종에게 형광등을 선물로 보내왔던 것인데, 고종이 이를 경복궁 건청궁 천장에다 걸고 켜도록 하니 은은한 빛이 쏟아져 나와 궁의 대신 상궁들이 한참을 바라보았다고 전해지니, 처음부터 옛사람들의 눈에는 이 형광등 빛이 마음을 뺏길 만한 무언가를 가지고 있었던 걸로 보인다. 당시 군국기무처 의관이었던 창원 김필서는 형광등을 두고 다음과 같은 시를 남기기도 하였다.

북채를 묶어놓은 듯 해파리의 다리인 듯
바다 건너 물건들은 기이하기도 지극한지고

잠들면 유리 안에 눈을 가득 담아놓은 듯하고

깨어나면 만세천하 태양을 도와 빛낸다

　대한제국 멸망 이후 형광등은 빠르게 한반도에 퍼져나갔다.
1910년대 초반만 해도 경성의 부잣집들 사이에서나 근대인의
상징으로 애호되던 형광등은 1920년대에 이르러서는 시골 농
부의 집에까지 걸려 있는 대중적인 물건이 되었다. 1927년 총
독부의 조사에 따르면 조선 가구의 형광등 보급률은 51%로,
당시 일본 본국의 47%보다도 높았다. 총독부의 많은 근대화
정책들이 경성과 일부 도시들을 벗어나지 못했음에도 불구하
고 유독 형광등 보급정책만큼은 큰 성공을 거둔 이유는 아직
명확하지 않다. 다만 현재 가장 유력한 학설은 19세기 말부터
시작된 기후 변화로 인한 온돌의 수요 감소와 함께 열이 나지
않고 은은한 빛을 내는 형광등이 각광받게 되었다는 것이다.
　형광등보기 문화는 이러한 환경하에서 나타났다. 형광등이
있는 농촌의 집 곳곳에서 집안의 며느리 혹은 부인으로 하여
금 형광등을 끌 때까지 계속 쳐다보고 있게 하는 현상이 생긴
것이다. 가정의 여인들은 해가 졌지만 아직 남편이 잠에 들지
는 않은 시간 동안, 혹은 심하게는 남편이 잠에 들고 나서도 밤
새도록 형광등을 보고 있어야 했다. 건강 저해를 이유로 총독
부에서 여러 번 이런 행위에 금지명령을 내렸지만 형광등보기

는 빠르게 부인의 마땅한 의무 중 하나로 자리 잡혔다. 형광등의 보급만큼이나 형광등보기 문화의 발생 원인도 의견이 분분하다.

대부분 동의하는 것은 아궁이의 불을 관리하던 부인의 역할이 형광등의 관리로 계승되었다는 것이다. 또한 양반집에서 대를 이어 화로의 불씨를 꺼뜨리지 않고 종종 밤을 새워 불을 보기도 했다는 이야기가 민중들에게도 귀감이 되어 '밤을 새운다'는 부분만 각인된 채, 부인들의 형광등보기 문화로 이어졌다는 추정 역시 존재한다.

당대 기록 중에는 형광등보기 문화가 일본 제국주의에 대한 민중들의 반감 때문에 생겨났다는 주장도 존재한다. 『일천야담』에서 '민중들이 편의와 부득이함을 이기지 못하고 혹 이 형광등을 집 안에 들였으되 그들의 생각으로는 양인들의 간악한 기물이니 안에서 귀신이 나올지 모른다 하여 제 며느리들을 시켜 늘 감시하게 하였으니(후략)'라고 논한 것이 바로 그것이다. 다만 해당 서적은 문학적 성격이 짙은 데다 저자의 반서구적 성향이 반영되어 있음을 고려해야 한다.

형광등보기 문화는 경성의 지식인들에게도 자주 논란의 대상이 되었다. 형광등보기에 대한 최초의 자세한 논평은 1921년 안재천이 《매일신보》에 기고한 「최근 조선의 농촌에서 유행하는 기이한 풍습에 대하여」에서 찾아볼 수 있는데, 여기서 안재천은 형광등보기 문화를 겉으로는 이상해 보여도 기술의 발전과 근대화로 인해, 아직 완전히 극복하지는 못했어도 농촌의 낙후성이 차츰 개선되고 있다는 증거라며 긍정적으로 평가했다. 기존의 아궁이 불과는 달리 형광등은 훨씬 더 안전하게 기능하고 관리도 필요 없기 때문에 여성들의 고됨이 한결 덜어졌다는 것이 그 이유였다.

이를 좇아 많은 근대의 남성 지식인들이 형광등보기를 긍정적으로 평가하였다. 이것은 일제강점기 성공적으로 보급된 몇 안 되는 근대 문물로서의 형광등을 상징적으로 보여주는 현상으로 여겨졌으며, 당대 소설들에서는 근대 학문을 밤새워 공부하는 남성 지식인을 주인공으로 그의 곁에서 형광등을 보는 아내의 이미지가 자주 나타나곤 한다.

물론 이런 시각들은 여성주의자들의 가열찬 비판을 받게 된다. 1920년 창설된 잡지《신여자》의 첫 글에서는 형광등보기 문화를 주요한 비판의 대상이자 조선 사회를 보는 창으로 호명한다. 그들에게 형광등보기 문화가 보여주는 것은 기술 진보 이후에도 여성이 밤을 새워 불을 봐야만 한다는 차별적 관습이 여전히 겉모습만 바꿔 살아남아 있다는 사실이었다. 이는 농촌은 물론이요, 이러한 관습을 안일하게 긍정적으로 평가하는 경성의 지식인들 역시 아직 중세적 낙후성을 벗어나지 못했다는 증거이며, 남녀의 불합리한 차별에 대한 민중과 지식인들의 각성과 반성이 없으면 진정한 의미의 근대화는 결코 이루어지지 않을 것이라고 그들은 힘주어 말했다.

여러 담론들이 맴도는 와중에 형광등보기는 새로운 변화를 맞이했다. 1926년 전라도 전주의 한 가정집에서 형광등보기 점이 탄생한 것이다. 이 점의 창안자는 최봉래라는 이름의 여인으로, 그는 어느 날 전주의 며느리들이 으레 그러하듯 형광등보기를 하다가 일렁이는 빛 속에서 미래의 일을 보는 체험을 한다. 최봉래 여사는 처음에는 사람들이 자기를 미치광이로 치부할까 두려워 이 사실을 숨겼지만 계속 집안의 대소사를 미리 대처하고 남의 우환을 기막히게 알아맞히는 모습을 보이자 사람들의 의심을 사게 되었으며, 결국에는 형광등보기 점이 세상에 알려지게 되었다.

최봉래 여사의 집은 얼마 안 가 점을 보러 오는 이들의 행렬로 성황을 이루었다. 1927년 6월 《조선일보》의 기사에 따르면 최봉래 여사 앞의 줄이 마을 밖까지 이어지고 옆에서 엿을 파는 상인들도 있었다고 하니 그 인기를 짐작할 만하다. 방문객들은 주로 자신이나 가족의 건강운, 재물운 등을 물었으며 학교 성적에 대해서 점치는 학생들도 있었다고 한다. 대부분의 의뢰인들이 형광등보기 점의 영험함이 아주 대단하다고 증언하며, 최봉래 여사의 점이 틀린 적은 거의 없다고 말하였다.

그러나 최봉래 여사의 인생이 순탄한 것은 아니었다.《조선일보》에 언급된 최봉래 여사의 집은 그가 남편에게서 쫓겨난 뒤 급하게 구해서 살게 된 집이었다. 본래 먼 선조가 양반 가문에 닿아 있던 최봉래 여사의 시아버지는 무당이 우리 가문의 일원이 될 수는 없다고 최봉래 여사를 비난했고, 처가에서도 받아주지 않아 결국 홀로 살게 된 것이었다. 해방 후의 인터뷰에서 그는 점을 보던 것도 의지할 데가 없어서 궁여지책으로 하게 된 것이지, 생활이 여유로웠다면 그와 같은 천한 일은 결코 하지 않았을 것이라고 말한 바 있다. 형광등을 통해 앞일을 알게 된 것은 자신의 불운했던 삶에 대한 하늘의 보상이지만 그것을 통해 돈을 번 것은 불명예스러운 일이었다고 최봉래 여사는 생각했다.

어쨌든 최봉래 여사의 점집은 성공했고 그러면서 형광등보기 점이 자연스레 퍼지게 된다. 최봉래 여사는 일생 동안 100명 내외의 제자들을 길러냈으며 제자들은 또 자신들의 지역으로 돌아가 형광등보기 점을 통해 수익을 얻고 제자들을 양성했다. 이는 단지 형광등보기 점집을 늘렸을 뿐만 아니라 특별히 훈련받지 않은 가정의 여성들이 일상적으로 형광등보기 점을 행하는 결과로도 이어졌다.

형광등보기 점이 이런 식으로 대중화된 것은 일차적으로 창안자인 최봉래 여사의 의지가 컸다. 기존의 무당들의 작업과는 달리 최봉래 여사는 자신의 점이 타고난 영감이나 신의 일방적인 선택을 필요로 하지 않으며 단지 자신이 직접 경험하며 알아낸 훈련의 방법을 반복하면 활용 가능한 것이라고 주장했던 것이다. 이러한 훈련 과정은 매일 밤마다의 축수기도, 「옥추경」 염불, 맵고 짠 음식에 대한 기피 등 최봉래 여사가 살면서 직접 실천해 온 기존 종교의 계율들이 혼합되어 있었다.

비록 비전문가의 형광등보기 점은 전문가의 것보다 적중률이 떨어지는 것으로 여겨졌지만 이 사실이 일반 여성들 사이의 유행에 영향을 주지는 못했다. 구술 자료를 참고해 봤을 때 이와 같은 활동들은 본래의 역할보다는 형광등보기를 통해 얻은 체험들을 서로 공유하는 이야깃거리의 역할을 했던 것으로 보인다. 길면 밤을 새워서까지 형광등을 가만히 쳐다보고 있는 것은 당시 여성들에게 아주 지루한 일이었을 것이다. 그러나 형광등보기 점은 형광등의 빛을 일상과는 다른 새롭고 신비로운 경험으로 만들어 주어, 고된 의무로부터 여성들을 잠시 해방시켜주는 역할을 했음이 틀림없다.

경성을 비롯한 주요 도시들에서도 이 점은 존재했던 것으로 보이지만 조선의 근대 지식인들이 형광등보기 점에 대해 얘기한 자료는 많지 않다. 하지만 희귀하게 구할 수 있는 문서들에서 확인할 수 있는 형광등보기 점에 대한 시각은 단일하다. 공포에 가까울 정도의 혐오감이 바로 그것이다.

천박한 조선인들의 천성은 마치 깨끗한 고기에 달려들어 알을 까집어놓는 파리떼처럼, 일본인들이 노력 끝에 이 땅에 들여온 한 줄기의 근대의 바람조차 더럽혀 놓고 말았다. 이 형광등보기 점이라는 것은 차마 말하기도 우스운 조선 여편네들의 기괴한 행위로 발전소에서 돌려 만든 전기를 보고는 그것이 신령의 조화라고 주장하는 미신이라 할 수 있다. 지금 조선 민중들이 스스로 배워 계몽할 수 있다고 떠드는 저 자들은 형광등보기 점이 일부 지역에서만 행해지는 풍습이라면서 언급조차도 꺼리고 있지만, 이것이 이미 조선인들에게 대중적인 관습으로 자리잡아 심지어 경성에서도 행하는 이가 있다는 것은 누구나 다 아는 사실이다. 해외의 기자에게 이 사실이 알려지기라도 하면 조선인들은 맥주병의 조각을 보고 신으로 숭배했다는 오지의 토인들이나 마찬가지의 의식 수준을 갖고 있다는 것이 만방에 드러나게 될 것이니 참으로 걱정스러운 일이다.

윤치호 일기의 이 구절은 형광등보기 점에 대한 지식인의 몇 안 되는 기록이다. 지식인들에게 형광등보기 점은 이해할 수 없는 미신인 것은 물론이지만, 무엇보다도 간신히 이루어낸 성공적인 근대화의 한 부문을 소재로 삼고 있다는 점에서 조선 중세성에 대한 조선 근대화의 절망적인 패배로 인지되었던 것이다. 이는 조선인들에게 미신적 사고가 너무 뿌리 깊이 박혀 있어서 근대적 발전을 스스로 이루어내지 못할 것이라는 비관적 전망에 힘을 실어 줌은 물론이고 조선인들이 서구 세계에 높은 과학기술을 이해하지 못하는 '오지의 토인'과 같은 취급을 받게 만들 것이라는 공포를 불러일으켰다.

실제로 우리가 형광등보기 점에 대한 기록과 논평을 찾을 수 있는 것은 윤치호와 같은 염세주의적 친일파들이 남긴 문서에서가 대부분이다. 드물게 여성주의자들이 이 형광등보기 점을 언급하기도 했는데, 공통적으로 남성들의 불합리한 차별의 증거로, 농촌 여성들이 받는 과도한 억압과 무지 때문에 미쳐버리고 말았다는 식의 평가를 내리고 있다. 그 외에 몇몇 신문에서 매우 부정적인 어조로 형광등보기 점의 확산을 보도한 내용이 발견되고, 김동리의 1936년 작품『무녀도』에서 무속에 반대하는 기독교인 '욱이'가 형광등보기 점을 경멸적으로 언급하는 것이 전부다. 요컨대 일제 치하 조선에서 정치적 담론을 주도하는 집단들 중 형광등보기 점을 긍정적으로 바라보는 이들은 없었던 것으로 보인다.

당연하게도 형광등보기 점은 많은 탄압을 받았다. 형광등을 계속 보고 있게 하는 형광등보기 문화는 자연스레 형광등보기 점에 대한 관심으로 이어졌지만, 전자는 여성의 당연한 의무였던 데 반해 후자는 여성들을 가정에 충실하지 못하게 만드는 악한 미신이었다. 최봉래 여사의 집은 제자들의 주거지를 증축하는 과정에서 화려한 대저택으로 변모했는데 지역의 남성 유지들에게 이는 좌시할 수 없는 모습이었다. 머슴들과 지역 남성들을 앞세운 린치가 종종 일어났으며, 추종자들과 반대자들의 싸움이 폭동에 가까울 정도로 불거지기도 했다.

최봉래 여사 본인은 물론이고 지역의 점집들과 점을 수행하는 일반 여성들도 자주 탄압의 대상이 되었다. 소설가 김창섭의 회고록 『방랑자의 삶』에서는 형광등보기 점에 관련한 어렸을 적의 기억이 등장하고 있다. 김창섭의 이웃집에 살던 여인은 형광등보기 점으로 아주 영험하였는데, 어느 날 이를 불만스럽게 여긴 그의 남편이 여인을 폭행하는 사건이 벌어진다. "아저씨는 일하러 간 동안 아이들은 내팽개쳐 놓고 미신을 일삼는 자태를 도저히 봐줄 수가 없어 아내를 때렸다고 말했지만, 내가 보기엔 복채로 받은 돈을 자신에게 주지 않아 화가 난 것 같았다. 그렇게 아주머니는 시름시름 앓다 그만 돌아가셨다."

이렇듯 형광등보기 점에 대한 공격은 단일한 주체가 있는 것이 아니었고 관습적인 성역할을 벗어난 여성 주도의 경제 활동 및 영적 활동에 대한 각종 계층 구성원들의 혐오로 인해 자행되었다. 그러나 이런 억압에도 불구하고 형광등보기 점은 계속 명맥을 이어가며 해방 이후에까지 살아남게 된다.

형광등보기 점이 본격적인 타격을 입은 것은 새마을운동 때부터였다. 박정희 정부는 형광등보기 점뿐만 아니라 상술한 서

구 귀신에 대한 기록을 근거로 형광등보기 문화 자체를 타파 대상으로 지정했다. 이때 전국에 존재하던 상당수의 점집들이 철거되었고, 여성에게 형광등보기를 시키는 행위 역시 강력한 처벌을 받게 되었다. 이 시기 정부의 미신 타파 운동 포스터에는 형광등 속에서 환상을 보고 있는 여성들, 아래에서 빈 그릇을 들고 울고 있는 어린아이들, 그 옆에서 사기를 쳐서 얻은 돈을 세고 있는 무당들의 모습이 자주 등장한다. 사실 형광등보기 점은 전통적인 무당들과 상당한 갈등을 빚어왔지만 '전근대적'이라는 카테고리 안에 하나로 뭉뚱그려지게 된 셈이다.

80년대 남한에서 형광등보기는 이미 일부 벽촌에서만 볼 수 있는 문화가 되었지만, 도리어 대중매체에서 형광등보기 점은 자주 다뤄지는 소재가 되었다. 다른 무속과 구별되는 형광등보기만의 특수성, 즉 경성의 지식인들을 역겹게 만들었던 근대적 문물을 소재로 한 무속 행위라는 특징이 이제는 매력적인 코미디의 소재가 된 것이다. 많은 예능이나 드라마에서 관련된 농담들을 내보냈고, 특히 80년대의 대표적인 드라마 「전원일기」는 농촌을 배경으로 한 만큼 자주 사용하는 소재였다. 옛 관습에 익숙한 중장년층 여성이 형광등을 빤히 쳐다보다 무슨 안 좋은 징조를 발견하곤 호들갑을 떨고, 동네의 지혜로운 청년 남성에 해당하는 인물이 그들이 본 것은 단순 환상임을 밝혀낸다는 이야기를 이때의 방영분에서 반복적으로 볼 수 있다. 당연히 이런 현상은 형광등보기의 문화적 생명력을 더욱 시들하게 만들었다. 「전원일기」가 종영했을 때쯤에는, 형광등보기와 형광등보기 점은 최봉래 여사의 후손들이 이어가던 점집과 그 주변을 제외하곤 완전한 역사적 유물로 전락해 있었다.

2010년대에 이르러 이런 기조는 변화를 맞는다. 지식인, 국가, 남성 중심적이고 민중의 자발적 참여가 없는 한국 근대화에 대한 반성에서 촉발된 수정주의적 근대사 연구로 인해, 형광등보기 점은 민중 주도 근대화의 한 가능성으로 해석되기 시작했다. 이러한 견해의 시발점이라 할 수 있는 2011년 출간된 김수영 교수의 저서 『전기의 무당: 형광등보기 점의 발생과 그 전개양상』에서는 형광등보기 점이 형광등은 물론이고 그와 관련되는 각종 전기기술의 보급에 긍정적인 영향을 끼쳤다는 점, 당시 민중들이 믿던 무속 전승을 활용하여 형광등의 원리에 대한 독창적인 해석을 제기함으로써 전기과학의 원리에 대한 무지 속에 막연한 찬미로 일관했던 조선 지식인들보다 어쩌면 더 지성적인 태도를 보였다는 점, 그리고 무엇보다 무당의 특권적 지위가 아닌 보편적 매뉴얼을 통한 영성의 방법을 제기하였다는 점을 들어 이러한 주장을 근거하였다.

마지막 주장, 즉 "영성에서의 근대화"를 형광등보기 점이 시도했다는 견해는 특히 창안자 최봉래 여사의 생전 인터뷰에 기초하고 있다. 그에 따르면 최봉래 여사는 무당의 말을 권위적으로 믿어 가산을 탕진하는 사람들이 늘 안타깝게 느껴져, 비록 지금은 어쩔 수 없이 점집을 하지만 스스로 하는 법을 가르쳐 줘서 너무 여기에 매달리지는 않도록 해야겠다고 마음먹었다 한다. 이에 따라 최봉래 여사는 제자 양성에 적극적으로 힘썼을 뿐만 아니라 형광등보기 점에 대한 체계적인 훈련법과 하는 과정을 기술한 『관형광등개요』를 편찬하기에 이른 것이다. 이런 과정은 최봉래 여사의 점이 단지 미신인 것이 아니라, 근대화의 풍파에서 일반 민중 여성들이 자체적으로 기존 관습을 변혁해 나간 시도라고 김수영 교수는 평가한다.

이와 같은 조류에 따라 형광등보기 점이 특색 있는 전통문화로서 인터넷을 통해 많은 주목을 받게 되고, 그때까지 극소수에 의해 간신히 전승되던 형광등보기 점은 작은 부흥기를 맞이하게 되었다. 새로운 형광등보기 점집이 세워지고 전수자들의 수 역시 급증하였는데, 이런 부흥을 주도한 것은 역시 형광등보기 점의 전복적 성격에 주목한 젊은 여성주의자들이었다. 가부장적 관습을 여성들이 역이용하여 체제에 가한 공격이 바로 형광등보기 점이라는 인식이 공유되었고, 이른바 포스트모더니즘적 담론이 대두되면서 확대된 근대적 폭력에 대한 비판적 의식도 관심의 원인이 되었다.

다만 이것이 형광등보기 점이 처해 있는 상황에 극적인 변화를 가져다준 것은 아니었다. 형광등보기 점뿐만 아니라 다양한 전통문화들이 최근 청년층의 관심을 받고 있지만 형광등보기 점은 분명 그중에서 받은 수혜가 가장 적은 편이다. 2024년 현재 전국에 존재하는 형광등보기 점 전수자는 200~300여 명으로 추산되는데, 2007년 집계된 89명에 비하면 많은 수이긴 하나 결국 한국사회에서 차지하는 비중은 매우 미미한 실정이다.

저조한 인기의 원인으로는 우선 대중들의 입장에서 신비성을 납득할 만한 기제가 적다는 점을 꼽을 수 있을 것이다. 형광등에서 어른거리는 빛을 보고 미래를 점친다는 것은 화려한 음악과 강렬한 제의, 옛날부터 전승되어 온 신화나 트랜스 상태에 이른 무당처럼, 대중들이 비일상적이고 초자연적인 무언가를 기대할 수 있을 법한 외형적 요소가 전혀 없다. 최근에는 전수자들 사이에 형광등보기를 할 때, 마치 무당들의 접신을 흉내 내듯 눈을 뒤집거나 벌벌 떠는 유행이 일어나고 있는데, 전승된 매뉴얼에는 전혀 존재하지 않는 요소다. 무속에 대한 대중의 일반적인 기대에 부응하기 위해 필요 없는 행위가 덧붙여진 것이다.

외형적으로 눈에 띄는 요소가 적다는 것은 달리 말해 '콘텐츠'로서의 매력이 적다는 의미도 된다. 형광등보기 점에는 기존 무속과는 구별되는 고유한 무복과 여러 독특한 훈련들이 존재하지만, 초기부터 통일된 매뉴얼이 존재했던 만큼 다양성이 적고 결국 핵심적인 요소는 단지 형광등 빛을 계속 바라보는 것뿐이다. 전통 무속에 연계된 신화, 음악, 의복 등이 그 자체로 뛰어난 예술작품으로 인정받고 각종 매체에 노출됨으로써 홍보될 수 있었다는 점을 생각하면 이는 중요한 차이다. 이는 형광등보기의 무형문화재 등록이 반려된 이유이기도 하다.

게다가 최근의 젊은 전수자들이 형광등 빛을 통해 정말로 신비 체험을 하고 있는지 의심스럽다는 점도 문제다. 누구도 최봉래 여사가 그의 책에서 기록하였던 것과 같은 또렷한 미래의 이미지를 보았다고 말하지 않고 있다. 요즘의 전수자들이 말하는 이미지는 매우 흐릿하고 짧은 데다 의미를 정확히 알 수 없는 것도 많아 스스로도 제대로 해석을 못 하기도 하고, 단지 형광등에 난 잔고장을 착각한 것으로 여겨지기도 한다. 예컨대 최근 인터넷에서는 형광등보기 점집을 찾아갔더니 벌레 조심하라는 말을 하길래, 형광등을 봤더니 안에 파리가 갇혀 있더라는 이야기가 유행하였다.

최봉래 여사의 증손녀이자 그를 이어 사대째 형광등보기 점집을 하고 있는 최은래 여사는 애초 창안 당시에는 형광등이 많이 보급되었다 해도 주요한 방에만 하나 설치하는 게 고작이었고, 그나마 전기를 아끼느라 자주 켤 수 없는 형편이었다는 점을 지적한다. 따라서 그때는 희귀하게 볼 수 있었던 형광등 불빛 자체가 신비롭게 체험될 수 있었겠지만 이미 형광등 불빛에 많이 익숙해진 젊은이들은 거기서 뭔가를 보려 해도 보기가 어렵지 않겠느냐는 것이다.

냉정히 말해 대부분의 젊은 전수자들 스스로도 진짜로 형광등보기를 통해 미래를 알 수 있다고 믿지는 않는 듯 보인다. 영성적인 것을 믿고 체험한 바 있는 이들이라면 상술했듯 신비성을 납득하기 쉽고 잘 알려진 전통적 무속이나 다른 종교에 투신하는 게 일반적이지, 굳이 형광등보기 점을 택할 이유는 없다. 이 점이 특별한 주목을 받은 것은 그것의 사회문화적 맥락에서의 특수성 때문인데, 어쨌든 형광등보기 점의 핵심이 '점'이고, 사회적 운동이기 이전에 점성술로서의 효용을 목적에 두고 나타난 이상 그것만으로는 단지 역사적 의의 이상이 되기 힘든 것이다.

결국 한때 한반도 전역에 유행하며 서구의 여행가들에게 조선의 대표적인 풍경으로 각인되었던 형광등보기와 형광등보기 점 문화는 짧은 부흥기마저 뒤로 하고 침체를 계속하는 상황이다. 하지만 형광등보기 점의 본산지인 전주 신광당에서는, 이를 단지 부정적으로만 보지 않는다.

필자가 신광당을 찾아갔을 때 최은래 여사는 이렇게 말했다. "원래 증조할머님은 이걸로 점 치는 걸 결코 좋아하지 않으셨어요. 사실 형광등보기로 볼 수 있는 건 앞날만이 아니거든요.

하늘이 보이고, 우주가 보이고, 신령님네들이 보인단 말이에요. 그때는 여자들이 집 안에서 나가지도 못하고 일만 했으니 그게 얼마나 신기하고 재밌었겠어요? 그렇게 해서 위안을 얻고, 또 하늘에 가까워지면서 삶을 이해하고 사랑하고 그랬던 것을 바라신 것이지 그렇게 막 점으로서 유행하길 바라신 건 아니었어요. 지금 여기 계신 분들에게도 제가 늘 강조하거든요, 너가 보는 것이 아니고, 빛이 드러내는 거라고. 옛날에는 신광당에 돈 벌려고 오는 사람들이 많았거든요. 그런데 지금은 안 오죠, 이걸로 돈을 벌 리가 없으니까. 대신에 소수지만 정말 여기에 열정이 있는 사람들이 찾아와요. 어쩌면 지금이야말로 증조할머님이 바라시던 대로 돌아갈 수 있는 기회일지도 몰라요."

그 말대로 최은래 여사는 제자들에게 점성술로서의 형광등보기보다는 영적인 수련 과정으로서의 형광등보기를 강조하며 가르치고 있었다. 하지만 신광당 바깥에서는 여전히 점성술로서의 정체성과 후대에 강조된 사회적 의의가 불편하게 결합된 상태가 지속되고 있다. 또 이 영적 수련으로서의 형광등보기가 최봉래 여사의 사정으로 인해 한 번도 제대로 기술되지 못한지라 인터뷰에서의 단편적인 언급과 최은래 여사의 자체적인 경험을 통해 어렵게 체계를 구축해야 하는 상태이기도 하다. 어쨌든 형광등보기의 역사는 한동안 계속될 것으로 보인다.

2. 어느 광막자의 일기

지금으로부터 일주일 전, 2024년 1월 2일, 나는 똑똑히 기억한다.

나는 몇 년 동안 VR챗에 완전히 빠져 있었다. 인간으로서의 존엄을 내다 버릴 정도로. 배달 음식의 남은 쓰레기가 내 방을 가득 채웠으며 내 몸은 뒤룩뒤룩 쪄 산 채로 썩어 가고 있었다. 이런 나의 생명을 유지해 준 유일한 끈은 돌아가신 부모님이 남겨 준 유산뿐으로, 그마저도 10여 년을 쓰고 나면 나는 이제 짐승만도 못한 존재로 세상에 던져질 참이었다. 이런 상황이 내게도 역겨웠기에 그럴수록 오히려 나는 모니터 속으로 회피해 들어가는 것이었다.

육신이 어두운 방 속 땀에 젖은 모션 캡처 슈트를 뒤집어쓰고 있는 동안 나의 영혼은 빛의 세계에 있었다. 그곳은 즐거운 것들로 가득하고 언제나 아름다운 풍경이 펼쳐져 있었으며, 사람들은 조금의 잡티나 결점 없는 깨끗하고 아름다운 몸만을 가질 수 있었다. 노력이나 재능 따위로 결코 얻어낼 수 없는, 공상 속에서나 가능할 몸을 실제로 가진 것처럼 조작할 수 있다면 나 같은 사람들은 금방 현실감 따윈 잊게 된다.

일주일 전에 난 내 공상적 세계를 최고에 이를 정도로 완벽하게 만들고 있었다. 이는 캐릭터 너머의 조정자를 철저하게 없애는 일을 말한다. 원래 나는 많은 사람들과 함께 이 게임을 했다. 우리는 서로 친구와 애인과 그 사이쯤의 이들이 되어 주었지만, 그들은 갈등과 싸움을 발생시키며 이곳마저도 현실의 곰팡내로 오염시키기 시작했다. 그도 그럴 것이, 그들도 결국 인간이었으며, 인간 중에서도 이런 곳을 찾을 만큼 나처럼 도태된 인간이었으니까. 따라서 나는 나의 피난처가 안정적으로 건축되어 있기 위해서는 어쩔 수 없이 나와 같은 인간의 공감을 바라는 일을 피해야겠다고 마음먹었다.

유일하게 그나마 발달해 있던 컴퓨터 관련 능력을 한껏 이용해 나는 내가 생각하는 이상적인 캐릭터들의 모델을 제작했다. 그들은 내가 부여한 설정에 따라 할 수 있는 최대한 정교하게 짜인 대로 움직이게 되어 있었다. 바로 그 일주일 전에, 이 세계는 만족스러운 완성을 이루어 나는 그곳을 실컷 즐기고 있었다. 서버에는 내가 만든 아름다운 인형들과 그 인형에 들어간 나뿐이었다. 가장 탐닉했던 것은 물론 성적인 쾌락이었다. 이변은 그때 발생했다.

버그가 종종 일어난다는 것은 당연히 알고 있었다. 제작 도중에도 몇 번 발견했었으니까. 그럴 때마다 단지 작은 불편으로 여기고 금방 해결책을 찾아낼 뿐이었다. 그러나 이번에는 달랐다. 제작한 캐릭터 중 하나와 침대에 누워 있는데, 몸이 침대의 위보다 살짝 아래에 위치한 것이 보였다. 이 정도의 잔잔

한 오류는 별로 신경 쓰지 않았지만, 점점 더 침대 아래로 잠겨 들어가 다시 손을 좀 보려고 했다. 하지만 VR 기기를 벗기도 전에, 갑자기 내가 설계해 놓은 모든 모델들이 산산조각 나며 무한한 공간을 들끓는 색상의 줄기들로 화해 나를 압도해 왔다.

대리석으로 빚은 바닥과 붉은 벽돌로 덮은 둥그런 지붕, 햇살이 지붕을 따뜻하게 감싸다가 내려가 바닥을 빛내고는 마침내 그림자를 칠해 놓는, 유명 애니메이션 캐릭터의 완벽한 몸매를 담은 조각, 투명한 크리스털의 액화처럼 일렁이는 테라스의 수영장과 그 위에 얹어진 흰색의 태양빛 사슬, 그리고 주변을 언제나 배회하며 즐기던 다채로운 색으로 빛나는 머리칼의 미소녀들, 그 모두가 불어 터진 벌레의 몸처럼 내부의 색을 쏟아내고 원근과 구도를 찢어발기며 기괴한 형상으로 일그러지기 시작했다. 기기는 도저히 벗을 수 없었다. 이미 땅이 없어진 듯한 느낌이 들었기에.

혹은 이미 며칠간을 기기를 벗지 않은 채 먹고 자던 상태였는지라, 그 순간 영혼이 안으로 유폐되어 버린 것일지도 모른다. 어린아이가 생각 없이 놀던 마법 세계는 어느덧 잔혹한 면모를 드러내고 현실로 돌아가는 문은 갑자기 닫혀 버린 것이다. 물론 나는 공포에 질려 비명이 터져 나왔다. 유일하게 원래의 형체가 유지된 캐릭터의 얼굴 모델을 중심으로 빛줄기들이 모여들어 LSD 중독자들의 신이나 내뿜을 법한 광채를 이루었다. 그 텅 비어 더 이상 움직이지 않는 두 눈이 금방이라도 달려올 듯 나를 응시하고 있었다.

그러기를 한참이 되었을까, 공포는 찬찬히 사그라들고 단지 그것이 부수고 들어간 정신의 빈자리만이 남아 있었다. 어느덧 나는 해방된 빛들이 자아내는 다채로운 형체들을 유심히 뜯어볼 수 있었다. 그리고 마침내, 환희의 싹이 하나둘 고개를 들었다.

처음에 느껴진 변화는 빛 안에 들어가 있다는 감각이 희미해지고, 오히려 원래의 모습 그대로, 그러니까 기기에 부착된 평면의 막 그대로 내 눈앞에 있는 세계를 인식하게 된 것이었다. 그러나 이런 변화가 이 부서진 세계에 대한 몰입을 줄인 것은 전혀 아니었다. 오히려 우리가 빛을 현실감 있는 것으로 여길 수 있도록 그에게 강요했던 그럴싸함의 기제들이 산산이 부서지면서, 이것이 어떤 가상의 장소이고 내가 그 안에 머물러 있다는 공간감각마저도 거부하고, 순수히 빛인 빛 그 자체로 내게 와 납득시키기보다는 명령 내리고 있었던 것이다.

어쩌면 그 모든 것을 나는 그저 기계의 고장으로 치부하고 넘어갈 수도 있었을 것이다. 확실히 그 모습 자체는 드물지 않게 일어나는 게임이 깨지는 현상이었고, 나는 단지 기기를 착용한 상태라 그게 좀 더 강렬하게 다가왔던 것이라고 냉정히 생각할 수 있을 것이다. 그러나 이 모든 생각들이 당시의 경험을 조금도 희미하게 만들어 주지 않는 것은 무엇 때문인가?

　빛은 사물을 밝혀주는 것이며, 그렇기에 고대의 그리스인들은 진리의 비유물로 빛을 즐겨 삼았다. 혹은 진리란 빛이며 일반적으로 부르는 빛이란 시각에 있어서의 진리라고 칭하는 편이 더 옳을지도 모르겠다. 이데아계의 이데아들은 각 사물들의 참된 모습이라는 점에서, 그림자 없이 빛만을 받은 완전한 그 사물의 진리라고 할 수 있었는데, 그들 위로 '그 사물의 진리'를 넘은 '진리 그 자체', 이데아의 이데아, 빛의 자체인 태양으로 지선(至善)이 존재했다.

　그러나 그리스인들의 시대 이후 인간은 지극히 간교해져 어둠뿐만 아니라 빛으로도 환상과 거짓을 만들게 되지 않았는가? 빛 자체를 기계 안에 가둘 수 있게 된 우리는 온갖 가상의 구조와 색상을 그려 넣으며 빛의 순수함으로부터 우리의 눈을 가렸다. 단지 빛의 영원성과 무한성만을 취하고, 진리로서의 지선함과 아름다움으로 가는 길을 스스로 막아 버린 것이다.

　천상의 궁전을 여는 문 위에 향락스러운 궁전의 모사가 그려져 있어 영혼들의 앞길을 가로막는다. 그렇다면, 그림이 색을 잃고야 마는 것이야말로 진리에 부합하는 일이 아니겠는가? 진리를 재료 삼아 환상을 지어냈다면 다시 한번 이 신성한 '오류'가, 오류를 오류로 하여 진리를 그 자리 위에 다시 되돌려 놓는 것이 마땅하지 않겠는가? 그러므로 그것이 한갓 기계의 오류라는 사실이야말로 그것을 지극한 진리의 빛으로 만들어 주었으며, 이를 보는 나의 마음은 경외로 더욱 불타올랐던 것이다.

의문이 풀리자 수수께끼의 정답을 맞힌 대가로 동굴의 문이 열리는 것처럼, 마지막 남은 얼굴의 파편마저도 지직거리더니 빛의 줄기들로 변해 버렸다. 그리고 빛은 더욱 단일하고 강렬한 면모를 드러내면서, 끝내 나에게 지상의 영혼 중 본 자가 손에 꼽을 만한 광경을 보여주었다.

이것은 내가 본 천국에 대한 일기다. 앞으로 이곳에 천천히 연재해 나가고자 한다.

나는 마이너 종교에 대한 조사 중 디시인사이드의 한 마이너 갤러리에서 이 글을 발견하였다. 작성자는 이 갤러리의 관리자 자리에 있었으며, 이 글 외에는 아무런 글도 없었고 누구도 이 글을 조회하지 않은 상태였으므로 아마 갤러리를 연 것도 이 글의 작성자일 것으로 추정된다. 나는 이 글을 복사해 놓고 다음 글이 올라오기를 기다렸지만, 며칠 뒤 확인해 보니 갤러리는 폐쇄되어 있었다.

올챙이 시절을 잊은 개구리들

1판 1쇄 찍음 2025년 12월 5일
1판 1쇄 펴냄 2025년 12월 12일

지은이 | 기수, 담장, 김이은, 박성환, 차삼동, 유혁, 유아사
발행인 | 박근섭
편집인 | 김준혁
펴낸곳 | 황금가지

출판등록 | 2009. 10. 8 (제2009-000273호)
주소 | 06027 서울 강남구 도산대로 1길 62 강남출판문화센터 5층
전화 | **영업부** 515-2000 **편집부** 3446-8774 **팩시밀리** 515-2007
홈페이지 | www.goldenbough.co.kr

도서 파본 등의 이유로 반송이 필요할 경우에는 구매처에서 교환하시고
출판사 교환이 필요할 경우에는 아래 주소로 반송 사유를 적어 도서와 함께 보내주세요.
06027 서울 강남구 도산대로 1길 62 강남출판문화센터 6층 민음인 마케팅부

㈜민음인은 민음사 출판 그룹의 자회사입니다.
황금가지는 ㈜민음인의 픽션 전문 출간 브랜드입니다.